山东省一流学科山东师范大学文学院中国语言文学学科建设经费资助

灵魂的相遇

朱德发著作
评论集粹

陈夫龙　王晓文◎主编

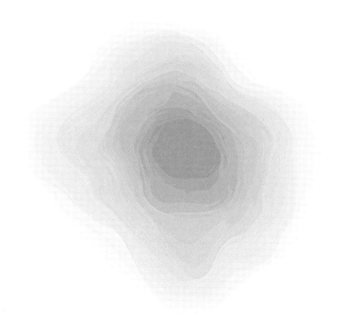

中国社会科学出版社

图书在版编目（CIP）数据

灵魂的相遇：朱德发著作评论集粹/陈夫龙，王晓文主编．—北京：中国社会科学出版社，2019.5

ISBN 978 - 7 - 5203 - 4164 - 6

Ⅰ.①灵… Ⅱ.①陈… ②王… Ⅲ.①中国文学—文学评论—文集 Ⅳ.①I206 - 53

中国版本图书馆 CIP 数据核字（2019）第 044664 号

出 版 人	赵剑英
责任编辑	郭晓鸿
特约编辑	张金涛
责任校对	夏慧萍
责任印制	戴　宽

出　　版	中国社会科学出版社
社　　址	北京鼓楼西大街甲 158 号
邮　　编	100720
网　　址	http://www.csspw.cn
发 行 部	010 - 84083685
门 市 部	010 - 84029450
经　　销	新华书店及其他书店

印　　刷	北京明恒达印务有限公司
装　　订	廊坊市广阳区广增装订厂
版　　次	2019 年 5 月第 1 版
印　　次	2019 年 5 月第 1 次印刷

开　　本	710 × 1000　1/16
印　　张	24.5
插　　页	2
字　　数	314 千字
定　　价	99.00 元

山东省一流学科山东师范大学文学院中国语言文学学科
"高层次著作"中文书系编委会

主　编：魏　建　杨存昌

策　划：杨存昌　贾海宁　王兴盛　张丽军

编　委：（以姓氏笔画为序）

王化学　孙书文　李宗刚　李海英　杨存昌　杨守森

邹　强　张文国　张丽军　张金霞　陈元锋　陈长书

周均平　潘庆玉　魏　建

试析"朱德发现象"

（代序）

魏　建

　　朱德发先生独特的学术经历和成就，是应该当作"朱德发现象"加以研究的。这一"现象"包含一系列反常的内容：1. 五十岁后脱颖而出；2. 六十岁前后创造力越发旺盛；3. 七十岁前后精力和思维"逆生长"；4. 八十岁依然站在学术前沿。类似的反常现象曾经体现在为数不多的一些优秀的中国学界老人身上。在中国现代文学研究界，朱德发先生是这样的典型人物之一。研究这一现象，既能破解这些反常的疑难，又具有中国现代学术史研究的意义，还具有人才学和老年学研究的价值。

五十多岁老讲师脱颖而出

　　朱德发先生上大学晚，学术起步更晚。他是"1960 年被保送到曲阜师范大学汉语言文学系学习深造。1964 年大学本科毕业后，分配到山东师范大学中文系从事中国现当代文学教学与研究"[1]。他先是担任小学教师，后到县教育局工作，二十六岁才以调干生的身份保送上大学。大学毕业的时

---

　　① 　朱德发：《朱德发文集》（第 1 卷），山东人民出版社 2014 年版，第 379 页。

候他已经三十岁了，学术起步比他的同龄人平均晚了六年。① 他分配到山东师范大学②中文系以后，并没有立即从事中国现当代文学教学和研究，而是被下派到农村搞"社会主义教育运动"（即"四清"运动），接着就是"文化大革命"爆发。"十年浩劫"中他和其他学人一样，不可能搞真正的科学研究。目前我们能见到的朱德发先生在学术期刊上正式发表学术论文是在 1974 年。这一年他四十岁。也是在这一年，朱德发先生参加了全国十二院校合编的《中国现代文艺思想斗争史》的编写。他说自己"从事学术研究的生涯就应从 1974 年算起"③。到十一届三中全会召开之前，朱德发先生每年只有一篇论文正式发表。此后到他五十岁之前，每年在学术期刊上发表学术论文的数量平均不到两篇。④ 1984 年他五十岁的时候还仅仅具有讲师职称。这时候他的同龄人有的都是教授了，大多数是副教授。

然而，到了"知天命"之年，朱德发先生以其令人瞩目的学术成果在学术界迅速"走红"。表面来看，朱德发先生的"走红"是当时很多人还没有学术专著的时候，他连续推出了多部学术专著：《五四文学初探》《茅盾前期文学思想散论》《中国抗战文艺史》（田仲济原著、朱德发代为改写）、《中国五四文学史》等；或许，还有人认为他的"走红"是在发表论文比较困难的情况下（当时学术期刊很少），他每年都有论文在国家级学术期刊发表；其实，朱德发先生"走红"最主要的原因，是他当时的成果具有很强的学术挑战性和对中国现代文学研究发展的引领性。他在 20 世纪 80 年代最有影响的成果就是对"五四文学革命的指导思想"问题的质

---

① 在"文革"前山师中国现当代文学团队中，与朱德发先生处于同一年龄段的其他团队成员大学毕业的平均年龄为 24 岁。他们从事中国现当代文学研究起步时的具体年龄如下（以年龄为序）：查国华 22 岁，崔西璐 22 岁，冯光廉 23 岁，蒋心焕 25 岁，刘金镛 25 岁，韩立群 26 岁，书新 27 岁。

② 当时叫山东师范学院，以下一般简称"山师"。

③ 朱德发：《朱德发文集》（第 1 卷），山东人民出版社 2014 年版，第 1 页。

④ 在"中国知网·期刊"检索。

疑和矫正。对于这一问题，学界同行已有的评说主要强调这一观点本身具有怎样的学术突破。我想补充的是，这时期朱德发先生所有这些突破性的学术观点论证得相当扎实。他不仅占有了丰富的五四文学文献和相关史料，还把这些文献和史料放到五四文学革命的国内外历史背景上，把它们与当时的舆论阵地、代表人物、理论主张和创作实践等结合起来进行全面的考察和辨析。针对前人主要以李大钊对十月革命和马克思主义的介绍为论据得出五四文学革命的指导思想是马克思主义，他的研究不是仅注意李大钊当时那几篇有"马克思主义""布尔什维主义"词句的文章，而是多方面地研究了他当时的哲学、政治和文艺思想。对那几篇有"马克思主义""布尔什维主义"词句的文章，也不是只研究文章本身，而是考察了文章的写作背景和发表后的影响；对于那些词句，也不是只看表面，而是深入挖掘它们在当时的具体含义。经过如此全面深入的钻研，作者发现：当时李大钊介绍马克思主义时，常把马克思主义与民主主义、人道主义相提并论，一同宣传；李大钊对十月革命精神的理解，也是以"人道""自由"等民主主义概念来表述的。总之，在当时李大钊的思想中，民主主义和人道主义占了相当大的比重。这一发现，不仅从根本上动摇了以往"权威观点"的基础，又为自己的观点增强了论据。再如，他的《评五四时期胡适的白话文学主张》一文显示了他的考证功夫。为了辨析胡适等人当时所使用的"文学革命"与"文学改良"的含义，他在胡适当时的一些著述和信件中找到十几条根据证明：胡适等人使用的"'文学革命'和'文学改良'两个概念，是当时的同义语，并没有质的区别，不但胡适用它们来表述自己的同一文学观，而且其他的文学革命倡导者亦这样用过"[1]。因而在对胡适白话文学主张的评价上，朱德发先生不仅有强有力的论据阐发自

---

[1] 朱德发：《朱德发文集》（第1卷），山东人民出版社2014年版，第91页。

己的观点，还廓清了过去对胡适一些具体问题的混乱认识，否定了他人的一些错误根据，为人们今后科学地评价胡适排除了一些障碍。

20世纪80年代中后期，也就是在朱德发先生五十岁以后，他的学术成就逐渐获得学术界及相关部门的充分肯定。那些年他每年都像是跨上了一个新的台阶，伴随着喜事连连：1985年受聘副教授，1986年晋升教授，1987年他的《中国五四文学史》获得山东省社会科学优秀成果奖一等奖，1988年被评为山东省首批专业技术拔尖人才……五十岁以后，朱德发先生终于脱颖而出，在学界和社会上的声望越来越高。

"朱德发现象"首先是"拨乱反正"时代特有的人才现象。在"万马齐暗究可哀"的岁月过后，许多被压抑的杰出人才"不拘一格"重新降临到中华大地上。"真理标准讨论"后的思想解放运动同时也是一场人才解放运动。因此，包括朱德发先生在内的一代英才脱颖而出，正是时势造英雄的写照。不过，对于这一现象，人们只看到"英雄"被"时势"造就的一面，却忽视了为什么同样的"时势"只造就了极少数的"英雄"呢？若是能认识到"英雄"脱颖而出的主观能动性，"英雄"就不再是被人嫉妒的"幸运儿"，而是被人敬仰的"弄潮儿"。从朱德发先生的成功之路来看，他的新锐思想和新锐成果既有应"时"运而生的被动塑造关系，又有借时"势"而上的主动拼搏关系。当时思想解放的时代氛围和前沿成果，使他的学术思维被激活、学术激情被唤醒，尤其孕育了他积极挑战的问题意识和学术勇气，并且深刻地铸造了他此后几十年的学术之路。他本人及其研究成果也正是因为积极投入历史转型和思想破冰的时代大潮，并且推动了这一时代潮流，才成为一个跃上潮头的"弄潮儿"。其中秘密就是他"'抓住机遇，迎接挑战'的自觉性"①。

① 朱德发：《朱德发文集》（第6卷），山东人民出版社2014年版，第11页。

六十岁前后创造力越发旺盛

六十岁，是中国党政机关和事业单位绝大多数人退休的年龄。一般人到了这个岁数，身体的各个器官迅速老化，难以适应正常的工作。然而，朱德发先生显然是很不"一般"。他步入老年不仅没有任何衰老的表现，反而是精力更加充沛，尤其是学术生命力越发旺盛。在他六十岁前后（20世纪90年代初中期），在同代学人"收官"的年岁，朱德发先生的学术创造能量大大超过他成名的十年以前。这期间他出版的主要著作先后有：《中国现代纪游文学史》《爱河溯舟：中国情爱文学史论》《20世纪中国文学流派论纲》《中国山水诗论稿》《五四文学新论》《中国新文学六十年》《主体思维与文学史观》等。他还在《文学评论》《中国现代文学研究丛刊》《文史哲》等著名学术期刊发表了大量很有影响的学术论文。

这时期朱德发先生的学术创造力更加旺盛，不仅表现在他的学术成果更多，还表现在这些成果的学术层次更高，更重要的是他在这一时期的理论修养、学术视野和创造能力都大大超过了他辉煌的20世纪80年代。

如果说20世纪80年代朱德发先生的学术突破更多地来自他追求真理的学术勇气和历史唯物主义的研究方法，那么六十岁以后他的学术突破则是靠更多的西方理论学说、更为高远的学术眼光和更具有学理性的学术建构。具体来说，这时期他撰写和主编了六种不同类型的文学史著作，有文体史，还有"断代史、专题史、流派史、通史，打通了近代、现代、当代三种形态文学史的联系，打通了古代中国文学史与现代中国文学史的联系……"①然而，我以为这时期朱德发先生的主要学术贡献在于，探索出中国文学史书写的多种可能。

---

① 朱德发：《朱德发文集》（第1卷），山东人民出版社2014年版，第7页。

《20 世纪中国文学流派论纲》是朱德发先生非常得意的著作。这部书一反此前这类著作侧重历史进程的叙述，而转向侧重对各类文学流派做形而上的理性归纳。具体来说，全书分为"形态论""思潮论""规律论"三大部分。书中对 20 世纪中国文学流派进行了一系列"历史的"更是"逻辑的"理论概括，这就不仅仅是论述 20 世纪中国文学流派本身，同时也是为今后的 20 世纪中国文学流派研究提供了一个逻辑框架。值得一提的是，朱德发先生后来二十多年营造的学术工程主要就是在这个逻辑框架的基础上建构起来的。

再举一例，他主编的《中国现代纪游文学史》不仅开拓出一种前所未有的文学史类型，而且发掘出几乎所有民国时期的作家都有的一个共同行为特征——他们都在"走"。民国时期的作家大多是从家乡农村"走"进文化中心城市，其中有很多又从中国"走"向世界，再从域外"走"回到祖国。这期间战争频繁，无情的烽火逼撵着作家们或远避战祸而落荒，或投笔从戎而出征，或为谋生求职而四处流浪。这风风雨雨的几十年，几乎没有一个作家能够固守一地，潜心创作。尽管在奔波中他们难得动笔，但他们动了心、动了情，以全部生命体验着中国人生存的复杂内涵。于是我们在中国现代文学史上看到了那么多八方求知的身影和四海飘零的孤旅，听到那么多浪迹天涯的吟唱和流亡者的歌哭。所以一部中国现代文学史又是一部"走"出来的历史。这部《中国现代纪游文学史》建构出了一门学科的容量、价值和逻辑体系。它结束了以往对这一课题的局部研究阶段而上升到整体研究阶段，结束了以往那种现象评论而上升为一种历史科学的研究。

六十岁以后的朱德发先生成了大忙人。一是忙于社会工作；二是忙于人才培养；三是忙于学科建设。"忙于社会工作"是指他这时期已经成为学界的领军人物和社会名流。他当选中国现代文学研究会常务理事（后来当选副会长）、山东省中国现代文学学会会长、山东省茅盾研究会会长、山师中文系副系主任兼语言文学研究所所长、省重点学科学术带头人、博士研究生导师，同时担任系、学校、省各级职称评委，省级多种科研奖和多种项目的评委。“忙于人才培养”既是指他这时期培养了大量的硕士研究生并开始指导博士研究生，还包括他主持了多项省级教学改革项目。这时期他率领的山东师范大学中国现当代文学教学团队先后获得山东省优秀教学成果一等奖和二等奖。后来获得国家级教学成果二等奖的成果也是在这一时期实施并完成的。“忙于学科建设”一是因为1991年山东师范大学中国现当代文学学科被评为山东省重点学科；二是1994年山东师范大学中国现当代文学专业开始准备申报博士点。朱德发先生作为学科带头人做了大量的工作。

在如此繁忙的情况下，这一时期朱德发先生的学术研究成果不仅没有减少，反而大大增加了。社会工作、人才培养和学科建设以及行政工作占去了他大量的业余时间，难得他利用周末和假期进行科学研究。更为难得的是，在已经功成名就之后，他依然进行自我加压，笔耕不辍，使自己的学术创造力再次勃发，实现了学术水平和学术成就的新跨越。

七十岁上精力和思维“逆生长”

“朱德发现象”又是一种老年“逆生长”现象。“逆生长”这个概念，本来是指儿童在成长过程中所出现的生长倒退现象，具体表现为语言和行为越来越落后于自己的实际年龄。“逆生长”对于儿童是一个贬义词，而用到老年人身上就是褒义词了。十年前我把朱德发先生的“逆生长”表现特征概括为：“70岁的年龄，60岁的模样，30岁的思想。”他自己也承认“我的心理年龄不知‘老之将至’”[①]。到了古稀之年，他丝毫没有出现

---

① 朱德发：《朱德发文集》（第6卷），山东人民出版社2014年版，第299页。

"记忆力、思维能力大为降低"等衰老特征，依然如同中年人乃至青年人那样博闻强记、思维缜密、出口成章；他非但没有出现"反应迟钝，行动缓慢，适应力明显减退"①等龙钟之态，而是反应依旧敏锐，特别能够接受新的理论和知识。对此，在山东师范大学中国现当代文学学术团队里，所有四十岁以上的团队成员无不自愧不如。这样的"逆生长"，是朱德发先生在中国现当代文学研究界创造的一个奇迹。

朱德发先生的"逆生长"首先表现为他的精力更加充沛，学术产品数量更多、档次更高。进入 21 世纪，朱德发先生已经迈向古稀之年。从 2000 年到 2008 年，他发表学术论文 80 多篇，平均每年近 10 篇。其中，《中国社会科学》2 篇，《文学评论》4 篇，无论论文数量还是刊物档次同比都超过此前任何时期。这 8 年，他独立撰写和合著学术著作 8 部：《世界化视野中的现代中国文学》（独立撰写）、《穿越现代文学多维时空》（独立撰写）、《现代文学史书写的理论探索》（独立撰写）、《朱德发序评集》（独立撰写）、《跨进新世纪的历程：中国文学由古典向现代转换》（合著）、《评判与建构：现代中国文学史学》（合著）、《20 世纪中国文学理性精神》（合著）、《现代中国文学英雄叙事论稿》（合著）。这一切，对于一个三四十岁的中青年来说，都是难以企及的数字，更何况是一个古稀老人呢？

朱德发先生"逆生长"的第二个表现是，他提出了许多新的学术范畴和学术命题。例如，他提出的"现代中国文学的制导性传统"②"人本艺术思维"③"发现逻辑机制"④"群己对立英雄观"⑤"现代中国文学"等。这

---

① 以上引号内文字见互联网"360 百科"对"衰老的表现"的概括。
② 朱德发：《朱德发文集》（第 6 卷），山东人民出版社 2014 年版，第 66 页。
③ 朱德发：《朱德发文集》（第 7 卷），山东人民出版社 2014 年版，第 191 页。
④ 朱德发：《朱德发文集》（第 10 卷），山东人民出版社 2014 年版，第 283 页。
⑤ 朱德发：《革命文学群己对立英雄观辨析》，《河北学刊》2005 年第 6 期。

些新的学术范畴和学术命题虽然未必大家都能接受，但因带有创新性和学术启发性而受到学界的重视。新范畴和新命题是新思想、新理念的载体。老年人大多拒绝接受这些新的东西，至少他们不会创造这类新的东西。这是因为老年人的脑细胞加速度递减，即使不发生脑萎缩，在思想和理念上也更愿意认同旧的东西。然而，古稀之年的朱德发先生却与之相反。他之所以能够不断提出一些新的学术范畴和学术命题，肯定是因为他具有像年轻人一样不断萌生新的思想和理念要表达的欲望和能力，而既有的范畴和命题又不能容纳他的新思想和新理念。例如，"现代中国文学"命题（而不是概念）的提出，就很能说明这一问题。在朱德发先生提出之前，"现代中国文学"这个概念已经存在，但朱德发先生发现已有的"中国新文学""中国现代文学""中国现当代文学""20 世纪中国文学""百年中国文学"等都不能表达他心中的这一段文学历史，于是他把"现代中国文学"概念打造成了一个既有理论依据，又有价值坐标，还有评价体系的学术命题。其理论依据就是现代民族国家理论，其价值坐标就是"世界化"与"民族化"的互动，其评价体系就是"一个原则三个尺度"（"一个原则"是以人道主义为评价现代中国文学的根本原则；"三个尺度"就是用真、善、美作为现代中国文学的价值标尺）。这样"现代中国文学"比起"中国新文学""中国现代文学""中国现当代文学""20 世纪中国文学""百年中国文学"等范畴，在学理上更具有科学性内涵，在学术实践中更具有可操作性。

朱德发先生"逆生长"的第三个表现是，他在古稀之年不断刷新自己以往的研究对象，实现学术青春的复归。一般来说，七十岁左右的学人很少再做学术研究，能做的也多是限于自己熟悉的研究领域。朱德发先生不是这样，他不断地重新反思自己过往的研究，重新研究所获得结论往往比多数中青年学者更加前卫。例如，他对鲁迅其人的重读，运用了大量哲学、美学、心理学、文学社会学的理论和方法，阐发了鲁迅主体意识现代化的独特性及其思想的高度和深度；他对鲁迅其文的重读，对其主要美学特征做出新的归纳：重估一切的反叛姿态、背后潜隐的人权主题、营造现代型文学艺术的综合智慧、杂多而统一的文学体式、交互为用的创作方法。① 至于他对自己五四文学研究的频频刷新和对自己文学史研究的不断超越，后面再说。

朱德发先生"逆生长"的第四个表现是，随着自己年龄的增长，他不是逐渐收缩自己的学术阵地，反而是不断扩大自己的研究空间。他先是"打通了近代、现代、当代三种形态文学史的联系"，继而"打通了古代中国文学与现代中国文学史的联系"，再后来"打通了中外文学史的联系，并通过对中外古今文学史流变的粗略性的整体把握，从其相通性与差异性的文化特征中发掘世界文学建构的共同规律与民族文学发展的特殊轨迹"②。他七十岁左右所发表的成果大多是在研究"世界化视野中的现代中国文学"。朱德发先生赋予"世界化"双重含义，既有空间的"全球化"含义，又有时间的"现代化"含义。在这两大维度的"世界化视野"里他不停地"纵横求索"。这时期，朱德发先生不仅完成了从晚明开始的中国文学向现代转换的系统研究，而且逐渐上溯和扩大，不断深化对中国传统文化/文学与现代中国文学相通和对接的研究。

八十岁依然站在学术前沿

2014 年，朱德发先生已经年满八十岁了。暑假里我拜读了他刚刚杀青的最新书稿《为大中华 造新文学——胡适与现代文化暨白话文学》

---

① 朱德发：《朱德发文集》（第 6 卷），山东人民出版社 2014 年版，第 209—266 页。
② 朱德发、张光芒：《五四文学文体新论》，《中国社会科学》1999 年第 5 期。

（2015 年将由人民出版社出版）①。他的学术锋芒如同三十二年前一样新锐，其学术观点代表了胡适研究以及五四文学研究的最新成就。一个八十岁的老人还能够站在学术前沿实属难得，更难得的是这三十多年他始终站在学术前沿。这是朱德发先生在中国现代文学研究界创造的又一个奇迹！

那么，奇迹是如何发生的呢？这背后的秘密也许并不深奥。

首先，从 20 世纪 80 年代初期至今，朱德发先生始终关注学术界的"热点"课题。在 20 世纪 70 年代末到 80 年代初的新启蒙运动中，"五四"不可避免地成为学界的研究"热点"。而朱德发先生研究的"五四文学革命的指导思想"问题又成了"热点"中的"热点"。他不仅攻克了这一"前沿"上的"前沿"课题，而且完成了中国第一部《中国五四文学史》，也是迄今为止唯一一部《中国五四文学史》。这三十多年来，在我所读过的五四文学研究专著和五四文学研究的博士论文参考文献中，《中国五四文学史》是出现频率最高的著作。《中国五四文学史》完成后，朱德发先生研究的 20 世纪中国文学流派问题、主体思维与现代中国文学问题、中国文学由古典向现代转换问题、现代中国文学史学问题、现代中国文学的英雄叙事问题、现代中国文学的现代性问题、"世界化"与现代中国文学问题、现代中国文学史命名问题及其学科内涵问题、评价尺度问题，等等，无不是他针对学界"热点"提出自己的创见。

其次，他不断地向自我挑战，不断实现自我超越。三十多年来，朱德发先生不停息地更新着自己的知识结构和理论资源，从而同时实现了自我的双重超越：既能不断深化自己已有的研究课题，又能不断开拓自己新的学术疆域。前者如他的五四文学研究。继《中国五四文学史》出版后，他隔几年就有新的五四文学研究新成果问世，每一次都能看到他的自我挑

---

① 该书已于 2016 年 5 月由人民出版社出版发行。——编者注

战①；后者如他的文学史研究，从关注"新文学史"到"中国现代文学史"再到"20 世纪中国文学史""百年中国文学史"，最后到"现代中国文学史"。这些命名的变化体现了他不惜以今日自我与昨日自我宣战的自我否定和自我超越。更重要的是，他从文学史书写的探索到对文学史史学的研究，既是他不断对这一学科的反思和突围，又是对这一学科的建设性重构。他对这一学科的学科意识、核心理念、基本特征、价值评估体系、认知模式和认知结构都做了全方位的最新学术思考，使得所有关注现代中国文学史学的人，几乎都在关注朱德发的最新研究。

最后，对于学术的献身精神使他保有三十多年的学术高峰期。八十岁的朱德发先生之所以能够始终站在学术前沿，说到底是他对于人文学术的献身精神。三十多年来，功利主义、物质主义污染了中国社会，越来越多的人向"钱"看、向"权"看，而朱德发先生却始终向"学问"看。他的学术生命力首先源自他对人文学术的挚爱。他说"研究旨在探讨真理、创新趋优、言说真话，然而要做到这样又谈何容易？通过对五四文学的生命体验与理性感悟，使我的文化人格注入了人文精神与科学精神，增强了'诚'与'爱'的人性内涵，提升了真善美和谐统一的审美境界，激起了学术生命力的爆发力"②。在他保有三十多年学术高峰期的背后，还有一个重要的原因就是他的勤奋和专注。20 世纪 80 年代，朱德发先生在学界"走红"的时候，许多人只知道他在思想和学术上的成功"突围"，却很少有人知道他将自己的"反锁"（"突围"之前的那些年，他为了专心读书和写作，经常把自己反锁在家中）。三十多年来，他没有别的嗜好和娱乐，甚至都不愿意聊天，唯一倾心的事情就是伏案读书和写作。他大量的本学科以外的文学理论、美学、哲学、史学、社会学和心理学等理论知识都是

---

① 参见《朱德发文集》（第 4 卷）"补遗篇"，山东人民出版社 2014 年版。
② 朱德发：《朱德发文集》（第 1 卷），山东人民出版社 2014 年版，第 5 页。

以超出常人的勤奋获得的。他还说"一个'真学者'不只是把致力于学术研究当成其生存方式和价值根基，具有一种自觉的以身殉业的奉献精神，而且应树立为学术而学术、为学问而治学的坚定信念，见到发财之道不动心，听到官场升迁不走神，你走你的阳关道，我走我的学术桥，只要能施展我的才能实现我的选择就感到其乐无穷，无限欣慰"①。这就是答案，告诉你朱德发的学术成果为什么能经得起三十多年风云变幻的考验？也可以理解为对"朱德发现象"之谜所做的一种回答。

"朱德发现象"彰显了他本人辉煌的三十多年，同时，也成就了山东师范大学中国现当代文学学科近三十多年的荣光。因此，我最后要说的是：没有朱德发，就没有山东师范大学中国现当代文学学科作为国家重点学科的今天。

（选自《中国现代文学研究丛刊》2015 年第 4 期）

---

① 朱德发：《朱德发文集》（第 1 卷），山东人民出版社 2014 年版，第 11 页。

目　录

交响的魅力

附　录

前　言

朱德发先生是新中国成立以来中国现当代文学研究界第二代学人的杰出代表，中国现当代文学研究领域的领军人物，尤其是山东省中国现当代文学教学与研究和学科建设的标志性人物。

他自觉地继承了以鲁迅为代表的五四文学启蒙精神，敢开风气之先，并与时俱进，关心国计民生，为人生而学术，视学术为生命，深耕杏坛，开拓创新，笔耕不辍，著作等身。从"文革"期间的困惑重重，到改革开放新时期的激情突围、纵横求索，再到新世纪的伏枥前行、执着建构，朱德发先生不断"在困惑中突围、在探索中求新"，[①] 以有限的生命力、智力、魄力和识见力书写了四十余年辉煌的学术生命史。在朱德发先生的学术生命历程中，他通过深刻的理论创新和扎实的研究实践"先后确立了作为启蒙家的现代文学学者、推动学术范式转型的文学史家、在研究实践中

---

① 朱德发：《现代中国文学研究三十余载有感（代弁言一）》，《朱德发文集》（第 1 卷），山东人民出版社 2014 年版，第 2 页。

建构学术体系的文学理论家这样三个层面的学术形象"①，其中灌注着他的学术思想、学术品格、人文情怀和文化人格，从而成为中国现当代文学研究界独特的"这一个"。

从整体上看，朱德发先生的学术研究和学术思想经历了沉寂期、形成期、拓展期、完善期等四个重要阶段。这构成了他的学术人生四部精彩的华章。

一 沉寂期的压抑困惑（1974 年至 20 世纪 70 年代末）

1971 年"复课闹革命"，朱德发先生被推上大学讲台，为工农兵学员讲授中国现代文学专题课程。在阶级斗争语境下，只能讲鲁迅、浩然等作家作品和革命样板戏。但作为一个大学教师的社会良知、学术观点和思想见解却根本无法表达。在这种压抑的时代氛围中，只得把许多困惑挤压进心底。1974 年夏秋，朱德发先生参加了全国十二院校《中国现代文艺思想斗争史》（内部教材）的讨论和编写工作。从某种意义上讲，参与这种反智论教材的讨论和编写，可算作他在大学从事学术研究生涯的起点。② 但朱先生坦言："能真正从著述中根据自己的感受和思考发出内在声音的学术论文却是发表于 1979 年第 5 期《山东师范大学学报》上的《评胡适的〈尝试集〉及其诗论》，以及同年天津人民出版社出版的《鲁迅作品教学初探》和山东人民出版社出版的《鲁迅作品讲解》（上、下）两书中我所承

---

① 张光芒：《朱德发教授学术思想探微》，《拓展现代中国文学研究的新格局——朱德发及山师学术团队与现代中国文学研究学术研讨会论文集》，魏建、李宗刚、刘子凌主编，山东人民出版社 2016 年版，第 283 页。

② 就目前所知，朱德发先生在学术期刊上正式发表学术论文是在 1974 年，即发表于《文史哲》1974 年第 2 期的《西沙自卫反击战的壮丽颂歌——读张永枚同志的诗报告〈西沙之战〉》（合著）。

写的鲁迅作品解读的文章。"① 其中的《评胡适的〈尝试集〉及其诗论》成为朱德发先生第一部专著《五四文学初探》（山东人民出版社 1982 年版）的重要篇章，而《鲁迅作品教学初探》和《鲁迅作品讲解》（上、下）也是他参编的重要著作。正是在拨乱反正、重估一切价值的时代语境下，朱德发先生逐渐摆脱了政治意识形态一元化主导下思维模式的束缚，在困惑中反思，以不凡的胆识、力量和担当，突破禁区，冲出重围，上下求索，开拓创新，根据自己的知识结构、感受体验和独立思考作出价值判断，参与学术争鸣。这标志着他以一个知识者的独立姿态步入现代中国文学研究领域的真正开始。

二　形成期的突出重围（20 世纪 70 年代末至 80 年代中期）

1978 年十一届三中全会的召开，给中国带来了科学和文艺的春天，学界也开始解冻，即将迎来一个思想的晴空。在改革开放的时代语境下，朱德发先生为本科生开设了一门选修课——"五四文学研究"，同时参编了由田仲济、孙昌熙两位先生主编的"文革"结束后第一部《中国现代文学史》，具体负责"五四文学革命"一章的撰写，并给全书通稿。朱德发先生为了选修课教学和编写文学史的现实需要，认真翻阅了 20 世纪五六十年代编写的几乎所有的"中国现代文学史"，仔细搜集和深入阅读了大量有关"五四文学革命"的原始史料、重要报纸杂志和主要作家作品，以及政治经典文本对于"五四新文化运动"和"文学革命"的权威性论断。他通过反复比较分析和深入缜密思考，终于发现这些文学史的叙述和政治经典文本的权威判断违背甚至遮蔽了"五四文学革命"现存史实所揭示和展现

---

① 朱德发：《现代中国文学研究三十余载有感（代弁言一）》，《朱德发文集》（第 1 卷），山东人民出版社 2014 年版，第 1 页。

的历史本真面目。这些给他带来了困惑，这种困惑催生了强烈的问题意识，当时的文化语境下，极"左"思想的影响仍然存在，尽管禁忌多多，但在揭示真相和遮蔽历史之间，他最终以一种学术勇气和理论胆识选择了前者，从而激发出不可遏止的学术热情，并且以一种攻坚的坚忍不拔的韧性精神和一个现代知识分子的人文情怀，带着五四新文化运动和文学革命的诸多敏感而困惑的问题投入研究之中。他以五四文学为突破口，坚持一切从史料出发和重返历史现场的原则，力求还原历史的真相，以大胆质疑的科学精神和正本清源的问题意识，深入探讨了五四文学革命的指导思想问题，并具体针对鲁迅"为人生"的文学观、茅盾的新文学观、胡适的白话文学主张、周作人的文学主张等问题发表了真知灼见，同时就冰心"问题小说"的思想价值和意义、胡适的《尝试集》及其诗论主张、鲁迅小说《狂人日记》的人道主义思想倾向等问题敢发前人所未发之见解。总之，朱德发先生以一个现代学者的敏锐眼光和理论视野对五四文学革命的性质和指导思想以及颇有争议的作家作品，进行了实事求是的理性判断和恰如其分的全新评价，为五四文学甚至现代文学研究开创了一个崭新的局面。这些思考的成果先以论文的形式陆续发表，于 1982 年结集为《五四文学初探》出版，这在现代文学研究界产生了广泛而深远的影响。正如论者所言："这本书，是作者集中探索五四文学问题的八篇论文的结集。它们分别探讨了五四文学革命的指导思想、几个代表人物的文学主张和一些在当时产生过重大影响的文学作品。其要旨在于解决五四文学研究中的一些重点和疑点问题。该书的主要价值，正在于它对这些重点和疑点的突破。"①其中最富思想冲击力和学术影响力的是关于五四文学革命的指导思想的探讨，而这恰恰体现了朱德发先生作为一个执着于现代文学研究的学者

① 孙昌熙、魏建：《现代文学研究的新收获——评朱德发同志的〈五四文学初探〉》，《山东师大学报》（哲学社会科学版）1983 年第 3 期。

于重重困惑中大胆突围的思想家的不凡气度。

出版于 1983 年的合著《茅盾前期文学思想散论》，可以说是对五四文学研究的补充和深化，被誉为"第一部较为系统地研究茅盾前期文学思想的专著"，有论者指出："作者具有比较开阔的研究视野，能站在历史的高度考察文学现象，并注意把宏观和微观结合起来进行分析。他们没有把茅盾前期文学思想作孤立的封闭式的研究，而是把它放在中国文学发展过程中和世界文学潮流中审视、评析、归纳、综合，从多维的社会空间进行全面考察，既注意到研究对象的时代规定性，又看到它的历史继承性、延续性。"同时认为"著者从各个不同的侧面对茅盾前期文学思想作了深入的探讨，如茅盾'五四'时期的新文学观、'五卅'前后的无产阶级文学观、前期的新小说观、茅盾与白话运动等，探讨了鲜为人论及的课题，拓宽了研究领域"。[①]

五四文学研究为朱德发先生的学术生命历程奠定了第一块坚实的基石，通过对五四文学的感悟和体验，使他的"文化人格里注入了人文精神与科学精神，增强了'诚'与'爱'的人性内涵，提升了真善美和谐统一的审美境界，激起了学术生命力的爆发力"[②]。虽然在 1983 年"清除精神污染"运动中，朱德发先生因五四文学指导思想等言论与南京大学许志英先生同调而遭到被批判的厄运，但他对五四文学研究的激情未减，反而增强了学术理性和生存智慧。朱德发先生在不断突围的历险中凝聚成根深蒂固的"五四情结"，积淀于他的学术生命和文化人格深处，成为他向现代中国文学纵深横阔处掘进前行的动力之源，从中焕发出来的生命激情、学术张力和创造活力不断推动他进入一个又一个新的逻辑层级，在学术园地

---

① 张学军：《茅盾研究的新收获——读〈茅盾前期文学思想散论〉》，《齐鲁学刊》1986 年第3 期。

② 朱德发：《现代中国文学研究三十余载有感（代弁言一）》，《朱德发文集》（第 1 卷），山东人民出版社 2014 年版，第 5 页。

里纵横捭阖、上下求索。

三　拓展期的纵横求索（20 世纪 80 年代中期至 90 年代中期）

朱德发先生从五四文学出发，深入现代中国文学发生期的肌理来探究其真相和本质，这些探索及其成就形成了他的学术生命的重要基点。可以说，五四文学研究是他的学术生命展开双翼奋飞的基地，也是他的学术激情的动力之源。平心而论，仅靠先生的五四文学研究，就足以成就他的学术盛名，奠定他的学界地位了。但先生并未将五四文学研究作为他终生追求的学术价值目标，而是仍然带着困惑和问题意识，不断求索，不断发现，不断开拓创新，"以鲁迅为榜样在学术领域求真打假"，怀着这种"雄心与毅力"，"不满足一孔之见或孤陋寡闻而立志在学海中纵横求搜获取新知卓见"①。正是这种纵横学海上下求索的决心和恒力推动他对现代中国文学作纵深开掘。朱德发先生认识到现代中国文学不是一个孤立的抽象物，而是生成于中外古今文化纵横交错的坐标系上的一个开放、博大、复杂的立体系统，文学运动、思潮流派、作家作品与中外古今文化构成的深广语境和生态心态之间存在着千丝万缕的复杂联系，更加重视把宏观、中观或微观的文学研究纳入一个宏阔深邃、错综复杂的文化背景之下。这就逐渐形成了中外古今文学参照下的现代文学史观。从 20 世纪 80 年代中期到 90 年代中期，朱德发先生的研究视野逐渐发生了由中向外、由今及古的重要变化，既以世界化视野将现代中国文学作为"世界文学"格局的有机组成部分，又以民族化眼光审视现代中国文学由古代中国文学转型而来的必然历程。他在这时期的著作主要有《中国抗战文艺史》（重写本，1984 年）、

---

① 朱德发：《现代中国文学研究三十余载有感（代弁言一）》，《朱德发文集》（第 1 卷），山东人民出版社 2014 年版，第 7 页。

《中国五四文学史》（1986 年）、《中国现代文学史新编》（1987 年）、《新编中国现代文学史》（1989 年）、《中国现代纪游文学史》（1990 年）、《爱河溯舟——中国情爱文学史论》（1991 年）、《20 世纪中国文学流派论纲》（1992 年）、《中国山水诗论稿》（1994 年）、《五四文学新论》（1995 年）、《中国新文学六十年》（1996 年）。这些独著、合著、主编或参编的断代史、专题史、流派史、通史，既打通了近代、现代、当代三种形态文学史的联系，也打通了古代中国文学史和现代中国文学史的联系，更打通了中外文学史的联系。这些在"史通"和"史识"上下了深厚功夫的文学史著，有的是为了大学中文专业教学需要集体而作，有的是为了学术探索而作出的独立思考，每一部都体现出鲜明的创新精神和强烈的个性意识，其中熔铸着朱德发先生的文学史观和真知灼见。

在中国现当代文学研究中，文学史的研究和书写一直是研究者密切关注的领域，一方面文学研究的新成果需要在文学史著作中得到及时反映，另一方面文学史书写中不断涌现出来的新问题也会促进文学研究的思维、观念和方法不断发生变革与创新。因此，文学史的理论研究和书写实践逐渐进入现当代文学研究界许多学者的价值视野，并成为其研究的重心所在。有学者指出："朱德发先生就是其中一位卓有建树的学者。上世纪 70年末期，朱先生就参与了田仲济、孙昌熙主编的《中国现代文学史》的编写，这部文学史在'文革'结束初期是有较大影响的。后来，朱先生又协助田仲济先生修订《中国抗战文学史》，其篇幅增加了近三分之二。由此起步，朱先生在现代文学史的研究与著述中不断有新的建树问世。1984年，他同冯光廉先生合作主编了《中国现代文学史教程》，1986 年他出版了个人的文学史专著《中国五四文学史》，1987 年他同孙昌熙先生合作主编了《中国现代文学史新编》，1989 年他同蒋心焕、陈振国先生合作主编了《新编中国现代文学史》，1990 年他主编了中国第一部《中国现代纪游文学史》，1991年他引领两位青年学者共同完成了《爱河溯舟——中国情爱文学史论》。这些文学史著，有的是为了大学中文教学而作，有的是为了学术的探索思考，但每一种著述都鲜明地体现着强烈的创新精神与突出的个性意识。"同时对朱德发先生领衔主编的《新编中国现代文学史》给予了高度评价："从50年代开始，中国现代文学史的著史体例逐步形成了两种基本的模式，一是王瑶模式（以《中国新文学史稿》为代表），一是丁易模式（以《中国现代文学史略》为代表）。前者是一种块状叠合式的结构，四个时间段是四大块，在这四大段落上又各分为五个小块，包括概述及四大文学体式。丁易模式则是编年与评传的结合体。这两种体例模式一直沿袭到80年代，它们各有其特点与优势，但同时又各有其弊端与局限，对人们的文学史思维方式构成了比较突出的束缚。朱先生领衔主编的《新编中国现代文学史》（明天出版社）可以说是最早向这两种传统模式进行突破尝试的史著。该著力图将王瑶模式与丁易模式糅合起来，尽量包容这两种模式的特点与优长，构建起一种综合性的文体与作家流派（群体倾向）相结合的体例。尽管这种新的体例思路仍然有些弊端，旧模式中存在的问题没有得到完全的克服，但突破旧模式创建新体例确实是那个时代共同的学术愿望，在这个意义上，朱先生的史著不啻是开风气之先的。"①

在朱德发先生开风气之先的史著中，不得不提他的《中国五四文学史》。《中国五四文学史》是国内学界正式出版的第一部有关五四文学的断代史。早在《五四文学初探》问世伊始，就有论者对作者寄予更高的厚望："我们殷切期望朱德发同志在《初探》的基础上，尽快完成一部《五四文学史》。我们相信，他完全有能力填补现代文学研究中的这一大空

---

① 谭桂林：《从文学史著到文学史学》，《朱德发教授与中国现代文学研究（笔谈）》，《山东师范大学学报》（人文社会科学版）2003年第6期。

白。"① 时隔不到四年的时间，朱德发先生以敢啃硬骨头的韧性精神、翔实丰富的第一手资料、严谨缜密的科学论证和独到新颖的文学观念隆重推出了他的又一部有开拓意义与创新价值的力作——《中国五四文学史》。作者"在编写过程中，力求坚持实事求是的态度，从原始史料出发，从纵向与横向、宏观与微观的结合上，探讨五四文学运动的来龙去脉及其演变规律，既不简单地套用现成的公式和某些流行的概念去评述复杂的文学现象，又不无视作家在文学史上的实际贡献而主观地去裁判其在文学史上的地位，尽力依据史实作出切合历史本来面目的结论"②。该著不仅燃烧着来自五四历史隧道的精神火种，而且熔铸了作者的主体智慧。其中"人的文学"观念贯穿始终，更重要的是将五四文学置于一个纵横交织的坐标系中考量其独具特色的现代性和民族性，正是在这样一个深入思考、纵横考究的基础上，才大胆提出了自己的观点："五四文学在中国文学史的长河中是一种具有'现代型'特征的新文学，从宏观上加以审视，它既是新的启蒙文学，又是'为人生'的平民文学；既是白话化的文学，又是文体大解放的文学，也是面向世界的开放性文学。"③ 在对五四文学发生发展历程的叙述和史学建构过程中，倾注了作者对五四文学由衷的热爱和理性审视。这部五四文学研究集大成之作集中体现了作者的独特史识、主体思维特点和对文学史宏观把握的学术能力，这是由个人独立撰写学术型文学史著作的一次非常成功的大胆尝试，为文学史的创新编撰提供了不可多得的范型。虽然它在五四戏剧和五四散文领域存在研究的薄弱环节而带来各章节之间的不平衡，但总起来看，"作者没有孤立地、封闭地研究五四文学，而从纵的方面注意了与近代文学的联系、继承和发展，从横的方面注意了

---

① 孙昌熙、魏建：《现代文学研究的新收获——评朱德发同志的〈五四文学初探〉》，《山东师大学报》（哲学社会科学版）1983 年第 3 期。

② 朱德发：《后记》，《中国五四文学史》，山东文艺出版社 1986 年版，第 671—672 页。

③ 朱德发：《中国五四文学史》，山东文艺出版社 1986 年版，第 1 页。

对外国文学思潮的借鉴，并认真地探求文学形式的流变。这就有针对性地突破了现代文学研究的薄弱环节，具有填补空白的意义"①。

《中国现代纪游文学史》出版后，有论者认为："《中国现代纪游文学史》的出现，才标志着这一课题作为中国现代文学史的一门元学科的诞生，因为我们从书中读出了一门学科的容量、价值和逻辑体系。它结束了以往对这一课题的局部研究阶段而上升为整体研究阶段，结束了以往那种现象评论而上升为历史科学。"同时指出："尽管看到书中还有个别不足，但我依然更看重这本书对于突破文学史观念的启迪意义。"② 更有论者称赞该书为"一部具有拓荒性的文学专史著作，具有较高的学术价值，它将我国的现代纪游文学的研究向前推进了一大步"③。

作为第一部系统研究中国爱情文学的专著，《爱河溯舟——中国情爱文学史论》的问世，立刻引起了学界的关注。《文艺报》发表了题为"爱与美的探索——朱德发等著〈爱河溯舟〉札记"的评论文章，该文认为这部著作"从史的角度对中国古今的情爱——爱情文学名著进行了较为系列的纵向考查与研究，于纵横比较中探索了情爱文学发展的'特殊规律'及总体审美特征，并作出了较为切合实际的评析"；在方法论上"作者放弃了传统的作家作品论的叙论方法，而选择在宏观综合考察的基础上对情爱文学的个体进行研究，使个体在整体系统中成为有机组成部分并显示出较深沉的理论意蕴来"④。有的评论者赞誉该书"尤其具有了填补空白的意

① 韩日新：《五四文学研究的新成果——评〈中国五四文学史〉》，《山东师大学报》（社会科学版）1988 年第 2 期。

② 魏建：《文学形态、文学主题与文学的历史——有感于〈中国现代纪游文学史〉》，《中国现代文学研究丛刊》1991 年第 4 期。

③ 朱晓云：《纪游文学的拓荒之作——读〈中国现代纪游文学史〉》，《山东师大学报》（社会科学版）1991 年第 4 期。

④ 祝鲁：《爱与美的探索——朱德发等著〈爱河溯舟〉札记》，《文艺报》1991 年 11 月 23 日。

义"，指出《爱河溯舟》一书"以极为严肃的学术态度，以史的纵向序列和论的横向归纳，通过对中国文学中爱情现象的全面归结与分析，对其所包含的社会与美学内容做了多层次、多角度的深入探讨与透视。综观全局，这部著作不但可以视为一次十分有益的首举尝试，而且的确显示了相当的理论水准和学术价值"①。

　　《20 世纪中国文学流派论纲》是我国第一部综论 20 世纪中国文学流派的专著，这是"一部好书"，"全书都洋溢出一种清新的理论气息"。从这个意义上讲，该书"既是一部富有开拓性的流派史力作，又可视为一个富有启发性和指导意义的新文学流派理论工程"。② 这部现代中国文学流派研究的扛鼎之作问世后，引起了较大的社会反响。仅 1993 年在《中国现代文学研究丛刊》《新闻出版导报》《聊城师范学院学报》等报刊就发表了一批评论文章，广为学界赞誉。即使问世十余年后，该著仍受到学界的关注，有论者论述道："他的第一部文学思潮流派的专著《20 世纪中国文学流派论纲》在 90 年代初问世，不同于已有文学思潮流派研究成果之处，就在于上述文学史研究的坚实积累和勇于质疑创新的文学史视野，课题研究的突破性追求十分鲜明：一是跳出了这一时期普遍集中在思潮流派各种'史'的描述性的研究套路，大胆探索 20 世纪中国文学思潮流派的某些规律，积极思考和建构文学思潮流派研究的理论体系。近 40 万字的论著以探讨文学流派的'形态论''思潮论''规律论'为主体构架，旨在寻求 20 世纪中国文学丰富多彩群体的自身理论系统。二是抓住了文学思潮中最为活跃、核心的文学流派为切入口，并以集中探究文学流派的'美学形态和艺术风貌'、把握文学流派的'构成要素'为中心点，将文学流派看作

————————
　　① 齐飞：《严肃的探索　有益的开拓——评第一部系统研究中国爱情文学的专著〈爱河溯舟——中国情爱文学史论〉》，《天津书讯》1991 年 8 月 25 日。
　　② 张光芒：《理论开拓与现象研究的深度契合——简评朱德发教授新著〈20 世纪中国文学流派论纲〉》，《聊城师范学院学报》（哲学社会科学版）1993 年第 3 期。

'一个极为活跃的生命流体'并寻找其基本特征，从而深化了文学流派本体的认知，也为文学史思潮研究的深入提供了条件。"同时指出："同许多文学史家一样，朱先生的文学思潮流派研究自然也是个人化的解读和探讨，但是他的理性和诗性智慧结合的研究却给我们提供了一种范式。我们对此可以认同，可以商榷，可以超越，却无法回避他所带来的思索。"①

1995 年出版的《五四文学新论》是朱德发先生在其 20 世纪 80 年代五四文学研究基础上再出发、再研究的新成果，被誉为"学术灵魂的又一次探险"②。有论者指出："著者在此前从政治社会学层面转向从文化意识层面探索'五四'文学精神的基础上，进而从生命意识上寻求五四文学精神的精髓与底蕴；并将'五四'文学与现代学术的建立、城市意识的觉醒、中西文化渊源等联系起来全面考察，既扩大了'五四'的内涵，也从一个侧面反映出 90 年代学术界新的研究范式与价值取向。"③

朱德发先生经过拓展期的纵横求索，不断开拓，不仅以"重写文学史"的精神，在汲取他人研究成果和学术精华的基础上，融入了个体智慧和主体意识，从内涵与体式合乎逻辑的结合上开创性地进行了文学史的书写与基本建构，而且为文学史理论、文学流派理论和文学研究思维学的建构作出了具有实践意义的初步探索。

四　完善期的深层建构（20 世纪 90 年代中期至 2018 年）

朱德发先生在压抑困惑中带着强烈的问题意识和健劲的学术激情不断

---

① 杨洪承：《文学思潮流派研究的理论建构》，《朱德发教授与中国现代文学研究（笔谈）》，《山东师范大学学报》（人文社会科学版）2003 年第 6 期。

② 刘蕾：《学术灵魂的又一次探险——读朱德发教授的〈五四文学新论〉》，《作家报》1996年 4 月 27 日。

③ 张光芒：《一代学人的"五四情结"》，《朱德发教授与中国现代文学研究（笔谈）》，《山东师范大学学报》（人文社会科学版）2003 年第 6 期。

地实现着思想的解放与精神的突围，在现代中国文学研究领域纵横开拓，求索创新，以突出的学术成就奠定并夯实着他的学界地位，成为一方重镇。但这都不是他致力于现代中国文学研究的最高宗旨，他的最终目的是通过这些策略性的举措、行为及其成果建构自己的学术大厦。在他看来，现代文学研究的过程既需要解构的激情冲动，更需要建构的理性积淀，任何突破和超越都是为了最终的建构。随着朱德发先生学术思想的不断成熟和学术研究的不断深入，他的学术人生开始进入深层建构的完善期。

朱德发先生以一个真学者的标准来严格要求自己，既能及时抓住时代机遇，不断提高理性自觉，又始终坚持科学的治学态度，去探讨和认识现代中国文学的本真面貌和内在规律，永葆学术思维的活力，按照中国新文学现代化的内在机制和基本规律重新考察与规划中国现当代文学学科的研究范畴；既具有自觉的以身殉业的奉献精神，坚守学术本位，树立了为学术而学术、为学问而治学的坚定信念，又形成了率真耿直、特立独行、光明磊落、刚正不阿的文化人格，更具有一种宠辱不惊、直面现实人生的正常的生活心态和乐观进取、昂扬向上的生活情调。正如先生所言："不敢说我已具有现代学人的优秀素质，而是说我正是在努力学习'真学者'的治学态度、优秀品格、学术作风、价值观念、献身精神甚至生存方式的过程中，为实现自己的学术追求而积极探索、锐意进取，在建构上有所创新。"①

20世纪90年代中期以来，直至先生去世前夕，他都在不断地为实现他的学术大厦的深层建构而孜孜以求、奋斗不息。在文学史的建构上，除了拓展期的《中国五四文学史》（1986年）、《中国现代纪游文学史》（1990年）、《爱河溯舟——中国情爱文学史论》（1991年）、《20世纪中国

---

① 朱德发：《现代中国文学研究三十余载有感（代弁言一）》，《朱德发文集》（第1卷），山东人民出版社2014年版，第12页。

文学流派论纲》（1992 年）、《中国山水诗论稿》（1994 年）以及多次"新编"的《中国现代文学史》之外，这个时期推出的成果有《中国现代文学史实用教程》（1999 年）、《跨进新世纪的历程：中国文学由古典向现代转换》（2000 年）、《20 世纪中国文学理性精神》（2003 年）、《现代中国文学英雄叙事论稿》（2006 年）、《现代中国文学通鉴（1900—2010）》（2012 年）、《现代中国文学史精编（1900—2000）》（2013 年）等，这些文学史著作都从体式与内涵合乎逻辑的结合上实现了开创性的建构，均为史论兼具的求新之作。在文学史理论、文学流派理论和文学研究思维学的建构上，出版了《主体思维与文学史观》（1997 年）、《评判与建构——现代中国文学史学》（2002 年）、《世界化视野中的现代中国文学》（2003 年）、《现代文学史书写的理论探索》（2010 年）、《现代中国文学新探》（2016 年）等。在五四文学研究的崭新建构上，出版了《国语的文学与文学的国语——五四时期白话文学文献史料辑》（2013 年）、《为大中华 造新文学——胡适与现代文化暨白话文学》（2016 年）。在现代中国文学研究的综合建构上，出版了十卷本《朱德发文集》（2014 年）。

20 世纪 80 年代中期学界强调文学主体性以后，朱德发先生紧跟时代思潮，不断革新思维、观念和方法，结合自己的文学史研究心得，选择了交叉学科的研究视角，着眼于考察思维学与文学史的关系，最终于 1997 年著成《主体思维与文学史观》一书。有论者指出该著"着重讨论现代文学史编著者主体思维方式在编著过程中的重大作用。作者选择交叉学科的研究视角，着眼于思维学与文学史关系的考察，自觉地反思在撰写文学史过程中所运用的思维方式、坚持的操作原则、形成的文学史观念和思维模式、惯用的理论框架和逻辑思路，这显然是将新文学史学学科创设的工作又向前推进了一大步"；"该书作者在高校从事现代文学史研究与教学数十年，不仅著述甚丰，而且亲身经历了现代文学史研究变化发展的几个重要阶段，其间风风雨雨，喜忧得失，作者无不有切肤之感。所以，朱著的一个十分重要的特色就是，在文学史学的阐述上并非泛泛而谈或悬空而论，其中许多见解都是出之于作者几十年来对文学史编著历史的静观默察，凝聚着作者数十年的学术经验与教训，感之愈切，思之愈深，其见解也就独标新异，不同流俗"；因此认为该著"从研究者主体思维的调整入手来探索未来文学史的编写，无疑是抓住了新文学史学的一个中心问题，它不仅对新文学史学的学科创设与完善具有一定的理论贡献，而且对文学史研究者站在世纪之交的时代高度对中国现代文学史进行反思与总结，也会提供较为切实的指导意义"。①

《评判与建构——现代中国文学史学》堪称现代中国的"文学史哲学"，是朱德发先生对"重写文学史"思潮的理论呼应。有论者指出："这是第一部完整的系统的中国现代文学史学著作，对'文学史学'这门独立学科的建立具有开创性、奠基性意义。《评判与建构》作为中国现代文学史学的'拓荒'之作，贯注全书的是一种强烈的理论勇气和创新意识。"②也有论者认为该著"基本实现了从叙述范式到价值范式的史学模式的结构式更新，在学术界为现代中国文学史学的学科重建首次奠定了坚实的理论基础"③。

作为一部创新力作，《世界化视野中的现代中国文学》提出了"现代中国文学"这一新的文学史概念，并以世界化视野对现代中国文学从"现代化"和"民族化"并举的价值角度加以考察与勘探，对于现代文学学科的研究与发展，具有重要的理论价值和实践意义。有论者认为该著"以

---

① 谭桂林：《新文学史学建构中的主体思维研究——〈主体思维与文学史观〉》，《中国社会科学》1998 年第 5 期。
② 温奉桥：《"文学史学"的拓荒之作——〈评判与建构——现代中国文学史学〉》，《东方论坛》2002 年第 6 期。
③ 张光芒：《读〈评判与建构——现代中国文学史学〉》，《文学评论》2003 年第 1 期。

'现代中国'国家观念为基础，建构'现代中国文学'的宏大体系"；"以现代'人学''人的文学'思想为基础，提出了自己的现代人的文学价值标准理论"；"以自己的现代人的文学价值标准理论为基础提出了中国古典文学转变为现代文学的'三部曲'说"；"以世界性现代性现代化民族性民族化等理论为基础寻找到新体系的制导性传统——现代中国文学的世界化（现代化）与民族化相互变奏的规律"；"以现代'结构'理论、'主体'理论为基础提出了建构'新文学流派学'的设想"；"以现代文艺社会学理论为基础，论述了鲁迅、茅盾的主体意识与创作文本的现代性"；从而建构了"现代中国文学"的大学科新体系；而"朱德发关于现代中国文学的大学科、新系统建构的理论，使《世界化视野中的现代中国文学》一书成为现代文学理论界里程碑式的著作"①。

《穿越现代文学多维时空》对"现代中国文学"这一概念进行了学理上的深入探讨，提出了"现代中国文学史"的学科概念，并从学科意识调整重建的角度，通过文学史论、文学思潮和作家作品等三个重要维度的再度发掘，对相关理论命题和研究实践进行了反思与富有建设性的创造性探索。有论者认为《穿越现代文学多维时空》"对中国现代文学最大的也是最重要的贡献在于：在榛楛丛生的现代文化深山大泽中与沧海混漾浩瀚澎湃的现代文学研究格局里，始终拓宽自己的研究视界与加大研究的理论深度"②。到了《现代文学史书写的理论探索》，"现代中国文学"或"现代中国文学史"作为学科命名已经很清晰地展现在世人面前，该著以学科反思与重建的立场，积极参与新的时代语境下的调整和建构，体现为对传统学科成见的突破与超越，颇多新的学术发现和理论创新。有论者认为：

---

① 阎奇男：《建构"现代中国文学"的大学科新体系——论朱德发的创新力作〈世界化视野中的现代中国文学〉》，《苏东学刊》2003 年第 2 期。
② 王明科：《再造与重建：榛楛大泽与沧海混漾里的史性、理性、人性的新开拓——对〈穿越现代文学多维时空〉的理解与阐释》，《东方论坛》2005 年第 5 期。

"这是一部不可多得的学术著作，它对中国现代文学史观的反思、对现代中国文学史观的理论建构，以及对文学史理论的建设做出了重要贡献，为文学史学学科的发展做出了重要贡献，它所体现的知识生产、理论建构与方法转型都对文学史研究具有重要的指导意义。"①

《20世纪中国文学理性精神》是朱德发先生主持的国家社会科学基金项目的结项成果，该著试图系统而深入地讨论20世纪中国文学的理性精神，具有较强的开拓性和创新性。为勘探20世纪中国文学文本蕴含的丰富深邃的理性精神，该著不仅把理性精神作为研究对象，也将其作为研究视角，以此对20世纪中国文学理性精神展开多侧面、多维度的考察与阐释。它所构成的不是完全以时间为序的一部20世纪中国文学理性精神演变史，而是从20世纪中国文学丰富多彩的主题或题材形态中选取"启蒙文学""左翼文学""抗战文学""革命战争文学""乡土文学""婚恋文学""女性文学""通俗文学""哲理文学"等九种样态，由创作主体思维切入，层层探询，宏观与微观结合，理性与非理性结合，既把蕴含在各种形态内的理性精神挖掘出来，又从涵义、价值、功能上对不同理性精神作出了颇有见地的深度与创意兼具的理论阐释。这九种不同形态的文学形成各自独立又相互联系的专章，前面由"导论"统摄与引领，从而形成一部逻辑结构独特、以论带史、以史彰论的别开生面的学术论著。朱德发先生坦言，这部著作没有一篇书评，但却是他非常得意之作。因为这是他带领他的博士研究生张光芒、贾振勇、徐文广、马立新、周海波、杨庆东、王颖、佘小杰、温奉桥等人历时三载铸就的集体智慧的结晶。这体现了朱德发先生甘为人梯的精神风范，正是在这种为他人的学术成长而搭建的平台中，许

---

① 颜水生：《现代文学史学研究的新跨越——评朱德发〈现代文学史书写的理论探索〉》，《拓展现代中国文学研究的新格局——朱德发及山师学术团队与现代中国文学研究学术研讨会论文集》，魏建、李宗刚、刘子凌主编，山东人民出版社2016年版，第59页。

多有志于学的优秀弟子和同人逐渐培养起个人的学术兴趣，在耳濡目染中不断增强学术信心，最终提升了学术功力。

《现代中国文学通鉴（1900—2010）》是朱德发先生与魏建先生共同主编的一部厚重的里程碑式的文学史巨著，现代中国文学史的理论框架、书写方法、研究思路已经形成，并在该著中得到了很好的贯彻。这是朱德发先生继"中国新文学史""中国现代文学史""20世纪中国文学史"三个重要的现代文学史观念之后提出的"现代中国文学史"观念进入文学史书写实践的重要收获和巨大成功。有论者将《现代中国文学通鉴》提升到方法论的高度阐述其对于"重写文学史的'终结'与新启蒙史观的复归"之意义，指出："《现代中国文学通鉴（1900—2010）》（以下简称《通鉴》）悄然问世，观二百余万言之行文立意故然与时俱进、别出心裁，但底子里却沉潜着一个启蒙时代的流风遗韵。……作为一种方法的《通鉴》，即是以自身为媒介，批判性地反思新时期以来的'重写文学史'思潮。"同时认为："《通鉴》只能说是在一种可能的限度之内，部分地实现了编著者的文学观、历史观和价值观。目前中国及其文学依然处于一个至今延续着的'漫长的中国20世纪'，《通鉴》所能达到的程度和限度，其实也是这个'漫长的中国20世纪'目前所展示出来的程度和限度，依然是在这个略显'漫长'中的'重写'，并因此使自己深刻地嵌入历史之中。"①《现代中国文学通鉴（1900—2010）》的述史目的在于努力打破现代中国文学研究领域所存在的各种学术壁垒，突出政治文化、新潮文化、传统文化、消费文化等多元文化制导下全景式文学景观的阐释模式，尝试建构一个崭新的全景式的现代中国"多元文学共同体"，从而践行和实现以"人的文学"为价值核心的现代中国文学史理念。有论者指出该著"最有价值的视点就在

---

① 韩琛：《重写文学史的"终结"与新启蒙史观的复归——作为方法的〈现代中国文学通鉴〉》，《理论学刊》2012年第12期。

于：运用以事实构成的基础结构，来勾画或说明现代中国文学的历史发展及其价值和意义"；并期待"'通鉴'的设计、构想和最终完成能给现代中国文学研究带来新的学术增长点"。①

2014 年出版的十卷本《朱德发文集》，可以说"是我们中国现代文学史研究界的一套可以传世的文稿"②。但朱德发先生并未因此而止步。仅 2016 年，他就连续出版了两部专著，即《为大中华　造新文学——胡适与现代文化暨白话文学》和《现代中国文学新探》。前者被赞誉道："既开拓出五四文学研究的新境界，也为当代中国的新文艺复兴再造了思想资源。"③ 关于后者，朱德发先生坦言："学术生命之火烧到八旬，已届耄耋之年，该熄之火并未熄，仍在燃烧。虽然火苗不旺了，火力不强了，但是思想的火花却不断地迸发；兴致来了，我迅即'抓住'它，放进相宜的知识装置或思维框架中，积累多了也能熔铸成篇。2014 年《朱德发文集》10 卷本问世时，大多数篇章尚未铸成，故而不能收入文集，待这些生命火花真正化为文字发表后，方汇编成《现代中国文学新探》。"④《现代中国文学新探》是朱德发先生最后一部专著，其中关于"现代中国文学"学科建设和"现代中国文学史学理论"的数篇文章是朱德发先生文学史研究与文学史学思想的总结，尤其值得关注。有论者认为该著"折射出了朱德发先生的治学经验""对后来者具有重要的方法论启示意义"。⑤

朱德发先生在《现代中国文学新探》的《自序》中写道："我想，这

---

① 贾振勇：《文学史负担与元文学史冲动》，《理论学刊》2011 年第 10 期。

② 范伯群：《〈朱德发文集〉：脑力劳模"体大思精"的结晶》，《中国现代文学研究丛刊》2015 年第 4 期。

③ 韩琛：《评〈为大中华　造新文学——胡适与现代文化暨白话文学〉》，《东方论坛》2017 年第 3 期。

④ 朱德发：《自序》，《现代中国文学新探》，山东人民出版社 2016 年版。

⑤ 李钧：《耄耋仍挥如椽笔，元气犹似"新青年"——读朱德发先生〈现代中国文学新探〉有感》，《曲阜师大报》2017 年 1 月 17 日。

也许是封笔之作；然而若学术生命之火还不熄，咋办？或学术生命之火与自然生命之火同时熄灭，或在学术追求之途上突然跌倒，再无他求，这就是学者的宿命！"① 这是时年 83 岁高龄的朱德发先生的肺腑之言和悲壮之声。他是这样说的，也是这样做的。该年他就在国内重要学术期刊上发表论文 8 篇，2017 年发表 2 篇。他像一个战士，始终在学术研究的前沿阵地冲锋陷阵，永远保持着昂扬的战斗激情。2018 年上半年，他撰写的长篇论文《重探郭沫若诗集〈女神〉的人类性审美特征》，发表于《山东师范大学学报》（人文社会科学版）2018 年第 2 期；另一篇纪念性文章《宅心仁厚的范先生——悼范伯群教授》发表于《现代中文学刊》2018 年第 2 期；6 月 16 日，他还参加了"鲁迅与新文化"国际学术研讨会，并作了大会主题发言《关于鲁迅研究的一点思考》；甚至在他刚刚去世后，我们获悉他奖掖后学的一篇书评即将发表于《中国现代文学研究丛刊》2018 年第 8期。虽然先生的自然生命之火已经熄灭，但他的学术生命之火仍在燃烧，恩泽学界。按照博士生导师的退休年龄，朱德发先生早在 1999 年就应该退休并开始享受晚年了，但学科建设、学校发展离不开他的主导和参与。在生命的最后二十年，朱德发先生仍以强旺的生命力，秉持着历史使命感和责任担当精神负重前行，开拓创新，不断充实建构现代中国文学研究的价值体系，为实现山东师范大学博士点零的突破，为实现山东师范大学中国语言文学一级学科博士学位点和博士后科研流动站授权，为实现山东师范大学中国现当代文学获批国家重点学科，殚精竭虑，率先垂范，生命不息，奋斗不止，书写了壮丽的人生，成就了生命的辉煌！可以说，朱德发先生"创造了学术和生命的奇迹"，"他的奇迹我们无法复制，但他的学术精神必将化为我们不竭的精神资源，转化成我们学术创造的永恒动力"②。

---

① 朱德发：《自序》，《现代中国文学新探》，山东人民出版社 2016 年版。
② 魏建：《告别一位创造奇迹的人》，2018 年 7 月 16 日在朱德发先生遗体告别仪式上的讲话稿。

　　综观朱德发先生的学术生命历程，可谓辛勤耕耘，著述丰厚，终成一代大家。其中著作达 50 余部，含独著 12 部、合著 10 部、主编 16 部、参编 12 部、文集 1 部（10 卷本）。著述内容涉及五四文学、20 世纪中国文学流派与思潮、传统文学与现代文学关系、现代中国文学史学等研究领域。这一部部饱含他的生命和心血的著作多有创见，有的填补了当时的研究空白，至今仍具有重要的参考价值和现实意义，在国内外产生了非常重要的影响。朱德发先生的著作每每甫一问世，便受到学界关注，评论文章也随之陆续发表。刊发这些评论文章的载体既有《中国社会科学》《文学评论》《中国现代文学研究丛刊》等权威核心期刊，也有许多重要的国家级和省级报刊，从 1983 年的第一篇到 2017 年的最后一篇，跨越 35 个年头。为朱德发先生著作写过评论文章的作者有孙昌熙、范伯群、谷辅林、韩立群、韩日新、宋益乔、翟德耀、杨洪承、魏建、周海波、谭桂林、房福贤、张学军、张清华、张光芒、李宗刚、温奉桥、贾振勇、李钧、杨新刚、韩琛、赵启鹏、颜水生、吴楠、孙连五等。当年这些作者在写评论文章的时候，要么奋斗在高校教学与科研的第一线；要么正在求学，读着朱德发先生的书成长。他们大多为学界中人，时至今日，有的已经作古，彪炳史册；有的功成名就，安享晚年；有的已成学界翘楚，其中不乏教育部"长江学者"特聘教授、国家"万人计划"领军人才、齐鲁文化名家和齐鲁文化英才；有的已经崭露头角，显示出强劲的学术潜力；有的正在攻读学位，锋芒初试。从年龄上看，贯穿"80 后"到"10 后"各个年龄层次；从学术代际上看，既有德高望重的第一代学人如孙昌熙先生，也包括第二代、第三代、第四代、已经崭露头角的第五代，甚至还有处于成长期的第六代学人。所有这些作者的评论文章，从各个方面、各个角度，全方位、多层次地对朱德发先生的著作作出了客观、公允、科学、理性的评判，构成了一个立体复杂的评价体系和学理系统。可以说，这是朱德发先生精心建构的学术大厦在学界引起了强烈反响所铸就的辉煌。及时总结和编选朱德发先生著作的评论文章，对于推动和深化现代中国文学研究、促进学科发展具有重要意义。本书为朱德发先生著作评论文章的精选集，通过编选朱德发先生著作的评论文章，意在展示一代研究大家在现代中国文学研究领域的学术影响和突出贡献，为中国现当代文学学科的建设和研究历程提供一份珍贵的学术史文献资料。

本书由"独奏的回声""合奏的弦音""交响的魅力"和"附录"四部分构成。其中，"独奏的回声"精选了有关朱德发先生独著的评论文章，彰显他作为学界独行侠在现代中国文学研究领域开疆拓土、纵横捭阖、勇开风气之先的独立风姿和精神气度；"合奏的弦音"选入的是关于朱德发先生合著的评论文章，凸显他作为学界前辈甘做人梯、奖掖后学的人格风范；"交响的魅力"汇集的是针对朱德发先生主编著作的评论文章，展现他作为一代大宗师带领学科同人在文学史书写实践上艰难探索和纵深耕耘的轨迹；"附录"部分包含朱德发小传、朱德发著作编年、朱德发著作评论编年以及著名专家学者对朱德发先生学术成就的评价文章，再现他的学术生命历程和学界地位。每个板块的文章主要以发表时间的先后排序。

本书所选入的评论文章大多来源于期刊，也有个别文章选自著作。文末对每篇文章的出处都作了明确标注。为了保证准确性，本书对所选入文章在原发刊物或著作中存在的非常明显的排版和编辑错误，以及某些文字和注释错误，都作了严格的校勘与修订。在此基础上，按照出版社的格式要求，将选入文章的注释统一为脚注，每页重新编号。

由于编者水平有限，本书难免存在不足之处，敬请各位方家和学界同人批评指正。

陈夫龙　王晓文

2018 年 7 月 26 日

独奏的回声

三

现代文学研究的新收获

——评朱德发同志的《五四文学初探》

孙昌熙　　魏　建

前不久，山东人民出版社出版的《五四文学初探》（朱德发著，以下简称《初探》），是一部具有较高水平的学术著作。

这本书，是作者集中探索五四文学问题的八篇论文的结集。它们分别探讨了五四文学革命的指导思想、几个代表人物的文学主张和一些在当时产生过重大影响的文学作品。其要旨在于解决五四文学研究中的一些重点和疑点问题。该书的主要价值，正在于它对这些重点和疑点的突破。

一

在五四文学革命的指导思想问题上，《初探》取得了新的研究成果。

十一届三中全会以来，现代文学学术界开始纠正"左"的偏向，对一些过去在"左"的影响下未能解决或根本不曾解决的历史问题，有些同志敢于进行实事求是的研究评价。但总的看来，研究的对象多是一些个别的有争议或被淹没的历史人物和现象；由于许多根本问题没有解决，使得这些枝节问题也难以真正解决。《初探》作者在研究五四文学时敏锐地抓住了一个最根本的问题——五四文学革命的指导思想究竟是什么？这个问题抓得好、抓得准。因为指导思想决定着这场革命的性质，决定着对许多基本问题如何评价。这一根本问题的理解若有偏颇，就会导致一系列错误的结论。相反，这一问题的正确认识，就为真正恢复五四文学的本来面目，从根本上廓清五四文学研究中"左"的影响奠定了基础。

诚然，这是一个相当复杂的问题。五四时期的中国文化界，犹如古今中外各种思想洪流的聚汇口，五光十色的意识形态在这里交错杂陈，斑驳陆离的文艺思潮交织于当时的文坛艺苑。六十多年来，许多人都在寻找这一时代交响曲的主调音乐，但由于种种原因，人们对这场革命的指导思想有着各种各样的认识。不仅国内学术界的看法几经变化，就连国外学者的结论也有很大的分歧。

众所周知，中华人民共和国成立后在这个问题上有一个"权威观点"，即：五四文学革命的指导思想是马克思主义。多年来，这一观点一直作为定论被阐发、被沿用，并被作为无可辩驳的论据来研究其他问题。但在长期间里，在许多具体问题上却都做不出圆满的解释。《初探》的作者为了维护历史的尊严，不囿成说，以实事求是的精神写下了本书中《试探五四文学革命的指导思想》一文，论证了"权威观点"的不可信，另提出了民主主义、人道主义思想在五四文学革命指导思想中占主导地位的自己的结论。

作者对这一问题的探讨，首先是从明确"五四"作为历史范畴的起讫时间入手的。这个问题很重要，以往人们对五四文学革命指导思想的不同理解，往往来源于对这一历史范畴的具体时间有不同理解：长的多达数十年（从1915年《新青年》创刊到1928年"革命文学论争"）；短的则是一日突变（狭隘地从1919年5月4日这一天算起）。《初探》反对"突变说"，也不同意过于宽泛的时间断限。作者依据茅盾的观点，把"五四"

理解为：从 1917 年初胡适、陈独秀正式提倡文学革命到 1921 年中国共产党成立之前。

在确定了这一时间范畴之后，作者对有关的文献、史料进行了重新研究。我们知道，文学史研究是以史料为基础的，然而占有了史料之后更重要的是如何把握它。有些人之所以掌握了大量史料却仍然得出错误的结论，多数是由于不从史料出发，而是从某种先入为主的观念出发，"片面地或者随意地宰割"史料为自己的观点服务。马列主义认为："原则不是研究的出发点，而是它的最终结果"（恩格斯语），"要真正地认识事物，就必须把握、研究它的一切方面，一切联系和'中介'"①。《初探》作者正是运用这一原理的。在书中作者反复强调："从事实的全部总和与事实的联系中去把握事实。"他不仅占有了丰富的五四文学史料，更注意到它们的"总和"和"联系"，因此他对五四文学革命的国际历史背景、舆论阵地、代表人物、理论主张和创作实践等各个方面进行了全面、综合的考察，而且对这诸侧面又做了尽可能全面的探究。例如，作者针对"权威观点"主要以李大钊对十月革命和马克思主义的介绍为论据，重点研究了李大钊（注意：作者又抓住一个要害问题）。但他不是像有些人那样，只注意李大钊当时那几篇有"马克思主义""布尔札维主义"词句的文章，而是多方面地研究了他当时的哲学、政治和文艺思想；对那几篇文章，也不是只研究文章本身，而是考察了文章的写作背景和发表后的影响；对于那些词句，也不是只看表面，而是深入挖掘它们在当时的具体含义。经过如此全面、深入的钻研，作者发现：当时李大钊介绍马克思主义时，常把马克思主义与民主主义、人道主义相提并论，一同宣传；李氏对十月革命精神的理解，也是以"人道""自由"等民主主义概念来表述的。总之，在

---

① 《列宁文集》（第 32 卷），第 83—84 页。

当时李大钊的思想中，民主主义和人道主义占了相当大的比重。这一发现，《初探》作者不仅从根本上动摇了"权威观点"的基础，又为自己的观点增强了论据。

还值得一提的是，作者对"权威观点"基础的"根本动摇"并不是依赖新史料的发现，而不过是对一些为人熟知的旧有史料和观点进行了更深入的开掘和更精细的鉴别。例如，多数现代文学史家都认为，李大钊《新纪元》一文中的"新纪元的曙光"，是指"苏联十月社会主义革命的曙光，是马克思主义真理的曙光"，并以此作为推论五四文学革命的指导思想是马克思主义的论据之一。但《初探》的作者却不如此望文生义，他把它放到更广阔的背景上进行了更深入的分析，以有力的证据对这一词句做出了新的诠释："新世纪的曙光据当时李大钊的解释，不仅含有十月革命的社会主义思想光辉，而且主要是指'欧洲几个先觉'者所大声疾呼的'公理战胜强权'的民主主义精神。"[①] 而且"新世纪的曙光对中国五四时期所照射的范围开始并不大，而是逐步扩展开来；……更重要的是，新世纪曙光中的社会主义思想光辉对五四时期中国的映射力量远不如'平民主义'思潮"[②]。

综上所述，我们认为，朱德发同志的结论是符合五四历史本来面目的结论。作者的研究特点，是把五四文学革命作为一个历史过程来考察，而不是静止的考察；是全面、联系的研究，而不是片面、孤立的研究；是深入、细致的分析，而不是简单、草率的臆说。

过去有些人之所以不敢承认五四文学革命的指导思想是民主主义、人道主义，还有两个主要原因：一是怕贬低五四文学革命的意义，因为在一些人那里，"人道主义"一直和"资产阶级""落后""反动"联系着；二是担心这样就得肯定当时力倡民主主义和人道主义的胡适、周作人等人的

---

① 朱德发：《五四文学初探》，山东人民出版社 1982 年版，第 6 页。
② 同上书，第 7 页。

历史功绩。由于《初探》的作者运用了马克思主义的历史唯物主义观点，实事求是地评价了人道主义在五四反封建运动中的历史进步意义，便解除了这些不必要的"担心"。

总之，《初探》的这一新的结论对于五四文学研究，乃至于整个现代文学研究都具有重大的意义。它可以帮助人们正确评价，甚至重新评价五四文学的许多基本问题；可以帮助人们廓清以往对一些重大历史问题、理论问题的误解；还可以帮助人们解决过去因"权威观点"带来的许多难以克服的疑难。

二

对于五四文学革命的指导思想有了正确的认识，这就为进一步正确研究五四文学提供了一把钥匙。《初探》的作者正是在此基础上，解决了五四文学中的一些重要问题，特别表现在几个代表人物的评价方面。过去，在"权威观点"指导下，人们势必要把一些当时鼓吹人道主义而后来堕落或反动了的人物极力贬低，而对另外一些一贯前进的人的思想则予以拔高，以致湮没了历史真实。《初探》的作者依据他的新结论，既然肯定了人道主义，就必然要肯定当时的人道主义倡导者；既然人道主义是指导思想，那么当时主张新文学的任何人都不能摆脱这种影响，即使后来成为共产主义战士的人们也不例外。就这样《初探》的作者试图对他们都给予实事求是的评价。

回顾我们多年来的文学史研究，之所以不能实事求是，原因之一就是混淆了政治问题和学术问题的分野，更有甚者，则完全以政治仲裁代替了学术研究，致使我们的文学史的真面目被歪曲，甚至被颠倒了。现代文学的三十年，是风云变幻的三十年，如此复杂的历史背景必然会造就一些复杂的历史人物，许多人在政治舞台上浮浮沉沉，今是昨非。如果不把政治问题和学术问题区别开来，实难真正把握他们在文学史上的应有地位。在这方面，《初探》的作者的做法是令人钦佩的。他敢于讲真话，敢于秉笔直书，不因某人一生在政治上的褒贬毁誉而影响对他在五四文学史上的科学评价。在这一点上《初探》的作者表现出了一个在社会主义新时期的文史工作者应有的探索真理的勇气。

对于一些后来政治上堕落的人物，《初探》一分为二，敢于肯定他们的历史功绩。

胡适，作为五四新文化运动的风云人物，中华人民共和国成立后不久却以五四文学革命敌人的面目出现在一系列现代文学研究的著作和文章中。党的十一届三中全会以来，学术界逐步解放了思想，出现了一些试图正确评价胡适五四历史功绩的论文。但大多扭扭捏捏，肯定过于谨慎，批评则极力苛求，而且抓住尾巴不放。主要纠缠在："胡适在五四时期的白话文学主张究竟是形式主义的'文学改良'，还是具有革命意义的文学改革？"问题上。这是决定胡适在五四文坛地位的根本问题之一。正是从前者出发，有人至今坚持否认胡适的历史功绩。《初探》中的《评五四时期胡适的白话文学主张》针对这一复杂而又要害的文学史争端，展开了自己全面而周密的论析，以有力的论据肯定了胡适的白话文学主张是具有革命意义的文学改革。作者提出了许多创见，例如，"文学改良说"常常以胡适那篇著名的《文学改良刍议》标题上的"改良"二字作为似乎无可辩驳的证据。《初探》的作者却在胡适当时的一些著述和信件中找到十几条根据，证明："'文学革命'和'文学改良'两个概念，是当时的同义语，并没有质的区别，不但胡适用它们来表述自己的同一文学观，而且其他的文学革命倡导者亦这样用过。……"① 因而在对胡适白话文学主张的评价

---

① 朱德发：《五四文学初探》，山东人民出版社 1982 年版，第 135 页。

上，《初探》不仅以强有力的论据阐发了自己的观点，还廓清了过去对胡适一些具体问题的混乱认识，否定了一些错误根据，为人们今后科学地评价胡适排除了一些障碍。

对周作人的评价，同样也是现代文学研究中一个比较棘手的问题。

囿于对周作人的政治偏见，在学术界尚少有人正确估价周作人在五四文学革命中的历史作用的时候，《初探》作者就写下了《论五四时期周作人的文学主张》一文。值得注意的是，作者是把周作人放在新文学运动发生、发展的过程中来考察，从而认为：周作人五四时期的文学主张是对胡适、陈独秀文学主张的发挥和补充，周在当时的主要贡献是"他能够根据文学革命形势发展的趋向，及时强调'思想革命'比文字改革是更为重要的一步"①，以及怎样进行思想革命？创作什么思想内容的文学？另外，对于一直遭受批判的周作人的"人的文学"和"平民文学"的主张，作者是把它们放在当时的历史环境中进行了重新考察，提出创见：它们既符合当时世界的民主潮流，又体现了五四时代精神，在同封建文化思想的斗争中，是共产主义思想的"盟友"。

对于一些后来成长为共产主义文化战士的人物，《初探》也不囿于成说，而是经过自己劳动，重新进行研究，能够实事求是地评判他们当时的实际贡献。

伟大的鲁迅，在现代中国文学史、中国思想史、中国革命史上开创了光照寰宇的业绩。唯其如此，人们在评价鲁迅时，往往容易掺杂着自己的崇敬之情。或一味拔高，不惜穿凿附会；或为尊者讳，回避其历史局限。难得《初探》的作者把鲁迅作为一个发展的人来看待。他在全面肯定鲁迅五四"为人生"文学观伟大历史意义的同时，还能指出它的一些矛盾之处

---

① 朱德发：《五四文学初探》，山东人民出版社 1982 年版，第 198 页。

和时代局限。特别是作者有这样一个观点：五四时期的鲁迅和当时文学革命的领袖人物一样，其"文学观的理论基础是具有时代价值的精神'德莫克拉西'和与之相联系的人道主义文艺思潮"①，区别只在于，鲁迅的民主主义具有"彻底性"的特点，人道主义具有"革命性"的色彩。我们觉得，以上这些都是中肯的评述。只有如此认识鲁迅五四时期的文学主张，才能全面了解鲁迅的文艺思想，才能深刻理解他当时的文学创作，才能把握这位时代巨人的成长历程。《初探》中的《论〈狂人日记〉的人道主义思想倾向》就是这样做的。它实事求是地探讨了鲁迅创作这篇小说的主要指导思想，认为不是受了马克思主义影响的阶级论，而是进化论、人道主义。在这个问题上，作者引用马列主义关于发现阶级对立和阶级斗争，并非是马克思主义阶级论的基本特征，乃是资产阶级思想家都可以达到的认识高度的观点，纠正了一些人仅以小说中触及阶级对立，便断定这是阶级论的简单化研究。

同样，作者对茅盾在五四时期新文学理论建设上的贡献，也作了实事求是的评论。对于茅公当时文学观的性质，学术界存在一定的分歧。有一种较有影响的观点认为，当时茅盾的文学观中社会主义思想和进化论并存。茅盾逝世后，不知是出于对这位文学巨匠的缅怀，还是由于党中央已经承认茅公是"党的最早的一批党员之一"，有的文章认为他当时文学观中社会主义思想占主导倾向。《初探》中《茅盾五四时期新文学观试评》有自己独到的见解。作者能够力排众议，做出了多方面努力：一是摒弃了以作家的社会思想代替文艺思想的做法；二是在具体考察其文艺思想时运用了比较的方法。特别是经过与当时的陈独秀、周作人的文学主张进行比较，发现茅盾并没有什么"实质性的突破"，从而认为茅盾五四时期的新

---

① 朱德发：《五四文学初探》，山东人民出版社 1982 年版，第 84 页。

文学观基本没有超出进化论和人道主义范畴，虽然社会主义思想对他影响很大，但起主导作用的还是人道主义。我们觉得，朱德发同志的这一观点是可取的，论证是令人信服的。

对以上历史人物，《初探》不仅实事求是地确定了他们的历史地位，而且找出了他们各自的特点。他们当时的思想虽然都属于民主主义和人道主义范畴，但又有所区别：同样是为人生的文学观，鲁迅侧重于国民性的改造，茅盾则更侧重于进化论；同样主张"进化的文学"，"胡适根据一时代有一时代文学的历史进化文学观，提出了白话文学主张；陈独秀依据新陈代谢的进化规律，提出了文学革命的'三大主义'；周作人本着'从动物进化的人类'的理论，提出了'人的文学'主张。虽然茅盾新文学主张也仍然建立在进化的文学观念上，但是他所说的'进化'……主要是强调发展，强调革命，强调创造……"①。

三

当然《初探》也有它的一些不足之处。

总的来看，这八篇文章都有较高的质量，但不很平衡，比较起最好的第一篇来，个别文章就显得水平一般。另外，由于散篇结集的缘故，给《初探》带来一些难以避免的问题：一是许多观点和论述有明显的重复现象；二是个别观点前后有矛盾之处，例如，在研究胡适的那篇文章中彻底否定了认为胡适当时只是主张文学形式改革的论点，而在另一篇文章中却说他"毕竟过分地强调了文学形式的改革，认为文学革命只是文学工具的革命"②。

---

① 朱德发：《五四文学初探》，山东人民出版社1982年版，第95页。
② 同上书，第195页。

　　然而这只是白璧微瑕而已。应当说《初探》具有相当高的水平和价值。它的出版，对于现代文学特别是五四文学，无论是在研究的广度上还是深度上，都将是一个极大的促进；对于我们的现代文学教学，更能带来直接的帮助；对于大量渴求全面了解五四文学的文学爱好者，也是一个暂时的满足。所以说"暂时"，因为《初探》虽给五四文学勾勒了一个简要的轮廓，但毕竟只是几个专题的研究。我们殷切期望朱德发同志在《初探》的基础上，尽快完成一部《五四文学史》。我们相信，他完全有能力填补现代文学研究中的这一大空白。

[选自《山东师大学报》（哲学社会科学版）1983 年第 3 期]

五四文学研究的新成果

——评《中国五四文学史》

韩日新

现代文学研究是一个相当拥挤的学科，同行们见面时，常常感叹和抱怨"出书难""发表文章难"，然而对于辛勤的耕耘者却是个例外。朱德发同志在短短的几年里，继《五四文学初探》和《茅盾前期文学思想散论》（与人合作）之后，又推出了大部头的《中国五四文学史》，让人刮目相待。这使人联想到学术研究与运动场上的竞技有相似的一面。一位优秀的运动员总是严格地要求自己，勤奋地锻炼，不断地破纪录。而朱德发的《中国五四文学史》从某种意义上说来，也是一部破纪录的论著。

应当承认，要完成这样一部学术专著，是有相当难度的。首先是要体现"史"的特点，这就要沉到史料的海洋里漫游和搜集。其次是要实事求是地评价有关历史人物的浮沉和作家作品的成败得失。与已经出版的各种版本的《中国现代文学史》相比较，它不应当是压缩饼干加上白开水的膨胀，而应当是另起炉灶的重新设计。可以说，目前这本书是比较好地完成了这一艰巨的任务，是一项五四文学研究的新成果，是现代文学研究领域里新的突破。

　　文学史的任务最主要的是叙述文学的变迁，并解释变迁的原因。五四文学是中国现代文学的开端，又是现代文学与近代文学的衔接点。在文学的发展历史上，它是一次带有开创性的突变。《中国五四文学史》虽然是研究五四文学的断代文学史，但作者没有孤立地、封闭地研究五四文学，而从纵的方面注意了与近代文学的联系、继承和发展；从横的方面注意了对外国文学思潮的借鉴；并认真地探求文学形式的流变。这就有针对性地突破了现代文学研究的薄弱环节，具有填补空白的意义。应当着重指出的是，本书在从纵的方面与近代文学联系方面是花了功夫的，成果也是显著的。如在论述五四文学革命时，用较多篇幅评述晚清的文学改良。在论述新诗运动时，上溯至晚清的"诗界革命"；在评述新小说的诞生时，联系到晚清的"小说界革命"；在论述戏剧革命时，把文明戏作为源头；在论述现代散文时，联系了晚清"新文体"的影响。从而令人信服地说明了五四文学作为一个崭新的阶段，虽然是文学史上的一个飞跃现象，但它的突变很像由鸡蛋孵小鸡一样，是从渐变开始的，是渐变发展的必然结果。以第二章"五四新诗"为例，作者在"从诗界革命到新诗运动"一节里，勾勒了从旧体诗到新诗的发展线索。第一，指出新诗运动与诗界革命的继承关系，"从诗歌本身的内在规律来看，它既顺应了中国诗歌发展的历史趋势，又直接继承了晚清'诗界革命'以来的优良传统"。第二，从创作实践上看，旧体诗正在发生变化，"晚清诗坛上出现了'新体诗'，即其内容注进了近代新思潮，其形式在某种程度上突破了旧体诗的限制，其语言也有了新的变化"。第三，辛亥革命时期新的文学流派登上了近代诗坛，"南社的诗歌创作从内容上突破了传统诗歌的题材、主题、意境、情感，创作出一批具有强烈爱国感情的反帝反封建的战斗诗篇"。第四，五四新诗的兴起是势所必然的，"1917 年初，文学革命刚正式倡导，便把诗歌革命作为新文学运动的急先锋"。这样就一步一个阶梯地理清了新诗运动从酝酿到兴起的脉络，并且水到渠成地得出了结论："五四新诗运动才称得上真正的具有现代意义的'诗界革命'。"

朱德发同志多年从事现代文学的教学与研究工作，又写过《五四文学初探》。应当说，对于五四时期的文学是了如指掌的。但他在写作《中国五四文学史》时，不贪便宜，不走捷径，不炒冷饭，不人云亦云，而以一个拓荒者的姿态进行着创造性的劳动。这就使书中的一些平凡的章节，同样闪耀着光彩，传达了新意。例如，提到五四时期的文艺思想论争，人们往往很自然地想到了对林纾和学衡派、甲寅派的论争，似乎很难挖掘出什么新的内容。但作者坚持从原始史料出发，以实事求是的态度加以审视，就使这样一个普通的章节也让人耳目一新。第一，从论争的面上进行开拓，增加了与折中派的论争和关于"整理国故"问题。所谓折中论者，虽然不是公开的文学革命的反对派，但他们从文学革命酝酿时期到五四前夕，曾多次表示不同意立即以通俗语言取代文言的主张，而坚持对文言与白话采取兼收并容的态度，这种貌似公正的理论，其危害却是相当大的。关于"整理国故"问题，过去有的文学史把它作为引导青年钻进故纸堆的诱饵加以批判，有些简单化。因为它关系到在新文化运动和文学革命中如何批判继承民主主义文化遗产的问题。作者认为，一、"整理国故"与"保存国粹"带有根本性的不同。二、"整理国故"就是要对古代文化进行重新评价，从乱七八糟里寻出一条脉络来。三、鲁迅和胡适对"整理国故"的态度都有变化。鲁迅是先肯定，后不满。胡适是先提倡，后又制止青年走这条死路。因而对"整理国故"不应简单地给予否定。第二，注意了论争者的复杂性。如过去的一些文学史提到林纾，往往揭老底，说他是清朝举人，是封建遗老，再给他戴上一顶"封建文人"或"封建复古主义者"的帽子批判一通。而本书则把林纾作为守旧派的代表人物对待，在矛盾性质上显然降了格。在论述中首先肯定了林纾是近代著名文学家，曾参加过晚清文学改良运动，鼓吹过进步的小说理论，较早地翻译了大量的外国小说，对于五四文学革命的兴起，起过积极作用。其次才指出，林纾在五四时期有了变化，从一个文学改良主义者蜕变为维护文言文反对白话文的人物。第三，充实了新的史料，丰富了论争的内容。如新文学阵营对学衡派的论争，上溯至《学衡》杂志创刊前，胡先骕就发表《中国文学改良论》全面诋毁文学革命的理论主张和创作实践。而罗家伦则在《驳胡先骕君的中国文学改良论》中对其论点论据作了具体而深入的批驳。又如，介绍甲寅派时，指出该杂志系章士钊于1914年在东京创办，停刊后于1923年8月21日至22日在《新闻报》上发表《评新文化运动》，至1925年《甲寅》复刊后，又重新发表此文，证明其反对新文化和文学革命是由来已久的。作者在资料的翔实方面下了一番功夫，应予以充分肯定。

中国现代文学的起点高而成果辉煌，我们可以借用古典戏曲创作的"凤头"来概括它的成就。一些大作家在五四时期披挂上阵，在文学领域里纵横驰骋了几十年，谱写了脍炙人口的名篇。但《中国五四文学史》是一部断代史，限于体例，只能论述五四时期的文学，必须从实际出发重新安排章节。作者从全局出发，根据创作成就统筹安排，取消了作家专章，而根据体裁分为诗歌、小说、戏剧、散文四章，像鲁迅小说在当时已经取得重要成就，就在小说一章里设了专节。胡适和郭沫若的诗歌也具有广泛的影响，就在诗歌一章里合并为专节。还根据已经形成的流派，设立了专节"为人生的问题小说""重艺术的自我表现小说"等。另外则用"概观"和"鸟瞰"概括各个领域的作家作品情况。这样分门别类的安排是恰到好处的。

高尔基有一句名言："必须寻求还没有为人找到的东西。"（《文学书简》）对于文学创作是这样，对于文学研究也是这样。在现代文学研究领域里，鲁迅小说研究是水平较高、难度较大的领域，要"寻求还没有为人找到的东西"是相当困难的。然而作者发扬了批评的主体意识，沿着崎岖的小路攀登，依然有所发现，推出了新意。如关于鲁迅小说的深刻性和局限性的论述就是一例。第一，鲁迅小说的深刻性和局限性是交织在一起的。即在揭露封建意识和传统观念对人民精神的摧伤时，往往对人民性格的美好一面和巨大潜能挖掘不够。在探索改造国民劣根性时，往往过分地重视思想启蒙而忽视了无产阶级的领导作用。一些农村题材的小说透视不出时代气息等。第二，鲁迅小说的局限既是作者思想的局限，又是五四时期思想解放的局限。第三，鲁迅小说借鉴了西欧启蒙主义文学的传统，重视思想倾向性，提出了改良人生的功利要求，但没有忽视小说固有的美学特征，所以没有出现西欧启蒙主义文学那种重"理"轻"情"的倾向。又如，田汉研究近年来发展很快，作者为了"寻求还没有被人找到的东西"采用了多学科、多方法、多角度的观照，在论述《咖啡店之一夜》时，注意了与同类题材的联系和比较："这个独幕剧所表现的题材与欧阳予倩的《泼妇》相似，都是写爱情的离异。不过欧阳予倩则是以辛辣的讽刺见长，田汉却以一种激越的控诉来打动读者。"扣紧了作家的创作个性和艺术风格，从而给人以启迪。

在文学的长河里，存在着极其复杂的现象。有的人始终是时代的弄潮儿，随着时代的脚步前进；有的人前期站在时代的对立面，后来转变了态度；这两种人的情况都比较好处理。而比较难于处理的是那些曾经随着时代前进而后来发生了分化和蜕变的人物。要求研究者敢于实事求是地提出真知灼见，好处说好，坏处说坏。《中国五四文学史》没有简单地套用现成公式和某些流行概念去评述复杂的文学现象，而是依据史实，尽量作出切合历史本来面目的结论。如胡适倡导过白话诗，他的《尝试集》是现代诗坛上第一部白话诗集。过去的文学史，谈到这本诗集就加以指责："仅仅是诗体改良方面的尝试"，"在内容上存在着很浓厚的属于没落阶级的腐朽的意境和情调，而在形式上也不能不'很像一个缠过脚后来放大了的放脚鞋样'"。(《中国新文学史初稿》)这种贬低和否定的作法显然不是历史唯物主义的态度。可是《中国五四文学史》的作者却没有袭用这种观点，而实事求是地指出：《尝试集》"在诗体大解放、诗的白话语言、音韵、节奏诸方面作了积极的尝试"。"对于扫荡旧诗坛上的萎靡腐朽的诗风起着不可低估的作用。""它是一部有进步思想内容的新诗集，在一定程度上反映了五四前后的时代精神。"这结论是让人信服的。又如，胡适的独幕剧《终身大事》，过去的文学史提到它，往往从两个方面提出批评。即"剧中的女主角田亚梅就是娜拉的化身"，胡适的"险恶用意是想把日益觉醒起来的中国女性引向妥协投降的道路上去"(《中国新文学史初稿》)。可是作者在认真研究原作的基础上却得出了不同的结论，从而明确提出："它是借鉴西洋新剧，取材于五四时代社会现实而尝试创作的中国现代话剧。""《终身大事》的独特性在于：一是它所刻画的封建势力和传统观念的代表人物，不是那种顽固不化的封建式家长制，而是两个半新半旧的父母。""二是没有停留在一般的反对封建婚姻制度和封建礼教上，而是把侧重点放在对封建迷信和宗法制度的祠规族谱的揭露上。""三是五四文学作品中出现的争取个性解放的女性形象多是悲剧型的，而《终身大事》中的田亚梅却是争取婚姻自主的胜利者。""但从整体上看，这部独幕剧毕竟是尝试之作，不仅反映现实的深度不够，刻画人物缺乏鲜明的个性和丰富的心理内涵，而且艺术上也没有脱尽幼稚气。"作者拨乱反正，却没有简单地变批判为歌颂，而是实事求是地给予恰当的评价，这样就不会留下后遗症。

中国现代文学是一门年轻的学科，过去由于"左"的路线影响和根据政治态度划线的简单做法，致使一些对现代文学某一时间有贡献的人受到排斥。近年来，随着史料的发掘和整理，擦掉了某些人身上的历史灰尘。打个比方来说，就是现代文学领域里也涌现了一批出土文物。《中国五四文学史》对此有着充分反映。如在五四时期，陈大悲是戏剧界相当活跃的人物。他是爱美剧的倡导者，是话剧创作的尝试者。可是在过去的一些文学史里往往不提他的贡献，致使他受到不应有的冷遇。这固然是"左"的影响，也与史料不足有关。作者根据近年来发掘的史料，对陈大悲的贡献给予一定的历史地位。既肯定了他在创作实践中的现实主义态度和艺术上追求的独特之处；又指出他的剧作存在追求刺激性场面的弱点。这样就填补了五四时期戏剧领域里的一块空白。

毋庸讳言，《中国五四文学史》的各个章节还不平衡，存在着参差不齐的情况。全书中五四文学运动、五四新诗、五四小说三章篇幅长、史料多、写得比较充实。相比之下，五四戏剧和五四散文两章就显得单薄一些，不论对史料挖掘和作家作品论述方面，都显得分量不足。全书作为一个整体来看，不免让人感到前重后轻。（据知，这在很大程度上是受篇幅限制。）此外，出于论述的相对完整性的考虑，在对五四文学史的时限特别是下限的掌握上，存在着文艺运动的分期与作家作品的分期不尽一致的问题。作为同行，笔者热切地期望作者的书再出版时，能够扬长避短，更上一层楼。

［选自《山东师大学报》（社会科学版）1988 年第 2 期］

史胆·史识·史才

——试评朱德发《中国五四文学史》

黄德志

史胆、史识和史才是历来文学史家写作文学史所必不可少的三种要素，特别是对于在欧风美雨的沐浴中妊娠、在东西方文化的大撞击大交流中诞生的复杂的五四文学，更应该如此。

五四文学需要具有史胆、史识和史才的鸿篇巨著进行演绎和阐释。可以说，朱德发《中国五四文学史》（山东文艺出版社，1986 年 11 月第 1 版，1988 年 11 月第 1 次印刷）正是这样的成功之作。作者运用马克思主义"历史的美学的"批评方法，不拘泥于前人的"定论"和认同思维模式，对五四文学作出了高度而又中肯的评价。该书体现出一般文学研究工作者难以企及的史胆意识、史识能力和史才能力，从而显示出可贵的历史价值、理论价值和严密的论证逻辑。

一

史胆意识是衡量一部文学史成败优劣的重要依据，是考察一部文学史有无历史价值的重要标准。由于种种历史条件的限制，古往今来就存在着史胆不足这一严重问题。但是，朱著把作家作品、文艺思潮、文学流派和文艺论争置于特定的历史背景下，实事求是地考察其思想和艺术上所取得的成就以及对文学发展的影响，具有一般文学史家所无法企及的史识。作者在《后记》中说："在编写过程中……既不简单的套用现成的公式和某些流行的概念去评述复杂的文学现象，又不无视作家在文学史上的实际贡献而主观地去裁判其在文学史上的地位，尽力依据史实作出切合历史本来面目的结论。"① 这正是文学史家史胆意识的表露。

作者的史胆表现在坚持运用马克思主义的"历史的美学的"批评标准上。朱德发认为："文学史的研究就是一种价值断判，所以文学批评标准至关重要……我试图坚持'历史的美学的'价值尺度，具体来说就是真的标准、美的标准、善的标准……"② 科学价值标准的确立，使整部《中国五四文学史》免于流俗，不同凡响。马克思主义"历史的美学的"批评方法是科学的、先进的。但是，许多文学研究者在运用这一批评标准时，由于各种条件的限制，往往言不由衷，很难用真正的马克思主义的批评方法进行论述。然而，朱德发却做到了切实运用马克思主义的批评标准，展现出文学史家治史的可贵胆识。

作者站在"历史的美学的"高度，摒弃某些关于五四文学的"定论"，从不同角度重新评价五四文学，提出大量独特新颖的极具史胆的观点。如批评史上对于胡适的《尝试集》，众说纷纭，有些评论者甚至运用"唯美主义""形式主义""庸俗社会学"等批评方式简单否定这部诗集的现实主义成就，否定胡适对诗歌自由体形式的有益探索。朱著则把《尝试集》放在"五四"这一特定背景中来加以考察，秉笔直书，既肯定了它的开拓之功，又指出了它的历史缺憾。朱著认为，"《尝试集》开了白话诗风、写

---

① 朱德发：《中国五四文学史》，山东文艺出版社 1986 年版，第 671 页。
② 见朱德发先生 1994 年 4 月 11 日给笔者信。

实主义诗风"①。"它是一部有进步思想内容的新诗集，在一定程度上反映了'五四'前后的时代精神。"② 同时，朱著指出，"（《尝试集》）在'诗体的大解放'方面，进步缓慢，有些诗的旧痕迹太重"③。《尝试集》的出版打破了"诗歌不能用白话来写"的神话，显示了文学革命在诗歌创作方面的实绩。因而，用"历史的"观点来看，《尝试集》在文学史上的地位就显而易见了。但用"美学的"观点来看，《尝试集》的缺憾又是非常明显的，正如胡适所说："我现在（1922年）回头看我这五年来的诗，很像一个缠过脚后来放大的妇女回头看她一年一年的放脚鞋样，虽然一年放大一年，年年的鞋样总还带着缠脚时代的血腥气。"④ 再如，对于五四文学的性质问题，朱著运用历史唯物主义的批评方法提出五四文学"既是新的启蒙文学。又是'为人生'的平民文学；既是白话化的文学，又是文体大解放的文学，还是面向世界的开放性文学"⑤ 的结论。朱著还认为"新启蒙文学的思想内涵是由复杂的现代意识构成，它是各种对立于封建意识的新思潮的混合体。……启蒙文学思想内涵的灵魂是平民主义和人道主义"⑥。

二

史识，似指文学史家治史的理性思维能力以及理论概括能力。有无史识，是衡量一部文学史著作是否具有独创性、新颖性，是否具有理论价值的依据。朱著能够打破传统思维模式，从纷纭繁复的文学现象中提出崭新的观点，揭示出文学发展的一般规律，达到一般文学史所难以达到的史识

---

① 朱德发：《中国五四文学史》，山东文艺出版社1986年版，第258页。
② 同上书，第262页。
③ 同上书，第285页。
④ 见《尝试集·四版自序》。
⑤ 朱德发：《中国五四文学史》，山东文艺出版社1986年版，第262页。
⑥ 同上书，第265页。

高度。

朱著的史识首先表现在新文学史思维模式的革新与重构上。目前大多数文学史著作价值不高的原因之一就是主体思维模式的僵化。要改变这种状况，写出一部新颖、系统的"真"文学史，就必须变线性思维为系统思维，变认同思维为求异思维。朱著在这方面，进行了大量的有益探索。如"五四新诗"一节，作者首先系统考察"五四新诗"诞生的背景，其次运用系统比较法重点论述中国新诗史上第一部新诗集《尝试集》和出现最早的成就最高的新诗集《女神》，以及《新青年》《新潮》《星期评论》和《少年中国》中的白话诗作；最后，作者系统考察白话诗的总体特色及发展。这种系统思维"注意作家作品的左邻右舍关系，一定程度上克服了作家作品评论上容易产生的孤立感和游离感"①，具有线性思维模式所无法比拟的优越性。写作文学史贵在创新。朱德发研究五四文学时使用了一种求异思维方式，使该书不从众说，观点新颖，独树一帜。如对于"整理国故"运动、李金发的象征主义诗歌、郁达夫小说的所谓"颓废"倾向和"色情"描写及鲁迅的部分小说等，作者以自己对新文学史料的独特感受、体验和思索，抛弃旧说，提出迥异的观点，显示出著者独具慧眼的史识能力。

其次表现在对文学发展规律的揭示上。编著新文学史的最终目的，是指导文学的发展，促进文学的繁荣。特别是在目前经济大潮中，文学思潮流派多如昙花一现，各领风骚三五年；文学创作进入混乱、喧嚣的世纪之交转型期。因此，编写出能够揭示文学发展规律的文学史著作就显得尤为重要。对于作为中国新文学源流的五四文学，我们更应该具有一部有现实指导意义的文学史著。朱著在这方面作了非常可贵的探索。朱著从史实出

---

① 许志英：《五四文学精神》，江苏文艺出版社 1991 年版，第 238 页。

发，从纷繁复杂、精芜并存的文学现象中抽象出具有深刻指导意义的发展规律。如作者对五四文学革命兴起的复杂背景进行了深刻的分析，总结出四条带有普遍意义的规律。特别是第四条，即"现代任何一个国家或民族，欲进行一场文学革命，使民族的文学涌入世界文学发展的潮流，实现文学艺术现代化，必须对外国文学持拿来的态度，广纳博采，在批判继承传统文学的基础上，创造一种具有民族特点的又是开放型的现代文学"①，无疑对于我国当代文学走向世界不无借鉴意义。我国当代文学只有立足于民族文化的深厚土壤，汲取传统文学的精粹，借鉴西方现代文学的创作技巧，才能够使我国当代文学立足于世界文学之林。因此，著者的这一观点可谓是其中之论。"理解历史的关键在于透过繁杂的历史现象去把握内在的灵魂。"② 这正是朱德发先生写作文学史的指导精神。

三

要写出严密准确、令人信服的文学史，仅仅具有史胆、史识远远不够，还必须具备史才。史才，是指文学史家占有、选择和研究史料的能力及对文学史结构、语言等的驾驭能力。史才是衡量一部文学史是否逻辑严密、无懈可击，是否具有说服力的依据。朱著严密、厚实和精当，充分显示出著者杰出的史才。

史才，首先体现在对史料的占有、选择和研究上。史是建立在大量的原始史料的基础上的。"《中国五四文学史》从酝酿到成书前后四年的时间。81 年我已写了本《五四文学初探》，那是在资料、理论上打基础，82、83 两年主要查资料、读作品。"③ 从作者的自述中，我们可以知道，他至

---

① 朱德发：《中国五四文学史》，山东文艺出版社 1986 年版，第 1 页。
② 朱德发、刘开明：《五四文学精神新论》，《山东师大学报》1989 年第 2 期。
③ 见朱德发先生 1994 年 4 月 11 日给笔者信。

少用了两年的时间去阅读史料、作品原文。因此，朱著是在占有、选择和研究史料的基础上呕心沥血地写出来的。作者从不盲目信服别人的结论，而是依靠对原始史料的深入考察，得出实事求是的结论。例如，对于早期话剧衰落的原因，洪深在《中国新文学大系·戏剧集·导言》中已详细考察过。但朱著不受洪深论断的束缚，依靠研究史料，着眼于时代背景，认为洪深"简单地只归咎于当时的戏剧工作者"是不准确的。朱著认为早期话剧衰落的原因，"应该从多方面考察：一是辛亥革命失败后政治上的反动势力日益嚣张……二是辛亥革命失败后文化界出现了复古逆流……三是早期一些新剧团体的组成人员极为复杂……当辛亥革命失败后……大部分成员走上与早期话剧相悖的道路……四是早期话剧的倡导者和实践者……他们的理论主张从整体上看并没有超越晚清戏剧改良派的戏剧观念……"。这就从主观和客观两个方面揭示出早期话剧衰落的原因，令人十分信服。最后，朱著得出"中国早期的话剧（新剧或文明戏）经过短短十年的历程，它是应运而生，又是因势而亡"① 这样一个客观而又新颖的结论。再如，多数文学史家在论述"五四"小说产生、发展的过程时，仅仅着眼于清末资产阶级改良派的"小说界革命"，而对于资产阶级革命派小说观念对新小说诞生的积极作用缺乏足够的重视。朱著深入考察黄摩西的《〈小说林〉发刊辞》和徐念慈的《余之小说观·小说与人生》，发现"这些新的理论见解，对于呼唤现代新小说的诞生不能不产生积极作用"②，从而肯定了资产阶级革命派在新小说诞生过程中的重要作用。对史料的重新考察和研究，使朱著不落窠臼，具有高度的说服力，显示出著者杰出的史才。

其次体现在结构、语言等的驾驭能力上。朱著结构宏阔，包括"五四文学运动""五四新诗""五四小说""五四戏剧""五四散文"五大部分。

---

① 朱德发：《中国五四文学史》，山东文艺出版社1986年版，第2页。
② 同上书，第86页。

著者"从纵向与横向、宏观与微观的结合上，探讨五四文学运动的来龙去脉及其演变规律"①，条分缕析，纲举目张。朱著论述严密，逻辑性强。书中每一个论点都建立在原始史料的研究之上，著者从不妄下结论。如作者在"文学革命的演变过程——发展、深入"一节中提出："一九二一年后，新文学运动没有因为五四运动走向低潮也随着陷入危机……；恰恰相反，新文学运动跨进新的深入发展时期。"为了论证这一观点，作者列举了三个方面的原因，一是中共成立后，"从理论主张上、文学队伍上为后来无产阶级文学运动的展开做好了准备"。二是"众多的受过五四运动洗礼的觉醒了的知识分子或文学青年……，于1921年后纷纷结成文学团体，创办文学刊物，致力于新文学的创建，推动文学革命向深度和广度发展"。三是"文学创作的大繁荣大丰收"②。这样严密的论述，几乎达到了无懈可击的地步。另外，朱著语言准确、纯熟、精当，行文汪洋恣肆。所有这些，使朱著成为一部成功的文学史著作。

史胆、史识和史才的统一，是文学史家必须具备的条件，偏袒任何一方，其文学史都不能称为真正完备的文学史。朱著体现了三者的高度统一，因此，取得了甚为辉煌的成绩。

但是，任何一部著作甚至一篇作品都很难完美无缺，朱著也不可避免地存在着一些缺憾。如：运用系统思维方式考察文学现象时，有的地方出现了"论多史少、从抽象到抽象，缺少新鲜活泼的内容"③的偏差现象；整部文学史的框架有些失衡，诗歌、小说的论述较翔实，戏剧、散文的论述过于简略；另外，由于悲痛的历史给时代留下的浓重的阴影，"我们这一代学者即使思想解放了想说句真话也是战战兢兢，心有余悸"④，因此，

---

① 朱德发：《中国五四文学史》，山东文艺出版社1986年版，第595—596页。
② 同上书，第315页。
③ 徐瑞岳：《试析几部新编〈中国现代文学史〉》，《江海学刊》1981年第6期。
④ 见朱德发先生1994年4月11日给笔者信。

著者在论述时，有时就显出某种程度上的谨小慎微，这是历史造成的缺
憾。然而，瑕不掩瑜，部分论述的不当终究掩盖不住《中国五四文学史》
显示出的高度的史胆、卓越的史识和杰出的史才所凝聚而成的洋洋大观、
皇皇巨著。

[选自《徐州师范学院学报》（哲学社会科学版）1995 年第 2 期]

理论开拓与现象研究的深度契合

——简评朱德发教授新著《20世纪中国文学流派论纲》

张光芒

有人把文学系统比作一棵大树，树叶代表单个作家，而文学流派就是这棵大树上的枝枝节节。这一比喻尽管失之简单，但却形象地说明了文学流派在文学史研究中不容忽视的重要地位。如果说八十年代初对中国新文学流派的研究还滞留在对个别流派的分析、评价阶段，那么近几年来这方面的研究已步入一个崭新的台阶，尤其是严家炎的《中国现代小说流派史》和殷国明的《中国现代文学流派发展史》等都上升到"史"的高度进行宏观的审视和把握。但对新文学流派的系统研究仍是一个薄弱环节，究其原因，一方面"五四"以来的新文学流派发展史有主潮也有分支，有急流也有沙滩，时而汹涌澎湃，时而潜滋暗长，汇成一股波澜壮阔、难以把握的审美流程；另一方面关于新文学流派本身的理论界定和规范一直存在诸多分歧和未解决的课题。现象客体的复杂性造成的难以捉摸感和理论工具的单薄所带来的吃力感始终困扰着步履艰难的跋涉者。无疑地，要想在这个领域取得突破性进展，必须既具备深厚的理论功底和对文学史谙熟的研究基础，又富有理论探索的勇气和善于开拓的创新精神，从而将文学流派雄伟磅礴的宏观面貌、变迁起伏的内在规律和纵横交错的微观现象完整而系统地展现在读者面前。值得欣喜的是，我们终于有了这样一部好书，这就是朱德发教授新著《20 世纪中国文学流派论纲》（山东教育出版社 1992 年版，以下简称《论纲》）。

这是我国第一部综论整个 20 世纪中国文学流派的专著，全书都洋溢出一种清新的理论气息。从著述的体例结构到各章节的大小标题，从选取的宏观角度到内容的论述方式，莫不独出心裁，别具一格，体现出著者不囿成规的过人胆识。当然，开拓精神必须体现在理论和实践的结合上才能富有成效和学术价值，《论纲》的创新面目绝非浮于体式上的花样翻新，它深深地植根于著者通过反思和超越自身几十年文学史研究历程所逐渐形成的一整套自成体系的流派和流派史理论。近两万字的"导论"可视作全书的理论基础和总纲。在这一部分里，著者有感于当前对文学流派的构成要素、范围界定等的含糊性，便花费大量的心血，利用充足的文学史料对文学流派的内涵和外延作出了较为客观详尽的科学界定。同时著者还从文学史、文学思潮和流派自身的功能结构诸角度深入地探讨了文学流派的嬗变规律。静态的科学界定伴以动态的规律考察，深入的理论探讨加之大量的旁征博引，使全书始终显示出非凡的理论深度。

"形态论"部分着重从"史"的角度考察，20 世纪中国文学流派的演变态势，把近百年的文学流派从"异彩纷呈的首阶段"，到"纵横交错的中阶段"，再到"回归趋同的后阶段"，直至"竞彩争辉的现阶段"作了一番深入细致的纵向研究。由于著者有了系统而坚实的理论基础，这一部分论述在为读者提供的气魄恢宏的研究框架背后始终潜伏着内在的逻辑结构，显示出宽阔和纵深的历史视野。唯其如此，方能使著者在流派现象的理论概括中得心应手，顺理成章。在流派发展的每一阶段中，著者首先把错综复杂的大小流派按其最本质的特征分门别类，提出极富概括力的类型概念（如"文化型""民族型""内向型"，等等）来涵盖其诸种复杂特征，以造成明晰而谨严的理论效果。同样富有深刻的理论意义的是在现象研究中，著者不时能够发现别人所忽视的东西、解决现有成果还未解决的问题或一反前人观点发表自己独树一帜的见解。例如，一般认为文研会是真正具有现代意义有新文学流派开始形成的标志，著者借助大量的史料运用自成体系的流派理论，通过精密的逻辑推理指出，"新青年"社是代表着五四时代文化精神和文学精神的群体，"新青年"派是左右着一切文化派别发展方向和新文化衍变趋向的具有母体功能的文化和文学流派。作为一个内涵丰富的文化群体和文学群体，它孕育衍化出"文学革命派""初期白话诗派"和"早期人生派"这样几个初具流派特征的文学流派。这样就使新文学流派发展史的起始时间与新文学史取得了一致，而不是像有的研究者认为的那样，1917 年至 1921 年是文学流派的空白期或者说是流派发展的史前时期。在对具体的作家与文学流派的关系及其评价上，著者始终坚持实事求是的历史唯物主义态度，进行科学的分析和研究工作，努力使历史的原貌，真实而完整地呈现出来。比如，不少研究者不承认老舍曾是"论语派"的一员，而著者指出，"历史毕竟是历史，且不说他是'论语八仙'之一，且不说他不少著名作品发表在'论语派'的杂志上，就是他的艺术风格也与'论语派'有相似之点"。在三十年代老舍与林语堂被统称为"幽默大师"，不但在提倡"幽默文学"这一点上他们似乎志同道合，而且在不愿介入"党派政治"上他们也有同感。在指出这些符合流派特征的相似处之后，著者进一步分析道："不过随着斗争形势的发展，林语堂一类人向右转变，而老舍向左转，并且始终坚持为人生的现实主义道路。"但"即使老舍摆脱了'中间道路'而表现时代的主旋律也没有放弃对'幽默'艺术的追求"。在此著者深有感触地提醒我们，"历史上一些论断是可以检验的"。可以看出，著者总是把作家放在文学流派起伏变迁的动态嬗变中历史地加以考察的，因而其结论总是那么中肯而精辟。

　　如果说"形态论"部分侧重的是文学流派的本体研究，为我们勾勒的是一幅动态的和雄浑的 20 世纪中国文学流派立体演进图，那么"思潮论"和"规律论"则把文学流派既作为研究对象又作为研究角度和方法，从更深的理论层面和动态规律出发进行宏观审视的。"导论"在概括文学流派的特征时曾鲜明指出"文艺思潮的共振性"是极为重要的一条。实际上，各个文学流派都是各种内在美学倾向与表现因素相互作用下的不同表现形态。作家运用什么样的创作方法，接受的是什么样的文艺思潮，对文学流派的形成和变异起着重要作用。"五四"以来的文学流派在更替嬗变兴衰消长的背后一直激荡着现实主义、浪漫主义和现代主义这三种创作方法与文艺思潮，它们在不同的历史条件下相互纽结相互对抗，同时又相互渗透相互组合，时隐时现地起着一种由内到外、从本质到现象的逻辑作用，正如著者所说"20 世纪中国文学流派是美学思潮的艺术结晶体"。在本书中篇幅最长的"思潮论"便紧紧地把握住文艺思潮这一逻辑重心，在牵一发而动全身的分析综合中高明地厘清了文学流派与思潮在相互纠缠中发展嬗变的脉络。著者的做法是首先拨开现象迷雾，把大大小小的诸种流派分别纳入现实主义、浪漫主义和现代主义三种审美选择的主线索中历史地加以论述，内容涉及五四初期的"白话诗派""文学革命派"直至今天的"新写实""先锋小说"，等等。同时著者又不把这种分析简单化，而是在纵向研究的基础上加以横向考察和比较，尤其是对一些审美选择混合程度较高的流派，总是用各种思潮的价值尺度进行多角度衡量和评估，尽力使每一个流派都处在一个立体坐标的交叉点上获得一种时空感、动态感和开阔性。这种论述充分显示了著者那种恢宏的"史"的气魄和机智的"理"的胆识。例如，在"新文学流派的现实主义美学选择"一章里，向我们展示了以现实主义追求为主旋律的文学流派从"开放"到"多向"到"求同"

直到"曲折"发展的整个动态历程，不仅厘清了现实主义发展流变这条历史线索上生成了多少主要的文学流派，而且深入地探讨了各流派对现实主义美学思潮和创作方法所作出的不同选择以及在文学创作上的总体审美特征。诸如"对个体或群体人生的热切关注为现实主义文学审美世界注入了强烈的生存意识""主体的使命意识给现实主义流派的文学世界涂上浓重的政治色彩""各种形态的人道主义铸造现实主义流派文学世界的灵魂"等论断莫不切中要紧地挖掘出复杂现象背后的精神底蕴和丰厚内涵。

朱先生的文学研究素以深邃的理论见解和开阔的思维方式见长，"规律论"尤为体现了著者这一不拘成规的学术品格。这一部分既是"导论"中流派嬗变理论的具体化和深化，也是著者用宏观的发展观点和动态观点研究文学流派的又一个成功尝试。著者认为，新文学流派的消长命运及其结构特征和美学意蕴与民族化现代化（简称"两化"）的动态规律密切相关。从文学流变来看，"两化"又是个能动性的口号，它的深刻的变革意义等同于文学的继承与借鉴规律，而且从特定本质意义上说它也标志出新文学发展的必然趋势。因此把"两化"作为又一个考察20世纪中国文学流派发展规律的逻辑基线是极为必要也是可能的，这样便找到了理论切入对象的契合点。但这也是一条布满荆棘的路，不但"两化"在理论上的对立或偏于一端由来已久，在实践上的系统尝试也尚未出现，也许这正是激发著者研究勇气的驱动力所在。在这里，著者又一次发挥他善于打理论外围战的学力，首先对传统民族文学的民族性和世界性与新型民族文学的民族性和现代性的关系，民族化与民族性的关系，现代化与现代性的关系以及"两化"之间的关系与之同文学流派的关系，作了一番深入详尽的辨析，扫清了理论上的重重迷障。在具体论述中，著者运用马克思主义关于辩证法的原理，紧紧抓住各流派发展运动中民族化与现代化这一对矛盾中的主要矛盾方面，分别考察以现代化为制导的和以民族化为制导的文学流派近百年的发展历程以及"两化"作用下必然融合的历史趋势。同时对每一个涉及的文学流派著者都紧扣"两化"这一对标尺客观公正地评判其成败得失。这样，在宏观考察和微观研究相结合的基础上便把整个20世纪中国文学流派"双向同构运动的相互变奏的过程"，也即在否定中运行的流派流动史清晰、准确而深刻地展现在读者面前，并水到渠成地从中揭示出"唯有'两化'互补、双向作用才有利于新文学流派的生成和发展"的规律性结论。

综观全书，著者始终把20世纪文学流派起伏消长的发展过程作为研究的基准线，无论是"形态论""思潮论"还是"规律论"都着眼于从宏观的"史"的角度探讨其中的奥妙所在。这三论连同"导论""余论"各自相对独立自成规模，又前后兼顾互为补充，从不同的理论角度、深度切入同一个研究对象。尤其在"思潮论"和"规律论"中，著者紧紧抓住民族化和现代化这两把解剖刀，并游刃有余地在三条相互缠绕的线索（现实主义、浪漫主义和现代主义）上深剖浅析纵横捭阖，显示出一种雄浑的逻辑力量。因此我们读《论纲》，总感到著者是站在一个富有开拓性且自成体系的理论高度上来俯瞰整个20世纪波澜壮阔的中国文学流派的。可以说，正是由于著者对流派理论有了系统深入的建树，又能在思维方式上超越文学流派的本体研究和微观研究，因而达到了理论开拓与现象研究的深度契合，所以整部著作透射出一种气魄恢宏的逻辑框架和系统结构，而毫无理论上的捉襟见肘感。从这个意义上说，《论纲》既是一部富有开拓性的流派史力作，又可视为一个富有启发性和指导意义的新文学流派理论工程。

[选自《聊城师范学院学报》（哲学社会科学版）1993年第3期]

整合·还原·沉潜·思变

——评朱德发《20 世纪中国文学流派论纲》

张清华

朱德发教授的新著《20 世纪中国文学流派论纲》（山东教育出版社 1992 年版，以下简称《论纲》）是以它新颖和独具的学术面貌成为很有探索意义的一部论著，它适应并且体现了九十年代文学研究的新的目标与方向，为 20 世纪文学流派研究的深化发展提供了很多成功的经验和有益的启示。

正如朱德发教授在《后记》中所说，在该书的写作上，他既没有限于对每个文学流派从微观上进行具体的考察和详细的分析，也不是着眼于史的角度对新文学流派的具体演化过程作流水式的描述，而是从宏观上选取"形态论""思潮论""规律论"三个较大的相互联系的研究视角，"对 20 世纪中国文学流派的发展规律、内在机制、基本特征以及复杂的结构等进行深入探讨，力求能作出一些新的理论透视或理论概括"；"把历史的评判和美学的评判结合起来，把纵向的掘进与横向的联系结合起来，把'点'的深入和'面'的扫描结合起来"，使那些纳入研究视野的文学流派或作家作品都能在纵横交叉的坐标点上获得综合的分析和整体的把握。这样一种自觉的方法和角度，无疑已使该书获得了在学术上实现拓展与突破的前提和动力。

舍弃割裂和孤立的静态的考证式研究，代之以新的整体化的动态的观照与审视，使这本《论纲》具备了考察流派的新角度。这一点应当说是该书给人留下的最深刻的印象。文学运行的历史本真状态本来就是一种多向联系的有机状态，而历史运行之后留下的可见性的表象则是静态和相对孤立的，如果研究者不能透过这些静态的表象给人的障碍，研究的结论就可能是片面的。《论纲》以动态性为基本原则，在不断伸延和变换的历史坐标中以很强的历史透射力对新文学史上的各家流派做了动态的剖析与把握。这种自觉的取势，一方面是对以往流派研究的回避与区别，另一方面更是及时和有效的替代与补充。这里还必须指出，《论纲》实际上已赋予了"文学流派"这一概念以崭新的内涵，它不再是一个堆积了各种材料的静态的个别概念，而是动态的时间范畴中的一个变量在某一区间中的特定存在，也正因为如此，它又属于了整个时间流程，是一个联系、运动和发展着的整体。也就是说，"文学流派"在这里具有了历史本真的意义。实际上，对任何文学事件来说，其当时发生过程中的各种参与因素，只有较少的部分能够在历史的轨迹中以可见的静止形式保存下来，因此，从某种意义上说，止于这些静止形式的材料的考据与叙述实际上是缺少真实价值的。虽然作为文学历史研究的主体也不可能完全正确地回溯到历史运行的过去时之中，但努力在主体意识中克服表象的障碍却应是一个明智的研究者应具备的自觉。比如，就"形态论"部分而言，《论纲》就没有拘泥于对那些已见"定论"的流派的分别描述，而是在寻找其根本点的一致与不同上下功夫，从整体联系着眼，努力反映出运动与衍生过程中各家流派真实的存在状态。以"首阶段"为例，论者抽取概括到了"文化型——新青年派孕育出的文学流派""写实型——茅盾为理论旗手的人生派""开放型——鲁迅与新文学流派""浪漫派——郭沫若为主将的艺术派"四种大的类型，这就相当准确地反映出了五四时期新文学各家流派既交互结合、错综交叉同时又存在鲜明差异的整体状况，从统一联系的视点上呈现了各个文学流派发生与演化的主要态势与特征，既概括了各个派别的自身特点，又努力展示了一个整合的历史状态，将这一时期文学流派运动与发展的过程与内容尽收眼底。而且，论者在这里眼光独具，"对文学流派的内涵和外延不作机械理解而能从新文学流派的实际路径和具体形态出发加以灵活把握"①，以"新青年派"的命名为核心，将最早的流派现象予以整体联系的考察，于是就有了这样不同角度但又离不开同一个整体的剖视：从文学思潮的角度来看，"新青年派"中最大的流派是"文学革命派"；从文体大解放的角度来考察，"新青年派"在文学创作方面造就了新诗发展中的第一个诗人群，即初期白话诗派；从哲学思潮的角度来看，"新青年派"连同"新潮社"等文化社团造就了初期为人生而文学的"人生派"。这三个主要的早期文学流派又为孕育和发展更多更成熟的流派奠定了基础。这种归纳和论述，可谓纲举目张；在整体中见出个别，在个别中把住整体，而且为评述五四文学革命以后不断衍生运行的众多文学流派提供了一个联系与发展的理论端点，这也是本书能够以还原历史的动态面貌涵盖流派研究的一个重要内在原因。联系性、更加切近历史实际的归纳和论述，是形成全书动态视角和全新面貌的一个根本基础，在各个章节中，这一特点都十分明显。

作为一部"论纲"，走出流派发展的纵向流程而进入现象的内部寻找其普遍特性更是至关重要的。选择"美学思潮"这样一个横向的标尺可谓抓住了根本，因为任何文学派别无不是以其内在的美学思想和精神作为支

---

① 朱德发：《20 世纪中国文学流派论纲》，山东教育出版社 1992 年版，第 37 页。

撑的，文学流派在某种意义上就可以说是一定美学思潮的客观载体和表现形式；同时，由于社会意识的更加广泛性和复杂性，实际上同一种美学思想又反映在许多不同的艺术派别中，使它们既区别又联系。因此，通过对这一内在因素的发掘和剖视便能够在整体上把握住各个具体派别的共同性与联系性，从而达到对运动和联系的历史状态的切近和还原。"思潮论"从三大审美思潮即"现实主义""浪漫主义"和"现代主义"对这一角度进行了总结性把握，具有普遍的概括力。同时，论者又仍以思潮的动态演化过程为逻辑线索，通过对其内部多种特征的细致评述，把具有共同或相似的美学追求或承继关系的各家具体派别上下联系、左右相接，进行了综合的和富于比较性的分析研究。在这一领域中，论者或纵或横，不断发现新的现象和规律。以第一部分"新文学流派的现实主义美学原则"为例，《论纲》以几个大的历史阶段为分界，把共时的比照与历时的演进作了紧密的结合，将所有具有现实主义审美特征的文学派别全部纳入这一不断发展的时空框架之中，找到它们各自的位置。"审美选择的开放性""多向性""求同性""曲折性"既是分别对五四时期、二三十年代、四十年代与中华人民共和国成立后这几个有着鲜明不同特征的历史时期中现实主义文学流派的审美表现特征的合理的阶段性划分与归纳；同时也是对每个不同时期现实主义各个流派的联系与共同点的比较论述，论者将世纪初现实主义美学思潮的发端到新时期晚近几年的"新写实主义"的整个历史流程都作了相当客观、准确的梳理和评判。

　　冷静、客观、摒弃旧的非科学性立场的、一切直面文学史实的态度和方法，越过情感、偏见和浮光掠影式的现象描述，达到沉稳、准确的观照视点，体现了人们对新文学研究发展超越的新的要求。《论纲》在这一方面有两点是值得重视的，一是触及新文学流派发展运行过程中"现代化"与"民族化"这一深刻的矛盾症结；二是对各家文学派别的不带成见和不囿习惯的评价态度，不论是对作为"主流"的现实主义派别，还是对一向被视为"分流"甚至"逆流"的"现代主义"；不论是对典范的现实主义和"正统"的"革命现实主义"，还是对已发生了现代性变异的"新写实主义"，都给予应有的一席之地，而且还努力在整合的系统机制中对之作出客观论述。尤其是对"现代化"与"民族化"问题的论述，深刻地归纳和阐释了新文学流派发展过程中的一系列矛盾现象，从20世纪初的文学改良派与国粹主义的论争到五四时期的文言与白话派之争；从新文学革命派与守旧派（学衡派、甲寅派等）之争，到三十年代文艺大众化的多次讨论和四十年代关于民族形式的屡屡论争；从五十年代关于诗歌形式的争议直到新时期关于"两化"的深入讨论，以及对"朦胧诗""意识流小说""寻根文学"、通俗文学、新潮先锋文学等各个流派的评价之争，都在这一对立统一的矛盾和悖论关系中得到了深刻的阐释与解答。

《论纲》还表现出一系列新的学术特点，如综合的理论视角、合理的理论建构、多角度的历史参照，还有浓郁的思辨色彩，等等，总之脱出了流派研究原有的狭义概念与领域。作为朱德发教授个人学术道路上的一个新的重要成果，它也可以看作作者近年来不断思考与拓展的一个结晶，知识结构的不断更新、理论视野的更加开阔、思想与见地的进一步成熟，都在这部著作中留下了鲜明的标志。当然，种种遗憾和局限也在所难免。一些问题还未及展开，对有些方面则较少触及。比如"规律论"部分，"两化"是一个重要方面，但并非全部，对各个流派之间互相反拨、促进、参照以及互补结合的机制则未作专门论述阐发。

（选自《中国现代文学研究丛刊》1993年第4期）

为有源头活水来

——读朱德发《五四文学新论》

温奉桥

《五四文学新论》（以下简称《新论》——编者注）是朱德发先生继《五四文学初探》《中国五四文学史》之后的研究五四文学的又一部重要的论著。它汇聚了朱先生十几年以来对五四文学研究的十八篇重要论文，集中体现了在各个不同的历史时期以新的眼光、新的思路对五四文学研究的许多新的探索和新的思考。《新论》是对《五四文学初探》和《中国五四文学史》的补充和完善，但在思想解放，勇于开拓这一点上却是一脉相承的。《新论》中的有些观点在《五四文学初探》中已有所涉及，但在原来的基础上又有新的拓展和发现，如《上篇·思潮论》中的《生命哲学：五四文学观念的深层文化意识》，既冲破了长期以来学术界普遍认同的把民主主义意识或社会主义意识作为五四文学观念的深层文化意识的传统观念，也冲破了朱先生自己一度认同的人道主义是五四文学观念的深层文化意识的观念，从一种全新的角度提出了生命意识是五四文学观念的深层文化意识的见解，不仅给人一种耳目一新的感觉，更给人一种思维方法的启迪。再如，在《五四时代现代文化人格建构》中，提出了现代理想文化人格的嬗变是传统文化向现代文化转换的"中介","五四时代现代文化人格的塑造是传统文化向现代文化转换的直接文化心理动力"这一富有创见性的启人深思的观点，所有这些观点的提出都闪烁着一种思想解放的光芒。也许《新论》中的有些观点在今天看来并不算"新"，但藉此我们可以更清晰地发现论者在不同的历史时期思想发展的明显的轨程。

朱先生不止一次地说过："对一个文学史家或文学评论家来说理论思维中的机械客观论要不得，无节制的主观论也要不得"，丧失了主体性的唯唯诺诺的应声虫和不顾客观事实的放言空论都是不足取的，实事求是的研究态度，强健的人格力量才是一个研究者的真正的"源头活水"，我想，这也许正是朱先生成功的关键所在。

（选自《齐鲁晚报》1995 年 11 月 29 日）

学术灵魂的又一次探险

——读朱德发教授的《五四文学新论》

刘 蕾

法国历史学家雷蒙在《历史哲学导论》一书中提出了"神秘余数"的概念，他认为人们对一切现象的解释都不可能彻底，对文学史的研究也是如此。面对一个极富意味的文学价值体，尽管一代代研究者许以毕生心血精力且所获颇丰，然而由于历史发展带来文化视野与角度的不断拓展与调整以及人类认识能力和思维能力的阶段局限性和整体上无限发展的可能性，使得一代代研究者都不敢说自己的研究已经穷尽了研究客体的全部真谛与奥秘。从这个意义上说文学研究也是一门"遗憾的艺术"，然而"神秘余数"的存在非但不会挫伤研究者的热情，相反，它会以其自身的独特魅力诱惑那些学术道路上的不倦身影，诱惑他们甘愿奉献出自己的生命激情、坚强心力、深厚扎实的知识学养以及犀利透彻的文化辨析力与批判力，面对着一个个巨大的文化文学价值体，展开他们独具特色的形而上的精神漫游历程。"五四文学"作为 20 世纪中国文学史上一个巨大的"神话库"成为一代代研究者的学术兴奋点。如今，这块领域的研究已呈饱和状态，而还敢于在这块田园里扶犁下锄的，大约也只能是有着足够的自信力和创新意识的学术界实力派人物了。山东师范大学中文系朱德发教授的《五四文学新论》即显示了作者敢于向定论向权威挑战的学术勇气和不断进行学术探险、实现自我超越的学术个性。

朱德发教授十多年来一直潜心致力于文学研究，1982 年出版了《五四文学初探》，当时正值我们民族经受精神重创之后的拨乱反正阶段，学术界"左"的干扰尚没有完全破除，《初探》是对五四文学再评价较早的一本学术专著。

该书对以往在中国五四文学研究方面起到了开风气之先的历史作用。随着时代的前进和思想解放运动的深化，朱德发教授继续在这块肥沃的园地里不懈地发掘探求，1986 年他出版了关于五四文学研究的第二本专著《中国五四文学史》。与《初探》相比，这时的研究有了明显的深化和发展，其明晰的理论框架、宏观的研究视野和新鲜扎实的立论观点确立了全书的史论品格，成为我国关于五四文学研究的第一部史著。这两部著作是中国现代文学研究领域的重要收获，它们确立了朱德发教授在全国现代文学研究界的声望。然而一本《五四文学新论》在时隔几年后的猝然面世让人不胜惊讶的同时也有些隐隐担忧：一位已经在此一领域作出如此成就的资深学者，提出"新论"是否意味着对自己以往立论的怀疑和否定？要不就是有点"老调重弹"的嫌疑？作者的一番自我陈言冰释了读者的疑虑，朱德发教授指称"新论"中的内容"在我的研究视野中的确一度是'新论'，或有新的拓展或有新的发现或有新的视角或有新的思路"，这是作者在《五四文学初探》和《中国五四文学史》之后对"五四文学"的新探索新思考，显示了一个真正的学人不拘前见、锐意求新、自我超越的学术品格。

翻开《五四文学新论》，明晰简洁的体例设计给人以清心爽目的视觉感受。除绪论外，全书分上、中、下三篇，分别以"思潮论""作家论"

和"创作论"统摄各部门命题，每一篇的框架又各具特色。上篇"思潮论"以五四文学精神为核心，分别从生命哲学图式结构、现代学术与五四文学、城市意识与城市文学以及五四现代文化人格建构几个视角对充满魅力的五四文学作了立体的深层把握，使早已定格为历史的价值客体显现出多棱多彩的动态感和丰富性。中篇"作家论"选取了五四时期几位文坛大家的思想特质和艺术主张进行总体评述和精微解剖，对现代化与鲁迅批孔、文化激变期郭沫若尊孔、茅盾前期对文学与人关系的思考、鲁迅小说与现代主义文艺思潮等五四文学命题作了纵横捭阖、俯仰交叉的勘探与透视。由"思潮论"到"作家论"再到下篇的"创作论"显示了作者清晰的设计思路和由宏观到微观的研究运思轨迹。全书三篇各自独立又联结为一个有机整体，上篇"思潮论"以其宏阔的视野统摄全书，奠定了该书以理取胜，情理并茂的醇正的学术基调。在对"五四文学精神"作了立体把握之后自然地引向"作家论"这一个个丰富斑斓的个性世界，在每一个分命题展开过程中又不忘向"五四文学精神"这一内核收拢。"创作论"是前两篇的集中凝结和具体展开，使全书收束在一个文学晶体上，取得了浑然一体的有机效果。值得一提的是全书的绪论部分，这是一篇长达三万字的学术论文，对几十年五四文学研究的历史作了一次总体描述和微观透视，这就为后面即将展开的三个方面砌起了一个较高的逻辑起点。绪论奠定了全书的学术质量。

统观全书，《五四文学新论》流贯着一种严肃审慎的探索意识和锐意求新的学术风貌。"没有探索就没有学术的发展，没有创新就没有学术的昌盛"，朱德发教授在这块领域里精研十余载而屡有建树，靠的正是这种探索意识和创新精神。在多年治学过程中，朱德发教授一贯以怀疑、否定、批判、创新的态度自我规约自我敦促，养成了不囿成见不惧权威客观求实的治学风格。比如在茅盾研究中有种论调认为茅盾过于强调文学为人生服务的功利目的而缺乏文体自觉意识。朱德发不同意这一结论，他通过对茅盾文学主张的全面考察和理论分析，得出了"茅盾是位具有强烈'形式感'，系统文体意识和自觉独创意识的人生派的最杰出的文学理论家之一"的真知灼见，论述破中带立，言之有据，凿凿切切，扎实严谨。

面对五四文学这样一个庞杂斑驳的文学价值体，要全面地把握它，仅凭以前线性或单向的思维模式恐难胜任。朱德发教授借助于他高屋建瓴的理论优势，在具体研究中辅以比较思维、逆向思维、发散思维、收拢思维以及微观剖析的良好感知力，全面活跃自己的综合思维能力，以丰沛的理性激情作为内在支撑，使研究客体逐渐地产生动态感，展现出一个气韵生动的艺术世界。在"图式结构：五四文学精神新探"一章中，他将怀疑的眼光引入对以往成果的考察，对其中的误解作了大胆否定，提出自己的观点"五四文学始终纠缠于一个历史与现时、本土文化与外来文化互相撞击而又彼此渗透的尴尬局面之中，因此它所蕴含的文学精神只能是这种中外文化模式相互冲突调和的结果"，他从历史的内在需要、文学创作主体的心态、接受主体的文化期待视野、五四文学与西方文艺复兴的内在精神差异等视角逐一论证，使立论坚实可靠。继之他运用发散思维对五四文学的图式结构的三种表现形态进行考察，认为它们各自以复调形式存在，相互之间又彼此渗透、规约和融合，共同构成了五四文学的整体面貌，也规约着整个中国现代文学的发展历程。这又将发散的各束思维收拢在核心命题上，紧凑灵活，富有张力。对思维科学的重视和积极实践使朱德发教授的学术研究敏锐而扎实、严密而不板滞、极富理论深度却又生机勃勃。

意大利美学家克罗齐说过一切历史都是当代史，那么文学研究只有立足于当代、以当代的眼光看取既往的纷纭斑驳方能获得生存的真正意义。透过朱德发教授不倦探索锐意求新的学术身影，我们看到的是他对民族人文精神、理想文化人格的严肃思考和热切期待。他自觉地将学术实践的精神指归引向当代文化建设。因此，朱德发教授在他的运思当中才诚恳地发问："我们是否可以像郭沫若那样以现代思维方式和价值标准，根据'古为今用'的原则，重新审视评估孔子及其儒学，积极探寻儒家思想与马克思主义文化、西方民主主义文化的沟通点、契合点，如儒家万物一体的宇宙观、一元化的思维模式、原初的人道主义精神、自强进取的人格力量、以天下为己任的博大胸怀等，借以作为建设社会主义文化的构成因素呢?"如今20世纪的黄昏已经来临，回首百年风雨，感受世纪的风尘浩荡，每一个关心民族文化命运的人都会对世纪之交的文化选择倍加关注，文化的选择归根结底取决于人的素质，如何使现代文化人格建构朝向最合理的方面发展，是"五四"没有解答完全的重大命题。朱德发教授在对五四精神的深层勘探中自觉地意识到文化使命的沉重和庄严，他以清醒的理性和深沉的情感面对"五四"，面对当前，在对经济价值的执着追求中表达出一个知识分子的文化信念，"毫无疑问，我们应该超越五四时代的理想境界，但必须沿着五四时代启蒙主义精神的方向前进。失落精神的民族召唤伟大的人格，伟大的民族寻找失落的精神，建构和完善包括现代文化人格在内的文化秩序，有着迷人的道德和文化光辉"。

（选自《作家报》1996年4月27日）

在主体思维空间的开拓中锐意创新

——评《主体思维与文学史观》

翟　耀

　　朱德发教授的又一部专著《主体思维与文学史观》最近由山东教育出版社出版了。把文学史研究的突破归结到文学观念的更新，可以说是近年来研究者的共识。然而，观念的更新绝非一蹴而就，研究者要从既定的思维模式中跳出来，就不能只在文学史自身的领域内打转转，而应该必须另辟蹊径。从思维学科的领域里汲取营养，系统地而不是零碎地、深入地而不是皮相地探究思维方式和思维规律，并进而与文学史研究领域沟通起来，结合起来，架起一座连接两个领域的桥梁，就是路径之一。有了这条路径，多年来陈陈相因、大同小异的文学史研究格局就可能被打破，研究水平就可能达到一个新的高度。正是基于这样的考虑，朱教授就此进行了大胆而可贵的探索，结出了《主体思维与文学史观》这样的硕果。

　　《主体思维与文学史观》由主体思维发微、宏观研究尝试和文学史观探索三大相互联系而又区别的板块构成理论框架，形散神凝，自成体系。要而言之，有以下显著特点。

　　其一，紧密结合文学史研究实践，系统而又深入地考察了思维方式和思维规律，大大开拓了主体思维的空间。作为一门独立的学科，思维学有自己丰富的理论内容。文学史研究者要拓展思维空间，就要深入其堂奥，不仅切实把握其内涵，而且要从文学史研究的需要出发取精用宏，既不能浅尝辄止，也不能生搬硬套。为此，朱教授对思维学的理论下了一番扎扎实实的功夫，并凭借自己多年从事文学史研究的深厚功力，从5个方面即新文学史研究的主体思维、文学史研究的收敛型思维、文学史研究的发散型思维、文学史研究主体思维构成和文学流派研究的社会学方法作了主体思维发微，深入浅出，发人深省。其中的重点，在于对收敛思维、发散思维、顺向思维、逆向思维、直觉思维等几种思维方式的辨析。在著者看来，"思维学与文学史联姻的媒介主要是思维方式，而正确的思维方式就是思维规律的体现"，无论是作为思维基本规律的综合互用律，还是作为其分支的思维包容律、思维重合律、思维整体律，等等，都是可以通过其思维方式予以把握的。而文学史研究主体把握了多种思维方式，无疑是打开了一个新的天地。特别是具有发现意义的发散型思维的运作，更可以使研究者获得新的史识。著者在文学史研究中所主张的对人的本质力量的发现、情的发现、美的发现和规律的发现，就是主体思维中发现机制成功运作的结果。

其二，在主体思维空间的开拓中深化宏观研究。宏观研究是研究主体思维方式和思维规律的综合运作。作为一种尝试，该书分别选择了5个专题，着重从系统思维规律方面探讨了可视为古典文学向现代转换前奏曲的从明代中叶起向五四现代文学转换的机制和规律，从思维交叉律方面对中国新文学作了总体反思和观照，从思维纵横律方面对中外情爱文学进行了比较研究，从思维重合律方面对中国现代纪游文学作了综合论述，从思维整体律方面考察了中国婚恋文学中的一个原型主题。由于著者对多种思维方式和思维规律的娴熟把握，所作的上述诸种尝试可说是驾轻就熟，融会贯通，绝无生硬附会之嫌。例如，其中对中国新文学的总体反思与观照部分，著者着重就新文学浓重的政治色彩、强烈的文化批判意识、人道主义的灵魂、发展的根本途径和新时期文学的超越作了鞭辟入里的剖析，显示了著者高屋建瓴的宏阔视野和敏锐的思维穿透力。而另一专题"中国婚恋文学中的一个原型主题"中对"女性绕着男性转"这一原型主题的发现，特别是从深层文化哲学层面对此所作的开掘，从人的价值角度所发出的营构文学中两性平等的婚恋世界的呼唤，则可给人以振聋发聩的效应。原型作为"典型的即反复出现的意象"，有助于从宏观上把握文学典型的共性及其演变。著者以《雷雨》中的两性关系描写为中心，上溯下延地揭示了古今婚恋文学中反复出现的这个原型主题，深刻地指出了其植根于传统文化深处乃至"集体无意识"中的历史渊源。著者从原型入手所作的深层剖析和整体观照，无疑是思维整体律的成功运用。

其三，科学的文学史观的建构和张扬。文学史观念的更新是与主体思维方式的变革密切相关的，在变革的主体思维方式导引下，科学的文学史观也就可能应运而生。在"文学史观探索"部分，著者从6个方面建构并张扬了自己科学的文学史观：构建科学的文学史论；"文学史观讨论"自由谈；深化新文学史研究断想；抗战文学研究的点滴思考；以相应文学史观透视相应文本世界；"中国新文学60年"。分开来看，每个方面都有著者的独立思考和独到见解，令人目不暇接。著者指出，科学的文学史观是建立在对文学本质全面而正确的理解与把握上，而文学的本质是由多个层面构成的，这就要求文学史的编著必须着眼于文学结构系统的整体，突出文学史的多面性、多元性、流动性、整体性和系统性等基本形态特征，并从纵向和横向上作多层面的梳理和开掘，只有这样，才会使"文学史回到文学本身"，妥善处理史与论的关系，才会构建出科学的文学史。就新文学史研究而言，要在现有的水准上深化，就要深入探究现代国人的心灵历程，努力探寻新文学与历史变革的内在联系，尽力揭示多元文化思潮对新文学的规范。值得注意的，还有著者以辩证思维对茅盾文学现象的深刻评价。著者通过既是历史的又是具体的、既是动态的又是静态的、既是内在的又是外在的、既是文本的又是社会的、既是审美的又是政治的、既是艺术的又是功利的综合考察和研究，所作出的结论是令人信服的。此外，著者以"中国新文学 60 年"（1917—1977）提出的中国现代文学史的新界说，富有历史的逻辑性，也是值得研究者关注的。

[选自《山东师大学报》（社会科学版）1997 年第 6 期]

新文学史学建构中的主体思维研究

——《主体思维与文学史观》

谭桂林

最近出版的《主体思维与文学史观》一书，着重讨论现代文学史编著者主体思维方式在编著过程中的重大作用。作者选择交叉学科的研究视角，着眼于思维学与文学史关系的考察，自觉地反思在撰写文学史过程中所运用的思维方式、坚持的操作原则、形成的文学史观念和思维模式、惯用的理论框架和逻辑思路，这显然是将新文学史学学科创设的工作又向前推进了一大步。

作为一部文学史学的专著，朱著在体例上的特点是以论带史，形散神凝。全书内容共分三篇，上篇"主体思维发微"，开宗明义即指出中国现代文学史的编撰之所以学术深度不够，"究其原因，除知识更新、观念转换进度缓慢外，重要的是文学史研究主体思维模式的重新调整尚未引起足够重视"。因而对于文学史的重写不能只停留在从微观入手重评具体作家作品的水准上，而要将调整文学史主体的思维方式、研究方法和价值系统摆到首要与关键的位置上来。然后，根据文学史编写的特点和人类理论思维的基本规律，朱著对文学史研究中思维方法运用的三个层次、发现逻辑机制的运作功能、史料搜求考辨与整理中收敛型与发散型思维的操作策略与辐射机制以及文学史发展过程中的顺向思维与逆向思维的相反相成等问题作了深入的探索。中篇题为"宏观研究尝试"，可以说是作者关于文学史主体思维重构理论的一次实际操作与验证。作者精辟地选择了五个突破口，即运用系统思维观照古典文学向现代文学的转型，运用思维交叉律反思现代文学改造国民劣根性与探索民族理想人性两大文化主题的双重变奏，运用思维纵横律推演中国情爱文学演进的三个逻辑层次，运用思维重合律考察现代纪游文学的文体结构模态及其基本要素，运用思维整体律揭示婚恋文学反复出现的原型主题，每一个突破口既显示出了某种思维方式的独特功能与运作机制，同时也体现出作者对于现代文学历史思考的深刻与成熟。下篇"文学史观探索"阐述作者对文学史的基本观点，指出要对文学进行"史"的研究与编著，"必须着眼于文学结构系统的整体；尽力建构全方位的文学史，突出文学史的多面性、多元性、流动性、整体性、系统性等基本形态特征"，"力求做到：从纵向上看，首先要在历史、社会、文化的总体背景系统上理清文学主潮的流变轨迹、特殊规律和重大转换所显示出的历史阶段性或螺旋性及其内外因，以及文学主潮与各支流的互补或相逆的关系。其次要特别抓住文学本体审美系统，多层面多角度展示出文学理论观念（包括文学批评）的发展过程、文学主体的创作发展过程和文学接受的发展过程"。总体看来，三篇的内容涵盖了文学史研究的三个重要层面，其中主体思维范型的研究带来文学史观念的变化，文学史研究的实际操作则推动了文学史观念的变革，而文学史观念的更新又是主体思维模式调整和文学史研究实践的导向。三大板块组成了朱著的理论框架，既有分工又有联系，相互联结又相互照应，从而使全书结构形散神凝，自成体系。

该书作者在高校从事现代文学史研究与教学数十年，不仅著述甚丰，而且亲身经历了现代文学史研究变化发展的几个重要阶段，其间风风雨雨，喜忧得失，作者无不有切肤之感。所以，朱著的一个十分重要的特色就是，在文学史学的阐述上并非泛泛而谈或悬空而论，其中许多见解都是出之于作者几十年来对文学史编著历史的静观默察，凝聚着作者数十年的学术经验与教训，感之愈切，思之愈深，其见解也就独标新异，不同流俗。从学术史的角度来看，我认为朱著有不少论点是有创见的，值得现代文学史研究者予以重视。这里略举一二。

第一，逆向思维模式的功能与操作条件。朱著认为，顺向思维与逆向思维是文学史研究主体思维的两种主要方式，各有其特点、功能与操作条件，前者注重守成，后者注重拓新，研究主体选择逆向思维往往是用它来冲破已经老化或陈旧的文学史理论框架，建构新的结构图式。但逆向思维的操作必须建立在一定的前提下，或者顺向思维已经无力或无法把握文学结构系统和解释文学作品审美内涵与审美形式，或者思维定式已显露出极端的保守性、僵板性，或者顺向思维已经走到文学历史河道的尽头，难以再有新的突破。在此基础上，作者提出了先顺后逆的具体操作方式，即先以顺向思维超越规定的时空，直逼文学发展的高级形态，然后再运用逆向思维追溯其初级形态。这些规定与建议无疑是富于建设性的，因为它们不仅可以有效地抵制学界投机者为求异而求异的逆向思维的过度膨胀，而且先顺后逆方式确实能够帮助研究主体全面认清文学的完整形态及总体审美特征，更为深切与清晰地揭示文学由初级形态发展为高级形态的逻辑规律与内在机制。

第二，形而上学对发散型思维的积极意义。形而上学作为一种哲学思维方式，是人类对一些永恒问题的终极思考。由于它超越于经验世界之上，因而在我国以辩证唯物主义为主导的人文学界一直名声不好。但形而上学作为人类文化传统之一确实与文学有不解之缘。因为生与死、存在与虚无、有限与无限、瞬间与永恒、苦难与幸福等形而上的问题，恰恰就是那些杰出的文学作品所深深关注与表现的主题。所以，朱著认为，"形而上学对于发散思维能否从史料的感性经验世界飞升到史识的理性思想世界至关重要"，如果说"有一个媒介能永远激发或活跃我们的发散思维，它不可能是别的什么而是形而上学"。这种提法正确与否当然可以商榷，但它的确是一个大胆的学术创见，在治疗几十年来中国现代文学史著作的浅薄与单调方面也不啻是一副对症良药。

第三，重写文学史的五个层面。"重写文学史"是 20 世纪 80 年代末期由现代文学研究者提出来的一个学术口号，但在当时的一些实际操作中重写者往往局限在对某个具体作家的结论重估上。为了突破这种局限，拓宽重写文学史的思路与眼界，朱著指出重写文学史至少应在五个层面上作深入开拓：一是在世界文学的格局里探索中外文学的关系以及中国文学的独到特征与特殊形态；二是从文学自身系统与外部整个社会系统的直接与间接联系上揭示文学形成或发展的多种原因以及文学本身的内在基因；三是文学活动作为一个独立完整的审美实践系统，它由多种相关的因素构成，重写文学史就应认真分析其内部各要素的组合方式及其有机联系；四是同时代的作家作品应从比较的角度进行共时性的考察，探究其各自不同的创作个性、艺术风格和美学世界以及他们的共同特征；五是对文学作品应从多角度特别要从心理角度进行剖析，深入挖掘其思想意蕴与审美特征，并从前后左右的对照比较中突出其独特的价值与地位。这五个层面把文学史的多系统的纵向发展与多层面的联结组合起来，实际上反映出一种全方位的文学史观，它既是一个阅历丰富的文学史家的经验之谈，也是对重写文学史的学术活动如何走向深入的前景所作的一种十分有益的构想。

除了对一些重要的理论问题提出自己的见解外，朱著对现代文学史研究中一些具体问题的思考也是富有真知灼见的。如作者在"宏观研究尝试"一篇中指出，"知识群体是新旧文学转型的中介"，"人道主义是中国新文学的灵魂"，中国情爱文学经过了《孔雀东南飞》（先婚后恋）、《西厢记》（先爱后婚）、《红楼梦》（志同道合）三个逻辑层次，中国现代婚恋文学没有摆脱传统文学中"女性绕着男性转"的原型模式，等等，无论其捕捉问题的视点和推衍结论的思路都是很具启示性的。尤其值得指出的是，在"文学史观探索"一篇中，作者对中国现代文学史这一学术概念从时间上作了新的界说。过去，几代文学史研究者无论其文学史观如何不同，但对"现代文学三十年"这一时间限定并无异议。在朱著中，作者提出了"中国现代文学六十年"的新概念，其上限为 1917 年文学革命启动，下限止于 1977 年"文革"的结束。这六十年的文学大致环绕人文型、民间型与政治型三大文化思潮旋转演变，逐渐形成一种二元对立的思维定式，到"文革"时期终于发展到极端。由此可见，作者对中国现代文学三十年按照革命历史分期和社会发展阶段分期的传统划分的突破，其意义不仅仅是一个文学史的分期问题，而是意味着现代文学史观念的新变化，蕴含着一种新的文学史意识。有理由相信，根据这种思路所建构的中国现代文学史，不仅内涵与外延都会有很大的拓展与扩充，而且从这种文学史框架中所总结出来的现代文学流变过程、内在机制与审美特征等也会出现一种新的观念。

90 年代中期以后，中国现代文学史的编著热相对而言已经冷却了许多，这一方面是由于从实用的意义上看现代文学史著已经趋于饱和，另一方面也是由于文学史研究者们普遍感到了矛盾与困惑。矛盾的是文学史著述车载斗量，但真正高水准的著述却是凤毛麟角；困惑的则是未来的文学史著可能是个什么模式，应该如何编写。研究者们既感到了这些问题的迫切性与重要性，同时也感到深入探讨这个问题的机遇正伴随着新世纪的曙光初现而迫近，这就是 90 年代以来中国新文学史学这门学科创设起来的主要缘由。朱著从研究者主体思维的调整入手来探索未来文学史的编写，无疑是抓住了新文学史学的一个中心问题，它不仅对新文学史学的学科创设与完善具有一定的理论贡献，而且对文学史研究者站在世纪之交的时代高度对中国现代文学史进行反思与总结，也会提供较为切实的指导意义。

（选自《中国社会科学》1998 年第 5 期）

建构"现代中国文学"的大学科新体系

——论朱德发的创新力作《世界化视野中的现代中国文学》

阎奇男

山东教育出版社 2003 年出版的朱德发的新著《世界化视野中的现代中国文学》，是紧接着作者与贾振勇合著《评判与建构——现代中国文学史学》（山东大学出版社 2002 年出版）之后又一部创新力作，二书可为姊妹篇。对于现代文学学科的研究与发展，笔者以为具有重要的学术价值和理论意义。

一　以"现代中国"国家观念为基础，建构 "现代中国文学"的宏大体系

作者在绪言"世界化与中国文学"中开宗明义提出：包括中华民族在内的全球各民族文化文学最终要通过各种途径、方式步入世界化，这是总趋势。对此，作者引证了大量中外历史事实，从比较文化、比较文学的角度作了论证。如歌德在与爱克曼谈话中的论述、马克思恩格斯在《共产党宣言》中的关于世界文化文学的论述。作者认为明清之际中国能够"内发式"地向现代文化文学演变，其原因第一是中西方都出现了理性的科学认

知方法。第二是中西方都出现了"人的发现"的人文运动与人文精神。但是由于清代的封闭状态使中西文化对话交流受到极大限制，直至1840年鸦片战争爆发，外国文化才冲垮中国缓慢渐进的文化体系。作者引述恩格斯"中日战争意味着古老中国的终结"意味着经济基础的变革的话，认定了甲午中日战争后中国民族资本主义经济的确有了较大发展。并认定甲午中日战争之后的维新变法运动动摇了中国传统的政治经济文化教育结构，使中国古代社会向现代社会全面转型。于是区别于"古代中国"的"现代中国"诞生。诗界革命、小说界革命、文界革命、戏剧改良、白话运动开启了中国文学现代化的先河。"现代中国"以维新变法运动为起点，中经中华民国、中华人民共和国，逐步实现现代化。"现代中国文学"大学科正是建立在这样一个"现代中国"国家观念基础之上，它不同于"中国现代文学"学科主要从文学本体的现代性来立论。因为中国现代文学的外在社会形态仅限于新民主主义，没有宏大的时空交叉的现代国家观念支撑。而"现代中国文学"可以用现代多民族多区域的主权国家要领来规范，凡是现代中国历史上生成的文学现象、形态、运动和作家及文本都可纳入现代中国文学这一完成式与进行式相结合的历史范畴，不论新文学、通俗文学、翻译文学、少数民族文学、港澳文学或旧瓶装新酒的传统体式文学（如现代内容的旧体诗词或章回小说）都可纳入现代中国文学的全景式框架中。而"现代中国文学"又始终存在于世界化视野中，存在于全球化语境中，存在于世界化的前现代性、现代性和后现代性的历史文化背景中。这样作者着力建构的这一"现代中国文学"大学科系统既是世界化现代化的又是民族化本土化的，既有国家观念外部社会形态作外部基础，又有独立的主体文学形态作内部基础，使学者们可以从世界化视野观照处于中外古今纵横交叉坐标系上的现代中国文学，上可封顶，下不封底，形成开放的继续发展向前的宏阔的研究框架。作者这种大学科系统的建构，开拓了研究的时间和空间，为世界文化文学开掘资源，为中国大文学家大学者的产生创造机遇和条件，具有重大的深远的理论意义和实践意义。

二　以现代"人学""人的文学"思想为基础，提出了自己的现代人的文学价值标准理论

作者广泛收集、吸纳了现代人学思想、现代"人的文学"思想，从而形成自己的现代的人的文学思想，成为建构"世界化视野中的现代中国文学"的最主要理论基础。这与作者同样依据的马克思主义的辩证唯物主义历史唯物主义思想并行不悖。这也从方法论上为我国学者的人文科学、自然科学研究做出成功的榜样。在上编"转型与传统"六章宏观研究中，作者首先从皮亚杰《发生认识论原理》获得自己运用主体科学思维的信心，又从恩斯特·卡西尔《人论》中获得自己运用自由、自主、自足判断力的信心，使自己的研究工作形成开放的主体思维、自由的心态，然后为建构"现代中国文学"寻找一个价值标尺，这个价值标准就是现代"人学"与"人的文学"。作者从列举马克斯·舍勒的疑问开始，梳理了文艺复兴以来纷纭芜杂的人学研究概况，列举了马克思、弗洛伊德、荣格、马斯洛、笛卡儿及 17 世纪法国帕斯卡尔等理性主义思想家、非理性主义思想家的重要理论要点。作者并没有继续研究人学，而是借人学的思想理论资源研究人的文学。近现代人学理论错综复杂还在发展中，而且问题和矛盾也很多。作者认定卡西尔《人论》中"除了了解人的生活和行为以外，就没有什么其他途径了"①。作者对"了解人的生活和行为"这句话非常感兴趣，认为这具有理解与认识人的方法论意义。由此判断文学艺术具有表现人再现人的生活和行为及情感意识的特殊功能，进而推论人的发现、人的觉醒、人

---

① 朱德发：《世界化视野中的现代中国文学》，山东教育出版社 2003 年版，第 6 页。

的自觉的思想潮流投射散发到文学上，便形成人的文学、现代型的文学。而人本主义、人道主义、个性主义等人学理想则是其重要支柱。

作者同时提出"人的文学"中的"人"，"并非指那种处于混沌迷茫状态的愚昧者或满脑子装着吃人的思想或非人思想的治人者，而是具有现代社会意识、思想意识、审美意识的平民百姓和平民知识者，他们是人的文学的创造主体、对象主体和读者主体，恰是这三位一体形成了人的文学的基本框架"①。作者提出自己的现代人的文学的标准，其现代化特征或现代性表现至少有这样几个层面：一是具有有利于个体群体乃至全人类的生存超越自主自足、自尊自强、独立解放、自由追求、理想实现的优质文化意识②。二是具有以人为本位的现代文学观念。包括文学审美本体的自觉化；文学功能价值观念的多样化；文学表现对象的主体化；文学种类样式观念的开放化。三是具有包括写实型、浪漫型、现代主义型在内的灵活多样的自由的文学技艺。四是具有白话化、语体化、平民化、通俗化、个性化等现代化语言特征。这就形成了作者自己的上述现代人学和人的文学的价值标准理论。

三　以自己的现代人的文学价值标准理论为基础提出了中国古典文学转变为现代文学的"三部曲"说

作者在研究了全球各民族文学现代化转换道路的三种类型之后，以上述作者自己的现代人学和人的文学的价值标准从宏观上对中国古典文学探寻论述了中国古典文学转变为现代文学的三个历史与逻辑阶段。一、晚明奏响的第一部曲。从王学左派开始，后有李贽"童心说"再到公安竟陵派的"性灵说"人学与人的文学，是研究晚明文化系统文学系统的重要的有

---

① 朱德发：《世界化视野中的现代中国文学》，山东教育出版社 2003 年版，第 7 页。
② 同上书，第 8 页。

力的论证内容。李贽是最主要代表。二、晚清奏响第二部曲。龚自珍、严复、梁启超、黄遵宪、夏曾佑等"新民"文学观、"人性"文学观是重要内容。梁启超是最主要代表。三、"五四"奏响第三部曲。陈独秀、李大钊、周作人、鲁迅、郭沫若、郁达夫、茅盾等以个人为本位的"人的文学"观则是重要内容。鲁迅是最主要代表。作者以自己的人学与人的文学理论标准对这三个历史逻辑阶段的人学与人的文学的论述,是建筑在充分的史实根据基础上的,是富有雄辩的说服力的。同时通过这三部曲的论述又反过来加强、丰富了作者的现代人学、人的文学思想,证明了其价值标准理论的正确。

四　以世界性现代性现代化民族性民族化等理论为基础寻找到新体系的制导性传统——现代中国文学的世界化（现代化）与民族化相互变奏的规律

该书上编第三、四、五章论述"现代中国文学的制导性传统",是该书的重要发现。寻找到现代中国文学的民族化与世界化（或现代化）的相互变奏的动态规律（简称"两化相互变奏"）。作者为什么不用现代化、现代性概念而选用世界化世界性概念?因为世界化的时空范畴可涵括近代化、现代化、后现代化,世界性作为百年中国文学某一本质规定性的美学范畴能容纳中国新文学的近代性、现代性和后现代性。而民族化也可以涵括本土化。作者深刻揭示与阐释了世界化民族化这"两化"是现代中国文学演变发展的双向运动规律和制导性传统。同时具体论述这种"两化"相互变奏的制导性传统在20世纪30年代前侧重于以世界化的变动机制对现代文学建构和演进,30年代后"两化互动"规律对现代文学的发展制导则向民族化偏移。特别是五六十年代使现代中国文学的发展越来越看重民族化大众化而忽略世界化或现代化。值得注意的还有,作者通过对现代中国文学中的文学文本、理论文本的分析进一步寻找到其蕴藏的现代人学内涵，得出了与文学界学术界研究界一些不同的看法。作者针对文学界学术界研究界流行的一种认为只有周作人提倡的以个人主义为人间本位的"人的文学"才是地道的人的文学，否则是"非人的文学"的观点，针对文学界流行的认为只有五四文学和80年代文学才是人的文学，其他样态的文学大都是非人的文学的观点，作者作了详细分析雄辩论证。鲜明坚定地诊断梁启超为代表的"新民文学"、30年代革命文学（或曰"左翼文学"）、延安时期的"人民文学"等从总体上、主流上说也都是人的文学。这也是本书的重大贡献。

五　以现代"结构"理论、"主体"理论为基础提出了建构"新文学流派学"的设想

作者在中编"流派与思潮"五章中，从中观研究的角度，首先以结构概念为理论支点，运用列维斯特劳斯、乔纳森·卡勒、皮亚杰的结构理论和思想，分析了新文学流派的表层结构与深层结构。进而详细地论述现代中国文学流派的多维特征，即现代性、民族性、趋同性、相似性、流动性、超越性。随后又运用法国吕西安·戈德曼的集体主体与个体主体理论进行探讨，认为现代中国文学流派是作家集体主体的社会意识、文化意识、审美意识三者整合而成。个体主体只有在集体主体建构文学流派的框架规范中才能发挥作用。最后，运用勃兰兑斯的文学主潮理论论证出现代中国文学流派与思潮是一种互渗互促的同构关系。

同时，作者还对百年现代中国文学思潮从文化学角度进行了归类研究。即现实主义、浪漫主义、现代主义三大思潮或现实主义、浪漫主义、现代主义、古典主义、后现代主义五大思潮。对百年来的大众文学思潮作了详尽的个案剖析，显示了作者对大众文学思潮的重视，对20世纪八九十

年代出现的第三次大众文学文化思潮又特别重视。因为作者认为它可以规范未来中国文学发展的趋向，这是很醒目的。作者还指出对文学流派与文学思潮的研究大有余地，有许许多多的问题需要人们去解决。从而为建构现代中国文学流派学思潮学提供理论基础与实践基础。这样，也为那些苦于现代文学英雄已无用武之地的研究者指示了研究对象、研究空间。

六　以现代文艺社会学理论为基础，论述了鲁迅、茅盾的主体意识与创作文本的现代性

　　作者在下编"主体与文体"五章微观研究中，前三章是鲁迅研究。首先运用了我国学者花建、于沛的《文艺社会学》与魏伯·司各脱《文学批评的五种模式》中的理论观点，特别强调了吕西安·戈德曼的发生论结构主义文艺社会学方法。而以鲁迅研究成就和状况为例论述和肯定了社会学方法的功能与威力。并从"以人为本的现代哲学意识""独特的现代性社会意识""自由开放的现代审美意识"三方面详尽有力地论述了鲁迅主体意识的现代化的独特性。然后从"重估一切的反叛姿态""背后潜隐的人权主题""营造现代文学艺术的综合智慧""杂多而统一的文学体式""交互为用的创作方法"五方面论述了鲁迅创作是文学现代化的经典文本。下编后二章是茅盾研究，论述了茅盾"人的文学"理论的现代性与成就。特别指出茅盾的人的文学理论具有原创性[①]，并详细分析了茅盾文学创作实践的现代化成就。指出茅盾在营造文学现代化王国的同时，刻画现代知识女性形象成就卓著。可以说，上述对鲁迅茅盾"主体与文体"的论述，也为青年学者的微观研究做了示范。

　　综上所论，朱德发关于现代中国文学的大学科、新系统建构的理论，

---

① 朱德发：《世界化视野中的现代中国文学》，山东教育出版社 2003 年版，第 323 页。

使《世界化视野中的现代中国文学》一书成为现代文学理论界里程碑式的著作。作者将宏观、中观、微观研究相结合，不断超越和突破近百年研究框架和文献成果，新见迭出，有许多新的思路和知识亮点。对理论界长期困惑的许多问题重新研究，试图予以澄清和解决。如 30 年代左翼文学（革命文艺）、40 年代人民文学、90 年代大众文学的评价问题；再如张爱玲的风格问题，茅盾的现代性地位问题等都有雄辩的论述。由于作者获得了科学的主体意识，具有自由、自主、自足的判断力，所以在该论著中表现得犹如庖丁解牛、游刃有余。又由于作者具有丰厚的学养，一贯的稳健风格，使该论著能实现理性高悬又与感性相结合，既敢于突破创新又不偏颇过激。真正做到论从史出，无一论点见解不是出自历史事实与作品文本，使本论著既雄辩又稳妥。真正实现了作者所追求的目标：理论创新的学术品格、务实求真的史学品格、先进文化的思想品格。

（选自《苏东学刊》2003 年第 2 期）

建构"文学史学"三维评判坐标

——读《世界化视野中的现代中国文学》

李　钧

朱德发先生近年对"文学史学"研究有两大理论贡献，一是使文学史学研究走向了"文学史哲学"，这方面的成就在其《评判与建构：现代中国文学史学》（山东大学出版社2002年4月版）中有集中表述；二是提出了"现代中国文学"概念，并以"现代化（或世界化）与民族化并举"为标准对现代中国文学史进行重新阐释。其新著《世界化视野中的现代中国文学》（山东教育出版社2003年3月版）即是这方面的成果集成。这两部著作是朱先生近年的两个主攻方向的"战果"，两者相比，作者在"两化"问题上"下的功夫大一些深一些，花的时间多一些长一些"①，在学界看来，其成就也的确比前者有更大的开拓性。

在《世界化视野中的现代中国文学》一书中，作者将"人的文学"这一现代文学核心观念置于世界化（全球化）、民族化视域中，在"总体上共时性上选取现代人学及与之相联系的'人的文学'的角度，探讨了文学

---

① 朱德发：《世界化视野中的现代中国文学·后记》，山东教育出版社2003年版。

现代化的基本特征及其衡量文学现代化的实现程度、由古典向现代转换标志的原则性的价值尺度"①，从而梳理出现代中国文学"现代化与民族化相互变奏"的规律轴线，使文学史研究的视野豁然开朗。

1949 年以来的文学史写作中，由于主流意识形态的影响，有人热衷于以现代化或现代性为价值坐标衡量中国现代文学，过分依托西方参照系和话语模式，忽视或抹杀中国现代文学民族化或民族性，呈现出民族虚无主义倾向。但是正如哈贝马斯所说，现代性是一项未竟的事业，是一场未完成的构想。人们在看待现代性时应有辩证态度，因为一方面现代性并不是某种我们已经选择了的东西，不能通过一个决定将其动摇甩掉，它仍然包含有规范的、令人信服的内涵；另一方面现代性社会和经济发展也存在着根植于体制性的、自我生成的危险，现代性已问题百出，日益显示出其进步和贡献与压迫和破坏的双重性。这意味着，以"现代性"一元取向为标准，有其不足之处，尤其对于文学这样一个具有传统继承性的对象来说，不可能简单以"断裂"的眼光来看待。

而相反的态度则以民族性、中国特色为理由拒绝世界化、现代化，取"关门主义"态度，以国粹主义、民粹主义的立场抵制中国文学的"入世"，过高估量古代文学的辉煌成就和优秀传统，无视其落后性和腐朽性的一面，没有看到中国文学的内部自组织功能和调节功能在向现代转化过程中的乏力，沉湎于旧日的富足的幻觉之中，甘当落后文化的"守家奴"。

这两种态度仍然是"二元对立"思想在作祟，"从思维方法上来看，这种两极对立的观点所坚持的是线性思维原则和机械论，立论双方各强调一'化'的优越性而突出另一'化'的消极性；特别是有些论者的思

---

① 朱德发：《世界化视野中的现代中国文学·后记》，山东教育出版社 2003 年版，第 16 页。

维方式具有凝固化的惯性定势，往往对文学民族化的理解表现出某种保守性、封闭性和拒变性的偏向，在对外来文学的借鉴汲取中常常以本土文学抗拒外国文学"①。因此，建构一种科学的、系统的评判标准就成为文学史写作中的一个根本性问题。朱德发先生的这部著作就是力图解决这个问题。

《世界化视野中的现代中国文学》潜藏着一个全新的文学史写作标准系统，即以民族性为经，以现代性为纬，以"人"（主体意识）为第三维。也就是说，在估定一部现代中国文学史的写作成绩时，要看它在阐述中国文学现代转型时，是否寻找到了中国现代文学在转型"萌动期"存在的"内部自组织功能转换"的源流；是否注意到了中国文学在转型"过程中"的"世界化"影响和主动"拿来"的开放性；在注意做到这两点的有机结合的同时，一部文学史对"现代人"意识的开掘深度就成了第三维的参照指标。这样就构成了一个立体而形象的文学史写作与评价坐标。于是朱先生以此为标准精细勾画出古代中国文学如何经由晚明、晚清与五四三个历史与逻辑阶段，演变成为现代中国文学的历史轨迹和逻辑曲线，在深刻揭示与阐明了现代中国文学的制导性传统的过程中，以"立人"的程度不同，衡量出不同的文学史写作的高度、广度与深度。

我认为，朱先生的文学史评判"三维"标准，可以看作一个"立体坐标"，也可以看作一个"金字塔"式的结构，这是一个由"宇""宙""人"三维组成的稳定结构，对文学史写作具有极大的指导意义。由此我们也就不难看出，为什么朱德发先生坚持认为，20世纪现代中国文学从"新民"文学到"立人"文学、从"革命文学"到"人民文学"都是"人的文学"，区别在于这里的"人"是意识形态的人、集体的人还是自由、

---

① 朱德发：《世界化视野中的现代中国文学》，山东教育出版社2003年版，第70页。

自主、自足的人。正如"革命"和"人民"在不同的时期、不同的视角里有着不同的内涵一样，"人""现代人"的概念在不同的研究者心目中也有着不同的诠释，朱先生在一个历史学、社会学、文化学的交会点上，提取出了他对"现代人"的理解——"现代中国文学的人学内涵"：具有主体意识、自主意识、独立意识、自由意识的"人"。我想，如果说《评判与建构：现代中国文学史学》找到了"人的文学"作为文学史的标准，那么《世界化视野中的现代中国文学》确立了"现代人的标准"，这又是前者的前提与基础。

朱先生在宏观上确认了"中国文学现代化的价值追询"存于"思维的转换"。这是"人的文学"轴心的确立的标志，也是现代文学自觉的标志，其现代化特征表现在文化意识、文学观念、文学技艺和艺术语言等四个层面，这是一些原则性的价值尺度。在确立这些尺度的时候，朱先生小心地求证和综合，以使之具有科学性、可信性和逻辑性。于是，我们发现，"人"解放了，"文学史"殿堂的空间扩大了。由此我们再反观过去那种以意识形态一元化为标准的文学史写作就会发现：在那些"文学史"中，文学成了"革命"的"旗帜和炸弹"、是滚滚向前的历史机车上的"螺丝"；"文学史"也失去了主体性，成为"政治史"的注脚，那里只有"历史理性主义"——"人""死了"，成为历史的手段而不是目的。这正是中国20世纪文学史写作中的致命伤。因此，在"重写文学史"的时候，朱先生提出以"人的文字"作评判的第三维，宗旨在于使"现代中国文学史"变成中国"现代人"的发现、自觉、解放与成长的历史。

朱先生小心着"国粹主义"冒充"民族性"，反对"把民族化等同于大众化、大众化又等同于通俗化"这样的简化推论，他是坚持"化大众"的，在这一点上他是赞同别林斯基的以下论断的："正像头颅是人体最重要的部分一样，民族主要是由中层和上层所构成。……一个民族的最高级生活主要是表现在它的上层次中，或者更正确地说，在民族的整体概念中。……民族诗人在自己的作品里，一方面要表现以人民群众为其代表的那种基本的、混同的、难以明确说出来的实质，另一方面还要表现在全民族最有教养的阶层生活中所发展着的这种实质的确定意义。"这里隐藏着一个"普及"与"提高"的问题："提高"的确有着精英化、贵族化的气息，但是也是一个"世界化"的问题，如果想使中国文学在新的千年里不仅"拿来"，而且"输出"成"世界化"的文学，我们还必须努力做好"提高"的文章。如果做个比喻，那么中国文学之树不仅要扎根民族性的土壤汲取自己的传统营养，更要接受世界化的"光合作用"，才能长成大树（否则只能成为低矮的灌木），结出甘美丰硕的果实。

《世界化视野中的现代中国文学》确立的"三维标准"，在对具体的文学流派思潮、作家作品进行分析评论时同样成立。在建立起宏观的标尺后，对于"流派与思潮"及"主体与文本"的研究，就成了操作性的"个案切片分析"。极具启发意义的是，朱先生在流派研究中引入了"结构主义"理论，以其敏锐的观察力和对烂熟于心的资料的分析整理，廓清了现代中国文学流派的特征。而对于鲁迅与茅盾的研究，不如说是朱先生在"两化"的地平线上看取他们的文学的"立人"这一第三维上隆起的峰高和坡度，是朱先生"三维"立体评判标准的施用范文。

现代中国文学经过一个多世纪（以戊戌变法前后"新民""立人"思想的提出为起点）的酝酿和发展，经历了破坏和扭曲的畸形演变，在新千年开始的时候，也许我们的文学史研究者该静心地进行整合与重建了。在这个重建的过程中，需要的不是"奴才式的破坏"，也不是好大喜功式的自我爆炒与鼓吹，而是扎实的推进，继承、整合和升华，是新世纪的学术史对学者们的期待。朱先生的理论建构是厚积之作，如囊中之锥，其利自现，在文学史学建构与评判标准方面是一个空前的扩张，的确具有该书

《序》中所言"理论创新的学术品格""务实求真的史学品格"和"'先进文化'的思想品格"。这样的工作，对于后来者也许是一种启示吧。

（选自《东方论坛》2003 年第 5 期）

再造与重建：榛楛大泽与沧海混漾里的史性、理性、人性的新开拓

——对《穿越现代文学多维时空》的理解与阐释

王明科

已著作等身的朱德发先生近年著作连连，从《五四文学新论》到《中国文学由古典向现代转换》，从《评判与建构》到《世界化视野中的现代中国文学》，从《20世纪中国文学理性精神》到《穿越现代文学多维时空》（山东文艺出版社 2004 年 12 月版），对中国现代文学做了全景的、聚焦的透视与解读。尤其是新著《穿越现代文学多维时空》，其对中国现代文学最大的也是最重要的贡献在于：在榛楛丛生的现代文化深山大泽中与沧海混漾浩瀚澎湃的现代文学研究格局里，始终拓宽自己的研究视界，加大研究的理论深度，笔者认为，这具体表现在三大方面。

一　史性眼光的创造性调整

朱德发先生的中国现代文学史学的研究，从中国现代文学的原生态出发，执着于历史与文学的原始生态面貌，锲而不舍地尽力试图写出一个全面的"现代中国文学史学"。（即使这种全面的追求不可能最终彻底地实现，但也应该成为文学史家的学术追求！）文学史家朱德发先生在兼容并

蓄历史学、文化学、生态学、考古学、叙事学、结构主义、解构主义、符号学、心理学、哲学、思维学、佛学等许多学科思想的前提下，多年来一直致力于"现代中国文学史"的还原书写，指出"现代中国文学史"与"中国现代文学史"在课题意义上的巨大不同，并将其上升到"学科意识"的高度，通过对诸种中国现代文学史的批判与比较，以"现代国家观念"作为试图构建"现代中国文学史"的基本立论基础，从而论述了新的现代中国文学史学建构的基本内涵、功能特点、主要优长，并进一步从客体结构、审美叙述、社会文化、历史变革、主体意识等不同维度上对"现代中国文学史"在"文学运动""文学理论""文学创作"三大板块中的变化形态与复杂内容作出独特的、历史的表达。笔者认为，重写文学史不是朱德发先生的独创与首创，在众多重写先驱的交响合奏的雷鸣呐喊中，朱先生的独异贡献在于在长期思考与史料论证中，提出调整重建的两大基本原则是"上可封顶，下不封底"与"多元并存，平等相待"。恰恰在这里，闪烁着一位推进了中国现代文学史学研究而具有极大学术价值与历史意义的学者的独异性与深刻性。

首先，"上可封顶，下不封底"的科学合理性在于：文学史的写作总是要选择一个起点的，否则是无从下笔写起的。丹麦著名文学史家勃兰兑斯认为："文学史家选择一个起点总不免有些武断和偶然。"[①] 不管作为思想还是作为术语，"现代"总是与"古代"具有很大的不同。"现代中国文学史"在朱德发先生看来至少是从晚清算起，这种观点的谨慎体现在两方面：一方面是拒绝了持中国现代化与现代性萌芽于晚明甚至更早的宋明时期观点的中国萌芽学派无法将古代文学史与现代文学史断开，无法写出现代的断代文学史而只能写中国文学大史与通史的难堪；另一方面也驳斥

①　［丹麦］勃兰兑斯：《十九世纪文学主流》（第 1 卷），人民文学出版社 1980 年版，第 203 页。

了将现代文学史写作从"五四"前后写起的不合历史性与有悖文学的传承性，甚至后一方面的意义要比前一方面的意义更大。朱德发先生摆脱了向前后退都是错的两难选择，果断地以此为重写文学史的起点，看起来很是简单实际上很是艰难的，因为在这个学术最前沿也最敏感的话题上，至今仍然是存在许多分歧与争论而不是统一，最简单的东西往往就是最难证明与最难取舍的东西！笔者认为，近年来中国现代文学史的写作有两个主要盲区，一是萌芽派的误区，二是激进派的误区，关于前者我已经撰文指出，[①] 这里主要论述后者。本来，文化与文学作为存在是多层次、多方向、多板块、多源头、多意义甚至多种对立因素的复合体，自明清以来，中国文化始终是官方文化、贵族文化、平民文化、边缘文化的共时态存在。而激进主义将其简约为儒家文化的一家霸权，最多就是加上儒道互补、儒法合流等说法，其实即使儒家内部，也有传统与反传统、专制与反专制、人道与反人道、礼教与反礼教、教条与反教条、官方儒学与世俗儒学的不同存在，而文学也特别深刻地反映了这种存在。但为了纠正中国萌芽派的"保守"，中国激进派将这些都在一种整体主义与价值主义的掩护下统统不提，在革命说与断裂说的一再鼓舞下忽视了中国经济史所完全能够证明的历史史实：晚明与晚清的开放在某些方面是 20 世纪各阶段所无法比拟的。朱德发先生的选择是在权衡这两方面利弊得失之后的慎重抉择，这种选择将百年中国文学书写的死结即传统与现代化之关系解开，充分运用了文学史起点选择的制衡原则、聚合原则、有限性原则、延续性原则，同时也保持了作为一位现代知识分子的文化立场与写作态度。

其次，"多元并存，平等相待"。为了不割裂全部历史与不歧视边缘历史，朱德发先生始终坚持一种对各种文学历史现象的平等态度与整体眼

---

① 王明科：《中国文化现代化与现代性研究中的五大弊病》，《河北学刊》2005 年第 2 期。

光，他所实施的大胆突破是吸取佛学的思维方法，打破了传统形式逻辑意义上包含与被包含、平行与对照的习惯思维，克服了形式逻辑的片面与局限，在一种全方位全景观的立体多维交叉与纵横捭阖聚焦中，关注的不仅仅是主流文化与中心思潮，更是被主流文化与中心思潮有意无意遮蔽与淹没了的"局部文化"与"边缘思潮"；不仅仅是用一个相同的标准去作为文学史判断的依据，而且更是运用多重多组多方位多空间多向度的不同标准去多管齐下地去判断。这样的分析与判断，对于没有研究过佛教文化与现代新思维而长期拘囿于传统小逻辑思维的人来说简直是接受不了的，甚至有不少人往往粗暴地将此视为"不当"与"硬伤"，质问为什么朱先生视野中现代中国文学通史的诸多子系统之间不是并列对等关系而是重合交叉关系、不是统一标准而是不同标准的"混乱"并存！对此朱先生只是保持默笑与不言。笔者认为，在世界上各个宗教文化中，佛家文化不仅是一种信仰文化同时也最具有学术性质，它不仅是一个价值体系与一种修行方式，同时也是一套思维过程与思想方法，还是一种认识世界、理解世界、改造世界、驾驭世界的企图与行动，其五法五蕴六境六根六识十几处十八界的分类方法就是一种在包含与被包含的网络中同时夹杂着交叉与平行，在同一标准内部同时存在不同标准的参与与存在。朱先生深得其妙处与精髓，将这种方法运用在自己的文学史分类研究中，在貌似混乱的表象下，其重大意义是将长期被忽略被轻视被排斥被损害被压抑的个别文学史现象与另类文学史生存给予了极大的关注与保存，让往往在传统思维与守旧视界中很容易割断与忘记甚至漏掉与贬损的文学场景实现了在场与存在。笔者认为，现代中国文学史的重要特征是现代经验的不连续性与经验的历史世界的具体性，在大多数现代文学史研究者的眼里，世界是总体性已经丧失的世界，现实只能是碎片而不可能是总体。而对朱德发先生而言，他对有意义的细节、文学史的琐事、文学场景中的边缘因素、非常规的个别事物等拥有独特眼光与敏锐感觉，拒绝总体支配个别的原则，公正对待个别要素与单个碎片的唯一性在历史中的地位与重要性，甚至认为碎片是总体的缩影。由于回忆使总体性本身丧失，所以我们需要从回忆中建构文学经验整体，利用"琐事""渣滓"来重构文学史学的经验整体。在此，朱德发先生几乎与本雅明"碎片之堆积"的历史观点很相似，他所提出的"现代中国文学通史"，其意义就在于不仅极大地拯救了即将毁灭与掩埋的文学史记忆，同时树立了一种对待文学史各现象各场景的平等态度与生态精神，从而极大地促进了文学史写作的历史整体还原与可持续发展，避免了许多生硬的割弃与文学史种类的因不平衡遭破坏而出现的濒临灭亡。所以，朱德发先生整体还原的生态史学眼光是：现代中国文学通史至少应该包括中国新文学、中国通俗文学、少数民族文学、台港澳文学、传统体式文学、民间文学等各个子系统，①"凡是'现代中国'历史时期生成的文学都是研究的对象，不管是否具有现代性也不管是哪个民族的文学，只要属于'现代中国'这个大家庭的文学都应平等对待、合理排位"②。

二　理性精神的创造性探索

朱德发先生一生读书万卷，但他最看重的是康德与黑格尔的哲学思想与文艺文学思想，所以他对西方理性哲学以及由之产生的理性社会学、心理学、宗教学、文艺学有着很深的造诣与探索，他对中国文化与文学尤其是现代中国文化与文学的解读始终在理性的闪烁光芒中收获。

在朱德发先生看来，现代中国文学的一切领域都不可避免地存在理性这个问题，"理性思潮由西方传入又与传统理性在现代中国文学营造实践

①　朱德发：《穿越现代文学多维时空》，山东文艺出版社 2004 年版，第 12—21 页。
②　同上书，第 10 页。

中相冲突相融合，从而形成了现代中国文学流灌的以人为本位的多元理性精神……对此的系统而深入的研究应是开创性的文学思想增值"。① 由此出发，他从文化哲学的高度，主要将突破口集中在"理性思潮"与"政治思潮"这两大中国现代文化思潮的渗透与对抗的激烈撞击与回旋中，考察其各自在现代中国文学的建构进程尤其是"两化"中的作用功能与实际存在。他对"理性"的本源涵义与一般涵义、理性与非理性、理性精神的多样性，结合中外文化、哲学、史学、文学尤其是中国现代文学等许多交叉学科，做了极为详尽与深厚辩证的阐释。② 与国内著名学者王富仁先生、支克坚先生等人对左翼文学研究的重新开拓一样，朱德发先生对左翼文学的重新诠释也对近年来重新考察左翼文学问题域的中国现代文学研究作出了新拓展：他通过对革命文学的"英雄理念"、社会主义现实主义的"英雄理念""两结合"文艺主潮的"英雄理念"等方面的有力论证，对投射在现代中国文学中的"英雄理念"从"理性"的角度做了多视界多层次多变化多方位的反思与评判。③

然而，以康德为代表的西方理性哲学虽然树起一种人为自然立法、为道德立法、为社会立法的现代性精神。但其不可克服的悖论是：理性既是其哲学基础与思想价值又是其陷入困境的根源。从笛卡儿到康德的传统理性哲学的致命之处是：脱离人们的具体历史背景与实践活动，片面地立足于主客体关系，设定一个自主的理性主体与作为客体的整个世界相对立，使理性单一化为工具理性，关注如何利用理性去主宰自然而不考虑理性的其他多种表现形式应有的位置，形成逻各斯中心主义。康德现代性哲学的内患在于其寄希望的理性是建立在乐观理性与丑恶现实相悖谬的基础上。

---

① 朱德发：《穿越现代文学多维时空》，山东文艺出版社 2004 年版，第 5 页。
② 同上书，第 128—161 页。
③ 同上书，第 163—210 页。

康德现代性哲学暗含两大前提：一是每个个体必须有极为明智的理性能力，能够为自己的行为作出合理思考即为自己立法；二是社会必须是一个一元的社会。而这两大前提其实在现实中是没有多大保障的。其实理性是在人的社会历史活动中形成的，不存在孤立的超时空的"先验主体"，因此就没有"先验理性"。康德意义上的理性作为审判一切的法官，陷入了一种循环论证的窘境：即从理性推演出规范，又用规范来证明自己知识的合法性，其悖谬是既然理性是一切的标准，但它有什么根据能够证明自身是这样的标准呢？对这个难题的克服需要一个新的立足点。朱德发先生解决这一难题的办法就是在理性中创造性地引入了"非理性"，将人们很容易对立起来的两个范畴创造性地加以融化与汇合，从而克服了传统康德理性的弊端也跳出了研究者自己的思想局限。为此，朱德发先生不但深入探讨了理性的一般含义，而且用很大篇幅论述了"理性与非理性"以及"理性精神的多样性"。① 可以说，将"非理性"植入"理性"，是朱德发先生研究中国现代文学时在理论上的一个创造。

三　人性意识的深切人文关怀

笔者认为，根据系统论原理，学术突破在实质上是指文化发展中的某些局部质变现象，突破不是量的增加，而是在于有机联系着的系统与思想在最后即突破时已经具有了一定意义上或者说某种意义上的整体效应与断裂效果。朱德发先生的学术突破也是这样艰难进行的，我们不可能也不必苛求他在任何方面作出全面创新与独立判断，我们只是看到将其一生精力投入现代文学研究的一位年已七十岁的学者至今所保持的学术的严肃性与规范性，研究的艰苦性与理论的慎重性。于是，在《穿越现代文学多维时

---

① 　参见朱德发《穿越现代文学多维时空》，山东文艺出版社 2004 年版，第 139—161 页。

空》的最后章节，一方面，我们看到的是一位完全能够全景观式的鸟瞰现代中国文学的学者居然也小心谨慎地尽全力来进行作家作品的研究，从"个性"主义到"人"的文学，从鲁迅到茅盾、从朱自清到王统照、从夏衍到周立波，朱德发先生坚持从文本细读出发，从阅读原始资料开始，站在人性的人间关怀立场上论述并剖析了鲁迅"人国"思想、"时代女性"系列、精英知识分子、左翼经典叙述、红色文本特色、《一叶》美学价值。另一方面，按理说，积累了几十年的朱先生，出版好几部作家作品个案研究专著不是不可能的，他之所以在这部先生自己称"也许算我最后一部专著"①的书中，仍然不怕被误解为"画蛇添足"而执意将这几大作家的具体文本作一解读，不是没有他自己的哪怕是别人很难琢磨透的良苦用心与深刻暗示。

　　这里至少存在两种人性意义上的学术史价值与学者型心态：一、学术的研究从来都是积小成大，积少成多，厚积而薄发。所有的理论体系与文化建构都是以最基本的存在作为原材料的。这也可能就是先生对自己一生治学道路的总结与暗示。二、文本的生命与历史的生命有所不同。历史的生命在于尽量地求得客观与还原，虽然真正的历史实际存在不可能再次恢复，但历史家总是极力在最大可能上追溯历史原貌；然而文本的生命在于不断的新的阐释与误读甚至包括有意识的误读。

　　笔者认为，现代中国文学在结构上其实只有两块：客观的与主观的，那些文学史实诸如事件、流派、社团、思潮、时代、社会、人物、作品……是永远不可能变的，而大量的对于这一切的理解与解释尤其是对具体创作文本的解读却是永远在变化的，前者是山，后者是水；前者是静，后者是动；前者一动就倒塌，后者不动就发臭。多少年来多少不同的人都

---

①　朱德发：《穿越现代文学多维时空》，山东文艺出版社 2004 年版，第 417 页。

在读经典名著而不厌，就在于他们从中读出了自己与自己的见解，并就这小见解视做大气候，从而永远推动了文化的流动与发展。即使在政治话语穷凶极恶的严重关头，抽刀断水水更流，也很难真正阻挡有勇有识的研究者与自觉自愿的探索者对作品的阅读与解读。

笔者以为，价值与思想从来就不是统一的，不是不言而喻的，而是有争论的。现代化是一个充满矛盾的动态化过程，现代性是一个充满悖论的论证化过程，对现代中国文学的研究，不同学科不同视角有不同的观点与侧重。正由于它有说不完的矛盾与内容，所以才显示了无穷的力量与吸引。一切有意识的存在都是作为存在着的意识而存在的，同时，存在物是其本身而非其存在，《穿越现代文学多维时空》既是朱德发先生学术意识的结果，也具有其本身的存在意义。对这部学术专著来说，存在是自在的，也是自因的，存在就是它自身，存在是其所是。因此，不同的读者具有不同的理解与批判。本文只是抛砖引玉，以乞学界的注意。

（选自《东方论坛》2005 年第 5 期）

立序求新　重在述怀

——读《朱德发序评集》

张宪席

　　《朱德发序评集》是一部集思想性与学术性于一体的佳作，也是朱德发教授十多年来对既成的学术文本和诗性文本进行理性阐释和人文情怀观照的评论结集，分为序言辑和书评辑两部分，其中序言 39 篇、书评 17 篇。

　　读罢《朱德发序评集》，我不仅为朱教授的善于发现新人和支持新人的学术品格而感动，更为他的精深学术思想和博大的人文情怀而震撼。

　　书中朱教授所为之作序的不是同事、同学就是学生，他不仅熟悉其人还谙知其文。作为中国现代文学的大家，他对中国现当代文学研究的历史和现状了如指掌，所以能高屋建瓴地对既成的学术文本或诗性文本进行分析和评价，找出其学术创新点和知识增长点，竭力总结其学术经验、思维规律及其独特的学术个性。他评价刘同光，作为青年画家，古典诗歌修养很深，显示了他的审美追求和创造才华（序《刘同光旧体诗集》）。在李掖平《现代作家新论》序中评价其著作"从一个新的角度把青年知识者概括为三大形象系列，并进行了有见地的阐述，体现了'重读重解重评'理论意义"。并鼓励她不仅应有"超越前人"的气魄，也要有"超越自己"的勇气。朱教授对张清华的发现更是典型的例证。当朱教授发现张清华有虚心好学、求知心切、悟性很高的研究素质后，就动员他报考自己的研究生。张清华成为朱教授的研究生后，朱教授便倾注心血教授他，鼓励他，并为其著作作序。朱教授甚至在张清华《境遇与策略》一书序中写道：我们不仅对青年一代学者寄予厚望，严格要求，同时也更应该为他们迅速成才、施展才华创造有利条件。可见朱教授对青年学者的鼓励和支持之情。

在朱教授的序作中他还注意旁征博引古今中外名言或研究成果，并借此机会阐述自己的学术思想。他在《发散性的思想特点和智慧风貌》（序《郭沫若：一个复杂的存在》）和《勇于进击的探索性格和锐意创新的张力思维》（序《境遇与策略》）等文中体现得尤为突出。文中引用库恩的话"科学中的大多数新发现和新理论并不仅仅是对现有科学知识货堆的补充……接受新的就必须重新估计、重新组织旧的，因而科学发现和发明本质上通常都是革命的。所以，它们确实要求思想活跃，思想开放，这是发散性思维的特点"来阐明自己的学术思想，并把它应用于序文写作中，使这一思想在文中发扬光大，既达到了作序目的，又传播了自己的学术思想。

博大的人文情怀是本书的又一特色。人文情怀的终极思想是对人的关注，朱教授在本书中时常有这种关注的表露。比如说《敢于啃硬骨头的韧性精神》（序《决绝与新生》）一文中就处处体现出朱教授对张光芒博士在科学研究中"三肯"精神的关注上：一是肯下苦功夫，撰写一篇论文往往通宵达旦；二是肯下深功夫，他不满足于20世纪中国启蒙文学已有的研究成果，整整用了半年的时间在中西启蒙思潮上下深功夫；三是下细功夫，朱教授不仅关注这种人文精神，而且还给予充分的肯定并热切期望这种精神在学术研究中继续发扬光大。

综观全书，其文章皆是不可多得的序之精品，评之佳作，读之，让人受益匪浅。

（选自《山东师大学报》2006 年 10 月 25 日）

《朱德发序评集》解读

杨新刚

从朱德发先生的理论著述中，我们窥见的是一位手执理论批判利器、严谨而富于理性的学人形象。但这只是先生为人为文的一个方面，先生还具有宽厚博大的人文情怀，而这正体现于先生新近出版的《朱德发序评集》之中。

展读先生的巨著鸿文，每每所感到的是先生令人折服的逻辑思辨力、思想穿透力和概括归纳的统摄力。与时下下笔洋洋数千言而与所序写之内容不着边际毫无瓜葛的序言与评论不同，先生的序言、书评明显呈现出一种异样的风格——认真严谨。言之凿凿，持论有据，是先生序言和书评的第一个特征，先生的序言与书评的写作，无一不建立在认真审读所序和所评材料基础之上，绝不作空对空式漫无边际的泛泛之谈和无聊的应付之作，因此，先生得出的结论往往相当精准公允，指出的问题常常切中肯綮，令著者不得不叹服先生为文的认真和严谨。

论之成理，新见迭出，是先生的序言和书评的第二个特点。先生的序言和书评具有突出的学术批评品格，作为现代中国文学研究界的巨擘，先生把序言和书评当作一篇篇的学术论文来写，在这些汪洋恣肆的雄文之中，无不展现着先生宏阔的学术视域，无不闪耀着智性与理性之光，无不体现着先生关于中国现代文学研究方面的真知灼见，无不表征着先生与时俱进的学术精神。因此，先生关于现代中国文学的思潮研究和文本研究的相关成果亦如满天的星斗一样散布在其序言之中，这些宏论与新见给人启发，催人深省。视界开放辽远，善于吸纳新的研究理论，善于转化生成新的研究话语体系和研究范式，创新趋优是先生不懈的努力方向和永恒的学术追求。面对现代中国文学研究中出现的诸多新问题和新困惑，先生能够高屋建瓴举重若轻地将其一一剖分解析，这当然源于先生深厚的理论功力和缜密的逻辑推理能力。在《序评集》中我们不时会读到这样的雄文，如《勇于进击的探索性格与锐意创新的张力思维——序〈境遇与策略〉》《反思的品格体系的建构——序〈中国近现代启蒙文学思潮论〉》《新视野新境界新高度——读〈林语堂的文化情怀〉》和《重建文学史观与写作范式的尝试——序〈生态文化学与 30 年代小说研究〉》，等等。

与人为善，奖掖提携后学的人文情怀，是先生序言写作的又一突出特色。先生提携后学不分畛域，不问出身，只要发现对方提出的观点对研究现代中国文学有所裨益，他都会热情鼓励悉心指导。先生拥有一颗永远年轻的学术之心，先生不止一次地说，他喜欢与年轻人，特别是思想新锐的年轻人交往，因为在先生看来，刻意创新的年轻人常能够提出令人耳目一新的观点，虽然他们的观点可能并不完全正确，还存在诸多可商榷之处，但他们的奇思妙想往往会激活创新思维的火花。在先生所序写的课题和专著中，有相当一部分对许多研究者来讲是陌生的，他们往往因了陌生而生排斥心，但先生对青年才俊的新作往往施以欣赏的眼光，既能够发现文中的闪光点，肯定其创新的勇气和锐气，又能够指出文中的致命伤，善意地从理论和行文方面予以有的放矢地指正。同时先生对门下弟子的论著亦绝不护短，既欣喜于他们着意建树学有所成，亦毫不客气地指出他们存在的问题和缺失。先生摒除门户之见，奖掖后学，成为学界之楷模。

先生授课、为文给人一种严肃认真的深刻印象，但先生又是一个极具古道热肠的人。无论新朋还是故交，每一交接，先生总给人留下平易近人的亲切之感。先生被评为"国家级教学名师"后，先生更加虚怀若谷。不仅门下的弟子可以向先生问道，社会贤达名流亦可与先生自如交流。因此，《序评集》中出现的非现代中国文学专业之外的评论文章，也就非常自然了。与纯粹学术格调的序言与评论不同，先生的这类文章往往具有明显的通俗性和明了性。但这些文章同样反映着先生的凝聚着现代意识且独具特色的审美思想，亦是一篇篇闪烁着智性之光的妙文华章。

总之，《朱德发序评集》是一部兼具严谨新锐的学术思想和宽厚博大的人文情怀的著作，是我们走近朱德发先生思想花园的小径。透过对《序评集》的解读，我们可以更好地感受现代中国文学研究领域一代宗师深邃的思想和博大的情怀。

（选自《曲阜师大报》2007 年 3 月 14 日）

现代文学史书写理论的新收获

——评朱德发新著《现代文学史书写的理论探索》

吴　楠

著名的文学史家朱德发先生新著《现代文学史书写的理论探究》于最近由山东人民出版社出版。在这部新著中，著者以探寻的姿态，提出了"现代中国文学史"这一重要概念，这是对以往现代文学史的书写状况的系统梳理和学理提升，标志着现代文学史学研究领域又取得了新的成果。

"现代中国文学史"较以往的学科概念在学科范畴、文学史观、价值观念、主题思维等方面发生了显著的变化，标志着现代文学史的书写进入一个更为广阔的探索空间。"现代中国文学史"这一概念与以往的"中国现代文学史"相比，发生了语序上的变化，但其价值不仅仅是形式上的语序置换，而是潜藏于这一形式变化背后的相关内容的生成与深化。著者通过对这些新变化作出理论上的对比、分析与阐释，试图为现代中国文学史的书写和重构打开新的视野，并且为现代文学史学科的建设做出理论上的探索。

"现代中国文学史"以现代民族国家观念为思想基础，涵盖了现代中国大家族的各态文学，即产生于现代中国的所有样态的文学都可纳入其中。这种强大的包容性使之成为一个敞开式、不断生发、富有活力的学科系统。已设立的中国现代文学史学科和新提出的"20世纪中国文学"史学科、百年中国文学史学科等较之都有不可克服的局限性。比如，"20世纪中国文学"这一提法虽然打通了近、现、当代的人为时间限定，但其研究对象是新文学，而不能囊括现代中国的所有文学样态。史的书写离不开相应历史观的指导。有"通古今之变，究天人之际"的史学观，方有"成一家之言"的不朽史学著作《史记》。建构一部具有深广度的文学史也必须要在文学史观的指导下进行。在著作中，现代中国文学史以人学文学史观为指导，将"人的文学"认定为其核心理念。在这一理念的辐射下，现代文学史的书写将不再屈从于主流意识形态的要求，而是从人性的角度出发，更加注重对人的观照，对人物心灵进行深入的剖析，撰写现代国人的心灵史诗。在人学文学史观的指导下书写的现代中国文学史必将会成为一部去政治化、人本型文学史。

全新的文学史需要新的价值评价体系与之相应而生。在专著中，著者提出了"一个原则三个亮点"的价值评估体系。以人道主义为原则，将真、善、美作为具体的评价标准。这一标准不仅与马克思主义文学批评的思想标准和艺术标准相呼应，而且符合文学创作的本质要求。"文学即人学"，人道主义是历来各态文学的关注点，真善美的和谐统一也是一切优秀文学作品的价值追求。现代社会中文学的发展以及人对于文学的认识日渐回归到人本身，使得这一价值评价系统的优越性将日益突出。比如，在新时期形成的"新历史小说"，将视角下移，关注民间的小人物的日常生活，放弃了启蒙主义的叙事立场，换以人性的立场关注主体人的存在。如果沿用旧的价值评价体系，如"新与旧""左与右"，将不能对其文学价值作出合于情理的评价。

特别值得肯定的是，著者在其雄厚的现代文学史学研究的基础上，还成功地把现代文学史的重构推向一个新的高度。全书的结构线索分为"回望篇""学科篇""史识篇""价值篇""思维篇""述评篇"这样六大部分。除"述评篇"释说范例，取"他山之石，可以攻玉"之用外，其他五个篇目在阐发时都对其主题作了详尽的对比分析，既对过往的观点做出理性的批判，又对新的学科概念进行公正、合理的研究。一方面说明其优越性，另一方面又对其实施过程中所面临的问题做了深入的思考，以探求解决之道。可谓较好地完成了史与论、历史与逻辑的融会贯通。

朱德发先生作为国内著名的文学史家，不仅致力于文学史理论的探索，而且还致力于文学史书写的实践。本书既可以看作著者文学史理论思考的结晶，又可以看作文学史书写实践的理论指南。

（选自《山东师大学报》2010 年 11 月 17 日）

现代文学史学研究的新跨越

—— 评朱德发《现代文学史书写的理论探索》

颜水生

中国现代文学史是一门成熟而又新生的学科，它具有深厚的学术沉潜、明确的学科规范，历史建构了它的合法性与规范性；然而在世界"全球化"，国内反思现代性、后现代主义的思想境域中，它逐渐暴露了一些令人深思的问题，同时它自己也呼唤突破固有的规范和格局，要求获取新思维、新理论、新方法，以适应时代的发展和社会的进步。朱德发教授的著作《现代文学史书写的理论探索》（以下简称《探索》——编者注）就是在这样的历史语境中产生的，这是一部不可多得的学术著作，它对中国现代文学史观的反思、对现代中国文学史观的理论建构，以及对文学史理论的建设作出了重要贡献，为文学史学学科的发展作出了重要贡献，它所体现的知识生产、理论建构与方法转型都对文学史研究具有重要的指导意义。

反思是《探索》的基础，它主要体现为对中国现代文学史观和中国现代文学研究的认知模式/结构的反思。华康德在《实践与反思》中认为反思是"社会行动至关重要的构成性特征"①，而布迪厄则认为反思具有"认识论基础"的意义，它不仅可以"敦促知识分子有所作为"，而且可以"强化那些支撑新的研究技艺"②的认识论基础；从这个意义上来说，反思不仅是知识分子必备的能力与素质，也是学术研究必备的技艺与方法。中国现代文学研究经历了九十多年的历史，取得了重大的成就，积累了丰富的经验，它们是现代文学研究进一步发展的不可逾越的历史基础和前提。作为学者型的知识分子，朱德发清楚地认识到：为了发展，为了突破，必须认识历史，反思历史；反思不仅是朱德发学术方法的体现，也是他学术精神的体现。朱德发的反思具有鲜明的特征。首先，他的反思是一种辩证性的反思。在中国现代文学史书写历史中，产生了多种不同的文学史观，这些文学史观都是特定时代的产物，它们既有合理性，也有片面性，朱德发准确地把握了文学史观的这种特征，他在分析政治型和人本型中国现代文学史观的特征时，既分析了它们在特定时代产生的历史价值，又分析了它们在历史发展过程中的局限与不足。其次，他的反思是一种整体性的反思。无论是对文学史观，还是对现代文学研究模式的反思，他总是在历史视野中从整体上把握它们，如对现代文学研究的认知模式的反思，他把这些认知模式放置在近百年的历史域限内进行考察，分析它们在各历史时间呈现的总体特征。最后，他的反思是一种创新性的反思。20 世纪 80 年代以来，对现代文学研究领域的文学史观和研究模式的反思成为一种普遍现象，这种反思不仅总结了现代文学研究的历史经验和教训，而且开辟了现代文学研究的崭新方向和路径。朱德发的反思既汇入了现代文学研究领域的反思潮流，又突破了反思潮流的局限和盲点，如对"反资本主义现代化

---

① ［法］皮埃尔·布迪厄、［美］华康德：《实践与反思：反思社会学导引》，李猛、李康译，中央编译出版社 2004 年版，第 40 页。
② 同上书，第 49 页。

的现代性"观点的反思，他清醒地指出了这种观点对文学史研究带来的后果。朱德发的反思具有不可忽视的意义，他一方面深刻地洞察了现代文学研究的历史性，另一方面又敏锐地把握了现代文学研究的发展性，他把文学史问题与方法历史化和理论化，不仅使理论建构具有深厚的根底，避免成为无源之水、无本之木，而且调和了历史性与发展性的矛盾，体现了一种相对主义的历史主义和理性主义。

建构是《探索》的核心。朱德发自20世纪80年代以来长期沉浸在现代文学研究领域，尤其对现代文学史研究颇有心得，主编了多部现代文学史著作。2002年，朱德发提出了"现代中国文学史"观，主张以新的理念重构现代中国文学史学科，主张以新的文学史学科意识取代"中国现代文学史"学科规范。在《探索》中，朱德发全面阐述了"现代中国文学史"的学科意识、基本特征、"三大板块"、核心理念、价值标准等，建构了完整的、系统的"现代中国文学史"的理论体系。托马斯·库恩在《科学革命的结构》中认为，科学经典著作要有理论的规定性，即"规定了一个研究领域的合理问题与方法"①，同时科学经典著作还应该有两个基本特征，即成就的吸引力和问题的开放性；朱德发的《探索》基本体现了上述特征。首先，理论的规定性，即一个成熟的、完整的理论体系不仅要有合理的问题与方法，还要有自己的核心范畴和价值标准。所谓合理的问题，应该指的是研究对象，朱德发对此有着明确的规定，即"'现代中国'历史时期生成的文学都是研究对象"②。与此相比较，他更看重的是"现代中国文学史"的核心范畴和价值标准。所谓核心范畴，它指的是"人的文学"，它是"最具有'决定意义'的'史识'或'史魂'"③。众所周知，"人的

---

① ［美］托马斯·库恩：《科学革命的结构》，金吾伦、胡新和译，北京大学出版社2003年版，第9页。
② 朱德发：《现代文学史书写的理论探索》，山东人民出版社2010年版，第75页。
③ 同上书，第156页。

文学"观并非朱德发的发明，然而朱德发却是始终如一地坚持，无论是对政治型文学史书写的批判，还是对阶级论文学史观的反思，他都是基于对"人的文学"观念的坚持。所谓价值标准，它指的是"以人道主义为最高原则、以真善美为三个亮点的价值评估体系"①。人道主义和真善美是一种普遍的、永恒的、超越的价值观，它体现的是一个现代知识分子对人类、对文学的终极期待。无论是"人的文学"还是"人道主义"，它们都是五四精神的现代延续，体现的是当今知识分子向伟大传统的皈依。在处于后现代社会的今天，在价值多元化、消费化的今天，在后现代主义话语喧嚣尘上的今天，倡导一种普遍的、永恒的价值标准，显得非常重要。但这需要勇气，因为后现代主义信徒容不下普遍的、永恒的价值标准，如马克斯·韦伯坚决反对社会科学中的"价值判断"。他在《社会科学方法论》中强调："必须在根本上拒斥这种观点，因为我们认为，经验科学的任务绝不是提出约束性的规范和理想。"② 韦伯的"价值无涉"观点在文学史研究中有明显体现，给文学史研究带来了重要成果，有力地促进了文学史研究的发展进步。然而，学术研究绝不允许一家独尊，而应该百家争鸣。朱德发多次强调这种观点，他提出的价值标准不仅体现了知识分子对理想的追求，而且蕴含了对"价值无涉"方法论的反思和对后现代主义话语的拒斥。其次，理论的开放性，指的是"为重新组成的一批实践者留下有待解决的种种问题"③。从主体角度来说，朱德发以"探索"为新著命名，虽是一个"小问题"，却隐含了"大学问"，它体现的是一种宽广的胸怀，一种谦虚的学术态度，一种"吾将上下而求索"的学术精神；"现代中国文学

---

① 朱德发：《现代文学史书写的理论探索》，山东人民出版社 2010 年版，第 194 页。

② ［德］马克斯·韦伯：《社会科学方法论》，李秋零、田薇译，中国人民大学出版社 1999 年版，第 2 页。

③ ［美］托马斯·库恩：《科学革命的结构》，金吾伦、胡新和译，北京大学出版社 2003 年版，第 9 页。

史"的理论体系已臻完整、系统了，但是朱德发强调《探索》"重在突破，重在发现，重在创新"①。他还多次呼吁要各抒己见，要百家争鸣。从本体角度来说，"现代中国文学史"理论体系虽然具有较高的理论价值，但是它还没有付诸实践，它为实践者留下了各种各样有待解决的问题，因此朱德发呼吁实践者要"以全部学术激情去拥抱研究对象"②，在实践过程中不断发现问题，不断思考问题，不断解决问题。从客体角度来说，"现代中国文学史"试图建构的是一个"上可封顶，下不封底"文学史学科，因此它的研究/书写对象是变动的、发展的，研究对象的复杂性、多样性和发展性决定了"现代中国文学史"是一个开放的理论体系，它应该随着时代的变迁、文学的发展和研究的进步而不断地丰富、发展。最后，成就的吸引力，一方面，"现代中国文学史"观的魅力主要在于它的核心范畴，在现代文学研究领域，"人的文学"是一代代学者孜孜不倦地追求的理想，"人的文学"对学术研究具有永恒的感召力和吸引力；"现代中国文学史"观在学术界已经获得了认可，得到了《中国社会科学》《文学评论》等权威学术刊物的支持。另一方面，朱德发所处的山东师范大学中国现当代文学学科具有深厚的学术传统和丰富的学术资源，从田仲济到朱德发，再到年轻的一代，他们在学术界都有一定的影响力；朱德发正在组织编写的《现代中国文学通鉴（1900—2010）》③ 就是以"现代中国文学史"作为理论基础，团结了一批年轻的学者。"现代中国文学史"的理论建构是《探索》的核心内容，也是朱德发近十年来学术研究的主要成果。

开拓是《探索》的目标。朱德发在《探索》中提出了要建构中国"文学史学"的主张，这是一个富有开拓意义的主张。1980 年以来的"重

---

① 朱德发：《现代文学史书写的理论探索》，山东人民出版社 2010 年版，第 2 页。
② 同上书，第 225 页。
③ 该书已于 2012 年 4 月由人民出版社出版发行。——编者注

写文学史"思潮为"文学史学"的建构、提供了良好的建构提供了良好的实践基础，也为"文学史学"的建构提出了合乎规律的呼唤。1989 年，杨义在《人民日报》发表文章，提出应该创立文学史理论体系；进入 20 世纪 90 年代，陶东风的《文学史哲学》、钱理群的《返观与重构：文学史的研究与写作》、葛红兵的《文学史形态学》《文学史学》、董乃斌的《文学史学原理研究》等相继出版，这些著作对文学史研究和文学史理论的研究做出了重要贡献，但是他们都没有明确提出要建构中国的"文学史学"，并没有建构"文学史学"的本体论、主体论等理论。朱德发在《探索》中明确提出要建构中国"文学史学"的理论体系，强调了"文学史学"的必要性和重要性，规范了"文学史学"的研究对象，探讨了"文学史学"的研究方法、研究思维、理论范畴等内容，不仅把"文学史学"的理论建构由符号化为语言号召，而且化为了具体行动。朱德发对"文学史学"的理论建构主要表现在三个方面。首先，"文学史学"的本体论建构。众所周知，伏尔泰在历史上最早使用了"历史哲学"这个术语①，黑格尔以"历史哲学"命名了他的经典著作，但是长期以来人们对"历史哲学"的概念内涵理解不一致。虽然现在难以确定是谁最早使用了"文学史哲学"这个术语，但是能找到以"文学史哲学"命名的著作，如果把"历史哲学"置换成"文学史哲学"，"文学史哲学"概念所体现的复杂性与多样性也是令人吃惊的，因此在"文学史学"的理论建构中，对"文学史哲学"的本体论阐释显得尤为重要。朱德发在《探索》中对"文学史学"做了本体论的阐释，他认为"文学史学"是"研究的研究"或"思维的思维"，他说："文学史学的主要研究对象应是文学史的建构主体，它作为一门独立学科

---

① ［美］A. 斯特恩：《历史哲学——其起源及宗旨》，［英］汤因比等：《历史的话语：现代西方历史哲学译文集》，张文杰编，广西师范大学出版社 2002 年版，第 326 页。

的本质意义也在于深刻地反思并重构文学史主体的史学模式。"① 他还把"文学史学"与"文学史哲学"并称，并对"文学史哲学"进行了本体论的阐释，从哲学角度把"批评性反思"作为"文学史哲学"的基本特征。朱德发把"文学史学"与"文学史哲学"对等具有重要意义，它不仅明确规定了"文学史学"的"理论的理论"的性质，而且规定了"文学史学"的"批评性反思"的特质；这些正体现了柯林伍德所规定的"历史哲学"的性质与目的："历史哲学就是对历史思维的研究……一种批判性的探讨。"② 其次，"文学史学"的主体论建构。主体的思维对于历史研究至关重要，如柯林伍德认为"历史学家所阐明的过去的事件，是由他的思维所揭示的"③；康德也提出"重要的不是哲学，而是哲学思维"。朱德发对此深有同感，他在《探索》中对文学史学的主题思维理论进行了深入探讨。他主要从两个方面建构了"文学史学"的主体思维理论。其一，他把"文学史学"定位为一种具有思维方法意义的哲学，如他说文学史哲学"这种具有思维方法意义的哲学并非是一种具体学科，是对具体学科的再研究再思考。它作为一种思维方法所具有的普遍性意义和广适性功能与文学史这门具体学科相结合"④。其二，他在反思中国现代文学史研究的主体思维模式的基础上（如对以马克思主义为主导的文艺社会学思维模式的反思），提出了"文学史学"要"确立主体的辩证思维"⑤，详细分析了主体的收敛型思维和发散型思维在文学史研究汇总的特征和意义。最后，"文学史学"的范畴论建构，如文学史观、价值体系等。在"文学史学"的研究对象中，文学史观是一个非常重要的范畴，朱德发在理论上界定了文学史观

① 朱德发：《现代文学史书写的理论探索》，山东人民出版社 2010 年版，第 257—258 页。
② ［英］罗宾·柯林伍德：《历史哲学的性质和目的》，［英］汤因比等：《历史的话语：现代西方历史哲学译文集》，张文杰编，广西师范大学出版社 2002 年版，第 186 页。
③ 同上书，第 192 页。
④ 朱德发：《现代文学史书写的理论探索》，山东人民出版社 2010 年版，第 257—258 页。
⑤ 同上书，第 270 页。

的内涵，强调了文学史观对于文学史研究和书写的关键作用，详细分析了进化论和阶级论文学史观的意义与局限。朱德发对"文学史学"的主体论、本体论以及范畴论的建构，开拓了中国"文学史学"研究的新局面。

综合以观，《现代文学史书写的理论探索》具有较高的学术价值，虽在理论上也留下了一些值得批判性反思的问题，比如以现代民族国家观念为基础的现代中国文学史观如何处理中国文学的世界性，又如现代中国文学史观的巨大包容性对文学史家的能力素质是不小的考验。然而这些并不影响它是一部具有反思意义、建构意义和开拓意义的学术著作，甚至可以说，它极大地提高了文学史理论的研究水平，有力地促进了"文学史学"的学科发展。

（选自《拓展现代中国文学研究的新格局——朱德发及山师学术团队与现代中国文学研究学术研讨会论文集》，魏建、李宗刚、刘子凌主编，山东人民出版社 2016 年版）

《朱德发文集》:脑力劳模"体大思精"的结晶

范伯群

　　问世的十卷本《朱德发文集》,是我们中国现代文学史研究界的一套可以传世的文稿。它的传世性当然是多方面的,但最重要的一点就在于文集描绘了我们这个学科在成长发展的道路上,曾经经过"突出重围""纵横求索"① 的艰辛历程。这是一个需要有挣脱思维定式的勇气并向中外古今的优秀文学取经的漫长过程。我们这个学科从它成立起就预示着必须要经过这样一个突围和求索的过程,然后才能经得起成为"史学"的一个组成部分。那也并不是说我们过去走过的路是走错了,我们过去是取得了很大成就的,但我们过去的"视野"有局限性,它还不能还原历史的全貌,中国现代文学史不能满足于这种"以偏概全"的现状。但要走出"以偏概全"的圈子,思维定式对我们有一定的束缚。因此,我们必须要有一个突围的过程,能冲破重围,敢于突入禁区,然后才可能"不套用现成公式,不盲从流行的概念",以原始史料为依据,进行不倦的纵横求索,还原历史以真实的全貌,这样的文学史才能跨进秉笔直书、传之后代的"史学"

---

① 引自《朱德发文集》第1卷的"代弁言一"《现代中国文学研究三十余载有感》中的两个小标题。

的门槛。朱德发大半生的学术生命就是为这个目标而奋斗，他这数十年来研究现代中国文学以来的"精气神"，就精选和凝聚在这十本厚重的文集中。他代表了我们中国现代文学研究界第二代学人群体说出了我们应该去共同努力完成的历史使命。可以说，在这支突围与求索的队伍中，朱德发是走在最前列的，他刻苦地耕耘与开拓着，他配得上做这批学人中的一位劳动模范。

朱德发常常用"使命感"这个词汇来形容我们肩负的历史重任，也正因为他有这种使命感才能数十年如一日地孜孜不倦地思考与笔耕，也是这种使命感给了他勇气和力量。他具有一个史学家应有的品行，一切以"原始资料"为出发点，从大量的原始史料中得出自己的结论。可以说，大量阅读原始史料，再加上他的上下求索和不倦钻研的精神，才会有这种勇气和力量，去冲出重围，突破禁区，取得丰硕的成果。

他已近耄耋之年，从大学有研究经历时开始，至今至少有五十多载。他所说的三十多年来研究的感言，大概是从他走出的正确的第一步算起的，是以他认真探究了五四文学革命的指导思想问题为起点的，他从这些史料中明确得出"五四"的指导思想是"民主主义和与之相联系的人道主义是主要方面，因之也占有主导地位"的结论。这是他突入禁区的第一步。但是也像摸到了电灯的开关一样，使他豁亮地感到现代文学中应该探讨的问题还不在少数。从这个总体指导思想的拨正起始，他逐步循序渐进地去考虑中国现代文学的整体建构问题。于是提出了将"中国现代文学史"改为"现代中国文学史"的新概念。

新概念的提出是很重要的。我记得在 20 世纪 50 年代初，我刚进大学中文系时，这门学科的名称是"中国新文学史"，教科书用的是刚出版的王瑶先生的《中国新文学史稿》。这门二级学科后来才将名称改为"中国现代文学史"，但名称虽改，内容却丝毫未变。实际上就将中国 1917 年伊始的"新文学"与"中国现代文学"这个概念画上了等号。于是在研究中往往用放大镜去放大"正统"新文学的优点，又用显微镜或哈哈镜去夸大或扭歪"非我族类"文学的缺点，而不是以公平的态度对待现代中国的所有的文学样态，这有违于史学的真实性原则。朱德发就觉得如要研究全景式的中国现代文学史，就要将一元改变为多元，以公平的态度对待现代中国文学中的所有文学样态的全景式的文学史。他觉得必须强调这一个"新概念"，于是他将"中国现代"这两个词汇颠倒一下，成了"现代中国"，意在提醒研究者要全景式地重新去观览现代中国文学史的时空与经纬，用一种"兼容并包"海纳百川的胸襟，用一种"启蒙的永恒复归"和韧劲，还原历史的真面目。

为了全景式地观览现代中国文学的名种文学样态，他提出了自己的评价标准，那就是一个原则和三个亮点。一个原则是人道主义，从阶级评判回归人本评判；三个亮点是"真、善、美"。这个尺度是正确地回归到评价一切文艺的正确标准。要遵循这一个原则和具体显示这三个亮点，我们的现代文学的研究还任重道远，不仅第二代学人，就是第三、四、五代……，总之，这不是一代人能完成的任务。这些问题的科学的解决，要靠前人作出榜样，代代相传，作为我们和我们后辈同行们都应该为此而努力进取的目标，因此朱德发进而提出了他的"不封顶"和"不能急于进行历史的终结"等观点。的确我们对我们这个学科的"起点""边界"和"版图"还在探讨之中，还有不少论争，我们这个学科还在发展中。"现代"的"终点"又在何处呢？就像古代文学一样，它涵盖了数千年的历史。这些问题都应该有个说法。正如有的学者所说，我们不是讲的"物理时间"，我们讨论的是"文学的断代时间"，这一切的问题，我们应该都以向历史负责的精神，得出科学的结论。我们怎么就能"急于进行历史的终结"呢？因此我认为朱德发的十本文集，也是对我们提出了一个有"问题意识"的"问号"。正如他在文集的第一卷的"代弁言一"中所说的："没有困惑就没有'问题意识'，没有'问题意识'，就难以焕发学术激情，没有学术激情就不能进入研究状态，这条因果逻辑链的确是我 20 世纪 70 年代末 80 年代初进入现代中国文学研究领域的生命驱动力。"在问题还多多地需要我们去解决的过程中，他已经作出了榜样，他在学术激情的燃烧中锻炼出这十部体大思精的经得起推敲的文集。他从"五四"指导思想的质疑中起步，然后从大量原始史料中得出具有创新性的结论，顶着某些质疑，继续驱动，提出自己的"新概念"，力图拨正我们这个学科所存在的偏差。他为"拨正"而向古今中外的优秀文学取经，提出了自己认定的评价标准。应该说他一路前行，雄图大略地正在铺出一条具有实际意义的体系性的思路。而另外，他作为"名师"，作为一位诲人不倦的教育家，他又以言传身教在薪火相传，以他的十卷文集，屹立文坛，传之久远。

（选自《中国现代文学研究丛刊》2015 年第 4 期）

朱德发先生《现代中国文学新探》读后

孙连五

近日，朱德发先生的新著《现代中国文学新探》由山东人民出版社出版，共计 33 万字。该作是朱先生继《为大中华　造新文学——胡适与现代文化暨白话文学》（人民出版社，2016 年 5 月）之后出版的第二部著作，仅在一年时间里，朱先生就先后出版了两部学术著作，这种旺盛的学术生命力放眼当今学界实属罕见！这便是备受瞩目的"朱德发现象"。

《现代中国文学新探》是朱德发先生近几年学术思想的结晶，朱先生在本书自序中坦言："学术生命之火烧到八旬，已届耄耋之年，该熄之火未熄，仍在燃烧。虽然火苗不旺了，火力不强了，但是思想的火花却不断地迸发；兴致来了，我迅即'抓住'它，放进相宜的知识装置或思维框架中，积累多了也能熔铸成篇。"在此之前，朱德发先生曾出版了《现代文学史书写的理论探索》（山东人民出版社，2010 年 10 月）一书，朱先生从历史研究状况、文学史重构、文学史观、价值评估、研究思维等几个维度和层次，对现代中国文学史进行了多向度的探究，其中既有独特的创见，亦有系统的逻辑，对当今学界重构中国现代文学史学科、重写现代中国文学史的研究与书写，进行了透辟而富有创见的思索，特别是朱先生早在

2002 年就提出的"现代中国文学史"概念已在学界产生了重要影响，后来由朱德发先生、魏建先生主编的三卷本《现代中国文学通鉴》（人民出版社，2012 年）就是对这一理论进行探索与实践的最重要的成果，《现代中国文学新探》是朱先生继《现代文学史书写的理论探索》面世后的"再求索"。

　　《现代中国文学新探》主要分为文学史学卷、文学思潮卷、文学评论卷三个部分。在第一部分文学史学卷中，朱先生继续对现代中国文学史理论探赜发微，并对之前的思考有了新的补充、发现。比如，《现代中国文学史书写亟待解决的几个问题》一文从解决学科与文学史的关系、解决现代中国不同形态文学的价值判断以及解决现代中国文学史书写的以史为鉴问题等三个方面提供了现代文学治史的经验；《评述中国现代文学史学科范式的重建》一文重载评骘中国现代文学史理论中影响最大的"20 世纪中国文学"和争议最大的"中华民国文学史"的优长、局限，借此反思"重写文学史"思潮中存在的问题；《现代中国文学研究"去政治化"管窥》一文中，朱先生针对现代中国文学研究过程中过度"去政治化"，致使现代文学研究出现新偏向或新遮蔽的问题，提出文学研究者应该重新认识现代中国文学与政治的双层复杂关系，"坚持用辩证思维理解政治与现代文学的关系，有分寸地深入地从政治角度切入解读现代中国文学，以求有新的发现新的突破新的成就"。该文在《山东师范大学学报》（2014 年第 4期）发表后，被《新华文摘》（2015 年第 2 期）全文转载，并在学界产生了广泛影响。在第二部分文学思潮卷里，有很多论述展现了朱德发先生独立的思想意识和新颖的学术洞见。长期以来，学界普遍认为，五四文学革命思潮主潮是启蒙主义文学思潮或救亡与启蒙双重变奏的文学思潮，但是朱先生对此发疑，他主张回到历史现场、尊重历史史实，在对《新青年》杂志进行系统梳理、研究后，提出"国语文学思潮才是'五四'文学革命思潮的主潮"（《重探〈新青年〉与国语文学主潮》），颠覆了学术界之前原有的研究结论。针对 20 世纪 80 年代以来林毓生所提出的"五四式全盘性反对传统权威的运动"这一在国内深具影响的观点，朱先生亦提出了不同意见，他认为，"文学革命通过较为切实的科学态度对传统文学弊病的揭露或对庙堂文学贵族文学的批判，真正复活为了中国传统文学的生命力与活力，真正展示出中国文学具有不朽价值与超越意义的特质"（《透过〈新青年〉触摸五四文学革命真相》）。除此之外，朱先生还关注当代文学的发展趋势，他深感当下的文学批评过于注重思想内涵或文化意识，因而提出了"当代文学批评应强化诗性维度"的观点。第三部分文学评论卷，主要是朱先生对文学作品和文学研究著作的评论，其中也不乏真知灼见。

朱德发先生之所以在今天还能够站在学术前沿不断发声，笔者以为有三方面原因不容忽视。一是朱先生视学术为生命，从不刻意追求名利，八旬高龄仍潜心学术研究，乐此不疲，真正将学术生命与自然生命融为一体。二是朱先生坚持求真的学术精神和独立的思想意识，不断提出新想法、新创见，有深厚的学术代谢功力。三是朱先生在学术研究过程中树立了强烈的问题意识，不迷信权威，不盲目跟风，善于发疑，穷根究底。《现代中国文学新探》的出版就是一个例证，这或许也是"朱德发现象"给我们的启示。

（选自《山东师大学报》2017 年 1 月 4 日）

耄耋仍挥如椽笔，元气犹似"新青年"

——读朱德发先生《现代中国文学新探》有感

李 钧

2014 年，在朱德发先生八十大寿之际，山东人民出版社推出了十卷本《朱德发文集》；9 月 25 日，山东师范大学召开"朱德发及山东师范大学团队与中国现代文学研究"会议，群贤毕至，少长咸集，一为祝贺，二为取经。在那次会议的众多发言者中，魏建先生的《试析"朱德发现象"》令人印象深刻：朱德发先生独特的学术经历和成就，是应该当作"朱德发现象"加以研究的；"朱德发现象"是"拨乱反正"时代特有的人才现象，包含一系列反常的内容：五十岁后脱颖而出，六十岁前后创造力越发旺盛，七十岁前后精力和思维"逆生长"，八十岁依然站在学术前沿；"朱德发现象"又是一种老年"逆生长"现象，这种"逆生长"首先表现为随着年纪增长"他的精力更加充沛，学术产品数量更多、档次更高"——朱德发先生仅 2000 年到 2008 年就发表学术论文 80 多篇，其中《中国社会科学》2 篇，《文学评论》4 篇，8 年间还独立撰写和合著学术著作 8 部……魏建先生的发言在会上引起热烈反响，与会的《中国现代文学研究丛刊》主编就将这篇发言稿索去，发表在该刊 2015 年第 4 期，因为"朱德发现象"的研究"既能破解这些反常的疑难，又具有中国现代学术史研究的意义，还具有人才学和老年学研究的价值"。

今天看来，魏建先生所言并非颂词套话，因为朱德发先生80岁以后的创作印证了他的"逆生长"：2015年，朱德发与魏建主编的三卷本、150万字《现代中国文学通鉴》获得山东省社科优秀成果一等奖、教育部哲学社会科学优秀成果二等奖；2016年5月，朱德发先生31万字《为大中华　造新文学——胡适与现代文化暨白话文学》由人民出版社出版；2016年12月，朱德发先生论文集《现代中国文学新探》由山东人民出版社出版，收录了他近三年发表的关于现代中国文学史学、文学思潮研究和文学评论的24篇文章，其中多篇被《新华文摘》《人大复印资料》转载。

《现代中国文学新探》中关于"现代中国文学"学科建设与"现代中国文学史学理论"的数篇文章是朱德发先生文学史思想的总结，最值得关注。朱德发先生1974年开始致力于现代中国文学史研究和著述，40年间出版了多种版本的文学史，形成了自己的文学史学思想，这就是"以人道主义为最高原则，以真善美为三个亮点"的价值评估体系。[1] 他在《现代中国文学史书写亟待解决的几个问题》和《中国现代文学通史书写范式的调整与更新》中对自己的文学史写作理论作了总结陈述，重申"书写现代中国文学史务必做到'自觉反思''追根溯源''探求规律'"[2] 的学术目标，也在历史梳理与比较中点评了"重写文学史"过程中形成的"一主线、三区间、多层次"的文学史结构特点，总结了文学史研究者必须具备的能力素质：勇敢的突破能力、敏锐的感悟能力、深刻的发现能力、强大的穿越能力和巧妙的整合能力[3]……先生将他的文学史研究经验全盘托出，

---

① 朱德发：《现代中国文学新探》，山东人民出版社2016年版，第9页。
② 同上书，第17页。
③ 同上书，第47—53页。

希望后学者能将这些"真经"继承、发扬下去。

《现代中国文学新探》折射出了朱德发先生的治学经验。首先要密切关注前沿，捕捉重大问题。此论文集中的数篇文章都是针对当下学界的重点、热点、难点问题的发声，比如批评文学史写作中的过度"去政治化"现象，剖析"中华民国文学史"书写中暴露出的问题，指出"一切历史都是当代史"观点的漏洞，对大学生创造力提升与文学史教学改革问题的思考等。其次要抓住历史研究中的"元命题"，聚焦重要流派和经典作家。比如《新青年》与五四文学革命真相、五四文学精神、鲁迅的个性意识、茅盾的现代文学观、胡适的人本文学观等，这些论题都是现代中国文学研究领域的难题。而唯有能够"迎难而上"者方能成才："做事要挑阻力大的路走。事业大小，便几乎以做起来时之难易来分。"最后要学以致用，注重人文传统的当代转化。比如《弘扬"五四"为人生派的文学批评精神》《鲁迅个性意识的当代思考》《当代文学批评应强化诗性维度》等，都是对现代文学精神的当代诠释，对后来者具有重要的方法论启示意义。

朱德发先生的学术生涯从"五四"新文学研究起步，身上也充满元气淋漓的"新青年"精神。这种"新青年"精神在他身上具体表现为一种"真学者"境界："一个'真学者'不只是把致力于学术研究当成其生存方式和价值根基，具有一种自觉的以身殉业的奉献精神，而且应树立为学术而学术、为学问而治学的坚定信念，见到发财之道不动心，听到官场升迁不走神，你走你的阳关道，我走我的学术桥，只要能施展我的才能实现我的选择就感到其乐无穷，无限欣慰。"① 今天，人们在阅读《现代中国文学新探》"自序"时会看到这样一段结语："我想，这也许是封笔之作；若学术生命之火还不熄，咋办？或学术生命之火与自然生命之火同时熄灭，

---

① 朱德发：《朱德发文集》（第1卷），山东人民出版社2014年版，第11页。

或在学术追求之途上突然跌倒，再无他求，这就是学者的宿命。"① 也许有人会因此而产生一点伤感，我倒觉得这是先生的通透豁达，其中有着鲁迅式的倔强与硬朗，也是对"新青年"精神的生动表达：一个人如果能做到"不后悔过往，不虚度当下，不害怕未来"，那么无论他多大年纪，依然是一个"新青年"！

（选自《曲阜师大报》2017 年 1 月 17 日）

---

① 朱德发：《现代中国文学新探》，山东人民出版社 2016 年版，第 9 页。

评《为大中华 造新文学
——胡适与现代文化暨白话文学》

韩 琛

对于胡适在中国现代文化史上的创造性贡献评述不足，朱德发先生费数年之功，完成著述《为大中华 造新文学——胡适与现代文化暨白话文学》（人民出版社 2016 年出版）（以下简称《胡适与现代文化》），探究胡适的现代文化思想与白话文学观念，重估其思想观念的当代价值。这本著作的出现，既开拓出五四文学研究的新境界，也为当代中国的新文艺复兴再造了思想资源。

朱德发先生认为，通过《文学改良刍议》《建设的文学革命论》等文论的书写，胡适设计了中国文学的现代变革方案，这个抽象的文学革命设想与鲁迅等作者的杰出文学实践彼此共振，相互呼应，从而在短期内完成了中国文学由古典向现代的转型。实际上，中国文学的现代化设计离不开对文学历史的研究，胡适通过对文学史的重新梳理和重新解读，在《国语文学史》的基础上修改增补，进而完成了中国第一部《白话文学史》。从这个方面来看，胡适也开创了中国文学研究的新局面。

通过校勘作品、分析义理、考镜源流，胡适形成了一系列创见迭出的作家作品论，这也是从学术研究的角度"为大中华造新文化"。胡适在文史哲各个领域都有学术实践，其新文化观不仅是开放进取的，而且也是科学辩证的，因此能够出色地运用新方法在不同学术领域形成创造性的成果，其著述《中国哲学史大纲》《墨家哲学》《庄子哲学浅析》等，皆能成一家之言。在《胡适与现代文化》一书中，朱德发先生尤为推崇胡适的跨学科研究的方法。

在《胡适与现代文化》一书中，朱德发先生认为胡适为中国文化复兴运动确立了一个现代性标准（形式上的白话化、内容上的人道主义），一切新兴的文化创造、学术研究都必须以此标准衡量之，以判断其是否属于中国现代文艺的范畴。实际上，胡适在学术研究中重估中国古代思想文化，重在创造性的思想转化，而非因循性的学理爬梳，这个"重估一切传统"的方法论本身，即是一种典型的现代性价值立场的体现。

《胡适与现代文化》经由对胡适文学思想的考察，朱德发先生发展了其"通二论"的五四新文学论，重构了一个辩证古今、融汇中西的复调五四文学观，即五四文学革命并非是彻底反传统的，乃是在批判中承传、在承传中发展的，进而将中国文学推进到新的历史阶段。五四新文学是继承传统与革命创造彼此纠缠，形式发明与内容更新并举，并在胡适的文学实践中得到体现。

在朱德发先生看来，五四新文学对于传统文学的继承性发展主要体现在三个方面。首先，新文学运动是复兴中国传统文化。胡适将五四新文化运动命名为"中国文艺复兴"，认为五四文学运动有意识地复兴了中国文学中的白话传统，进而建设起现代白话文学，这不仅不是断裂传统、反传统，而是自觉地弘扬传统、光大传统。朱德发先生认为，胡适掀起"整理国故"运动是以复古为革命，使古代文学为建构新文学提供用之不竭的资源。中国文艺复兴的人文主义思想既源自现代欧美，也来源于中国古代思想。

其次，五四新文学的本土渊源是民间文学传统。"文学史是有两种潮流"，民间文学则属于下层潮流，其是古代文学的最有价值的主潮，也是一切新文学之源。所谓白话文学起源于民间文学，其实是为建设国语文学提供历史根据，进而说明从民间白话文学发展为现代白话文学是一个历史必然。胡适的民间文学系中古传统文学主流的说辞，对五四新文学的创作实践产生了积极效用，为现代中国文学的建设与发展开掘出取之不尽的历史资源。实际上，不仅仅是五四新文学，整个20世纪中国现代文学的建构与发展，都得益于民间文学。从鲁迅到莫言、从《小二黑结婚》到《许三观卖血记》，民间文学对中国现当代文学的影响无处不在。

另外，现代白话文学的建构脱胎于古典白话文学传统。言文一致其实一直是民间文学的核心竞争力，其之所以能够在与贵族、庙堂文学的对立中长盛不衰，便在于其言文一致带来的无限生命力——民间文学具有世代口口相传的时空传播效应。胡适主张，新文学作家首先必须选取古代经典小说中达意达得妙、表情表得好的白话艺术语言，多读多学习先人创造的传统白话文学典范，如《水浒传》《红楼梦》等。推崇白话并不意味着偏废文言，胡适认为在创造新文学时，如若语言不够表情达意，也可以借用文言来创造新文学的语言。这说明，五四时期创造的现代国语，非但没有和古代白话发生断裂，而且自觉地赓续白话传统、再造文言价值。

当然，承续传统文学并不意味着否认五四新文学的革命性。实际上，将古代中国文学分裂为贵族文学和民间文学两个系统这个说法本身，就是一种颠覆传统经典论述的革命性策略。朱德发先生认为判断五四时期文学主张是否具有革命性质，最重要的依据是看它能否体现出"反对文言文，提倡白话文；反对旧文学，提倡新文学"的革命精神。胡适的《文学改良刍议》《建设的文学革命论》破坏与建设并举，具有较鲜明的针对性和革命性，只不过在朱德发先生看来，这个所谓"革命性"不仅是推陈出新的否定传统，而且是以陈带新的创造性地扬弃传统。

为了进一步探讨五四新文学的性质，朱德发先生又从胡适的论述出发，探讨了文学革命的内容与形式之间的关系。有关五四文学革命的内容和形式的关系，胡适采取一种相对辩证的策略，既注意文学内容的更新，又重现形式的改革，但他更为强调语言形式的作用，因为在旧形式严重束缚新内容、新思想、新生活的表达时，突出形式革命的重要性则符合五四文学发展的趋势。朱德发先生认为，五四文学革命从形式入手，最终目的是"先打破那些束缚精神的枷锁镣铐"，更好地以白话语言和自由文体来表现"高深的理想"和"复杂的感情"。

也许，朱德发先生在五四视野中研究胡适的目的，便在于离析出一个区别于"鲁迅道路"的"胡适道路"。前者表征了断裂性、革命性的激进五四面向，而后者则表征了继承性、建设性的保守五四面向。朱德发先生以胡适为典范的五四新文学重估，固然不能忘怀唯理论的民主与科学，但是更为推崇经验性的自由与秩序。

重估胡适思想的历史价值，并不意味着单向度的推崇，而是在还原中蕴含着批判性的创造。朱德发先生认为，胡适在思想上否定唯物史观，而坚持"心物二元论"，即经济基础与上层建筑不是决定与被决定的关系，而是都能"变动社会，解释历史，支配人生观"，是一个彼此纠结互动的二元关系。在"心物二元论"的影响下，胡适选择了文化救国的道路，试图从根本上下手来挽救"国家败坏"，他在思想方法上坚信进化史观和实验主义，并认定它们是救国的绝好工具，这也是他倡导新文学的重要哲学基础。

与其他一切现代方法论一样，进化论和实验主义方法亦有其历史局限性，并不能应对现代中国社会的一切矛盾与危机，甚至其本身就是造成中国社会现代性危机的诸多渊薮之一。随着五四新文化运动的深入以及现代中国社会矛盾的发展变化，胡适的文学主张和社会实践的局限性和矛盾性日渐显现，所谓"文化救国""文艺复兴"运动很快失去其社会联动效应，变成某种局限于知识精英阶层话语场的自说自话。

在文学主张上进化的文学观，使胡适看到了"一时代有一时代之文学"的时代区别性和联系性，但是看不到每个时代的文学还有阶级性，不能对每个时代的文学进行具体的阶级分析。在实践活动上，胡适白话文学主张很少强调文学革命如何同反帝反封建的政治运动联系起来，也没有明确地指出白话文学如何联动与以民主科学为标志的思想启蒙运动。这是他"打定二十年不谈政治的决心"在文学主张上的表现。实际上，他的决心是脱离现实的，是与从事的文学革命活动和自己的写作实践相矛盾的。胡适明确地认识到，新文学运动既包括形式革命，又包括内容革命，其在刚刚开始倡导文学革命时，总是兼及内容和形式的改革；但随着新文学运动的深入，他虽然在强调白话形式改革的同时，也注意到内容方面的问题，然而相比之下是更多地注重了白话形式，甚至把它强调到不适当的程度。对什么是真正的"白话"，胡适的解释不仅含糊，而且有矛盾的地方。虽然他注意到向古典白话的优秀传统学习，但他没有指出它是创造新白话的"流"，而真正的白话语言，唯有从人民群众生活中去找源泉，吸收群众中活的口头语言，适当地处理"源"和"流"的关系，才能创造一种新文学的白话语言。

朱德发先生认为，胡适强调学习西方文学名著的表现方法和创作技巧，但为了提高西方文学的地位，有时对古代文学采取绝对否定的态度。正因为他对中国民族文学的优秀传统否定太多，把西方文学看成不可企及的高峰，所以他将中国新文学的创建推到遥远的将来。实际上，胡适对白话文学主张，并不像陈独秀那样坚定自信，斩钉截铁，不容任何人"匡正"。他对维护旧文学的保守主义者，采取比较宽容的态度，认为真正敌人不是对方，而是成见，是不思想。"使人'同'于我的'异'"，是胡适应对传统的主要策略。

也许正是因为思想方法上的局限，使胡适虽然具有作为一个善开风气之先的大学者必备的开放胸怀，但缺乏成为一个文化大家所必备的独特的艺术创造性思维，从而导致胡适在五四新文学建构上是首倡者、实验者，却不是一个集大成者，新文学的各类文体都不是在他手里成熟的，他的现代文体意识与实验效果没有达到统一。

在《胡适与现代文化》一书的后记中，朱德发先生指出了这本著作得以形成的主要原因：虽然近些年有许多研究者致力于胡适研究，可是仍未有大的突破，甚至由于受到主流意识形态的牵制，而对胡适的新文学主张产生诸多误解。如此说来，这本著作最大目的在于还胡适以本来的面目，并重新阐述胡适的现代文化思想与白话文学建设观念。从朱德发先生建构的新的问题意识和提出的新的研究方向来看，本书为胡适研究、五四新文化运动研究设置了一个新的起点，指明了该研究领域需要进一步拓展的可能性方向。

（选自《东方论坛》2017 年第 3 期）

合奏的弦音

三

茅盾研究的新收获

——读《茅盾前期文学思想散论》

张学军

  茅盾是以文学批评和文学理论研究步入中国现代文坛的。在进行创作实践之前，他写下了大量文学评论和理论研究文章，形成了较为完整的文学思想体系。朱德发、阿岩、翟德耀同志著的《茅盾前期文学思想散论》（山东人民出版社 1983 年出版，以下简称《散论》），是第一部较为系统地研究茅盾前期文学思想的专著。本书由十二篇文章组成，主要探讨了茅盾从"五四"时期到"五卅"前后的文学思想。前两篇从纵向上论述了茅盾文学思想从"为人生"的进化文学观到无产阶级文学观的发展历程和特点，后几篇则从横向方面进行考察，对茅盾与自然主义的关系，关于新小说的理论，关于白话运动、文学批评、创作个性的理论及茅盾对外国文学思潮的认识和评价等方面，进行了具体的分析和探讨。在茅盾的文学生涯中，由于他既紧密地联系新文学的创作实践进行文学批评，又博采西洋各种文艺思潮进行研究，因而就形成了他文学思潮的丰富性和复杂性。《散论》的作者大胆探索，全面考察，详细论述，对茅盾前期文学思想的研究较为深入。

《散论》的作者具有比较开阔的研究视野，能站在历史的高度考察文学现象，并注意把宏观和微观结合起来进行分析。他们没有把茅盾前期文学思想作孤立的封闭式的研究，而是把它放在中国文学发展过程中和世界文学潮流中审视、评析、归纳、综合，从多维的社会空间进行全面考察，既注意到研究对象的时代规定性，又看到它的历史继承性、延续性。如在文学进化观这一命题上，茅盾同胡适、陈独秀等文学革命的先驱们是一致的，但作者却清楚地注意到茅盾所说的进化更加突出地强调"发展"，强调"革命"，强调"创造"，令人信服地指出"他的文学观含有一定的辩证唯物史观的因素"。在对文学"为人生"理论的考察中，作者也从具体分析中看出茅盾超出同时代人的地方。茅盾认为，"不但要真实地反映人民群众的苦难，以及现实'社会的兵荒'所造成人们生活的不安和悲惨，同时也要表现苦难人们对理想的憧憬，使作者具有'人道主义的精神'，光明活泼的气象'"。这样把茅盾的文学主张同"五四"文艺思潮和新文学创作实践联系起来考察，就能使读者清楚地把握住茅盾文学思想的特点。

《散论》的作者不仅把茅盾的文学主张放在文学史发展的链条上来评析，还注意从茅盾对旧文学观的扬弃中看他新文学观的确立。如在文学的功利目的问题上，作者把茅盾的文学主张同现代"载道"派、名士派、唯美派的小说观进行比较；在小说创作问题上，把茅盾关于题材、主题、人物、结构等方面的主张与鸳鸯蝴蝶派、黑幕派小说作家的主张进行比较，就能清楚地让我们看到茅盾的新小说观究竟"新"在何处，其基本点是什么。不论是总体性地论述茅盾某一阶段的文学思想，还是分别剖析茅盾某一具体的理论观点，作者都尽量地做些历史性的回顾和评述。比如在阐述茅盾无产阶级文学观的时候，不仅回顾了自五四文学革命以来，早期共产党人和革命文学家对革命文学探讨的历程，而且还从对世界文学史的回顾中指出无产阶级文学形成的历史必然性。由此使读者看到茅盾无产阶级文学观的确立，是历史的必然。但有的地方对历史的回顾和评述有流于表面的历史概述之嫌。比如，作者在论述茅盾的现实主义文学批评这一问题时，对古代和近代的文学批评作了简要的叙述，但并未联系茅盾的批评观作深入探讨。

《散论》不仅以专文分别论述了茅盾介绍外国文学著述的特点、茅盾与俄国批判现实主义文学的关系等，注意茅盾文学思想的广泛的世界性联系，就是在对茅盾的某一具体观点的论述上，也注意从世界文学思潮中寻找其联系，进行比较。比如在论述茅盾与自然主义的关系时，指出茅盾从世界文学发展历程中，认识到中国文学尚在古典主义和浪漫主义之间徘徊的落后状态。他认为文学是按照古典主义、浪漫主义、自然主义、新理想主义依次递进的，中国文学的演进也要受这一进化路线的制约。因此，必须把写实派、自然派的文艺先行介绍或倡导。作者从左拉的自然主义文学观、泰纳的实证主义文学观对茅盾的影响上来看茅盾的自然主义文学观，并在这种探讨的基础上总结其特点。《散论》一书的作者在比较研究中，力戒浮泛外在的一般比附和简单对照，注意发掘和揭示比较对象之间内在本质特点上的联系，因而使论述显得深刻而明晰。

把外国文学介绍到中国来，这是茅盾前期文学活动的一个重要方面。作者认真研究了茅盾介绍外国文学的著述，总结其特点，指出，茅盾译介外国文学的目的是为了中国新文学的建立。他对外国文学的评价，既注重思想内容，又重视艺术形式，介绍中注意客观公正，穷本溯源。茅盾介绍外国文学的理论和实践，今天仍然值得我们学习和借鉴。正如《散论》所指出的："介绍外国文学是一项宏大而长远的事业，唯其方向明确，高瞻远瞩，才能既不夜郎自大，又不崇洋媚外；唯其标准明确，对症下药，才能辨明优劣，取精用宏；唯其方法得当，穷本溯源，才能取舍有据，扬长避短。"

　　茅盾早期的文学思想是比较复杂的。如何以立体的框架来承载这一丰富厚实的内容呢?《散论》的著者从各个不同的侧面对茅盾前期文学思想作了深入的探讨,如茅盾"五四"时期的新文学观、"五卅"前后的无产阶级文学观、前期的新小说观、茅盾与白话运动等,探讨了鲜为人论及的课题,拓宽了研究领域。当然这方面也不无欠缺。在对茅盾前期文学思想的"面面观"中;有的"面"就被忽略了。如新浪漫主义是茅盾前期文学思想的重要组成部分,《散论》就没有专文论述。此外,对茅盾文学批评的方法论也未专门探讨。

　　茅盾的文学思想主要是通过散见于各报刊的文章表现出来。因此只有广泛搜集、充分占有材料,才能从整体上来研究它。《散论》作者对材料广采穷收、旁征博引,论述中几乎涉及茅盾前期全部的文学论评文字。在对材料的处理上,著者不是机械地把它放进一种固定的理论框架中,而是努力挖掘文学史料本身的意义,从大量材料中概括、抽象、归纳、综合,因而结论才客观公允,有说服力。如《茅盾与文学上的自然主义》一文,详细地考察了茅盾从 1920 年 1 月发表《小说新潮栏宣言》到 1925 年 5 月发表《自然主义的论战》期间的有关自然主义的论述,然后依据史料进行实事求是的具体分析,画出了茅盾对待自然主义前后态度变化的轮廓,搞清了茅盾与自然主义的真实关系。《散论》的作者还从史料出发,对以往研究中的偏颇进行了匡正。有的论者曾认为茅盾"五四"时期所鼓吹的普遍人性和文学的全人类性,强调的是被压迫人民。《散论》征引了众多的材料说明,茅盾当时的人性论同陈独秀、周作人的主张是一致的,并没有实质性的突破。因此他"五四"时期的文学观基本上没有离开进化论和人道主义的思想轨道。这种从事实出发所得出的结论是能令人信服的。当然这方面也有不足。材料充实,论据充分,固然有较强的说服力,但过多的引文,不免使行文滞涩,并影响到论述的深度。在一些具体论述中也给人以重复之感。

　　把茅盾前期文学思想的整体态势凸显出来，不仅要求论者十分熟悉研究对象，对过去的研究历史有全面的了解，还要求论者具备坚实的理论基础和有关的社会、政治、历史、文艺等方面的知识。只有这样，才能具备研究的"全息"视角，才能站在历史的高度，在论述中纵横捭阖，左右逢源，出语稳妥坚实并有所创见。《散论》的著者没有在前人的成果面前止步，而是敢于突破，勇于拓荒，终于取得了可喜的成果。

（选自《齐鲁学刊》1986 年第 3 期）

文学形态、文学主题与文学的历史

——有感于《中国现代纪游文学史》

魏 建

多年以前，有些应该是很有远见的中国现代文学研究专家们预告了一个危机。那就是："中国现代文学史"这块不到"中国古代文学史"百分之一的土地实在养活不了几乎对等于"古代文学"的研究人口。这块土地上不仅已经没有荒原，而且几乎处处都经过了深耕细耙。与其在这僧多粥少之地抢饭碗，不如上到人烟稀少的"近代文学"山林中猎兽，或下到永不止息的"当代文学"江面上捕鱼。这一涉及学术生存的提醒，确使少数识时务者及时地另谋生路了。而更多的那些热土难离的人们，就像听说了诸查丹玛斯的恐怖大预言一样，将信将疑而又无可奈何地等待着"1999 年人类大劫难"的来临。

这么多年过去了，这方土地上又迅速地繁衍出了越来越多的诸如博士研究生、硕士研究生、助教进修班、高级研究班等各种新增人口。人口与土地的矛盾应该是更为尖锐了。然而，"饥荒"并没有发生。那么，究竟是这块土地并非真的狭小？还是它的地方尚未用尽？

朱德发教授送给我一本刚刚出版的由他主编的《中国现代纪游文学

史》。我还听说他的另一本文学史著作又要付梓出版了。已经个人著述和主编了五本文学史的他，为什么在所谓学术生存矛盾日益尖锐的时候反而收获更为丰足了呢？我不再相信那预言了。我只相信眼前的事实：只要你是真正的拓荒者，"中国现代文学史"可以重新变成处女地。这片大地永远是赐给你乳汁的母亲。

那一颗颗被危机预言揪起的心，可以放下了吧。中国现代文学史是写不完的。你也去开垦那被别人翻耕的沃野吗？别忘带上你自己的新犁。

接过这本《中国现代纪游文学史》，单看书名就觉得它沉甸甸的，尽管它三十万字还不到。它的学术分量，首先在于这个选题。

翻开目录，有些失望：不过是以三编覆盖三个十年，而每编又是每一个十年的创作概述加代表性作家论析这样一种最常见的编写体例。我还是一编一编地读下去了。终于读出了它的不平凡。首先触动我的，是书中总是围绕着一个其他人从未揭示过的线索，那就是几乎所有的中国现代作家都有一个共同的行为特征——他们都在"走"。一部中国现代文学史又是中国现代作家们"走"出来的历史。

在空前开放的"五四"前后，在外来先进文明和新文化的感召下，数不清的青年学子从家乡农村"走"进了文化中的城市，从中国"走"向了世界，又从域外"走"回到祖国。"五四"以后，全国范围内的各种战争更加频繁、更加激烈。无情的烽火逼撺着作家们或投笔从戎而出征，或远避战祸而落荒，或为谋生求职而四处流浪。在华夏大地这几十年的风风雨雨中，几乎没有一个诗人、散文家、小说家和戏剧家能够固守一地而潜心于创作。尽管在奔波中他们难得动笔，但他们动了心、动了情，以全部生命体验着人生道路的曲折和跋涉的艰难。所以奔波本身又成为他们丰富的创作之源。这就难怪在中国现代文学史中我们看到那么多八方求知的身影和四海飘零的孤旅，听到那么多浪迹天涯的吟唱和流亡者的歌哭。这也就难怪中国现代文学为什么具有那么强烈的使命感、自省精神和忧患情调。似这样，将跟踪镜头聚焦于中国现代作家们的脚下，你不感到获得了一个观测中国现代文学史的相当贴近、相当清晰的视角吗？

找到这样一个如此具有史学意义的视角，诚然是不容易的。而对新的视角进行理论把握，也许更难。在这本书里，这个诱人的视角叫作"纪游文学"。

过去，我只记得历来都把这种作家与其旅行的文学记录归为散文的一种，叫游记，且主要以自然山水为描述对象。现在，要把握中国现代这些"走"出来的文学，依靠传统的辞书和教材上的定义显然已经无能为力了。而需要在理论上重新界说。《中国现代纪游文学史》首先在它的"导论"中解决了有关"纪游文学"的一系列理论问题。作者从文学创作实际出发、从文体的流变中生发出自己的创见：在古代，"纪游文学"最初的主要文体形式是散文。以后随着社会生活的变化和文学形式自身的变化，"纪游文学"在文体和形态上朝着多样化的方向演进。五四文学革命对于中国的"纪游文学"同样也是一次划时代的"文本"变革。在此后的三十多年中，"现代纪游文学"形成一种普遍的创作现象和独特的文学种类。从文学体裁上看，它不再只是"散文的一种"，而容纳了纪游性质的诗歌、小说、词赋等多种样式。从描写对象来说，它不再局限于自然风光，而更倾笔于各地各式的"社会相"。《中国现代纪游文学史》在理论上把"纪游文学"确立为一种崭新的文学形态。这是一种丰富的文学形态：它不仅得到了绝大多数文学家族成员的鼎力支撑，而且拥有广袤的表现时空。它包含了创作主体"行"之所至、所思、所感、所言的各种社会内容和心理内容；这又是一个特殊的文学形态：它具有只属于自己的构成要素和审美风貌。它的艺术奥秘，既不在主体，也不在客体，而在主客体相互作用之间。具体说来，它是"人与行"之间的一种审美创造。

　　就这本书所界定的"纪游文学"的内涵和外延来看，以往的现代文学研究者并非完全忽略了。我们偶尔也曾读到过几篇从"纪游文学"所包含的个别角度探入具体作家作品的评论文章。但这些散兵游勇式的局部研究，无论再多也不具备史学意义。而《中国现代纪游文学史》的出现，才标志着这一课题作为中国现代文学史的一门元学科的诞生，因为我们从书中读出了一门学科的容量、价值和逻辑体系。它结束了以往对这一课题的局部研究阶段而上升为整体研究阶段，结束了以往那种现象评论而上升为历史科学。

　　这本书的意义不仅仅在于一门元学科的创建。

　　几十年来，特别是近十年来，经过几代学者的不断探索，应该说我们的中国现当代文学史格局愈来愈开放、愈来愈丰富了。除《中国现代文学史》本身在体例、方法、材料、史识诸方面屡屡刷新之外，又先后出现了专写某一历史时期的断代史，如《中国抗战文艺史》《中国五四文学史》等；有专写某一区域的《中国解放区文学史》《晋察冀文艺史》《山西抗战文学史》等；有专写文学思潮和理论批评的《中国现代文学思潮史》《中国现代文学理论批评史》等；有专写某一种文学体裁的《中国现代小说史》《中国现代诗歌史》《中国现代散文史》《中国现代戏剧史》《中国现代杂文史》等。面对斑驳斗艳的文学史新葩，我时而兴奋，时而又感到悲哀。以王瑶先生为代表的第一代中国现代文学史家所开创的史学格局，我们总想走出，然而有谁真正走出了呢？这些年来，我们的文学史大大深入了。但那还是在原有文学史框架里的深入。那各种各样的文学史新作，不过是把一部综合文学史的篇章拆开而放大成的一部部专门史。它们只有研究的深化而没有格局的创新。许多自诩的种种"创新"，如同地球上的跳高，他们总也摆脱不了地心的吸引。故有的、自足的现代文学史格局，难道真像是无形的地球重力吗？

　　"纪游文学"是一种文学形态。"纪游"本身又是一个文学主题。无论古代还是当代，无论中国还是外国，作家写自己的"走"，如同写"情爱""怀乡""别离""死亡"……一样，总也写不完。学者们早已将主题学引进文学的理论，却不曾见过有人把主题学纳入文学的历史。而我眼前的这本《中国现代纪游文学史》既是对一种文学形态也分明是对一个文学主题的历史描述，这是否意味着对传统文学史格局的一次挣脱呢？既然，"纪游文学"可以写史，那么，其他现代文学主题（如情爱文学、怀乡文学、城市文学、边地文学、家庭文学等）为什么不能写史呢？既然主题学可以入史，那么，创作发生学、读者接受学、文本学、风格学以及其他一些带有规律性的文学现象我们为什么不去做历史的追踪呢？

　　我忽然感到了兴奋。我们不必仅仅靠时期、地域、文学体裁、艺术形象、文学运动思潮加作家作品、重点作家加创作概述这样一些外在的无机纽带将现代文学捆绑成现代文学史。文学创作内部自有它鲜活的有机经络。以它的有机经络贯通的文学进程，才是真正属于文学自己的历史。这样的文学史格局，才会是一番全新的景观。我承认，我现在要描绘的文学史格局只是一种猜想。但科学的进步，不常常是以猜想为先导吗？我坚信：我所憧憬的串联着创作发生与读者接受、并联着各种文学形态和文学主题、内有本文演进外有风格嬗变的文学史格局，不仅能更好地揭示文学自身发展的秘密，而且有助于展现文学所辐射到的更丰富的文化心理蕴藏。

　　当然，我手里的这本文学史远没有我想象得那样美妙。这本书好像写的很匆忙，许多地方绽露出匆忙所带来的粗疏。特别是对它的编写体例，在失望之后我又为它在想象中补救。假如从现代纪游文学主题的不同母题入手（如"留洋"母题、"流亡"母题、"还乡"母题等）不是更有新意吗？尽管看到书中还有个别不足，但我依然更看重这本书对于突破文学史观念的启迪意义。它是一种信号。无论它作为信号的光亮多么微弱。

由此联想到山东的理论批评刊物《文学评论家》近两年来开辟了"文学史学研究"栏目。在这一栏目的作者行列中出现过许多我所尊敬的名字。我还不曾见到有人提出过以文学形态和文学主题撰写文学史的理论构想。现在，我要告诉负责编辑这一栏目的我的那位老朋友：实践又一次走到了理论的前面。

1991 年 3 月初于山东师大

（选自《中国现代文学研究丛刊》1991 年第 4 期）

疏通三千年爱河的成功尝试

——评《爱河溯舟》

房赋闲

我读《爱河溯舟》（朱德发等著，天津教育出版社 1991 年 3 月出版）后最深刻的印象，就是深感作者有一种创新的锐气。这种锐气不仅在于他首次疏通了三千年爱河，更在于他突破了传统的文学史观念，开拓了文学史写作的新路子。我们都知道，文学史写作在很长时期陷入一种困窘，正如韦勒克所说："大多数的文学史著作，要么就是社会史，要么是文学作品中所阐述的思想史，要么只是写下对那些多少按编年顺序加以排列的具体文学作品的印象和评价。"而《爱河溯舟》比一般文学史更加困难的是，它所描述的只是题材相同的文学——情爱文学的专题史。由于题材的相对狭窄和稳定，就更容易造成文学史的写作成为一个历史长编或作品论的合集。然而《爱河溯舟》没有重蹈覆辙，而是独辟蹊径，采用史论结合、以论驭史的方法，既历时性地探索并描述我国情爱文学从古到今的数千年的演变历程及其发展阶段的基本特征，又共时性地揭示并论证中国情爱文学的总体特征及其规律，在史论两方面，见出历史纵深感，见出理论深刻性，这确实是一个新颖的构想。

但"史论"不是史实与论文的拼凑，它们是有机地结合在一起的。和一般的文学史相比较，《爱河溯舟》对史料的搜寻或考证不过分注重，也不大作"流水账"式的编排，但这不是说作者不重视"史"，问题仅仅在于，作者更加重视的是有序与多元历史进程中更能体现衍化的脉络和轨迹的作品以及现象的总体把握和简洁概括。实际上这是一个更为困难的理论化过程，绝不是仅靠资料的排列就可以做到的。兹举"晶澈源头：由先秦到汉魏"一节的三个小题目为例，就可以看出这种理论概括的功夫："《诗经》：醇美的性爱与'无邪'的雅性"；"乐府情歌：渐愈丰富的心灵的陈情与悲剧意识的凸现"；"原型的诞生：中国式情爱文学审美观念及审美形态的全面孕育"。自然，从先秦到魏晋，情爱文学有很大发展，出现了很多的作品和新现象，但作者经过认真地研究和分析之后，却抓住诗经、乐府和原型的诞生这三个方面予以重点地介绍和描述，既揭示了情爱文学共时性的特征，又体现了情爱历时性的演变。虽没有罗列丰富的史料，却更简洁、更清晰地把握和勾勒了历史，它更易为人所掌握，也更见出其学术上的努力。

情爱文学固然有其流变的过程，但这一过程，毕竟由于其题材本身的稳定性和狭窄性的特点，而不是那么急遽。相反，倒是一些相对凝固的、不断重复的观念、模式和风格更为明显，对情爱文学的发展有更大的影响。也正是基于情爱文学的这一基本特点，《爱河溯舟》才没有写成一部纯粹的"史"，而是"史论"，而且还是着重在"论"上下功夫。在我看来，这不仅是很有见地的选择，而且也体现了一种历史的自觉和创造的精神。

既然情爱文学因其主题的永恒在历史进程中相对缓慢地衍化，那么总结其共同的审美特征、规律并挖掘其内在的发生机制，就成了《爱河溯舟》的主要内容。于是，这样一些章节便应运而生了："一种至高的文化与审美价值归属——'才子佳人'模式新论"，"一个古老而幻美的主题原型——'仙女尘夫'模式新探"，"历尽磨难，痴心不改——奉献型情爱文学例析及文化意蕴剖视"，"双重追求，奋进搏击——'改革加恋爱'文学模式述评"，等等。仅从这些题目上就可以看出，它们与一般文学史的章节有很大差异，表现出很强的理论和专题研究性质，而这正是作为"史论"所要实现的目的。

我发现作者在作这方面的努力时，使用了两个很值得文学史写作者重视和借鉴的方法，那就是大文化阐释与广泛比较的方法。这两种方法不能说是作者的独创，但以往文学史写作中不大注意这些方法的运用，《爱河溯舟》成功地运用了这些方法，确实取得了不少意想不到的效果。

所谓大文化阐释，是指对某一文学现象的解释，应放置在一个大文化系内，从不同的文化侧面，比如社会的、历史的、民族的、伦理的、心理的、生理的，等等，揭示其发生的内在机制、功能和价值，而不是就事论事地作表层的描述。既然我们承认文学是一种复杂的社会精神现象，那么在这个意义上，对某种文学现象作大众化的阐释，就不仅仅是一般的论述方法，而是文学史理论的基本的批评原理了。《爱河溯舟》的一个重要特点就是广泛地使用了这一既是审美的又是历史的批评原理。比如说，作者通过研究发现，"全部古代情爱文学的历史几乎是女性的历史，全部情爱文学所关注、所歌赞的核心只有女性"。女性光彩照人，男性则苍白无力。而"从全部古代情爱文学作品的创造来看，除了少数民间情爱可能出自女性之手外，几乎所有的文人制作均出自男性之手"。这就形成了一个独特的矛盾形象。"既然是男性文化心理支配着我们民族的情爱文学创作，为什么又仅仅偏重于女性——这一实际上处于他们压迫之下的性别呢？"仅仅从机械的反映论恐怕很难解释这一现象。但作者把它放置于一定历史阶段的社会结构、家庭关系、婚姻状况、伦理道德、文化观念中去考察，却得出了独特而令人信服的阐释。原来，对女性来说，"婚姻即是生命的全部。她们必须把全部人生的希望与欢乐寄托于一种以牺牲她们的选择权力与自主地位为代价的稳固的婚姻与家庭关系。这样，她们不单在外部爱情婚姻关系中必须遵从伦理原则，表现出种种传统美德，而且由于内部心灵冲突的愈渐激烈，丰富了他们的精神世界和情爱体验，从这方面来说，他们从客观上必然会超越男性而成为情爱作品歌赞的核心"。所以，像《上邪》这样的作品，如果仅从女性的角度去分析，就会忽略了男性中心的阴影。这样的结果显然与我们以往对这类文学的认识有一定的距离，不管我们承认不承认，却不能不佩服作者对问题阐释的独到。再如，对新时期奉献型情爱文学的剖析。新时期奉献型情爱文学的一个特点就是集中于女性的奉献精神，这很有点古典味。但时代毕竟不同了，这里已不再有那样严重的男尊女卑思想，为什么还会出现这单方面奉献的现象呢？这里，作者则着重从女性心理学的角度，从传统文化的积淀，从当代新的伦理道德和当代人道主义哲学等不同方面的影响，揭示了奉献型文学在新时期出现的内在机制及其价值。由于作者注意在大文化系统中分析文学现象，其阐释就必然有新颖独到之处，给人以深刻启示。

同大文化阐释一样，比较的方法也不仅仅是一种一般的论述方法，也是文学史理论的基本批评原理。因为只有在广泛的比较中才能体现出文学格局的变迁和原型主题的变奏等。《爱河溯舟》广泛地使用了比较这一批评原理。这种比较涉及了中国情爱文学与外国情爱文学，涉及了古典情爱文学与当代情爱文学，涉及了不同体裁的诗歌、小说与戏剧，还涉及了不同的作家和作品……广泛地比较说明了作者广博的知识范围、严谨的治学态度和良好的艺术感受。这里仅举一个例子。作者在论及古代情爱文学的悲剧意识与悲剧特性时，通过古希腊悲剧《美狄亚》和中国古典悲剧诗歌《孔雀东南飞》的细致分析比较，指出，虽然构成中西情爱悲剧的矛盾冲突都是感情和伦理道德这两个对立的方面，但"西方情爱文学所表现的主题是以感情为内核，中国情爱文学则是以伦理为本体"，这就相当清晰地说明了中西情爱悲剧的分野。而形成这种差异的原因主要是不同的文化背景，它们本身并不能代表一种价值判断。应该说，这样的比较分析是有深度有说服力的。它既没有盲目以西方的悲剧理论来评判中国的悲剧，搞民族虚无主义，又没有妄自尊大、抱残守缺，搞民族保守主义。

《爱河溯舟》不仅在总体的构想中，采用史论结合、以论驳史的方法，开创一种新的史论体文学史，表现出很强的创新精神，即使在具体的体例编排上，也力求新颖独到，别具一格。看得出来，作者是在三个层面上来构造他的内容体系的，那就是整体的大层面、类型的中层面、具体的小层面。全书除导论外，共分三篇：古代篇、现代篇和当今篇。从总的方面讲，导论是总论，三篇是分论。从每一篇讲，又都按三个层面划分章节。这种编排绝不仅仅是一种体例的问题，它实际也体现了作者新的文学史的观念，那就是"把宏观式的考察与微观式的解释结合起来"，从而创造一个多层面多角度的研究空间，以改变以往文学史写作中宏观不宏、微观不微的尴尬局面。我认为这是一个很好的尝试。

（选自《东岳论丛》1992 年第 2 期）

整合网取　透发新声

——评朱德发教授主编《中国山水诗论稿》

连　仲　江　畅

中国文学和文学史的研究越来越呈现一种宏观、综合的趋势。由山东友谊出版社最近出版的朱德发教授主编的《中国山水诗论稿》（以下简称《论稿》），即是这一大的背景下出现的专著。但它却不是一般地对山水诗现象作出综合描述和总体评价，它有自己独特的宏放眼光和透视视角，这就是：把中国几千年的山水诗看作一个由现实、作家、文本等各个环节有机联系的开放性结构和完整系统，又是动态的时间范畴内的一个变量在无数区间中的特定存在，在纵横交叉的坐标上展开历史的和美学的评判。

《论稿》除"导论"（着重解决基本概念的固定和规范）外，主要由"过程论"和"本体论"两大部分构成。"过程论"在考察和描述从古到今山水诗的流变轨迹时，侧重从发生学、社会学、文体学、文化学等理论的视角探测了每个历史时期的山水诗创作的大势及内外原因，探测了各个时期山水诗文本结构的变化及其与同时期人文精神的联结。以"新时期"的一章为例，论者开宗明义地指出：中国的山水诗人们在加入世界性"大自然崇拜"这个主题大联唱的过程中，"把根基牢牢置于现实生活的土壤里，试图在恢宏阔大的地理空间内寻找人类生活和生命存在的坐标，期待在对大自然的深情呼唤中体验人类与大自然交往的艰难历程，获得若干关于人类生存方式和生命意识的感悟与思考"，接着，论者不仅从"重建人与大自然的关系"的角度深入剖析了新时期山水诗的哲学内涵，而且还通过"创作模式"的文本分析、与现实的联系的历史批判等，多侧面、全方位地对新时期的山水诗进行审视，既在比较中写出了它与古代山水诗的史承与发展关系，又高屋建瓴地概括出了山水诗创作的总体成就和美学特征，也具体细微地揭示了经济、政治、文化、审美心理特别是文人心理变化对山水诗的直接作用和影响，从而将这一时期山水诗创作的概貌及深层意蕴尽收眼底。

"总体论"是体现全书特色和价值的重点部分。它在"过程论"完成了对几千年中国山水诗发展史的纵向扫描的基础上，共时性地考察和分析了中国山水诗这个庞大而丰富的审美实体，从多方面来概括山水诗美学的特质。其中"文化意蕴"从宗教意识、宇宙自然意识、存在哲学意识、社会意识、归隐与流浪意识等方面进行了开掘；"运思类型"主要从艺术思维的角度来归纳山水诗的构思类型及其外在的结构形态；"意境营造"主要在主客体双向转化、意境构成机制、意境营构材料等方面进行了探究；"语言符号"则借用符号学、语义学等理论，侧重剖析了"境"与"趣"的语言；"审美风格"对其多样化的风格展开了系统的透视和分析。作者们所依据的理论不仅是古典的、近代的，而且还有大量西方文论抑或自然科学知识。例如，第二章就既从易、儒、庄、禅几个方面探讨了制约和规范中国山水诗运思方式的基本文化力量，也借助"控制论"原理和西方现代"直觉思维"理论对山水诗的运思方式进行阐释。这就大大超越了对山水诗现象的平面复述，既在深层上再现了中国山水诗从古到今的复杂创作形态，又在理论上深化和拓展了山水诗的研究疆域。

总之，《论稿》不是一部专门的山水诗史，虽然它有史的线索或较系统的史的时序性；也不是一部纯然的山水诗创作论，虽然它含有代表作的赏析。而是通过对中国山水诗的全方位的、多层面的探讨，凝聚成一部整合网取、史论结合、以论为主的山水诗美学著作，它以史料的丰富性和实证性、思维的开拓性和超越性、研究方法的多元和更新而显示出学术的魅力，透递出文学和文学史研究的新声。

（选自《东岳论丛》1995 年第 5 期）

评《跨进新世纪的历程：
中国文学由古典向现代转换》

贾振勇

    自中国现代文学研究成为一门人文学科以来，几代学人沿着这一路向取得了一系列成果。然而，肤泛之作较多，系统全面深刻之作较少。由资深学者朱德发教授领衔，季桂起、魏建、张光芒三位实力派青年学者加盟编撰的《跨进新世纪的历程：中国文学由古典向现代转换》一书，是对中国文学由古代向现代进行内发型转换研究的扛鼎之作。它以洋洋四十余万言的篇幅，较为系统全面地阐发了中国文学自晚明以来向现代转换的血肉脉络，较为准确把握和描述了中国文学由古典向现代转换时每个历史阶段所显示的美学新质和审美文化特征，重点突出了精英文人在文学史创制进程中的驱动力量。它以内发型转换的勘探为主又不囿于其局限，以综合透视的学术眼光梳理了中国文学由古典向现代转换的步伐，堪称这一研究领域一部标志性和总结性的杰作。

    从某种意义上说，《跨进新世纪的历程：中国文学由古典向现代转换》一书，是一部侧重于内发型研究，又具有多维立体视野的中国现代文学发生史。既具有史的丰厚感又具有论的纵度；既具有高屋建瓴、融会贯通的学术气势，又具有严谨缜密、见微知著的学术理路；既具有不少独出心杼的学术创建，又具有摇曳多姿的学术文笔；既有诸多画龙点睛的真知灼见，又有不少点到为止的含蓄空白。让人在阅读过程中时时见其学术张力，仿佛进行心灵的学术奇遇。

一部文学史的建构，很大程度上依赖于研究主体透过纷繁复杂的文学史事实所沿见的史识，也即研究主体在解读文学史事实基础上形成的评价尺度问题和价值取向问题。正是研究主体所信奉的价值标尺，构成了一部自成系统、风格独具的文学史的学术灵魂。因此，朱德发教授在全书绪论中提出了这样的一个关键问题："应以什么样的价值标尺来衡估古典型文学与现代型文学的区分度，以及古典文学现代化转换的内在规律和基本特征。"

《跨进新世纪的历程：中国文学由古典向现代转换》作为一部中国现代文学发生史，之所以显得逻辑严密、论述深刻、气势宏魄，关键就在于编撰者在史海遨游中首先确立了自身的价值尺度，正如朱德发教授所申述的："这种广度与深度兼备的价值标准，莫过于现代人学和'人的文学'了。"以"现代人学"与"人的文学"作为中国现代文学史的评判尺度，在展示了编撰者们所能达到的理论和学术高度的同时，我以为更体现了文学史研究与书写的两条规律，摘用韦勒克的话来说，一是"历史只能参照不断变化的价值系统来写，这些价值系统则应当从历史本身中抽象出来"①；二是"文学研究，必须成为一个系统的知识整体，成为对结构、规范和功能的探索，它们包含价值而且正是价值本身"②。

换种说法讲，第一，"现代人学"和"人的文学"所蕴含的中国文学的现代性，是自晚明到五四这一历史时段内自我萌生的一种文学系统质，

---

① [美]雷·韦勒克、奥·沃伦：《文学理论》，刘象愚等译，生活·读书·新知三联书店1984年版，第296—297页。
② [美]R.韦勒克：《批评的诸种概念》，丁泓、余徵译，四川文艺出版社1988年版，第59页。

并非来源于异质文化的影响，它的表现正如朱德发强调的："在文化的精神层面上，升起了人文主义思潮的曙光，人们以儒家的'礼'和'理'作为道德标准与行为规范的心理定式有所松动，以个人为本位的思维模式开始萌发，投射到人们的心灵世界上则闪显出丝丝缕缕的新时代的精神光芒。"晚明时代文学所透射的这种胎孕时期的现代性，与同时代西方文化文学现代性精神的诞生是平行发生的，是历史发展的不谋而合。荣格将这类现象称为"同步原理"，即世界的联系存在于时间的相对共时性中，"仿佛时间远不是一种抽象，而是一个具体的闭联合体，它具有这样一些性质和基本条件，能够以一种非因果的平行对应方式，在不同的地点同时表现出来"①。晚明时代文学的现代精神萌动，与西方并非是一种因果关联，而是人类文化精神的同步性发生。因此，尽管编撰者运用的价值尺度仿佛来源于西方的理论系统。但事实上这种价值倾向同时自发地存在于中国文学系统内部。编撰者并非移花接木，而是从大量的文学史事实中将它抽象出来，貌似运用西方理论系统的价值尺度，实则是起到借尸还魂的作用。

第二，《跨进新世纪的历程：中国文学由古典向现代转换》一书，不仅构筑了一个系统的知识整体，而且本身就形成了一个价值选择系统。前者表现为该书对"转换"的过程的勾勒与描述是全方位和系统化的，编撰者们从文化意识层面，文学观念层面、文学技艺层面、艺术语言层面等多维视角入手，牢牢把握潜在的文化精神和显在的审美特征的变动。凭借翔实的文学史史料和深厚的理论功底，将中国文学由古典向现代转换的曲折历程与艰难跋涉逼真地表现了出来，堪称是一部再现历史真实图景的中国现代文学发生史。后者表现为，编撰者们建构"转换"过程所运用的价值标尺，也正是他们在洞察社会历史人生过程中所信奉、所表达和所提倡的

---

① ［瑞士］荣格：《心理学与文学》冯川等译，生活·读书·新知三联书店1987年版，第251页。

价值标尺，也正是他们在现实生活中所努力追求、所躬行实践的价值指南。这一方面表现为他们在现实境遇中，能够超越自身所属专业的局部性关怀，参与到对真理、道德和时代趣味的探讨中，在尽可能的领域弘扬自己的价值标准；另一方面对其所属专业而言，他们更能以清醒而冷静的目光审查自己的研究对象。更能以现代知识分子的价值追求去看待自己专业领域的一些现象。比如近年学术界对文化保守主义过热过高的评价，编撰者在看到其合理性一面的同时，更看到了它们绝不是中国文学由古典向现代转换过程中的主力军，正如朱德发教授所强调的："诚然文化先驱在古典文学向现代转型的过程中其思想举动有时会出现一些偏激，不像文化保守主义者或折中主义者那样守诚公允（当然从现代文学文化的建构来看，文化保守主义者也起过某些制衡或补编作用），但是没有文化先驱们的革命创举和韧性战斗精神就不可能有中国文学的现代转换，这就是雄辩的历史逻辑，所以先驱们的名字将永远镌刻在中国文学现代化的里程碑上而载入世界文学史册。"这种学术态度和价值倾向，体现了一种正视历史真实，尊重真理价值的精神。

保罗·德曼在《文学史与现代性》一文中曾说过一段偏激的话："要成为出色的文学史学家，就必须牢记，通常称之为文学史的东西，同文学便极少或根本没有什么关系，而叫作文学释义的东西，只要是出色的释义，事实上，也就是文学的历史。这一观念如果应用于文学之外，那么，它就仅仅证实了这样一点：历史知识的基础，并不是经验的事实，而是书写出来的文本，即使这些文本披着战争或革命的伪装。"① 貌似偏颇的德曼实际上说出了文学史在历史命运中的某种真相。透视《跨进新世纪的历程：中国文学由古典向现代转换》及其撰史的价值尺度，我们看到，或者

① ［美］保罗·德曼：《解构之图》，李自修等译，中国社会科学出版社 1998 年版，第189 页。

说可以进一步引申，文学史的书写与建构，尊重历史真相、还原历史精神，是其最基本的要义和使命。然而，一部文学史的价值和意义还应远远超越于此，还应顺应历史潮流，为历史合规律合目的的发展贡献些微的力量，使文学史不仅停留于知识的层面，而且上升到价值的高度。从来就没有价值中立、不偏不倚的文学史。西方的文学史学奠基者赫尔德就强调文学史应当为人们的"自由与精神振奋"指明道路，为促进"民族自豪感"做出贡献，并成为"人民进步的引导者"①。今天我们固然没有必要赋予文学史书写以如此重任，但是文学史书写的价值功能和意义却是它的一项先天的使命。它与尊重历史同样是一种追求真理和实现真理的态度与手段。福柯有名言曰："真理与知识皆是权力"，这种权力不是滥用的权力，而是尊重历史基本精神、促进历史发展趋势的权力；不是专制独裁的权力，而是促使人类社会更加完善更加美好的权力。一部高品位的、传之久远的文学史，是正确运用真理和知识这种权力的文学史。它一方面让人们透过尘封的历史尘埃，窥见历史知识的真正面容，感受历史精神运作的脉搏；另一方面，透过知识与真理的传递，引导接受者坚持追求公理和正义的信心，以自主的态度投入追求自由、美与光明的历史潮流中。

（选自《东方论坛》2001 年第 3 期）

---

① 参见中国社会科学院外国文学研究所《世界文论》编辑委员会编《重新解读伟大的传统——文学史论研究》，社会科学文献出版社 1993 年版。

挑战"困惑"

——评《跨进新世纪的历程：中国文学由古典向现代转换》

温奉桥

"中国现代文学的根何在？"这不仅仅是美国学者米列娜的疑问，更是令无数的现代文学研究者困惑不已的问题。自从钱理群等人提出"20 世纪中国文学"这一含义丰富的文学史概念以来，学人们对这一问题的热情就从来没有消歇过，他们总是在一次次地追问着：中国现代文学究竟是在一种怎样的历史文化语境中完成它的现代化转型的？由朱德发先生主编的《跨进新世纪的历程：中国文学由古典向现代转换》（明天出版社 2000 年版，以下简称《转换》），从全新的理论视角，以深邃的历史洞见，使这一问题的研究取得了深入的进展和整体性的突破。

与时下流行的文学本体论的研究方法不同，《转换》卓越的历史洞见之一表现在，它认为文学的"现代性"是无法单靠文学自身系统进行自我价值确认的。文学的现代化转换只是整个社会、文化现代化转换这一系统工程的一个部分和层面，它自身无法完全脱离社会的现代化进程而孤立地存在。中国古典文学内部现代性"基因团"的萌生、发展，直至最终完成其现代化的转型，既是中国传统文化结构系统自我调整的结果，也是中外文化交流对话的产物。《转换》认为，从现代文学的源头——明代中叶——开始，中国古典文学向现代文学的转换经过了三个相互联系的文化逻辑层次和历史阶段，即：积淀与躁动——明代中叶至"戊戌维新"的文学变迁；调整与选择——"戊戌维新"到五四文学革命；决绝与新生——五四文学现代形态的最终确立。在中国古典文学的现代化转型这一系统工程的每一阶段，从新的文化基因的产生到文学创作主体精神人格的重构，从文学观念的变迁到文学创作形态新质的出现，从旧文学规范的逐步瓦解到新的文学规范的最终确立，既有发展脉络的清晰梳理，也有精微细致的个案分析，既有对中国文学现代化转型中规律性的反思，也有对转型过程中的内在矛盾与危机的探析。《转换》对中国文学转换过程"三部曲"的论析，既很好地体现了著者宏观与微观相结合的研究构思，更体现了著者精深的历史理解力，达到史识与史实的结合。

《转换》的历史洞见之二，就是把中国古典文学的现代化转型的"源头"追溯到了明代中叶。这看似只是个时间问题，而实际上它蕴含着著者对现代化内涵的深刻理解。何为现代化？哈贝马斯曾在他的《现代性——一个未完成的方案》一文中，把现代化定义为一个与人的"主体自由"相联系的启蒙的方案；而马克斯·韦伯则认为，现代化主要表现为心理态度、价值观念、生活方式的"合理化"，是一种代表我们这个时代的"文明形式"。无论是哈贝马斯还是韦伯，都把现代化看成是对传统的反叛，是人的自身解放的过程，正如《剑桥中华民国史》所言，现代化的主要含义就是人对自由、平等、人权等思想的认同感。正是基于对这种现代意义上的"现代化"的理解，《转换》一书把衡估文学现代化的最佳标尺定义为现代人学与"人的文学"。明代中叶，随着资本主义萌芽的发展，一种"合规律性的反抗思潮"——人文主义思潮——逐渐在社会上涌动，以人为本位的思维模式开始萌发，人的心灵世界上开始闪现出新时代的精神光芒，这一社会文化思潮在文学上表现出来，中国古典文学开始了它的艰难的现代化进程。早在"五四"初期，周作人就指出，中国新文学的源头应追溯到明代中叶的公安派文学。但长期以来人们并没有从中国文学现代化转型的角度，对这一问题进行深入细致的学理探析。《转换》对这一中国现代文学"源头"期的文学观念和文学创作样态进行了深细的剖析。并从"道统""文统"观念的失范，"雅"与"俗"的转换，"情"向"理"的冲击，"器"对"道"的消解等方面，具体地论证了明代中叶世俗文学的崛起"已经具有了'五四'时期新文学观的先驱意义"。同时，《转换》也指出，虽然明代中叶中国古典文学已不可避免地显示了衰败的颓势，"但由于缺乏来自外来文化的新的理性精神的启蒙，也就难以建立起超越旧文化的新的价值追求和人格追求"，缘于此，"自明代中叶起到戊戌变法前夕，可以说是中国文化的前现代化时期，同时也是中国知识分子由传统型逐渐向现代转型转变的过渡时期"，体现了著者独到的历史见解，充满了历史的理性思辨色彩。

朱德发先生给《转换》一书确定的"探究的重点"：一是从多维角度梳理并透析中国文学向现代化转变的轨程足迹；二是深入开掘并发现中国古代文学走向现代文学的内在机制和特殊规律；三是准确把握和描述中国古代文学向现代转型时每个历史阶段所呈示出的美学特征和新质因素……我认为，这几点在《转换》中都得到了出色的实现。

对于一个成熟的学者来说，他的学术创造力更多地来源于一种自我"突围"的精神。朱德发先生曾在《中国文学研究》发文谈到自己20年来书写中国新文学史的经验和教训时说，"一言以蔽之，困惑"，并表示要寻求新的解困释惑的思想武器，"去迎接21世纪新文学史研究与书写的挑战"。《转换》一书的问世，既是朱先生站在世纪之交的历史高度，对这一中国现代文学研究重大课题长期思考的产物，更是他以锐意进取的学术精神，勇于向"困惑"挑战的结果。

[选自《山东师大学报》（人文社会科学版）2001 年第 4 期]

"文学史学"的拓荒之作

——《评判与建构——现代中国文学史学》

温奉桥

　　"中国现代文学史"作为一门学科，已有半世纪之久，期间，文学史的写作呈现出规模增长之势，据不完全统计已超过二百部之多，但这些数量众多的文学史，并没有形成"众声喧哗"的局面，而是单一声音凑成的"大合唱"，如何突破目前沿袭已久的文学史研究范式，建立新的文学史研究格局，成了文学史家们的共同期待，也是文学史学者们的最大困惑。特别是近二十年文学史的写作，更是对这门学科的合理性不断提出质疑，20世纪八十年代更是提出了"重写文学史"的口号，有些人甚至主张"另写文学史"，无论是"重写""另写"，还是更多的写作视角的调整，都基于对现有文学史面貌的不满和新的文学史建构的冲动，但二十年的"重写"的结果并不能令人满意，文学史撰写数量的"发达"和书写内容的"偏枯"的矛盾并没有从根本上得以改变，僵化的、墨守成规的文学史写作模式、元话语性质、线性结构形态、政治—文化为主流的话语系统等尚缺乏富有深度的根本性的突破，并没有呈现出人们所期待的文学史写作的新景观。究其内理，一个重要的原因，就是没有建立起真正的文学史学，也就是文学史写作缺乏"文学史哲学"的指导。

美国学者伊克斯曾经指出，虽然中国具有悠久的历史写作的传统，但中国的历史学并不发达。这种情况同样表现在文学史特别是中国现代文学史写作中，大量的学人，在文学史的研究、撰写中，并没有发展出真正富有现代感的历史意识，更没有建立"文学史学"这一学科，应该说，没有"文学史哲学"指导的文学史写作，是缺乏方向感、目标感的盲目的实践。"文学史学"即"文学史哲学"，也就是关于"文学史研究的研究"，其研究对象是文学史研究的基本原则、学科概念、思维规律、文学史观、价值范畴、逻辑框架等原则性、宏观性问题，"文学史学"对文学史写作具有整体性、根本性的影响和意义。康德说过，"重要的不是哲学，而是哲学思维"，没有"文学史学"即"文学史哲学"的突破，文学史的写作面貌就不能得以整体性改观，文学史写作还会仍旧在修修补补中裹足不前，虽然有些学者已经注意到了文学史学对文学史研究撰写的意义，但尚缺乏深入细致的学理性研究、论证，虽然有些这方面的著作，但还没有形成完整的体系建构，仅仅具有文学史学的性质。目前"文学史学"还没有形成一门独立的学科，其对文学史写作的意义和作用还没有被充分认识。朱德发教授和贾振勇博士合著的《评判与建构——现代中国文学史学》（山东大学出版社 2002 年 4 月版，以下简称《评判与建构》）在一定意义上填补了这一文学史研究领域的空白，具有"拓荒"之功。《评判与建构》既是二十年"重写文学史"的结晶，更是对二十年"重写文学史"的理论呼应，在我的狭闭的阅读视野里，这是第一部完整的系统的中国现代文学史学著作，对"文学史学"这门独立学科的建立具有开创性、奠基性意义。《评判与建构》作为中国现代文学史学的"拓荒"之作，贯注全书的是一种强烈的理论勇气和创新意识。正如这部书的书名所显示的，"评判"与"建构"构成了这部书的总体风貌，也是这部书的出发点和立足点，在建构中评判，在评判中建构，目的只有一个，建立二十一世纪中国现代文学史写作的新理想、新原则、新范式。

《评判与建构》作为一部创新意识很强的著作，其理论创新和学术突破首先表现在三个方面。第一，《评判与建构》以其宏阔的理论视野和全新的思维视角，提出了建构"现代中国文学史"的新设想，预示了在新的历史条件下，建构新的文学史形态的可能。"现代中国文学史"这一概念，虽有人提出过，但并未真正展开，并未引起学界的重视。也许最早提出这一概念的不是本书著者，但对这一概念真正进行学理论证的却是在本书中完成的。其实，早在几年前朱德发教授在给中国现当代文学专业的博士研究生所开的"文学史理论与实践"这门课中，对"现代中国文学史"作为一门学科的合理性和可能性就有比较深入的研究和思考，在《评判与建构》中对这一概念进行了更富学理的探析和更富深度的展开，在这一概念的基础上，以国家观念为价值基点，建构了一个"上可封顶，下不封底"的开放的"现代中国文学史"的学科范畴，"现代中国文学史"这一概念的提出，显现了建构文学史的新理路、新视野、新尝试，这一极富有创造性的概念同时也构成了这部"文学史学"的出发点和理论基础。第二，"追求那种富有弹性和张力的文学原理和文学史概念"是著者的自觉意识，是本书的又一个理论创新点。说到底，文学史观是文学史写作的首要和根本性的问题，在《评判与建构》中，作者在坚持马克思主义的历史唯物主义前提下，对"文学""历史""文学史"之类的概念，做了深含现代意识的理解，既承认"史"的客体性，同时又强调了文学史主体的"建构性"，甚至在某种意义上的"想象性"，"文学史"由一个单纯的平面性概念，变成了一个富有历史感的建构性概念，这对以前的传统文学史观是个冲击，为建立一种"富有张力的文学史概念"做了理论上的准备。《评判与建构》还从当下的文学史写作实践出发，重新梳理了文学史应遵循的价值规范、话语实践、框架格局、审美阐释，以新的原则建构了文学史的新的价值范畴和评判标准，这样"现代中国文学史"就可以打破传统文学史的束缚和匡拘，克服传统文学史的普遍的因对文学的"现代性"的追求而导致的元话语性质和单线型的结构模态，避免了"中国现代文学史"的时间性限定所产生的"历史终结"的命运，在一种动态的历史之流中，以建立一种"全景式"的开放的大文学史，体现了一种现代的开放的史学观。第三，《评判与建构》一书还十分突出了文学史思维的问题。从根本上说，文学史思维问题是文学史学的核心问题。从根本上说，文学史思维问题是文学史学的核心问题，也是决定"中国现代文学史"面貌和结构的根本性问题。《评判与建构》以三章的篇幅来讨论文学史思维，可见著者对这一问题的理解和重视。长期以来，"二元对立"作为现代文学研究的主导性思维模式。对中国现代文学史形态的负面影响是显而易见的，这种思维模式中的"非智因素"也是十分明显的。实际上这种思维模式是历史上唯理论的遗产，其历史局限性十分明显，随着现代科学特别是复杂科学的兴起，"二元对立"的简单性还原思维模式。正逐渐被一种复杂思维所代替。著者在《评判与建构》中倡导一种开放的多元理论思维，作为建构"现代中国文学史"的"思维术"，是一种既富有历史远见又具有现代感的合理选择。

朱德发教授是我国著名的文学史家，长期从事文学史的研究、写作，具有丰富的文学史写作经验和长期深入的理论思考，贾振勇博士思维敏捷，善于接受和吸纳新观点、新方法，他们的"组合"，是一种理想的学术"组合"，《评判与建构》一书，是在他们二人长期充分的理论准备下进行的一次富有意义的成功的学术探险，全书提出并解决了建构"现代中国文学史"一系列的价值范畴和理论设想，同时也解决了目前文学史写作中存在的一些重大的理论和实际问题，具有很高的学术价值。朱德发教授在本书的《绪言》中提出，这本书的学术追求是"力求建构一种自成体系、具有创新意识、面向二十一世纪的'现代中国文学史'"①，并以创新性、科学性、开放性、兼容性作为这部著作所追求的学术品格，我感觉他们这种学术追求和所期待的学术品格在这本书中得到了出色的实现和充分的体现。但是，从另一意义上讲，"拓荒"就是冒险，因为没有既成的原则可以遵循，没有现成的方法可以借鉴，在"另立规范"的过程中，难免有所疏漏，有所偏颇，甚至有时候被自己所创立的规范所拘囿。作为一部立足点和期望值都很高的文学史研究著作，《评判与建构》同样不是尽善尽美的，在某些方面还存在着继续深入研究的可能，本书所创建的理论体系，还有待于进一步的完善；所创建的文学史范畴的普适性，也有待于进一步的论证；本书所提出的"现代中国文学史"的命题，其实际可操作性究竟有多大，还有待于在文学史写作实践中得以检验。但作为"拓荒"之作，《评判与建构》在"文学史学"学科建构中的意义，在"文学史学"理论上的学术贡献，将越来越凸显，并必将逐渐被更深入地认识。

（选自《东方论坛》2002 年第 6 期）

---

① 朱德发、贾振勇：《评判与建构——现代中国文学史学》，山东大学出版社 2002 年版，第 4 页。

读《评判与建构——现代中国文学史学》

张光芒

　　新时期以来，中国现代文学学科的发展经过了三个大的阶段：第一阶段是 20 世纪 80 年代初拨乱反正的"作家重评"阶段，主要针对具体作家作品或文学现象；第二阶段是 80 年代中至 90 年代末的"重写文学史"的探索与实践阶段；最后是近四五年以来的"重建新文学学科"的理论建设阶段。第三个阶段刚刚起步不久，正在引起越来越多的学者的关注。这样三个阶段的嬗递过程固然反映了该学科不拘成规迅猛增值的发展势头，但更是学科自身发展的内在需求所决定的。从严格的"学科"意义上讲，现代文学史研究还不能称其为一门学科，有关对象范畴、价值范式、文学史观、逻辑框架等学科建设必需的思想范畴至今尚未成形。因此，现代文学研究似乎一直在走着一条"摸着石头过河"的路子，而每当受阻于困惑与矛盾的重重纠缠之际，就必然促使学科的发展重心作一转向，以避免文学史叙述的学术品位在原地兜圈子。近年来有些卓有远见的学者将研究视野从"重写文学史"转入"文学史哲学"领域，正是洞悉学科现状与发展规律之后的学术选择：一方面，"重写文学史"的实践在近几年业已进入了一个必须突破又难以突破的"瓶颈"，要走出这"瓶颈"就必须从理论范式与文学史观等根本问题上取得必要的思维资源与思想动力；另一方面，十余年的"重写文学史"毕竟也积累了丰富的实践经验与研究资料，这也为"文学史学"的理性重建工作提供了前提与可能性。正是这样的学术背景赋予了朱德发、贾振勇新著《评判与建构——现代中国文学史》（山东大学出版社 2002 年版）以非凡的学科建设意义。

文学史家朱德发先生自 20 世纪 70 年代末起就一直致力于新文学史的重写重建工作，亲历了历次思想与学术转型，也经受了从困惑到突围再到"突围后的困惑"的重重磨难。近几年，面对着全球化的文化挑战与急剧变动的学术环境，朱先生多年研究养成的学术使命感与历史责任心一变而为强烈的学科危机感、忧患意识与问题意识。在著者看来，突破既成的中国现代文学史学科规范和学科意识，重构一个更开放更科学更完整更深广的学科观念和学科格局，既是史家主体的选择也是历史与时代的选择，基于此，"建构中评判"部分对 20 年来文学史研究与学科建设的学术历程进行了全面的评判与深刻的反思，认为影响颇广的各种现有学科观念与文学史意识虽然一度起到了推动学科发展和思想解放的历史功用，但时至今日，其不成熟性及蕴藏的根本缺陷却已充分暴露。比如关于"20 世纪中国文学""百年中国文学"等的学科构想，著者认为中国文学的现代化是个艰难曲折的漫长历程，其发展绝不会因世纪的终结而终结，故该概念并不能科学地揭示中国新文学的整体艺术风貌、完整发展规律以及持续延伸的流变轨道。另外，在这个限定性的时空观念中，以"改造民族的灵魂"为总主题的启蒙文学从纵向上不能贯穿全过程，从横向上也不能涵盖该时段所有形态的文学。而影响颇大的"中国新文学 60 年"（1917—1976）这一学科意识，不仅使五四前的晚清文学进入不了文学现代化的考察领域，难以回答文学史的连续性与转换性的问题，而且把"文革"后的正在发展的新文学甩在新学科范围之外，使文学史的叙述定格化凝固化，难以展示当下文学发展的无限前景和生命活力。而上述种种学科范式均有一个共同缺陷，即只能涵盖所谓现代型的新文学，其他形态的文学容纳不进去，这就很难真实地反映出现代中国文学的丰富性、多样性、错综性的艺术风貌和审美形态。

如果说标志一门学科成熟的前提条件是必须建立起自己的本体论、认识论与方法论体系，那么该书对当下学科研究的评判与诊断正是为了从这样三个层面自觉通往学科重建的基础问题，力求"重构现代中国文学史学科系统"，并对这一新的学科构想的合理性、合法性、开放性、科学性及前瞻性，进行了突破性与系统性的探索。

学科系统性建构的思路决定了该书首先要重新回答和探寻诸如什么是文学史，什么是文学史观及文学史演进规律和在这样一系列本体论范畴内的问题。如果说这是"重写文学史"实践的隐形前提，那么在理论性的学科重建中它则上升为显性的逻辑前提，带有"文学史哲学"的根本性意义。近年来学术界已达成这样的共识，即文学史学的研究对象不是所谓"文学的本来面目"，也不是具体的文学史研究，而是对文学史研究的再研究，对文学史主体思维的再思维。本书著者则进一步指出文学史哲学还要把文学史作为一种思维方法来探讨和把握，它所关注的不是具体作家、文学发展过程及其演变规律，乃是对文学史进行研究所坚持的基本原则和基本概念的科学性、有效性、普适性、价值性等，并进而推断，"文学史学的主要研究对象应是文学史的建构主体，它作为一门独立学科的本质意义也在于深刻地反思并重构文学史主体的史学模式"①。应该说，这一构想十分精辟地揭示出文学史本体与文学史学本体之间的间际性与思想张力，既避免了视"客观性"为至上的传统价值范式，更从本体哲学的层次切实提

---

① 朱德发、贾振勇：《评判与建构——现代中国文学史学》，山东大学出版社 2002 年版，第94 页。

高了"重写"的理性自觉和整体建构能力。

其次，该书从认识论的角度对学科研究的对象范畴进行了重新厘定与规整。这又包括历史的时间维度与空间维度两个方面。读者不难发现，该书在学科命名中将传统的"中国现代"调整为"现代中国"，正如著者所言，这绝不仅仅是语序上的颠倒，而是从"现代中国"的大视野来审视文学，即凡是属于现代中国这个大家庭的文学都应该"平等对待，合理安排"，这样就避免了"中国现代文学"主要局限于"现代性的文学"或者现代文学即是"新文学"的偏狭。另外，这一概念也杜绝了政治分期影响的印痕，以维新变法作为起点，"上可封顶，下不封底"，使该学科的历史范畴成为一部绵延至今的"流动的"文学史。以此"现代中国"观念构建的史学眼光，使著者在历史的空间维度上进一步通向一种可称其为"大文学史观"的主张。在该框架范畴内，中国新文学（或传统所谓的现代文学）只是现代中国文学总系统中的主干部分，而不能囊括整体，中国通俗文学、少数民族文学、台港澳文学、传统体式文学、民间文学等，则构成了现代中国文学通史总系统中不能随意弃舍、有待重新定位与开发的子系统。著者特意强调，这样一个巨大的纵横交错的文学时空，当然"不是一个和谐共处的文学世界，不同文学系统不同文学样态之间充满了冲突"。但"正是这诸多矛盾成为各种各样文学嬗变发展、融会整合、变异创新的内在动力，正是这诸多冲突才是各种文学系统不断革故更新的生命力所在"。① 显然，这一设想揭示了学科建构的一个重要使命，即通过研究主体对文学矛盾客体的感受、体认、探寻并从中把握其内在的和外在的统一性、联系性，从而书写成主客体相融合、多样性与和谐性相结合的现代中国文学通史。在此核心理念的导引下，著作围绕长期困扰研究界的现代性

————————————

① 朱德发、贾振勇：《评判与建构——现代中国文学史学》，山东大学出版社 2002 年版，第 31 页。

/非现代性、世界性/民族性、政治社会/文化审美等史学命题，进行了多方位的探讨，从认识论乃至价值论的层面丰富了文学史叙述的话语系统，完善了学科研究的对象谱系，从而使"现代中国"在学科的命名中所蕴含的新型文学史观与学科意识极富逻辑力量与说服力。

最后，该书在学科建构的方法论维度上尤见出鞭辟入里的思辨功力与纵横开阔的学术视野。著者从理论思维的三个层次全面切入这一领域。在最高的方法论层次上，坚持以马克思主义辩证唯物史观作为根本思维方法，以此为总的指导原则从宏观上观察和把握文学世界、解决最根本的治史的认识路线问题。中间层次的方法是从一个层面剖视文学世界的思维方法。最低层次的方法则是具体文学史学科的特殊思维方法。在建构方法论体系的过程中，著者还对文学史研究中长期存在的机械唯物主义、庸俗社会学乃至西方化话语系统等方法论痼疾作了一次有力的清理。在此基础之上，该书进而深入至思维方法论的实践功能与操作效应，对文学史叙述中发现逻辑机制的运作与理论模式的重构、收敛型思维与文学史资料的辩证统一以及选择式收敛思维的功能、合围式收敛思维的优势，等等，进行了突破性的探索。得力于著者的《主体思维与文学史观》（山东教育出版社1997 年版）等厚实的前期成果与思想积累，该层面的论述纵横捭阖，深微细致，极富针对性，既克服了史学界流行的经验主义传统，更为新的文学史学提供了不可或缺的逻辑增长点与持续性发展价值。

显然，《评判与建构》一书不是对既成的学科意识的增增补补，而是立足于建构一个全新的学科体系。著者在这一谱系式的重新整合的工作中，难免有草创的薄弱环节，如方法论与价值论、认识论这些不同的逻辑层面之间如何进一步整合为互动互补的动态体系，其中所涉及的"现代性""人的文学"等一系列"家族相似"概念也有待于作出更深微的辨析与梳理。但总起来说，该书基本实现了从叙述范式到价值范式的史学模式的结构式更新，在学术界为现代中国文学史学的学科重建首次奠定了坚实的理论基础。

（选自《文学评论》2003 年第 1 期）

思维之力　生命之美

——读朱德发《现代中国文学英雄叙事论稿》

赵启鹏

　　朱德发先生主持的"山东省社科规划重点项目"《现代中国文学英雄叙事论稿》（以下简称《英雄论稿》）2006 年 7 月由山东教育出版社出版。该书可以看作对朱先生提出的"现代中国文学史"这一全新的现代文学史史学体系的一次别具特色的呼应和成功实践。

　　《英雄论稿》承续了朱先生一贯的学术风格，即高屋建瓴地从社会语境、文化思潮与相关时空区域文学的互动关系中探索现代中国文学的生成机制、演变轨迹、创作规律、叙事形态及审美特质，并在文学史史学和文学史哲学的层次上，整合性地对现代中国文学及其发展历程进行审视，以极具穿透力的现代科学思维对之进行理性反思。《英雄论稿》的具体研究对象是现代小说、戏剧中的英雄叙事，重点关注那些描写英雄故事又刻画英雄人物的叙事文本，而舍弃了那些仅把英雄故事作为穿插片段而不是叙事中心的文本，并正式把现代中国通俗文学中的大量英雄叙事文本作为研究对象。虽然它并不是一部系统的全方位的现代中国文学英雄叙事史，但是著者采取了"以史彰论、以论驭史"的写法，在"现代中国文学"这一体系内，交互使用社会学、文化学、政治学、心理学、人类学等方法论，将朱先生在多年文学史研究实践中科学提炼总结出来的发散/收敛思维、关系/交叉思维、创造思维以及发现逻辑机制等思维科学理论合理运用，从具体文学作品中感受创作主体的心灵轨迹，以研究者的生命感悟和理性思考走进现代中国英雄叙事的多彩世界，并把这些原初文本体验与发生学、结构学、价值学、叙事学等理论范式交互结合，实现了朱先生提出的"论从史出，识从实来"的史论结合的学术目标，达到了诗思和谐的真与美统一的学术境界。

在《英雄论稿》导论《现代中国文学"英雄理念"的反思性诠释》中，朱先生探赜发微地考察了现代英雄理念的生成。从晚清到五四过渡时期严复、夏曾佑等人建立在人性论哲学基础上的英雄理念和梁启超的具有强烈进化论倾向和现实针对性的英雄理念，到生于辛亥革命延及抗战时期的民族主义英雄理念；从五四时期启蒙主义的英雄理念，到左翼文学的革命英雄理念，到社会主义现实主义的英雄理念，再到"两结合"文艺主潮的英雄理念，直至新时期"主旋律"文学的英雄理念，对于每一种类型/样态的英雄理念，都是既从历史上厘清了其前后发展的内在脉络，又在共时上考察它们与其他样态的英雄理念之间交叉缠绕的横向关联。由此，既没有把横纵一刀切开，各顾其念；也不是纵横不分，盲目联系；而是在时空内合理分立区域，又历时与共时并研，全面地看到了其间纵横交织不可忽视的缠绕粘连，在不同的历史区段内做到了时空统一。这种既分置又合观的整合性学术研究理路，展现了著者强大的逻辑整合能力和思维发散/收敛的高度自如运用能力。

依此思路，《英雄论稿》"将不同类型或样态的英雄叙事文本分别置于不同的历史区段，归为若干个既相关又相别的文学专题进行纵横交织的重点剖析"①。全书共分为五卷，每一卷各自详论一个时期——黎明期（晚清至"五卅"）、发展期（左翼至抗战）、转折期（"十七年"至"文革"）、复兴期（20世纪80年代）、激变期（20世纪90年代至今）。每一时期都遵循由宏观至微观，从文化语境、文学思潮到文学创作的研究理路，按章节依次论述现代中国文学英雄叙事的"叙事综论"—"样态类型"—"个案剖析"。每一部分都点面结合，使现代中国文学英雄叙事这一独特叙事样态的文学创作，得以在审美哲学、历史哲学和人本哲学融合运用的学术研究中焕发新彩，获得了与众不同的文学史研究定位。而百余年大量通俗文学英雄叙事，不再仅仅是各类文学史专著中勉强缝补到框架之内的补丁碎片，也不再是在以新文学为参照坐标的学术审视中的次级存在，而是获得了自身独立的审美观照和思想价值评定，成了独立的文学存在和具有本体层次上的学术研究客体。另外，在这一学术举动中，"现代中国文学史"研究自身也同时受益，海纳百川，有容乃大，在包容以往被视为次级存在的研究客体之后，这一文学史史学体系才真正成其为自身，获得了更加科学和理性的理论框架与性质内涵。更难能可贵的是，作为一名成功建构了科学的"现代中国文学史"体系的文学评论家，朱德发先生清醒地意识到了理论自身的悖论，即文学理论永远比文学实践单调，文学文本永远比文学理念更丰盈。一次接受采访时，朱先生曾经说过，尽管在现代中国文学发展历程中，文学理论和作家作品具有明显的理论先行特征和浓重的意识形态色彩，但却"很难发现单色调的对象主体或审美主体，因为在那里一般不存在理论上纯粹的'逻辑统一体'，而是表现为杂色的多面性和模糊性"②。

　　细读《英雄论稿》全书，虽然可以发现各卷著者在某种程度上存在参

---

① 朱德发等：《现代中国文学英雄叙事论稿》，山东教育出版社2006年版，第4页。

② 朱德发：《穿越现代文学多维时空》，山东文艺出版社2004年版。

差不齐的现象，但是由于具有统一的研究理论和核心理念指导，而且由于全体人员都力求体现研究主体的智慧风貌和学术个性，竭诚从对英雄叙事文本的生命体验和艺术感悟中释放出真知卓识，所以，全书在整体理论建构、具体论述思路、各章节与导论及各章节内部的内在逻辑机制、具体文本分析等各方面各层次上，都遵循朱德发先生所建立的"现代中国文学史"史学体系的逻辑机理与理论思路，很好地完成了这一文学史史学理论体系的追求目标和学术构想。同时，"英雄叙事"这一独特文学叙事样态的学术研究也证明了构筑"现代中国文学史"这一宏观理论体系的科学性和可行性，这让我们看到了在"现代中国文学史"理论框架指导下成功进行更宏大学术实践的希望。

[选自《现代语文》（学术综合版）2006 年第 10 期]

交响的魅力

三

新观念　新体例　新方法

——简评《中国现代文学史新编》

关　山

　　各方面的信息表明：党的十一届三中全会以后，在我国的文学研究领域中，现代文学研究较早挣脱了"左"的教条主义镣铐，许多新的学术成果联翩而出。在此基础上，各种新的中国现代文学史专著也先后问世，令人耳目一新。我以为，这正是人们思想解放、观念更新的必然结果。

　　现在放在我案头的由孙昌熙、朱德发两位教授主编的《中国现代文学史新编》（以下简称《新编》），正是这样的一部力作。承蒙作者厚爱，笔者得以先睹为快，先是看过该书校样，后又读了散发着油墨清香的新书。每读一遍，的确感到它明显地体现出观念新、体例新、方法新的特色。故写下点滴感受，权作简评。

　　先说《新编》的观念新。正如两位主编在"前言"里开宗明义所说的那样："文学观念是构筑一部文学史的关键，即有什么样的文学观念就有什么样的文学史，观念越正确文学史就越富有真实性和科学性。"以往的中国现代文学史著作，从1922年胡适在《五十年来中国之文学》的末节"略讲文学革命的历史和新文学的大观"滥觞，迄今60余年来，新著可谓代不乏人，这都是人们的思想观念、文学观念不断衍化更新的结果。其中，也有像朱自清先生所撰的《中国新文学研究纲要》那样的以作家创作成果为主要研究对象的真正的新文学史著作。中华人民共和国成立后的若干新著，还试图运用唯物史观与艺术辩证法的观点来进行梳理、论证、分析、鉴赏与评价。然其给人的总印象，却难免程度不等地烙有"左"的思想印记，出现了张贴政治标签，扣戴定性帽子，以作家的阶级出身界定作家所属范畴，以政治社会学的标准大而化之地衡量作品、评定作家等现象，这就把丰富多彩而又错综复杂的文学史简单化了。《新编》得时代之惠，跳出了旧观念的樊篱，以马克思主义的文学理论作为全书总的指导思想，以高尔基的"文学是人学"的文学观作为具体纲领，着重从文学与人的关系来考察和研究中国现代文学史。而对人的认识，作者深知，在阶级社会里，人是个体和总体的辩证统一，是社会性和自然性的辩证统一，是思考和感知环境的社会主体及受影响于社会环境的生命主体的辩证统一。这样，用新观念进行整体观照的结果，就自然有了新的发现：整个中国现代文学史，乃是一部人性解放的形象史、人生奋斗的形象史、民族解放的形象史、阶级斗争的形象史、现代国人灵魂衍化的形象史。正因为如此，整个文学史的发展历程，便呈现出了立体的多元交叉的文学现象。作者在对作家作品的分析中，紧紧围绕人——既是社会主体，又是文学主体（含创作主体、对象主体和接受主体）的人进行探索，楔入人的心灵世界深处，探幽觅奥，审质视形，揭示了五四以后三十几年来社会的、思想的、阶级的、民族的激烈斗争在人们方寸之内的折光投影。于是，作者令人信服地阐述了为什么会在革命低潮时，不久前还勇猛一时的战士，便"有的高升，有的退隐，有的前进"，分道扬镳，走向了各自的归宿。又鞭辟入里地论述了鲁迅是如何通过对不朽的艺术典型阿Q之精神胜利法的生动刻画，解剖了国人的灵魂。对过去即便被称之为同一流派的不同作家的作品，也具体分析，因人各异，既指出了各自消极的影响，又不否认各自积极的作用。思想的解放，必然导致观念的更新。观念的更新，必然导致认识的深入。认识的深入，必然导致科学的发展。中国现代文学史科学的发展，必然导致恢复历史的本来面目。

再说《新编》的体例新。以前的新文学史著作，为使脉络清楚、阶段分明，多把整个现代文学发展历程分成几大段进行论述。这样结撰自有其便利和显豁之处。但分得太绝对，便有割裂切断之嫌。特别是对交替时期我中有你、你中有我的现象，颇感棘手，有时只能靠前伸后延来补救。《新编》视整个现代文学史为一整合连贯的流程，它不仅把人为硬性分开的几大段聚拢到一块儿，而且依据"人的文学"的观念，延着三十多年间人们心灵衍化的轨迹，各种新文学样式嬗变与交叉发展的轨迹，合而为一地来作整体观照。这样，就自然形成了现在的构架：开篇—正篇—末篇：各司其职。就有了小说、诗歌、戏剧、散文四种文学系列的发展概貌的宏观审视与抽样评述的微观考察：各擅其长。也就有了纵横交叉的主体框架：纵向上的阶段论与横向上的层次论：各达其旨。尤其可贵的是，在各编的微观考察中，作者没有受或一模式的束缚拘箍，而是从客观史实出发，作了比较科学的分类抽样评述。如在"第二编诗歌系列"中，作者首先作"宏观审视"：纵向上从新诗歌三十多年来的发展轨迹进行分阶段的考察，横向上从现代诗歌的三大潮流——现实主义、浪漫主义、象征主义——的各自演变与交叉影响进行分层次的剖析，并从纵横的有机结合上，揭示出现代诗歌发展的规律及其经验教训，从而从流派兴衰的角度勾勒出了"新诗歌发展概貌"。在此基础上，作者接着作"微观考察：新诗歌的抽样评述"。除第一章讲"初期白话诗"，第二章单列"一代诗风的开创者郭沫若"以外，从第三章到第八章，则分别评述了湖畔诗派、新格律诗派、象征诗派、现代诗派和政治抒情诗、自由诗、民歌体叙事诗等。显然，这主要是按诗歌流派来进行抽样研究和微观描述的。而在第三编戏剧系列的"微观考察"中，作者便变换了视角，主要根据戏剧题材内容的不同，分成问题剧、浪漫剧、社会剧、抗战剧、历史剧、暴露剧等九章来评述论析。其他第一编小说系列、第四编散文系列的"微观考察"则或据题材，或据体裁分章胪列论述而不定于一格。也许有人会说，朱自清先生的《中国新文学研究纲要》不是早已采用了先有总论后按文体分类评述的体例吗？是的。但两相比较便可看出，《新编》在朱著的雏形模式上，更是引入了结构系统的观念而趋于完善和合理了。特别是在我国现代文学史的编撰工作经历了一段曲折以后，人们终于从旧框架中破茧而出，尤其是吸取了近几年来广为流行的系统论、信息论、控制论中的合理成分，把整个文学史作为一个有序的结构系统来把握，这就反映了作者编著时具有自觉的系统整体性的科学精神。正因如此，在作者的笔下，一部中国现代文学史是一项系统工程。作者既通过正篇，把握了本系统内各个子系统的自身发展规律及相互影响的规律，又通过开篇与末篇，阐述了该系统与有密切关联的相临系统（近代文学、当代文学）的有机联系与本质区别。

末说《新编》的方法新。近几年来，随着思想的解放、观念的更新，人们在文学研究的领域内，面对纷繁复杂的文学现象，深感更新研究手段、丰富研究方法的重要。有人甚至把晚近的某年戏称为"方法论"年，足见对方法论的高度重视。

新中国成立以后，我国的文学研究方法基本上是引进的20世纪四五十年代苏联的研究方法模式。就当时来说，这对于我国陈旧的资产阶级的研究方法，无疑有过摧枯廓清之功，马克思主义的文艺理论及其方法论逐步建立起来。这是必须充分肯定的。但，由于"左"的干扰，也使我国的文学研究方法严重地受到了庸俗社会学的影响。因此，随着我国文化艺术从封闭型走向开放型，文学研究呈现出了全方位的跃动。西方各种研究方法纷来沓至，诸如20世纪40年代形成和发展起来的SCL老三论（系统论、控制论和信息论）和70年代兴起的DSC新三论（耗散结构论、协同论和突变论）等，先后被引进文学研究领域。对此，有人眼花缭乱、信疑参半，有人取其所长、为我所用。《新编》的作者，在坚持马克思主义的基本观点及其方法论的基础上，明确表示："每章的抽样评述，都要以'人的文学'观念为总的价值判断标准，可以从多角度或选取某一角度，运用不同的批评模式进行评析，特别应该多用美学的和心理学的批评模式。"我以为，这种积极开放的正确态度，使该书在研究方法上呈现了一些可喜的新貌。例如，该书第一编第一章对阿Q形象的分析，就吸取了近几年来对阿Q这一典型从心理学的角度进行研究的结果。首先对他的精神胜利法从心理学上探究原因。指出这种心理现象——以精神上（或幻想中）的满足、胜利来弥补物质上（或现实中）的失败、欠缺的心理欲求——原本为人类所共有，因而外国作家的笔下也曾刻画过高略德金、堂·吉诃德、福斯泰夫、卡拉特林等阿Q的异国兄弟的形象。尔后，再对阿Q的独特个性进行剖析，指出鲁迅通过阿Q个性中的卑怯、无特操和超级麻木的描绘，便十分精确地"写出了一个现代的我们国人的灵魂来"。最后进而指出："精神胜利法则是其性格的主导方面，但它又不能包容其性格的全部内容。"这就较为全面而深刻地剖析了阿Q这个展示国民劣根性的典型形象。比起过去人们对阿Q形象的分析，不仅角度新颖，而且更有深度，令人信服。又如，作为艺术美结晶之一的文学，美，本应是作家追求的一个目标。有鉴于此，作者在论述中国现代纪游体散文时（见第四编散文系列第六章），不仅分析作家是如何运用富于表现力的形象化语言模山范水，把景观有声有色地描绘出来的，而且运用审美的观点与美学评论模式论述作家是如何通过精细的观察独具慧眼地捕捉景物的美点，传达观赏中获得的美感，从而给予读者以审美享受的。换言之，不仅写出作家如何去欣赏美、赞叹美、描绘美，而且写出他们如何去寻找美、发现美、创造美。这就揭示了创作主体在纪游体散文中运用记叙、描写、议论、抒情等多种手法所进行的多层次、多形式的审美意识活动。论者逐一地评析了朱自清、郁达夫、王统照、郭沫若、徐蔚南、沈从文等人在现代纪游体散文中表现出来的创作主体的鲜明个性，并且反映出了三十多年间各个时期人们的心态与社会的风貌，这样论述，既具有相当的思想识见深度，又有较高的艺术品鉴水平。总的说来，此书在各编各章的微观考察、抽样评述中，克服了角度呆板、模式单一的做法，注意到了多种批评方法的灵活运用。

毋庸讳言，作为一部中国现代文学史的"新编"，由于尝试运用新观念、新体例、新方法，又出自众人之手，难免会有个别章节论断尚需进一步推敲，有的作品分析似还流于一般化，有些语言也可再作些锤炼。例如，在论述曹禺《雷雨》的创作构思时，作者说："（易卜生的）《群鬼》，写兄妹爱情，这在生活中确属少见；而《雷雨》把乱伦爱情由兄妹扩大到儿子与后母，造成了更加奇怪的戏剧冲突。这种奇妙的构思当然有《群鬼》的诱发，但也有来自中国古典戏剧讲求偶然巧合的启示。"然而，作者同时又引用曹禺自己的话说："有钱人家后娘和前妻之子发生暧昧关系的事，实在多。"二者便稍有抵牾。我以为，《雷雨》故事情节固多巧合，主要还是由于作者"看得很多了"的缘故。即：主要是生活使然，而非借鉴他人，巧思奇想所致。类似之处，希望能在再版时更趋完善。

我国是一个具有优良撰史传统的文明古国，而今又是一个充满无限生机活力的年轻共和国。因此，尽管撰史工作需德、才、学、识兼备，本非浅尝辄止之易事，却仍然不乏热切关注、奋勇前行者。这就可以预言：我国的现代文学史研究、编撰工作，一定会随着人们观念的不断更新、认识的不断深化、思维空间的不断拓展而日益获得丰硕成果。

[选自《镇江师专学报》（社会科学版）1987 年第 4 期]

简评《新编中国现代文学史》

宋益乔

这两年，在中国现代文学研究领域内，关于文学史，是个热门话题。就我所知，仅这两三年内，新出版的现代文学史已达数十部，其中单是山东高教界，就有五六部之多。在这许多部新著内，由朱德发、蒋心焕等主持编写的《新编中国现代文学史》（明天出版社 1989 年 5 月出版，下称《新编》），是一部很有特色之作。

凡有志于重新编著文学史者，大都锐意进取，力图闯出个新路数，但由于极其复杂的原因，结果又往往力不从心，憋足劲一跳，睁开眼看时，仍站在如来佛的掌心。比一比，同为自己所不满意的旧文学史并相差无几。于是不免垂头丧气，慨叹学术研究发展进步之难。在这一点上，《新编》有较大的突破，比起旧的文学史来，个中区别一目了然，具备了不少新的基因。

首先，《新编》的框架设计不俗。

谁都清楚，中国现代文学三十年的发展进程，同新民主主义革命运动是密不可分的，它们如血肉般统一在一起。看不到或不承认这个事实，不仅是政治上的盲人，而且会使自己的学术研究缺乏应有的内在依据。但倘若过分强调文学的附属性、工具性，把文学发展完全等之于政治运动，最终也会失去文学。在设计文学史的构架时，以上事实是必须考虑到的。如以前的文学史，把文学的每一步发展、每一滴变动，都看作革命运动在此一特殊领域引起的回声或反应，这无疑已被证明是错误的；反过来，完全脱离开社会变革的大气候谈文学，同样也是不智之举。因此，历来治文学史的人，从来都很重视基本框架的设计，没有谁因为它纯属"形式"范畴而予以轻视。由框架，可以看出编写者的思路、才具、学术眼光。

《新编》摒弃了以往完全按照社会运动发展而规范文学发展的老路，但又不使文学游离于社会变革之外。在此书中，三十年文学发展过程没有被切割成几个阶段，以适应某种理论上的需要。它是作为一个浑然的整体而存在。作为整体，现代文学的发展始终同中国新民主主义革命进程保持了牢不可分的一致性；而在这整体内部，文学又自成天地，最充分地显示出其自身发展的内部规律。全书主体内容分为七编，第一编为"新文学理论思潮"，包括文学观念的演变和文学批评的发展两大内容。这一编的设置很见匠心，写得也有功力。具体而微地阐述了现代文学发展中深层的内在逻辑，为此后对三十年中各种文体、文学现象、作家作品兴替嬗变的描述定下了基本格调。在这里，无论是谈观念还是谈批评，都带有极为浓郁的时代色彩，观念是在新民主主义革命这个大气候下产生的观念，批评也是在新民主主义革命大气候下发展起来的批评，两者始终是在共同趋向中统一地发展着。但统一又不是合一，观念是现代文学的观念，批评也是现代文学的批评，而不是社会政治的观念，也不是以社会政治思想去批评文学。

从第三编到第七编亦复如是。这几编分别对诗歌、小说、戏剧、散文四种文体的发展变化进行了深入探讨。就各种文体分而论述，不用说文学内部规律和特征会倍加突出。至于是否会有割断文学同社会的联系之虞呢？也不必杞忧。每种文体的嬗变过程及编者对具体作家作品的审美判断，即足以解除这项顾虑。比如小说，从最初对旧小说的革新，中经五四时期小说创作的繁荣，到三十年代多种小说的并峙，直到解放区小说创作新方向的确立。循由这个发展轮廓去观察，小说在社会变革中的地位以及社会变革反过来又如何制约影响着小说的发展，不就是再清楚不过了嘛！

把三十年文学视作一浑然整体，不采取旧的分期论述的办法，会不会造成线索紊乱以致于淹没了"史"的情况呢？照一般常理，这倒是个值得忧虑的问题。因为文学史最终还是"史"，何况还要拿到课堂上讲给学生听，作为教材，最基本的要求就应该是条理明晰、便于掌握。《新编》的编者在解决这个问题中，手腕显得很高明。单看目录，没有一处标明××年月字样，似无线索可寻，但细看去就会释然了。可以说，"史"的观念已经渗透每一局部了。开张第一编，详细阐述了新文学理论思潮在三十年中的变革，读过后已使人对之了然胸中。接下去的每一编，尤其是对四种文体发展脉络的勾勒，亦复清晰详明。更高明的是，每编首章，都是对所论述文体"发展轨迹"的细线条描画。每进入新的一编，都等于把三十年文学发展的路程重新走一遍。较之按时间阶段写文学史的老办法，毋宁说，这种框架具有更强的历史感，也更加适于作教材。

其次，《新编》的多数撰稿者都能不搞花拳绣腿，而是扎扎实实，把功夫用在实处，力求以丰富的资料、缜密的论述、新颖而稳健的观点给读者以启示。据我看来，诗歌一编在全书中写得是比较强的。这一编中对新诗"发展轨迹"的描述部分，是很见深度的（这可能与本编执笔者多年治诗有关）。编者以为：1918年1月《新青年》杂志发表胡适、沈尹默、刘半农的九首白话诗，是中国现代诗歌诞生的标志。此后鲁迅、周作人、刘大白、俞平伯、康白情等都为新诗创作做出过贡献。而郭沫若在东海彼岸日本的新诗创作则为五四时期诗歌发展的高峰。冰心等人的小诗、"湖畔". 四诗人的情诗、冯至的抒情诗，形成了此时期新诗绚烂多彩的整体格局。20 世纪 20 年代中期以后，新诗创作的发展渐趋规整明朗，主要有三条线，即"新月派诗人闻一多、徐志摩等对新诗格律化的探索；李金发等象征诗歌的涌现；蒋光慈等政治抒情诗的兴起"。30 年代的主要诗潮有三，即"革命诗歌；唯美诗歌（包括后期新月派和现代派）；现实主义诗歌"。抗战以后的诗歌大体是沿着现实主义方向发展的，而在国统区和解放区的不同环境下，"这个主潮呈现出不同的特色，分化为不同的诗歌流派"，在国统区，有杂糅了浓厚现代主义因素的七月诗派和九叶派；在解放区，出现了晋察冀诗人群和民歌体叙事派。

通过以上的描述，人们获得的就不单纯只是一个清晰度相当高的诗歌演进发展过程，而且通过这个过程，还极容易得到对文学发展中某种规律性的认识。它可以引领着读者的思路，一直深入艺术的堂奥。使我们意识到，美在发展自己的历程中，曾经进行过多么艰难曲折的跋涉。

更由于编者的这种理性自觉，使得这种描述一点也不显得只是机械的罗列组合。在这里，编者始终保持着一种类似审判者的地位；在这里，一切"现象"都被放到理性的坩埚中进行熬炼、蒸发、沉淀。在谈到一种创造倾向时，编者的断语是：由于逃避现实，"这就导致了生活贫乏、精神空虚，在艺术上所下的功夫有时因失去内容的依托而流于形式技巧的玩弄"。对另一种倾向，编者认为：由于"作者的感情个性往往受到削弱，想象和灵感往往受到抑制，艺术美被当作不健康的东西受到摒弃，革命原则被孤零零地强调出来，因此空洞浮泛、标语口号化成为相当普遍的倾向"。面对三十年不断升沉起伏的诗坛群星，编者一言以蔽之，以为"其中最有代表性的是：新诗艺术的奠基者、革命浪漫主义诗人郭沫若；新格律的探索者、具有唯美倾向的浪漫主义诗人闻一多、徐志摩；中国现代象征诗的创造者戴望舒；现实主义诗潮的旗帜艾青"。以上这些论断，在我看来，都是够精当的。其间，没有多少炫人眼目的新异，每一个夯点都结结实实地擂在实处。

前文曾经提到过的"新文学理论思潮"一编，同样具备这个特点。比如，第一章"文学观念的演变"，把数十年的文学观归纳为"白话文学观""人的文学观""自我表现的文学观""革命文学观""大众文艺观""工农兵文艺观""弘扬'主观精神'的现实主义文学观"，就不但精审，而且详备。我曾经存心想试验一下看这种归纳是否有遗珠之憾，可是想过来想过去，还是不得不承认：千姿百态的文坛现象基本都包括在内了。

文中对每一种文学观念的具体论述，更充分展示出编者的治学实力。一种文学观念产生的社会历史根源、基本表现形态、主要代表人物及其论点、在文学发展中的意义与局限、不同文学观念之间相克相生的交互关系，等等，这些牵涉面广而又理论性强的问题，编者写来都如数家珍，得心应手，而且时或爆出精彩之论。且如，谈到创造社的"自我表现的文学观"时，编者就能一洗流俗之见，廓清了在这个问题上的一些错误。过去，有人说文学研究会是"为人生派"，创造社是"为艺术派"，似乎壁垒分明、不容混淆。此说一出后，不少人不假思索地群起响应。《新编》的编者在经过翔实的论证后，得到的结论与上说却迥异其趣："文研会强调文学是人生的反映，而创造社主张文学是'自我'的表现；文研会强调客观描写，而创造社主张主观抒情；文研会倡导'写实主义'，而创造社力行浪漫主义。但在表现'人的发现'或人的解放上却是相近的"。孰是孰非，明眼人自可察知。

总之，《新编》一书在框架上的创新，内容上扎扎实实、稳中出新的风格，确当无疑地使之成为同类著作之中的上乘之作。

（选自《山东社会科学》1990 年第 1 期）

审美与历史的统一

——评《新编中国现代文学史》

韩立群

一部好的文学史，应当是历史与审美的统一。但由于种种历史与时代的原因，这样一部理想中的中国现代文学史迟迟没有产生。编写一部科学的中国现代文学史就成为时代的迫切要求。朱德发、蒋心焕、陈振国主编的《新编中国现代文学史》的出版正适合了这种时代的要求，它以新的观念体系，格外引人注目。

首先，这部文学史为我们建构了一个崭新的体系，这便是历史与审美相统一的体系。在编写者看来，构成文学史机体的首先是体现文学艺术本质特征的美学内容，它具体包括三个相关联的层次：文学观念、文学理论和文学体裁形式。在结构上采取了三线并行的系统结构方法：第一条线是文学观念的发展史，第二条线是文学理论批评的发展史，第三条线是文学体裁形式的发展史。三条线索形成三个小系统，按照共同的规律相互交融有机统一，其横向联系构成审美的内容，其纵向联系构成历史的内容，总体上则体现了历史与审美的统一。这个新体系虽仍将中国现代社会作为大背景，但在内容上已摆脱了社会革命史的传统模式，以对文学自身规律的阐述代替了关于革命史和思想史的系统描述。这个变化表现在全书结构上，便是：（1）以文学发展的自然分期代替了过去惯用的社会革命史和政治思想史的分期；（2）删去了每个时期前面的关于社会政治背景的系统介绍；（3）去掉了文艺理论发展中纯属政治思想斗争的内容；（4）减少了作品分析和作家生平中与文学无关或关系不大的内容；（5）克服了单纯以政治态度或身份划分作家队伍的偏颇做法，而代之以艺术风格流派来区分作家群。这个新体系的建立，反映了编写者对于中国现代文学史的全部内容与发展规律的宏观认识，已经达到可喜的深度。

其次，该书不仅注意突出史的线索，重视史实与史料的丰富性和真实性，而且在史的叙述中时有编写者精辟独到的史识。这些史识首先表现在对于作家艺术个性的深刻把握。对作家的研究不是停留于作家生平创作道路、作品情节、人物性格的一般叙述，而是致力于艺术个性的比较。比较的目的，也不止于一般地指出其异同，而是为了更精确地把握作家的艺术个性，在全面比较的基础上，为每个作家的艺术个性作出精密简要的科学概括。如在诗人中对于徐志摩和闻一多的艺术个性的把握，就表现了编写者独到的史识。书中比较了闻诗及徐诗在艺术上的某些共同之处之后，又从内容倾向、抒情个性、构思习惯、音乐美等方面比较论证了它们的不同，最后得出二人审美风格的总体差异："闻诗多属于阳刚之美，徐诗多属于阴柔之美。"这种在比较基础上的科学概括，显示了编写者独特的理解，给人以深刻的启迪。编写者的史识还表现在对于作家作品的评价上。对于每个作家的作品，特别是有影响的作家作品的研究，不是停留于美学价值与思想价值的批评上，而是在宏观把握的基础上，将美学价值与历史价值结合起来，作出科学的评价。如在新诗发展的论述中对于诗人的评价，所遵循的就是历史与审美相统一的原则，在浩如烟海的诗人中，编写者选择了郭沫若、闻一多、徐志摩、戴望舒、艾青为其典型代表。这种独到的选择，正表现了编写者的史识编写者的史识又表现在对于文学史内在发展规律的把握上。自觉地把握与阐发文学史发展的内在规律性，是该书非常突出的特点。这种关于内在规律性的认识，除了通过各体文学发展轨迹的描述体现出来外，更为集中地表现在篇幅很长的《绪论》与《结语》中。《结语》中关于"中国现代文学的反思"，正是一篇对于中国现代文学发展内在规律系统的总结与概括，是编写者史识的集中表现。史识是文学史家对于文学史内在规律的深刻认识与把握，是文学史家在研究中独特的发现。因此，精辟独到的史识，就成为这部著作学术水平的重要标志。

以历史主义方法研究文学的历史，是该书最可贵的地方。这首先表现在编写者在史的叙述中坚持历史发展的客观规律性，不是以现行政策或现实标准去批评历史，更不是以个人的主观爱憎去为历史作随意性结论，同时也不是客观主义地陈述史实与史料，而是将研究对象放到特定历史条件下去考察它产生、发展和衰亡的历史必然性。如在《新文学理论思潮》一编中，编写者不仅清晰地描绘了文学思潮、文学观念的演变过程，而且阐明了各种思潮和观念产生、发展与衰亡的历史条件与社会原因，从而使人看到这个演变过程的内在历史必然性。同样在关于文学流派和文学体裁形式发展轨迹的叙述过程中，也体现了这样的原则。如编写者认为"问题小说"所以在"五四"前后兴起繁荣，有其历史必然性。这必然性表现在以下三点：其一是"时代的需要"。它"既是当时思想启蒙运动的需要，又是思想启蒙运动的结果"，因为在思想启蒙运动影响下，"探索社会问题，思考人生意义，成为普遍的社会风尚"。其二是前驱者"自觉地倡导"。"一批新文学工作者，在理论上自觉地倡导，并与创作实践相结合，大大推动了五四'问题小说'的繁荣与发展"。其三是"世界文学的影响"。"其中以俄国和东欧、北欧文学的影响最大"，特别是易卜生的作品，直接成为"问题小说"的先导。历史主义的方法还表现在编写者坚持历史真实的原则，纠正了过去文学史研究中随意性倾向所造成的错误与偏颇，恢复了历史的真面目。这主要表现在：对于不同程度被歪曲和误解的人物，重新做出公正的评价。其中较突出的有胡适、周作人、路翎、丁玲、萧军等；对一些遭受过不合实际的排斥和批判的文学社团和流派，作了客观符合实际的分析，给了它们应有的地位。如新月派、七月派、现代派以及张恨水等人的通俗的小说等；克服了以颂扬拔高代替科学分析的倾向，对过去认为完美无缺的作家作品，也以科学态度，指出其历史局限性。如对某些作家作品的评价，以前有拔高倾向，本书的评述则较稳妥。

《新编中国现代文学史》的上述特点，特别是历史与审美相统一的新体系的建立，和近年来出现的同类学术成果一样，标志着现代文学史的研究已从文学批评阶段跨入历史研究时期。但因为是刚刚跨入，就难免存在幼稚与不成熟之处。这同样表现在这部文学史中。例如，全书虽在体系和结构上体现了历史与审美的统一，但在具体作家作品的分析与叙述中则体现得不够充分，有些章节尚未完全摆脱旧的社会学分析的框子。再如，中国现代文学是在中外文学交汇中产生与发展的，外来文学的民族化和民族文学的现代化是发展的内在规律。要揭示这个规律，就必须时时将现代文学的发展放到与古典文学和外国文学的联系中去研究和考察，并在比较中加以阐发。这一点，在书中虽曾提及，但未能真正体现出来。这些缺陷与不足是会在今后加以弥补的，绝不能因此而否定这部文学史突出的学术价值和开拓意义。

[选自《青岛大学学报》（社科版）1990 年第 3、4 期]

走向自身的创新与突破

——评《新编中国现代文学史》

谷辅林　胡协和

由朱德发、蒋心焕、陈振国教授主编的《新编中国现代文学史》（华东地区省、市属师大协编教材）一书，以其逼近现代文学深层内蕴的严密体系、开阔全面而且裁剪得当的文学史论、新颖准确、富于创见的文字描述而使中国现代文学史的编写水平跃上了一个新的台阶。

《新编中国现代文学史》一书的引人注目之处，首先就在于编写体例上的大胆创新。它突破了原有中国现代文学史教材基本上按照文学发展变化的原生状态和自然时序加以展开的模式，即将文学运动及其纷争、文学思潮及其流派、文学作家及其作品笼统、简单地加在一起进行描述的编排方法，而把本体意义上的文学类别（诗歌、小说、戏剧、散文）作为整个现代文学史的结构框架，以文学思潮的流变和审美风范的演进为经，以某一独特风格之作家的作品或某一流派的群体创作为纬，从而编织出脉络清晰、层次分明、变化多样而又有机相连的、富于系统性的中国现代文学史。这种新的编排方法合理地吸收了系统论和结构主义的长处，在对繁复多样的现代文学现象进行新的审视和分类的基础上，将中国现代文学四个类别的发展概况和创作样态一目了然地呈现在学生面前，因而不仅能够使学生较好地掌握现代文学的因素构成和本体内容，而且能在直接呈现各文学流派之风格特点的过程中较快地提高学生的审美能力。此外，为了从更为纯粹的意义上显示中国现代文学的特质及其辉煌成就，编者首先将鲁迅、郭沫若、茅盾这三位中国现代文学巨匠合在一起进行专章论述。为了从更为恢宏的高度把握现代文学与文学理论思潮、文学批评观念以及其他社会意识形态之间交互响应的复杂关系，编者在第一编中用了两个章节专门列举了现代文学史上颇具影响并有一定理论意义的文学观念，并对现代文学批评的演进过程进行了系统的概述，对具有代表性的文学批评家及其批评模式进行了简略的介绍，为了更好地说明文学的发展在形态上首尾相连、在内涵上继承、借鉴与创新并举的特征，编者在绪论和结语部分叙述了中外文学交汇过程中外来文学对中国现代文学之形成与发展的重要影响，揭示了中国现代文学与中国近代文学、中国当代文学之间承前启后的"血缘"关系，并从性质、特点、品貌、风格等方面进一步阐释了它们之间的贯通之处和质的区别。

《新编中国现代文学史》的第二个特点，就在于较广泛地吸收了近年来现代文学领域的研究成果。编者力求用当代文学新观念对逝去的现代文学现象进行更为理性的辨析和观照，由此得出"现代文学史实质上是中国人争取全方位解放的形象史"这一结论。具体而言，随着人的解放这一历史课题的逐步深入，中国现代文学始终围绕着"个性解放""民族解放""阶级解放"和"人生问题"这四个文学命题展现出纷繁多姿的艺术形态。处于这一历史嬗变、转换时期的现代文学作家，由于承受着格外艰辛的生活磨难和沉重的精神负累，因而表现出举世罕见的忧患意识、使命意识、自省精神和批判精神。编者以上述结论作为贯穿现代文学全过程的结构主线和审美特征的出发点，既深刻地揭示出创作主体的历史使命感是构成现代文学强烈的政治色彩和浓烈的功利目的的直接原因，也不讳言一部分作家过分强调文学的政治功利性导致公式化概念化创作的偏向。编者将不同作家在不同层面（人的文学、革命文学、大众文学、工农兵文学等）上的艺术追求统统纳入人道主义的轨道，充分肯定以文学的形式来确立人的价值、追求人的幸福、热爱人的真善美、痛恨人的假恶丑，是现代文学的重要美学特征之一。当然，在这场文学人道主义的大合唱当中，歌颂英姿勃发的工农兵人物形象和无产阶级人道主义精神的文学作品，无疑构成了其中的主导旋律，而重铸理想的国人人格、深刻剖析国民劣根性的自省意识和批判精神，则构成了现代文学最富价值的精华部分。

由于从体例上解决了文学史的重心问题，《新编中国现代文学史》的第三个特点，就表现为非文学因素的弱化和文学意味的大大增强。这些大大增强了的文学性，既体现在各自相对独立而又构成现代文学体系不可分割之一部分的诗歌、小说、戏剧、散文的编章之内，也体现在形式各异、风格突出、艺术成就显著的诸文学流派的系列描述之中。

在散文编里，编者不但对过去颇受冷落的现代散文进行了诸家诸派的分析评价，而且就现代散文的孕育、成型之渊源以及散文内部各个亚类型的发展过程进行了较为深入的探讨。编者敏锐地意识到，现代人日益丰富复杂的内心世界、独特的个性气质和审美感受方式，是现代散文得以呈现出绰约多姿的样式体态和气象万千的情思内蕴的直接原因。为了从艺术角度深入把握现代散文的成功经验和创作规律，编者不因作家的政治之过而废弃对其艺术实绩的探讨。比如对现代散文史上颇有建树的周作人，编者就专列一章，对他那散文体式的开拓意义、复杂的思想倾向、丰富的文化内涵、广阔的取材范围、独特的艺术风格及其发展演变的轨迹作了全面的分析与评述。为了进一步印证散文的风格样式与作家的内心情态和思想倾向的直接对应关系，编者有意对周氏兄弟的文化态度和文体风格进行了一番比较，书中写道："鲁迅立足现实，严肃思考，并以实际行动去变革现实。而周作人则是重理性思考，坚持自主意识，思想自由，以实用主义的态度处理社会改革和政治问题。"因此，鲁迅的文体"像一把匕首，能以寸铁杀人，一刀见血"，"只消三言两语就可以把主题道破"，而周作人的文体则"来得抒徐自在，信笔所至，初看似乎散漫支离，过于繁琐，但仔细一读，却觉得他的漫谈，句句含有分量"。

在小说编里，编者以现代小说美学特征的演化为线索，在对原有文学史教材的有关内容进行规整和精练的基础上，进一步加强了小说艺术特质的提炼与开掘。比如，对崛起于 20 世纪 30 年代的新感觉派，编者在指出其过分热衷于病态人格的刻画和颓废生活的表现，并将弗洛伊德的心理分析方法随意套用等缺陷之后，也充分肯定他们的创作为丰富、发展现代小说的表现形式，为作家和读者提供一种感受生活与表达生活的新鲜角度，为中国新文学与西方现代派文学之间的交流互渗做出了自己的独特贡献。再比如，以精深广博的学识和睿智飘逸的笔致构创出《围城》这一现代小说之奇葩的学者型作家钱钟书，将中国传统小说的典雅美和西方心理描写的现代美有机糅合到《金锁记》等小说中的女作家张爱玲，终于被编者以珠联璧合的方式镶嵌到《新编中国现代文学史》的小说系统之中。此外，在民族形式的继承创新方面，除了解放区小说的特殊贡献之外，创作甚丰且具有广泛影响的现代章回小说大家张恨水先生，也因其通俗小说的创作成就（如《啼笑因缘》等）而受到编者的注意。小说编专辟一章对张恨水等通俗小说作家的艺术成就进行了适当的评价。至于诗歌与戏剧编中创见新说和精确评价也所在多有，因本文篇幅之限，就不再一一赘述了。

文学史，作为对已逝之文学现象的归纳和重构，不但表现为一种历史史迹的回顾和展现，更表现为对历史意蕴的反思和历史规律的把握。由于人的认识总是随着社会实践的变化而变化，因而，我们对中国现代文学史的认识，也不可能始终停留在凝固的水平上。从这个意义上讲，《新编中国现代文学史》无疑是一种深化了的当代意识和现代文学史迹的结晶。当然，正如本书后记所提到的，由于书稿采用多人合作编写的方式，因而在编写质量上不可避免地存在着不平衡性。此外，在转换后的结构体例上，在对某些作家作品的分析评价中，书稿似乎也存在一些值得商榷之处，这将成为人们的认识进一步深化和现代文学史的编写进一步完美化的良好契机。

[选自《山东师大学报》（社会科学版）1990 年第 5 期]

新的建构·新的拓展·新的突破

——评《中国新文学六十年》

袁亚伦

从 20 世纪 80 年代中期起，许多学者就呼吁"重写文学史"，提出以"三新"（即思维新、观念新、方法新）型的文学史替换知识老化、观念陈旧、思想滞后的旧文学史，以突破我国文学史的研究与撰写。学者陈平原在《小说史：理论与实践》一文中令人信服地提出"学术推进的大致路向是：研究型文学中的某些精彩结论，逐渐为教科书所接纳，而后又逐渐为普及型文学史所推广，终于成为社会普遍认可的常识；而公众文化水准的提高，又无形中形成一种压力，逼迫专家学者进一步探索，寻求更加完美的文学诠释"。

就中国现代文学史的研究和撰写而言，从 20 世纪 50 年代初期王瑶先生出版《中国新文学史稿》到 90 年代初期吴宏聪、范伯群主编的全国高等教育自学考试教材《中国现代文学史》问世，其间出版的十几种文学史，从内容到形式几乎大同小异，形成了难以突破的模式。因此在十年前发出"重写文学史"的倡议以后，好几种版本的文学史在局部上虽然有所突破，但整体上仍是原封未动的。

1996 年 7 月，由春风文艺出版社出版了朱德发、邢富钧主编的《中国新文学六十年》，给人耳目一新之感。我在仔细研读之后，认为这本文学史在三个方面对以前的文学史作了重大突破，即文学史观念的调整或更新；体例编排的调整或更新；作家作品研究观点、方法的调整或更新，基本上达到了"重写文学史"的目的和要求，是大胆的然而也是成功的尝试。

一

历来的中国现代文学史研究者和编撰者都将中国现代文学规范在从 1917 年到 1949 年三十年左右的时间范围内，其基本理由是：1917 年文学革命开始，从内容和形式两个方面提出了与旧文学完全不同的主张，在陈独秀、胡适、鲁迅、李大钊、周作人等人的大力提倡和实践下，旧文学被彻底轰毁，新文学被全面确立。在三十年的历史中，从文学革命到革命文学，再经过左联时期，抗战文艺到毛泽东《在延安文艺座谈会上的讲话》所大力提倡的工农兵文艺的创作，直至 1949 年 10 月 1 日中华人民共和国成立，现代文学宣告结束，当代文学从此开始。这种起始于文学革命而结束于政治制度变革的划分法是否科学，20 世纪 80 年代中期就已引起人们的热烈争论。但可能是几代文学史研究者已经适应原有的一套建构模式和操作规程，也可能是价值标准和理论框架正在探讨之中，一直未见真有突破而且成功的文学史出现。（吴宏聪、范伯群主编的《中国现代文学史》提出现代文学的时间应从 1917 年始到 1986 年止，对以往文学史是大胆突破，但将新时期十年的文学创作也纳入现代文学的范畴，我认为道理不充分，缺乏科学性。）

《中国新文学六十年》（以下简称《六十年》）的编者对中国现代文学发展作了整体观照和把握，力求建构一套为作家作品、社团流派定位定性并对各种复杂文学现象进行阐释的理论框架和操作程序，对文学史观念进行了调整和更新。他们突破了中国现代文学三十年的按照革命历史分期和社会发展分期的传统界定，而把现代文学史的演变过程作为一个整体来考虑，上限从 1917 年文学革命启动始，下限止于 1977 年"文化大革命"的结束。我认为这种划分更切合文学创作的实际情况，更符合历史逻辑的轨迹，更有科学性。

首先，中国现代文学六十年由诞生、发展至结束恰好走完一个循环圈。五四文学革命以前，封建专制下生成的"卫道文学"漠视人性的存在，排斥人道主义，否定人的价值，更谈不上去表现人的生命意识和内心深层的隐秘，只是替"圣贤"立言，为帝王歌功颂德，可以说是一种"非人的文学"。五四文学革命鼓吹个性自由、个性解放，肯定人的价值，提倡人道主义，强调表现人性和内心深层意识，建构起以"人的文学"为核心的现代文学。但历史推进到"文革"十年，文学已成为政治的传声筒，人性已被阶级性彻底代替，"高、大、全"的概念化英雄取代了血肉丰满、人情味十足的人物形象，文学创作被政治所左右而不被作家的激情所支配，唯我独尊的政治型文化思潮彻底扫荡了人文型文化思潮。可以说"文革"十年彻底否定了五四以来新文学的优秀传统，无情摧残了"人的文学"而将文学逼到了"非人化"的地步。这是个历史怪圈，也是现代文学演变的历史完整过程，因此，到"文革"结束，现代文学也就画上了一个句号。

其次，从现代文学大致环绕的三大文化思潮来看。五四时期人文型文化思潮占中心位置，政治型文化思潮和民间型文化思潮占边缘位置，但随着阶级矛盾和民族矛盾的日益激化，随着作家创作意识的政治化，人文型文化被挤出中心，政治型文化逐步以绝对优势占据主导地位，而民间型文化向它靠拢。到了"文革"十年，人文型文化思潮已荡然无存，剩下的只有已逼近非人化的政治文化了。新时期文学（我认为应从 1978 年开始）再次回复到"人的文学"为基本特征的人文型文化思潮，却是从更高的起点始，当属于当代文学的范畴了。

最后，从现代文学的主题视角来观照。人的发现、人的觉醒、人的生存、人的死亡、人的命运，等等，在五四文学中得到充分表现，从 20 世纪 20 年代末起，逐步让位于国家民族矛盾和阶级的利益，个体渐渐消融于群体之中。文学主题从表现"人"转移到反映政治，加之五十年代末以后贯穿"左"倾政治文化思潮的意识形态，甚至否定民间文化创作而独尊"四人帮"的政治文化，这就使新文学走进了死胡同。

基于以上三点原因，我认为《六十年》的编者将现代文学的下限划到 1976 年是有充分理论依据的，它不仅是文学史的分期问题，更是文学史观念的变化，蕴含着一种新的文学史意识。编者的划分既符合历史逻辑也符合思想逻辑，是对文学发展自身的尊重，更是对历史唯物主义的坚持。

二

中国现代文学由运动形态、理论形态、创作形态三大板块组成，它们相互渗透、错综交织，形成了一个完整的有机体。在以往的文学史中，对此三部分平均使力，试图面面俱到，把各大板块的形态都完满地表现出来，结果反而使文学史轻重不分明；突出不了重点，篇幅却显得相当长。比如由中国社会科学院文学研究所唐弢先生主编的《中国现代文学史》，编写者们堪称中国现代文学界的精华，全书洋洋洒洒六七十万言，其中文学运动史就占了约 1/4 的篇幅，再加上文艺理论建设的介绍，所占章节就更多了。黄修己先生著的《中国现代文学发展史》在文学运动史和文艺理论建设的阐述中虽然有所压缩，但是始终没有脱离窠臼，重点不突出，反而显得比较零乱。我认为，文学史的撰写应有轻重之分，不能平均使力，应该以文学创作为主，以阐述和分析作家作品为主，而以文学运动和文艺理论的阐述为辅。人们在阅读文学史的过程中，基本了解文学运动的概貌，文艺理论建设的概况、时代背景等，更在于重点掌握作家的代表篇目、创作特点，文学流派的形成，文学创作规律的总结；重点提高人们分析和欣赏作品的能力，使人们在精神素质上得到整体提高。《六十年》很注意在三大板块中突出创作形态而简化运动形态和理论形态，略写运动史的线索，介绍文艺理论概况，重点突出"创作史"，揭示文学流变过程、内在机制和审美特征，总结创作规律，总结经验教训，简明、系统、实用，也很有学术性。全书有40万字，文学运动和理论建设部分只占2万多字，其中还包括"中国文学由古典走向现代"的脉络的清理，这在以往的文学史撰写中只是偶尔提及而没有用专章来阐述的。

另外，《六十年》在体例的编排上也敢于突破以往的模式，大胆更新取得了成功。以往的文学史，几乎都是按照文学革命—第一个十年的文学创作—第二个十年的文学创作—第三个十年的文学创作（其中又分国统区的文学创作和解放区的文学创作两部分）三个阶段来编写的，在这些阶段内，又依照各种文体来分别阐述。这就造成一个很大的弊病，即各种文体创作史的脱节、断气、缺乏连贯性。比如第一个十年的文学创作，在介绍完文学研究会、创造社的小说创作后，接着是语丝社的杂文创作，然后是闻一多等人的诗歌创作，再后是田汉等人的话剧创作。而这些文体的创作在第二个十年是什么样的情况呢？人们正想理清线索，中间却突兀地插入革命文学运动和多次的文学论争和马列主义文艺理论的传播，等等，断然割裂了各文体创作的整个状貌。更有甚者，往往以专章专节的编排来突出某些重要作家，把这些作家从处女作到成熟之作到结束之作的各种文体一股脑儿全盘托出，使本来就支离破碎的创作脉络更加模糊不清，所以虽然名为文学史，其实很难使人理出一条清晰的"文学史"特别是"创作史"

的线索来。吴宏聪、范伯群主编的《中国现代文学史》虽说在下编部分（即以往文学史界定的当代文学部分）有所突破，但上编部分仍然脱离不了以往文学史体例编排的模式。《六十年》的编者谙熟以往文学史的这种弊端，特别注意突出文学创作的"史"的线索，按照"中国新文学运动的演进历程""现代小说的创型与繁荣""现代诗歌的流变与建构""现代散文的个性化多样化""现代剧影文学的多元趋向"五个部分分别进行论述和详尽的分析，使文学运动和各文体创作的历史线索清清楚楚、一丝不乱。再加之又是按照不同文体的各种文学流派来分门别类，更显文学创作的丰富和各自与前后左右，上下远近的联系，使人一目了然。比如第二编小说创作，编者按照作者创作的时间先后把它分为十七章，这是"线"，又按照比较相同的创作思想、创作主张、创作方法、创作文体、创作内容，很接近的审美观等把小说创作定位定性为十七个流派，这是"面"，"线"和"面"结合，就形成一个有机的整体，显现出立体感，这是以往的文学史所难以企及的。综观全书中文学运动、诗歌、散文、戏剧等各方面的撰写，都形成"点""面"结合的完整有机体。

三

要用新思维、新观念、新方法来代替旧的，以期对文学史研究对象重新挖掘、重新整理、重新感悟和重新认识，是很不容易的。它往往需要一个适当的环境，即社会环境、自然环境、生活环境和精神环境诸因素。以往文学史的撰写者受以上因素的负面影响和制约，思想脱离不了政治导向的规范，甚至受到"左"倾思潮的阴影的干扰和限制，不能或不敢越雷池一步，常以庸俗社会学的眼光和肤浅的政治功利性的目的来评价和分析作家作品。随着时间的推移，随着观点和方法的更新，其选择的材料就显单薄和狭窄，分析的观点和方法越显陈旧和老套。"改革开放"以来，形成了我国现今的独特的时代氛围，伴随而来的思想解放、实事求是的时代精神渗透一批知识分子的思想意识当中，尤其对现代文学史研究者的思想解放起了决定性的作用。《六十年》的编者借此东风，怀着一种开放的自由心态，真正摆脱"左"倾思潮的影响，实事求是地面对研究对象，少一些功利之心，多一些求是之意，充分发挥创造思维和辐射思维的威力，提出了许多颇有新意的见解和完全符合事实的评价，在观点和方法上对以往文学史进行了更新。

其一，编者在"中国新文学运动的演进历程"中分三个层面进行阐述。第一层面认真分析了中国文学由古典走向现代的特殊形态。认为一面是我国民族文学遗产，一面是优秀世界文学，而现代文学是由古典文学跳跃性地进入现代而又汇入世界文学的。观点简洁、精当，富有开拓意义。第二层面将新文学发展的曲折历程分为七个阶段：五四文学运动；大众文学运动；左翼文学运动；自由主义文学运动；救亡文学运动；延安文学运动；政治文学运动。这种分段法既新颖又有相当的科学性，凸现了现代文学运动形态的全过程。它们之间既有紧密联系又有明显区别，可以从中窥见文学自身生长嬗变的规律，更可见社会运动引领文学走向的强大力量，尤其是在社会处于急剧变革的时代，文学往往如秋千般荡漾于急变的风涛之中，似乎还少有哪一个国家、哪一个时代的文学发展与社会运动像中国现代文学这样有着如此密不可分的联系。第三层面通过六种主要表现形态的评述揭示了文学思潮的演变轨迹。我认为这一层面的评述最有新意，最有突破性，因此想多谈一谈。第一种"人的文学"观提出以现代生命哲学为深层意识的个性主义是"人的文学"观的最重要内涵。这个说法既新鲜又颇中肯，以往文学史还未见有如此提法的。的确，五四新文学作家受西方生命哲学和日本自然主义文学的影响，强调文学的本体便是人的生命的反映。郭沫若、郁达夫、周作人、胡适、鲁迅等都有相同的看法。编者从这些名作家身上，探究出"人的文学"创作的起源，弥补了以往文学史只知其表不知其里的不足。第二种"写实主义文学"观。编者认为是近代暴露文学的传统和 19 世纪西方批判现实主义精神构成了五四时期的"写实主义文学"观，进入 20 世纪 30 年代至 40 年代以后，写实主义沿着以左翼文学作家为主的"革命现实主义"，以自由主义作家为主的"传统现实主义"和以胡风等七月派为代表的"主观现实主义"三个路向发展，到 50 年代直至"文革"时又归为"革命现实主义"和"社会主义现实主义"。这种精辟的分析、研究和归纳总结，采用了系统论和比较的方法，突破了以往文学史对写实主义笼统的分析和单一的结论。第三种"浪漫主义文学"是编者在考察了中国新文学中浪漫主义文学的发展状况后，把它的流向分为三种形态：革命浪漫主义（郭沫若的《女神》"革命小说"等是其主要成绩）；感伤浪漫主义（"身边小说""湖畔诗社"等是这一支脉的创作收获）；古典浪漫主义（包括"新月派"和稍后的一些京派作家），它们的审美风格依次为豪放的、婉约的和典雅的，三者有时并立，有时又交替发展。编者在宏观审视之下又进行微观分析，在整体把握中又注意到各自的特点，得力于阐释学和结构主义新方法的运用。其他如对"现代主义文学"的分析，肯定它是中国文学走向世界现代文学的桥梁，是中国的先锋文学，而以往文学史的评价低估了现代主义文学的积极意义。再如提出"工农兵文学"的核心是坚持工农兵方向，工农兵方向是一种政治观念又是一种文化观念，是为了适应当时政治斗争的实际需要，其创作是雅文化与俗文化的交融。这种实事求是的评论文风、平易近人的评论文字是很值得称道的。

《六十年》的编者从"文学思潮"这个角度切入，把它归纳为六种主要表现形态，简洁、清晰地标画出文学思潮的演变轨迹，给人以清新而深刻的印象。其各种新的评论方法的采用，更增添了文章理论的深度、新鲜感和可信性。综观以往文学史，少有从"文学思潮"的角度来审视文学创作的，即使表面有（如吴宏聪、范伯群主编的《中国现代文学史·第一章》）也往往徒有标题，没有实际内容，在论述中看着要接近"文学思潮"的边缘了，却往往擦身而过，很快滑向文学运动的轨道。

其二，《六十年》的编者眼光开阔，思维活跃，实事求是，研究深入。在入选作家中固然有必不可少的鲁迅、郭沫若、茅盾、巴金、老舍，也有曾轰动一时的沈从文、钱钟书，更有过去文学史讳莫如深或不屑一顾的作家张资平、张恨水等，并对他们作出了切实而中肯的评价。对张资平的评价是：无论在早期或是晚期的创作，具有早期创作社作家所常有的感伤情调，也在一定程度上写出了五四时代青年知识分子的内心世界和情感特征，在三角恋爱的俗艳包装下，也蕴含着爱情幻灭的苦痛和对理想的某些追求。这种实事求是的评论文风很平易近人。再如张恨水及其创作，过去的文学史往往是把他作为旧派作家和旧派文学来进行评价的，有的甚至把他作为鸳鸯蝴蝶派的代表加以批判。而《六十年》编者独具慧眼，看出张恨水与其他鸳鸯蝴蝶派作家的不同之处，仔细剖析张恨水的创作，从思想内容、人物世界、艺术手法甚至语言特征上指出他与其他鸳派作家的区别，从而得出符合本人创作的结论：在当时的通俗小说中，张恨水创作堪称独树一帜、鹤立鸡群。其创作对 20 世纪五六十年代的港台武侠小说具有深刻影响。其他如苏雪林、徐订、无名氏、林语堂、台湾现代派诗歌等以往名不见经传的作家均属入选之列，更全面地反映了现代文学的创作概貌和文学流派的存在。

其三，对以往公认并已作出定论的作家作品《六十年》也不人云亦云，而是经过再次细心的研究。用哲学的、伦理学的、心理学的、文化学的、文艺学的等各方面学科的眼光进行综合审视，从而得出了我认为是更为精辟、更为合理的答案。如阿 Q 的"精神胜利法"究竟是怎样产生的？

以往的定论是由于近代形成的一种社会思潮和农民自身的原因。而《六十年》的编者从心理学上探求原因，通过充分而切实的分析，得出结论：在阿Q的全部心理活动的精妙展示中，显现出作为人类共有的心理特质——以精神上（或幻想中）的满足、胜利来弥补物质上（或现实中）的失败、欠缺的心理欲求，从而使得阿Q成为一种国民的也是人类的心理典型，并由此而走向世界。这个答案完善并更正了以往文学史的界说。再如对《围城》的分析，《六十年》特别注意从文化批判的层面深入挖掘。方鸿渐懦弱的性格、悲剧的结局正是传统文化所致，李梅亭、韩学愈、高松年等人的庸俗、卑琐、无聊、虚荣、争斗等劣根性也是传统文化影响的产物。作者通过对这些人物病态性格的剖析，对中国传统文化进行了深刻的反思和批判，从而弥补了以往文学史只从社会学角度对《围城》进行分析的不足。其他如从生命意识对沈从文作品的分析；从边缘文学对张爱玲等人小说的划分；按照周作人与"语丝派"散文的关系，郁达夫与游记散文的关系来进行的分类，都是颇具新意而分析中肯的。

其四，根据《六十年》各编各章文体排列的顺序和流派的划分，编者还发行了与之配套的《中国现代文学作品选》上、中、下三卷本，其选择作品的眼光是比较宽阔，也比较全备的。它与《六十年》紧紧配合，不枝不蔓，能够使读者整体把握《中国现代文学》全貌，了解它的多元性、多品性，它的繁荣和丰富，它的偏颇与不足……而且每个篇目的文末均附有"提示"，"提示"简洁、清晰而有新意新见，反映了近年来中国现代文学研究的新成果。

四

"金无足赤，人无完人"，《六十年》也有它不尽如人意的地方。在流派的认定上，有的比较牵强，缺乏理论依据。如第二编第六章《老舍与市民小说》中提到的叶绍钧、张天翼、张恨水、黄谷柳等在其他流派里又反复出现，其实这是以题材的范围来划分而并非以流派的特点来界定。再如第二编第十四章《钱钟书与文化反思小说》的选定标准是不侧重从政治、经济和阶级分析的角度去剖析社会，而是对人物的文化意识、道德观念、思想品格、复杂心理（包括阴暗心理）进行文化审视。可其中提到的胡适、鲁迅、叶圣陶、老舍、沈从文、张天翼、萧红等作家大多都是各流派的代表人物，抽出他们整体创作中的零碎一点来证明除钱钟书而外此流派中其他作家的存在，证明文化反思已形成一种氛围甚至一个作家群就很缺乏说服力，有以偏概全之嫌，类似情况在诗歌、散文、戏剧的阐述中也有。另外撰稿人来自全国各大专院校和科研机构，水平参差不齐，撰写的质量有高有低，显得《六十年》不是很均匀和谐。虽说名为"六十年"，实际前三十年占的篇幅为全书的4/5还多，后三十年只是约略提及，谈不上展开，更谈不上深入研究。看来撰稿者大多都是搞"现代文学"出身的，还未与"当代文学"彻底接轨。不过我认为"前言""尾论""第一编"各章和各编的概述是写得相当精彩的，无论涵盖范围、理论深度、语言功夫等均属上乘，不光理清了文学史的线索，还是学术造诣很高的文章。

总之，《中国新文学六十年》是一本很好的教科书，不独对中文系师生，就是对中国现代文学的爱好者和研究者也是一本好读物。它在文学史观念上的突破，在体例编排上的调整和观点及方法上的更新是大胆而成功的尝试，为重新建构文学史作了极其有益的探索。

［选自《贵州教育学院学报》（社会科学版）1997 年第 1 期］

新文化建设的重大工程

——评《山东新文学大系》

贾书明　振　昌

在山东省委的直接领导、组织下，在山东师范大学、山东省作协、山东文艺出版社的通力合作下，《山东新文学大系》在国庆 50 周年之际终于顺利出版了。

《山东新文学大系》是一大型的文化建设项目，收入了五四以来鲁籍作家和长期在鲁生活写作的近 500 位作家的各类文学作品约 550 万字，这在山东省的文学作品出版史上，可以说是空前的盛事。

从全国角度来说，自 20 世纪 20 年代后期由鲁迅茅盾等编选新文学第一个 10 年的"大系"以来，一直有人在做这方面的工作。在这种情况下，一个省还有没有必要来编辑出版这种丛书？从文化积累、文化建设乃至整个社会发展的现代需求来考察，回答应当是肯定的。首先，对于中国新文学的版图来说，山东绝非可有可无的板块。从古代开始，我国就有了齐鲁文化、吴越文化、巴蜀文化、陕秦文化、三晋文化等，而山东正是齐鲁文化的发祥地。到了近、现代，随着全民族现代政治、经济、文化的统一与发展，文学的地方界限尽管逐渐模糊起来，但地域文化对作家的影响，仍然是显而易见的。就山东大部分现代作家而言，正是在齐鲁文化传统和中国共产党所领导的新民主主义运动的影响下，才取得了引人注目的成就，从王统照到李广田，从傅斯年到臧克家，以及老舍、杨振声、王思玷、耶林、吴伯箫、燕遇明、刘一梦、于黑丁、陶钝、沉樱等，其作品无不以儒家的"入世"精神、强烈的社会责任感和爱国主义情怀著称于世，无不以鲜明的政治倾向、浓郁的乡土气息和对家乡下层人民命运的深切关注而受到广大读者的喜爱。也正因为如此，他们才得以在中国新文学史上占据了无法替代的地位。

中华人民共和国成立后的山东文学在另一种意义上显示了它的文化特点。由于齐鲁文化和革命战争传统的影响以及山东在社会主义建设事业中不断创造出的令世人瞩目的成就的激励，使各类文体的创作都保持着热烘烘的势头，此间涌现出的作家如贺敬之、杨朔、刘知侠、峻青、王愿坚、曲波、萧平、李心田、苗得雨、冯德英、邱勋、于良志、王希坚、王安友等，都在全国引人注目。其作品对齐鲁大地人民的英雄业绩、生存方式、情感态度、生命活力以及审美趣味的真切感知和精妙把握，早已成为当代文学传统中一个弥足珍贵的部分。而他们，特别是小说作家所体现出的统一的主题、类似的情节结构和大体相近的语言风格，更是20世纪五六十年代文学创作的一种十分典型的现象，集中联结和反映着17年文学中那些引人注目的成就和缺憾。在"文革"后的新时期文学浪潮中，山东也不乏引领风骚之举，以张炜、矫健、王润滋、尤凤伟、李贯通、左建明、李存葆、莫言、李延国、王兆军、马瑞芳等为代表的山东作家的默默耕耘和层出不穷的佳作，给国人留下了深刻的印象，文坛崛起了一支颇具实力的"鲁军"，写农民、写故土、写乡情、写时代主流依然是他们着力的重点，而其开掘之深切、视野之开阔、艺术技巧之娴熟，又远非前辈作家所能比拟。同时，一批卓有成就的中青年文艺理论家和文学评论家，也在全国崭露头角，产生较大影响。无可否认，"鲁军"在中国新时期文学的总体格局中，正和"陕军""晋军""冀军""湘军"等多方面军一起，共同装点着社会主义文艺的百花园。

如此说来，像山东这样具有深厚的优秀文学传统的大省，仅仅在全国性的选本中，有若干个山东籍作家的若干篇作品，是根本无法代表更无法展示其实际的文学成就和丰富的文学现象的。换一个角度讲，像我们这样的大国，任何全国性的文化建设，都离不开地域性的工作来支撑。一方面是因为许多珍贵的文化遗产都分散在全国各地，只有分头发掘才能及时抢救；另一方面则是因为任何全国性的文化图景，都不能缺少各具风姿的地方性色彩的描绘。

刚好又遇到了特殊的历史机遇：20 世纪行将结束，新文学的行程几近百年，眼前的世纪之交以及 21 世纪，包括文学在内的许多方面都要进行大幅度的调整、转型、发展，为了前瞻而需要后顾，力求发展而必须进行总结，今天是昨天的继续，昨天给今天和明天以启迪，这是人类文化所以生生不息、历史永不停顿的规律。这样，从社会主义文学事业自身发展的实际需要出发，借鉴甚至格外关注本土的文学发展的历史传统、已经走过的道路和固有的特性，就绝非可有可无的事情。如此说来，《山东新文学大系》所精心选择的文学与文化的成果，就不止于表明本地人民的精神风貌和创造力，只是一个地域的文化形象的标志，它对今天和未来文化事业的建设，也都有未可限量的价值和意义。

[选自《山东师大学报》（社会科学版）1999 年第 5 期]

《中国现代文学史实用教程》研讨会综述

光　芒

　　《中国现代文学史实用教程》暨山东省高师现代文学教学改革研讨会于 1999 年 12 月 12 日在山东师范大学举行，来自曲阜师大、聊城师院、青岛大学等高校的近 20 位专家、学者及山东省教委高教处、齐鲁书社、山东师范大学的领导参加了会议。《中国现代文学史实用教程》（以下简称《教程》）是山东省教委"九五"立项教材，被列入"高等教育面向 21 世纪教学内容和课程体系改革计划"。该书由山东师范大学博士生导师朱德发教授任主编，齐鲁书社 1999 年 8 月出版，现已被数所高校列入教学改革的试验教材。与会学者就该教材在内容和体例的创新，结合现代文学教学现状及如何适应新世纪的挑战将教学改革推向深入等问题展开了热烈的讨论。学者们一致认为，该教材的问世正值世纪之交，充分体现了中国现代文学学科发展和教学改革的要求，是"应运而生的一部学术性、实用性相结合的优秀著作和文学史教材"。大家深感近年来各地虽先后出版了数量众多的现代文学教材，但大都存在着求大不求精、求全不求简、求新求异而轻实用轻稳健的弊端，在一定程度上脱离了教师的主导作用与学生的主体作用相结合的教学原则，造成了教师难教、学生难学、授课与教材与学习互相脱节这样一种尴尬的被动局面。《教程》一书锐意改变这一现状，作出了实质性的突破，也体现出编著者在文学史观上的创新意识。

首先，它真正突出了"实用性"在教学活动中的分量。这又具体表现在：一是在内容上力求简明扼要、线索明晰，观点鲜明准确，论析纲举目张，既能给教师的讲解留下发挥的余地，又为学生提供了切实可行的知识增长点；二是在文学史体例上突破了传统的僵化模式，注重历史的系统性与逻辑的系统性相结合的原则，前后三编彼此互补照应，使学生易于直接地进入一种由点到面、从微观到宏观的连贯性的教学轨道；三是明显加强了基础知识和基本技能的"双基"训练，尤其是"附编"50个题解的设计，不但对具体的教学目标作出了科学化的规范，而且对提高学生分析问题解决问题的能力颇具"操作性"和"技术性"。其次，《教程》一书在文学史的"经典化""精练化"方面走在了学科教学与发展的前沿。有的学者指出，文学史著由"小"到"大"再由"大"到"小"这样一个螺旋式上升的过程是未来世纪的必然要求，撰写者以其敏感的学术嗅觉与预见性取精用宏、大胆筛选、沙里淘金、力避枝蔓，取得了寓厚重于简明、以少胜多的良好效果，是一部"高度浓缩"的不可多得的文学史著。再次，学者们认为，该书作为一部基础课教科书在学术性和创新性方面尤其做到了"恰到好处"。一方面，它尽量吸收近年文学史研究的最新成果、最新发现，但又是经过锤炼之后，在撰写者本人深入研究的基础上加以融会贯通的；另一方面，又力求回归文学本体，淡化政治意识形态话语，以文学思潮的激荡为主体轴线带动对创作现象的梳理，因而显得既有高屋建瓴之实而无哗众取宠之意，既显示出世纪末学人良好的学术素养，又体现了较为超前的文学史观念。有的学者指出，如何较好地把握开拓与规范、创新与守成之间的"度"，如何掌握学术与教学、厚重与实用之间的"分寸感"，《教程》一书作出了成功的尝试，为新世纪现代文学史的教学改革与教材重建提供了值得借鉴的文本。

　　另外，有些专家还就该书在经典作家的择取标准与数量、雅文学与俗文学关系的处理等问题发表了自己的看法，会议就此展开争论，并提出了一些宝贵的建设性意见和建议，达到了学术交流的目的。会议在一种热烈而轻松的气氛中进行。预计随着《教程》一书的广泛推广和使用，将会推动该学科的教学改革跃上一个新的台阶。

[选自《山东师大学报》（社会科学版）2000 年第 1 期]

面向新世纪的教学改革成果

——读《中国现代文学史实用教程》

周文升　李书生

一部文学史的价值不仅在于它向读者提供了多少知识要素和文学史资料，还在于它为读者提供了多少值得思考的问题和可资借鉴的体式。朱德发先生主编的《中国现代文学史实用教程》（以下简称《实用教程》）就是这样一部在给读者提供了大量文学史信息的基础上，不仅在文学史体式上为学界提供了新的范式，而且在对文学史现象的重新把握和认知上开拓了具有进一步思考空间的真正意义上的实用性教程。

《实用教程》最突出的特征就体现在它的实用性上，作为山东省教委的立项教材，一方面要适应现代文学学科发展的需要，真正体现本学科目前所达到的学术水平，体现教材应该具有的前沿性。另一方面作为教材，面对不同层次的读者，如何才能让教者与读者在使用教材的过程中各取所需，达到"传道、授业、解惑"的目的，可操作性是一个不可忽视的重要因素。学术性与浅易性的背离，如何解决二者之间的矛盾一直是学界在编著学科用书时煞费苦心的大问题。我认为《实用教程》在解决这一矛盾上为我们树立了成功的典范。《实用教程》在普及性上重视基础知识和一般文学现象的介绍，对现代文学学科中应该掌握的常识性问题作了条分缕析的阐释。上编"历史发展"着重以现代文学历史流变的发展脉络作为描述其发展历程的纵向线索，将三十年文学的历史进程划分成五大板块，基本上是以文学思潮的更迭和转换来界定的。此项内容对初学者来说是绝对不可或缺的重要质素。此点正是本教程普及性的最集中体现。在兼顾学术性上，本教程合理地汲取了学术界最新的而且多是已被学界所公认的观点，其中不乏著者自己的一些科研成果。如对郭沫若历史剧创作特征的界定，著者并未停留在传统的仅是对作品内容和形式的分析上，而是介入历史剧本身，从历史剧创作机制和文本的内在特质来把握其创作特征，这更符合文学史在把握文本特质时应该具有的学术与普及二者的兼顾性。

《实用教程》的另一重要特征是其体例的开创性和体式的开放性。本教程分为上编、下编、补编，其中上编以"历史发展"为题按文学现象时空流变的发展轨迹列举出种种文学社团、文学流派和文学思潮的发展历程。下编是"经典作家"介绍，其中引入的"文化人格"术语是迥异于其他文学史教程的一个突出体现。这一概念的普遍使用绝非仅仅是在术语上的变换，而是在不断强化此术语以使读者加深了对这一术语印象的同时，使读者进一步感悟作家在文化人格上所具有的独特魅力和丰富内涵，并以此作为典范使读者在塑造健康的自我人格之时可以在现代作家群中找到可资学习和借鉴的范本。上编下编之间形成点面结合、整合互补的态势，在全面观照有所侧重的构架中完成对三十年文学的梳理。补编一共列出50个问题，"既是对文学史本体内容的回应，又是对其补充与深化"。这对拓宽读者的思路、明确具体问题的答案要点具有实质性的意义，尤其可扩大读者的接受层次，使本专科生乃至自修生均可使用，社会效益明显放大。

文学史的写作在观照共时性读者的接受过程中，还要注意文学史文本对读者期待视野和接受效果的考察，期待视野与接受效果的统一值可作为评价文学史文本成败得失的重要参数。文学史文本作为较为高层次的课程教本，把许多问题讲清说透，对各种现象作出合乎事理的价值判断和理性界定，固然不失为一种成功的范式；但如《实用教程》这般以开放性思维，对许多文学现象点到为止，给读者留有思考和想象的余地，在认知一些具体的文学现象之后能引发一些个人的想法，并以独立的思考获得理性判断，从而激发读者的兴趣和积极主动性，也不失为一种成功的尝试。

（选自《山东社会科学》2000 年第 1 期）

对文学史另一种书写路径的成功探索

——评《中国现当代文学 500 题解》

李宗刚

由朱德发教授主编，山东大学、山东师范大学、青岛大学和曲阜师范大学诸多学者参与编写的《中国现当代文学 500 题解》（以下简称《题解》），在 2006 年底被列为山东教育出版社重点出版计划后，已经于 11 月初和读者见面。该书有 60 余万字，共分为五个部分，把中国现当代文学的百余年历史，用题解的形式进行了一次成功的书写探索。

在中国现当代文学史的书写中，学者们更多地从史的发展线索来描述文学史，其中也诞生了不少深受读者欢迎的文学史。但文学史书写从来就不是在单一模式支配下进行并完成的书写，而是经常受制于书写主体的中心意识支配下的再书写。本次出版的《题解》即可以看作在文学史书写中已经获得广泛社会赞誉的朱德发教授的又一次自我挑战和自我超越。

正如朱德发教授在本书前言中所阐释的那样，他把现代文学与当代文学打通作为一个整体系统来把握，然后采取板块结构，即分为"文学通识""文学运动""文学思潮""文学流派""现代作家作品""当代作家作品"五个相互联结的板块，台港澳文学分别插入每个板块中。除了后两个作家作品板块在纵向上有现代当代之别，其他四个板块是按照历时性命题或者古今中外打通命题，以强化其历史感或整体感。所谓"文学通识"题解是指对那些现当代文学与古代文学、外国文学相关联，现当代文学之间互通以及现当代文学与各种形态文化和报刊媒体等关系的命题与解答。所谓"文学运动"题解主要出自近百年中国连续不断的大小文学运动，这是现代中国文学生成发展不同于古代中国文学演变的重要特点，本书对文学运动的题解既尊重了现代中国文学的特点又弥补了现行中国现当代文学史教材的不足。所谓"文学思潮"题解主要回答近百年中国文学理论或文学批评的重点问题或疑难问题。所谓"文学流派"题解与文学思潮、作家作品有密切关系，但"文学流派"在百年中国文学进程中却是异彩纷呈的耀目景观，对其命题的解答既能丰富现行中国现当代文学史的学术内涵又能提高文学流派在现代中国文学总体格局中的价位。所谓"现代作家作品"题解是指对晚清以降到 1949 年的大陆与港台作家的重要作品，都从不同角度作了有新意或有深度的阐释，既有现行中国现当代文学史教材所重点突显的作家作品又有触及不深或没涉及的作家作品，尤其那些经典作家或经典文本乃是解题的重点，对每个问题的回答不仅反映了现行教材的水平，也汲取了学术前沿成果。所谓"当代作家作品"题解几乎囊括了从 1949年至 20 世纪末所有的产生过影响的作品，即使那些敏感的文本也作出了令人诚服的解说，不论大陆文学作品的题解或者港台文学作品的题解都能坚持公正的价值立场，达到一种新的文学史评说的高度。

　　本书的主要读者对象是广泛的，这与朱德发教授在编写之初对文学史的理解和感悟有着极大的关系。朱德发教授在编写之初，就期望着这样的一本以问题统领的文学史的读者，既有高等院校文科的本专科生，又有函授大学、自考大学、职业大学乃至民办大学的中文专业的学员；既有大专院校中文系现当代文学专业的研究生，又有社会上喜爱中国现当代文学的

广大知识青年。希望本书的出版能够在不同程度上满足上述不同层次读者
的阅读期待，也就是说尽可能地为大专院校的本专科生、夜大函授自考生
乃至研究生更深入地学习和理解中国现当代文学的专业知识和基本理论提
供参考答案，为其更系统地领会和掌握中国现当代文学史的流脉和规律提
供多种思路，为其更真切地阅读和感悟中国现当代文学作品提供多样范
例。总之，本书可以成为各类大专院校的各层次文科学生的"良师益友"，
并能助其大大提高学习中国现当代文学的兴趣和效率。显然，从其实际呈
现出来的文学史态势和部分读者的反映来看，这一目标已经获得了很好的
实现。

　　作为著名的中国现当代文学史家，朱德发教授曾经不止一次重申过，
我们不应该止步于一种文学史的书写模式，更不应该把文学史的思索终极
于某一"标准"的答案上，正是从这样的视点出发，朱德发教授对自己的
这次文学史书写尝试探索，希冀的是给一般读者和学者，为我们如何思考
问题、回答问题提供了一个基本思路、一种观点材料和表述方式，为我们
在此基础上进行进一步的思索提供一个宏大的参照体系。

　　　　　　　　　　　　（选自《山东师大报》2007 年 11 月 21 日）

重写文学史的"终结"与新启蒙史观的复归

——作为方法的《现代中国文学通鉴》

韩　琛

改革开放之初的 1982 年，朱德发出版了《五四文学初探》一书，重新解读了五四文学，复原其作为现代启蒙文学运动的历史性，并抽象出"民主主义和人道主义"的思想内涵，从而为新时期中国之现代文学研究洞开门径。这一对五四文学的历史重估，在被赞誉为符合五四历史本来面目的同时，亦受到来自当时学界主流的指摘，然而，就其所引发的一系列后续效应而言，却是一个"重写文学史"时代的开端。

时至今日，各样中国现代、当代文学史写作众声喧哗，往往热闹一时又迅速销声匿迹。于此"重写文学史"的风潮中，朱德发、魏建主编的《现代中国文学通鉴（1900—2010）》（以下简称《通鉴》）悄然问世，观 200 余万言之行文立意固然与时俱进、别出心裁，但底子里沉潜着一个启蒙时代的流风遗韵。自 20 世纪 80 年代以来，经由对现代文学史概念范畴、学科建设等问题的上下求索，终而形成了"现代中国文学"的概念范畴，并在《通鉴》的编撰中得到具体实践。作为一种方法的《通鉴》，即是以自身为媒介，批判性地反思新时期以来的"重写文学史"思潮，提出并回应如下问题：现代文学史的知识生产形成了怎样的历史谱系？《通鉴》与"重写文学史"思潮的关系若何？又形成了何种史观范式？在一个所谓"历史终结"的后启蒙时代，《通鉴》试图再"发现"一个怎样的现代中国及其文学镜鉴？

一　现代文学史的知识生产谱系

文情染乎时变。晚清中国，遭逢数千年未有之奇局，在西方现代性冲击之下，不但忧于"亡国"，更担心于"亡天下"，中华文明陷入前所未有的危机之中。中国文学亦随之踏入追寻现代性的探索，从而造成了"古代中国文学向现代中国文学"的"转换"①。以此为肇始，在诸种现代文学史叙事中，根据历史观架构及价值立场的不同，大致可梳理出四种主要的"现代文学史"概念。

其一，20 世纪 30 年代现代文学史的书写实践，形成了"中国新文学史"的概念。这以胡适 1922 年书写的《五十年来之中国文学》为开端，于 20 世纪 30 年代早期涌现出了现代文学史编撰的第一个高潮。陈炳堃的《最近 30 年中国文学史》（1930）、陆永恒的《中国新文学概论》（1932）、王哲甫的《中国新文学运动史》（1933），等等，均是此一时期现代文学史的主要著述，而《中国新文学大系》的编撰出版，则更是此一时期现代文学之经典化、历史化的顶峰。以《中国新文学大系》为核心形成的"中国新文学"概念，通过鲁迅、胡适、郑振铎等人的叙事，奠定了现代文学史书写的元叙事。它以"五四"为"中国新文学"的开端，以史论的形式正式确立了"中国新文学"的主流地位，虽然"中国新文学"的历史化、经

---

① 朱德发、魏建主编：《现代中国文学通鉴（1900—2010）：上卷·绪论》，人民出版社 2012 年版，第 1 页。

典化是各种社会力量共同作用的结果，但是最终的意识形态效果乃是确立了"新（现代）文学"之于"旧（传统）文学"的历史性胜利。

其二，当"中国新文学史"的书写被战争中断，而在中华人民共和国成立之后，这一书写又被一种更为革命、现代的"中国现代文学史"所取代。"中国现代文学史"概念是以毛泽东《新民主主义论》为基本理论依据的，它将近代以来的中国文学断代为三个历史时期：近代文学、现代文学和当代文学。于是，"中国现代文学"仅仅成为以"五四"为开端、以1949 年中华人民共和国成立为终点的"新民主主义时期"的文学。王瑶的《中国新文学史稿》、唐弢主编的《中国现代文学史》等，皆是这一"更新"的现代文学史观的实践。革命时代的社会阶段论奠定了现、当代文学的体制化基础，使之作为独立的学科可以与古典文学分庭抗礼。直至今天，中国文学的学科体制架构，依然是社会主义革命时代的历史遗产。在新中国的中文学科规划中，现代文学的阶段不过是从古代封建文学向当代社会主义文学过渡的"资本主义文学"。

其三，在 20 世纪 80 年代的"重写文学史"思潮中，"20 世纪中国文学"① 是影响最大的现代文学史概念，被认为开启了继"中国新文学史"研究、"中国现代文学"研究之后的第三个阶段。"20 世纪中国文学"以启蒙思想取代新民主主义的革命论述，打通了近代文学、现代文学和当代文学的学科界限，更加注重现代文学的历史连续性，在很大程度上是对"中国新文学史"观念的重新表述。于是，20 世纪 80 年代的现代文学论述出现了大量的"还原说"：回到鲁迅、回到文学，等等。与其说"20 世纪中国文学"意在还原现代文学的客观历史，不如说它以推崇"纯文学"来告别"政治文学"，以还原"五四运动"来告别"阶级革命"，以追求

---

① 黄子平、陈平原、钱理群：《论"20 世纪中国文学"》，《文学评论》1985 年第 5 期。

"普世现代性"来颠覆毛泽东时代的"反现代性的现代性"。严家炎、孔范今等各自主编的不同版本的《20世纪中国文学史》文本，是"20世纪中国文学史"较为重头的书写实践，然而又以一种开放、多元的姿态，扬弃了"20世纪中国文学"的精英主义立场。作为一个权益性的概念范畴，"20世纪中国文学"是"80年代"的思想遗产，它在带来历史观革命的同时，却也不得不面对作为时间概念的"20世纪"终结的事实，以及一个"启蒙时代"的帷幕刚刚展开、旋即沦落不彰的现实。

其四，在此状况之下，朱德发结合时代新变和现实问题，提出了"现代中国文学史"新概念。这个概念在时间、空间两个层面拓展了现代文学的研究视野：一方面避免了"20世纪中国文学"在时间层面的自我限制，将研究对象延展到21世纪；另一方面又以"现代中国的文学"打开了"中国的现代文学"的封闭视野，以现代中国的多元文学事实规避了现代文学的排他性的自我中心主义结构。"现代中国文学是个大文学史观念，是在对世纪之初的继往开来的欲望驱使下所进行的体系性建构的设计，从横向上它吞纳现代中国不同民族地域的多种系统多种样态的文学，在纵向肇始于晚清文学变革而下限却是无止境的。"① 2012年《通鉴》的完成，即是这一"大文学史观"的初步实践。

纵观上述"现代文学"的四个主要概念，大致可以归纳为两个基本的叙事范式——启蒙范式和革命范式②。"中国新文学史""20世纪中国文学史"和"现代中国文学史"大致属于启蒙范式；而社会主义革命时代的"近、现、当代文学史"则属于革命范式。两个基本范式在彼此矛盾冲突的同时，也几乎共享着一个"追求现代性"的内在逻辑。当然，从四个现

① 朱德发、魏建主编：《现代中国文学通鉴（1900—2010）：上卷·绪论》，人民出版社2012年版，第45页。
② ［美］阿里夫·德里克：《欧洲中心霸权与民族主义之间的历史》，朱浒译，《近代史研究》2007年第2期。

代文学史学概念的知识谱系来看，约略构成了一个彼此对抗、对话，并渐趋开放、多元的历史脉络："中国新文学"概念确立了"现代文学"相对于"古代文学"的主体性与合法性；"近、现、当代文学"概念在继承"新文学"的现代性内涵的同时，更侧重于"当代文学"的进步性；"20世纪中国文学"则意在颠覆革命范式的文学史思维，重树启蒙范式的权威；"现代中国文学史"则弥合"新（现代）文学"与"旧（古代）文学""启蒙范式"与"革命范式"之间的对抗性与断裂性，并在相互"差别化"的基础上试图超越启蒙范式的封闭性和排他性，并形成可以称之为"新"启蒙范式的方法论。

在新时期以来的各种"重写"叙事中，"中国""现代""文学"，尽皆成为不言自明的绝对性范畴，而且将这些范畴之外的"文学"和"历史"尽数遮蔽。"现代中国文学"概念的提出，就是针对这一压抑性"重写"的反拨，并试图从同一性的"中国现代文学史"中拯救出差异性的"现代""中国""文学"及其"历史"，在已经意识形态化了的"重写文学史"思潮之外，完成现代文学史的重写。

二 "重写文学史"的悖论和"终结"

从重估五四文学的本质，到发明"20世纪中国文学"的概念，直至"重写文学史"讨论的兴起与"终结"，这涉及关于现代文学的源流反思、概念再生和史观重构几个方面，而作为20世纪80年代启蒙文化思潮的一个重要表征，在文学史本体之外，显然还涉及另外几个问题：首先，重构现代文学学科体制及其历史合法性的问题；其次，再生产现代国族文化新想象的问题；最后，建立世俗现代性的权威问题。而后二者正是历史书写在现代民族国家被赋予"启蒙重任"的根源。

"新文学史"被塑造为"现代文学史"，是新中国社会主义改造意识形态的文学史镜像。考虑到 20 世纪 50 年代中国向社会主义过渡的历史实践，"近、现、当代文学史"的学科层次建构在此一时期的形成并不意外，同样是在试图塑造一个从"资本主义现代"向"社会主义当代"过渡的历史。革命时代的文学史最让人诟病之处，当然是极端的政治意识形态化书写，但是颇有意味的是，也是这种几乎明火执仗的"当下性"倾向——在最大程度上根据现实政治需要构建历史书写的倾向——彻底实现了"一切真历史都是当代史"的新历史主义逻辑，从而使自身具有了一种"反现代/超现代"的奇特气质。从现代中国不断"革命"的整体历史脉络上看，新时期中国的"重写文学史"思潮在反拨革命史观的同时，也继承了其追求现代性的基本内核，只是以新时期的当代性取代了革命时代的当代性。"重写文学史"思潮以瓦解政治化的革命范式的现代文学史为开端，形成了一系列有关"新"文学史建构的重要政治性概念：通过辨析文学与政治的关系，否定政治化的革命文学史，形成"纯文学论"；基于对历史事实的推崇，通过历史现场的"还原"实践，抵达事物本真的"实践论"；建构知识化、科学化的现代文学学科体制，并确立其内在学术规范的"学院化"；强调个人对文学及其历史的创造性阐释，形成一家之言的"个人化"；以科学理性思维建构现代文学史，将现代文学的发展归结为对现代性追求的"现代化"；颠覆革命时代的阶级民族主义，而代之以文化民族主义的"文化论"，等等。"重写文学史"认同的这些概念范畴，如个人、纯文学、现代化等，契合于 20 世纪 80 年代新启蒙思潮的一些基本立场，其复原 20 世纪 30 年代"新文学"的启蒙主义内核自然成为应有之义，朱德发对五四文学的重估，当然也是在这个层面上获得历史性意义的。

把五四文学重估为"资产阶级"文化运动，其实是一种暗示新时期中国之现代性重启的政治性表述，而"20 世纪中国文学"也被认为是"把一个资产阶级现代性的叙事硬套在中国现代的历史发展上，用资产阶级现代性来驯服中国现代历史，这种文学史的故事具有明显的意识形态的预设和虚构性"①。由于"纯文学"的非政治想象中充满了政治倾向，"重写文学史"本身也是一个政治实践，所以，政治性的"重写文学史"实践与革命时代的文学史一样，亦造成了新的断裂与遮蔽。"左翼文学""十七年"文学"文革"文学因其"政治性"（其实是"政治不正确性"）而遭遇冷落，以至于洪子诚在 20 世纪 90 年代开始呼吁加强研究"左翼文学"②，而对于钱钟书、张爱玲文学的经典化塑造，同样也在建构着新的历史神话。这些"经典"的发明当然不仅是历史的还原，而是历史的再生产③。启蒙范式的"重写文学史"实践与革命范式共享着同样的"现代化"逻辑，并将"非现代/反现代"的因素尽皆排除。

实际上，"重写文学史"依然遵循着线性进化论的逻辑，并在其生成之初就存在着极其悖反的矛盾性结构：首先，"重写"的革命与学科体制之间的矛盾。毛泽东时代的革命范式奠定了现代文学学科的体制基础，告别革命的"重写"对这个学科的合法性构成了致命的挑战。这令所谓"批判性的重写"实际上充满了策略性，于是只能在一个"真现代"与"假现代""纯文学"与"非文学"的文学史观之间进行牵强辩证，而不能深入学科体制层面进行现实批评。没有学科体制的重构，"重写文学史"便缺乏事实上的物质基础。其次，"重写文学史"的国族共同体想象与全球化之间的矛盾。"重写文学史"的理论资源及文本参照充满了西方色彩，很大程度上是一种西方视野中的现代文学史叙事。以"世界文学"为标准的现代化渴望与历史书写本身的民族主义诉求彼此冲突，其世界化的普世情结势必引起本土性的反拨。更重要的是，"重写文学史"的去政治化的

---

① 旷新年：《"重写文学史"的终结与中国现代文学研究转型》，《南方文坛》2003 年第 1 期。

② 洪子诚：《关于五十至七十年代的中国文学》，《文学评论》1996 年第 2 期。

③ 韩琛、马春花：《后革命时代的张爱玲》，《中国现代文学研究丛刊》2010 年第 5 期。

"纯文学"想象带来了一种乌托邦式的错觉，并实际上构成了一种"非政治化"的文学史主流叙事，在遮蔽"重写"本身的政治性的同时，也为其蜕化为一种去政治化的意识形态作了形而上学的铺垫。

　　一切历史书写皆充满着过去与当下、想象与现实、虚构与材料、主观与客观的冲突和对抗。作为文本的"历史"的完成不是对这些矛盾因素的消除，而是将这些不可消除的矛盾张力微妙地表征出来，"历史"因此总是呈现出一种自我终结的趋势。"重写文学史"的实践当然也不例外。不过，这些悖反因素的存在并不是"重写文学史"自我终结的关键因素，笔者更愿意认为，是启蒙运动的不彻底所造成的非自然的"终结"。重写文学史的"终结"并不是"重写"的终结，而是"重写文学史"实践本身逐渐丧失其原初的价值立场，并日渐主流化、符号化和意识形态化，非政治的"纯文学"表象居然最终取代了其政治化的内在诉求，成为全部内涵的所在。"重写文学史"以追求文学史的解放为开端，却以再生产出新的束缚而"告终"，甚至背离了其初衷——人的自由和解放。今天的大部分文学史重写，都可以从两个层面说明其意识形态性：一是在学科体系层面极力维持现有的学科制度和利益关系；二是在社会层面以其"去政治化"的姿态保持着所谓"纯文学性"的追求。本来是以反霸权的"纯文学"姿态来达成一种历史多元、文化自由的诉求，最后却形成了去政治化的纯文学的"意识形态"。

　　"重写文学史"颠覆了革命文学史的压抑，却构成了一种新的封闭性，以致形成了一种非政治化"重写"的霸权。"重写"的意识形态化，意味着在构成不断发展、进步想象的同时，亦遮蔽了历史的失落、重写的无能与现实的压抑。"重写"的启蒙终以启蒙的失落而告终，意识形态化的"重写文学史"实践已不能为当下提供一种兼具现实批判性和未来想象力的文学史。这也许就是朱德发要以"启蒙的永恒复归"之精神，构造一部现代中国文学史的缘起。

三 《现代中国文学通鉴》的新启蒙史观

丧失现实批判性和未来想象的"重写文学史"，同时遭遇到来自左右两个阵营的质疑与挑战。新左派批评家分析了"重写文学史"和"20 世纪中国文学"的"现代化"意识形态，将之联结于新自由主义的全球霸权、当代中国激进市场化造成的阶级分化、后"冷战"时期之新帝国主义秩序的形成，以揭示启蒙史观内在的资产阶级立场①；而后现代论者则解构"重写文学史"的元叙事倾向，意在从民族国家主体的历史大叙事中发现地方性、差异性和混杂性②。如何在坚持基本的启蒙主义价值观的同时，又扬弃其意识形态化的负面因素，赋予启蒙范式的现代中国文学史的写作以"新"的结构、方法、概念和范式，即是《通鉴》所要实现的主要意图。

《通鉴》的写作首先扬弃了现代文学史一贯的线性进化论逻辑。如前文所言，启蒙史观虽然以反拨革命史观为出发点，但与革命文学史观共享着一种同样的线性进化的现代化逻辑，只不过在新的传统/现代的二元进化逻辑中，其革命实践及其史观被塑造为中世纪封建传统的还魂，而自己则处于现代的一端。在《通鉴》的绪论中，朱德发否定了现代文学相对于古代文学的"取代论"，更为重要的是，在承认现代性文学的历史主导性的同时，志在钩沉被线性文学史隐匿的文学话语，如旧体文学、民间文学、少数民族文学、通俗文学，等等，这些文学形态在《通鉴》中与现代文学主流彼此协奏，多种文学声音在文学史中的现身、对话与共鸣，实际

① 参见贺桂梅：《"新启蒙"知识档案：80 年代中国文化研究》，北京大学出版社 2010 年版，第 274—329 页。
② 陈晓明：《现代性与当代文学史叙述》，《文艺争鸣》2007 年第 11 期。

上形成一个"复调的历史"①，从而表征出现代中国文学之复杂多元的现代性特征。当然，《通鉴》对于革命文学的重估性书写，亦是对线性史观的否定，从极端意识形态化的革命文学中发现文学和历史，并将之纳入现代中国文学进程中进行客观表述，同样也是在拯救历史。

线性进化史观霸权的确立是现代中文学科体制建立的基础，并模塑了学科内在的等级体系。学科体制实际上构成了文学史书写的物质基础，真正的"重写文学史"实践，就不能不涉及学科体制本身的历史批判与合法性重构。"现代中国文学"学科这一新范畴，一方面"满足现代中国文学多维共同体的研究或书写的客观要求"；另一方面又能在现代中国这一"想象的共同体"中，实现民族、阶级、性别、区域文学间的平等②。尤其令人侧目的是，"现代中国文学"学科的提出，触及了现代文学学科体制的改革问题，而不是通过策略性的"重写"来回避学科体制的重构，维护既有的学术利益格局。如果不能在制度性层面上消除这种偏见，"那文学史的书写就不可能获得真正的解放，各种形态文学的评价也不可能获得真正的公平公正。"③ 所以，未涉及学科体制本身的重写不过是形式化的重写。

现代中国的数次启蒙思潮都带有进化论色彩，从而具有一种典型的后殖民征候。它的一以贯之的传统/现代的二元时间阶序，其实是内含着中国/世界、东方/西方的空间差序，中国和东方是一种特殊性的存在，而西方则是普遍性的历史，于是，现代中国史总被塑造为一个进入世界的历史。《通鉴》的绪论名为"世界化与中国文学"，与已知的大多现代文学史

---

① ［美］杜赞奇：《从民族国家拯救历史——民族主义话语与中国现代史研究》，王宪明等译，江苏人民出版社 2009 年版，第 50—81 页。

② 朱德发、魏建主编：《现代中国文学通鉴（1900—2010）：上卷·绪论》，人民出版社 2012 年版，第 36—39 页。

③ 同上书，第 38 页。

一样，在表面上似乎也具有这种自我殖民化的倾向，然而，朱德发在叙述中国文学的现代转化的时候，不断强调"中体西用"的文化主体性："中国文学现代化不同于西方国家文学现代化的最重要的特殊规律则是'中体西用'……而这个'本体'是根源于中国丰厚文化或文学资源所固有的生命力健在甚至超越性的东西，绝对不是以全盘从外国移植过来的东西作为中国文学的'本体'。"① 通过对中国现代文学之本土源流的追溯，以强调中国文学在 20 世纪激进现代转型过程中的主体意志，《通鉴》颠覆了那种"世界化"修辞的自我殖民化倾向，但也并没有陷入文化民族主义的极端本土化的妄念中。这毋宁说提供了一种现代中国文学之别样"世界化"的辩证想象：现代中国文学融入世界的同时，世界亦被带入了现代中国文学。

当下，世界与中国、现代与传统、主流与支脉、个人与社团等悖反因素往往纠结缠绕，让建构一个全景式的"现代中国文学史"变成叙事的历险，如何在现代中国多元驳杂的文学实践中寻求相对统一的"普遍性因素"，就成为能否成功建构多元统一的历史叙事的关键。朱德发把结构《通鉴》的统一性因素落实为"人的文学"，不同时代、地域、民族、阶级、党派、性别的文学实践，皆在这个包容差异的结构性的"人的文学"范畴获得一席之地。在这普遍性的"人的文学"范畴的历史辩证中，朱德发特别论述了革命文学的"人学"特征，申明其作为一种追求人类社会之公平正义的文学事实的相对合历史性。以"人的文学"囊括"通俗文学""传统文学""少数民族文学"等文学形态，显示了一个差异互现的结构性范畴的"机能性"特征。"人的文学"作为《通览》所表达的"新"启蒙史观的关键性概念，是在历史反思的基础上，永恒地复归 20 世纪 80 年代

---

① 朱德发、魏建主编：《现代中国文学通鉴（1900—2010）：上卷·绪论》，人民出版社2012 年版，第 31 页。

乃至五四启蒙运动的批判意识与解放精神，是一种致力于摆脱不成熟境况、建立在不断历史质询基础上的启蒙态度。

> 这种质询同时使得人与现时的关系、人的存在的历史模式和作为自主性的自我的构成成为问题。……可以连接我们与启蒙的绳索不是忠实于某些教条，而是一种态度的永恒的复活——这种态度是一种哲学的气质，它可以被描述为对我们的历史时代的永恒的批判。①

"以复古为革命"的新启蒙史观，激活了"重写文学史"的启蒙态度的活力与价值。《通鉴》不是否定启蒙史观，而是通过启蒙史观的自我批判、深化和扩散，在"永恒复归"的意义上既返回又超越了启蒙史观，并以"人的文学"为基础，涵盖了革命文学的另类的现代性书写。在解构线性进化史观的同时，《通鉴》侧重于过去与当下、主流与侧脉、文学与政治之间的对话与协商，是一种更为强调差异性、复杂性，充满了矛盾辩证与批判激情的"复调文学史"。在今日中国，"启蒙死了，启蒙万岁"的缘由并不在于封建传统的阴魂不散，而是因为在这个至今延续的"漫长的中国 20 世纪"中，事关理性、科学和民主的现代性启蒙，仍然是一个未完成的方案。

四　余论

在"重写文学史"众声喧哗的 1989 年，汪曾祺却说"重写文学史，还不到时候"②。"不到时候"并非妄言，乃是来自对当代中国之"现代性状况"的某种自觉，作为"未完成的方案"的现实性，事实上对历史书写

---

① ［法］福柯：《什么是启蒙》，《文化与公共性》，汪晖、陈燕谷主编，生活·读书·新知三联书店 2005 年版，第 433—434 页。
② 汪曾祺：《重写文学史还不到时候》，《文论报》1989 年 3 月 25 日。

造成了客观限制。据此而言，《通鉴》只能说是在一种可能的限度之内，部分地实现了编著者的文学观、历史观和价值观。目前中国及其文学依然处于一个至今延续着的"漫长的中国 20 世纪"，《通鉴》所能达到的程度和限度，其实也是这个"漫长的中国 20 世纪"目前所展示出来的程度和限度，依然是在这个略显"漫长"中的"重写"，并因此使自己深刻地嵌入历史之中。马克思说，"人们自己创造自己的历史，但是他们并不是随心所欲地创造"①。也许，真正具有自觉意识的历史主体，并不在于能否把握历史规律，而是能够清醒于自己以及自己所处时代的不能与可能。

（选自《理论学刊》2012 年第 12 期）

---

① 《马克思恩格斯选集》（第 1 卷），人民出版社 1995 年版，第 585 页。

学术承传与重构

——以朱德发先生修订《中国抗战文艺史》为例

杨洪承

从一个学者的学术之路、一个学科群体的发展，寻踪中国现代文学研究的演进印迹，是十分有意义的话题。中国现代文学研究的今天，无论是作为"拥挤"的"显学"学科，还是许多学者时时困惑、焦虑难以突破创新的专业，现代文学研究始终应该是一个历史的进程，是由几代学者为之奋斗努力而精心经营的学科和专业。这中间每个时代学科的领军人物和专业的学科带头人与其共存的群体团队之关系，是相互依存、相互衬托的生命整体。有成就有特色的、能够被历史保留下的中国现代文学研究必然是属于一个和谐的生命共同体。山东师范大学中国现代文学研究的学术历史和特色早已被学界同行普遍认可，早有前辈学者对朱德发先生的学术成就的首肯足以说明了这一点①。我感到骄傲和荣幸的是，曾经是山师大学术团队的一员，曾经受到这个优秀群体的许多前辈学者言传身教，可以说是他们引领我走进了现代文学的研究领域。

---

① 中国社会科学网2014—09—28：《竭力拓展现代中国文学研究的新格局——朱德发及山师学术团队与现代中国文学研究学术研讨会》。

20 世纪 70 年代末 80 年代初，学术研究没有像今天这样功利化、世俗化。面对一场刚刚过去的历史浩劫，文化文学处于百废待兴的时代，每一位学者有的只是默默耕耘，努力奉献自己的学术才华。大家将现代文学研究看作一种学术兴趣，更是一种热爱的事业。学者们强烈的使命意识，自觉地在建设学科和拓展专业的目标下传承学术。我想谈一件自己亲身经历的事情。20 世纪 80 年代初，朱德发先生帮助著名文学史家田仲济（蓝海）先生修改《中国抗战文艺史》①，耳闻目睹了前辈学者对学术的奉献，坦诚合作，一心为了现代文学研究事业的发展。在编写文学史过程中，两代人秉承学术公器，尊重历史、严谨治学，同时，又是真诚的宽容的平等交流和对话，为我们留下了一个特定时代现代文学史的典型文本，令人感受深切。今天，重温抗战文艺史修订始末，细细品味其修订的内容，真实地再现了不仅是两代学者重写文学史所彰显的学术风范，还多少可见朱德发先生学术之路及其引领的山东师范大学中国现代文学研究学术团队的历史发展，尤其不乏有一些编写文学史的经验和对当今学科建设有启示意义的学术话题。

一

学术研究需要具有平和的心态，既要始终保持历史敬畏中的尊重和宽容之心，又要面对当下回应现实、坦诚交流和相互理解、自觉的学术坚守。学术承传是一种共同向往又相互默契、孜孜不倦探索的文化精神。

20 世纪 80 年代初，朱德发先生接受出版社的邀请并被田仲济（蓝海）先生认可修改《中国抗战文艺史》的工作一事，最典型地反映出一代人的学术风范和山东师范大学以中国现代文学史编写和研究见长的学术传统是

---

① 蓝海：《中国抗战文艺史》，山东文艺出版社 1984 年版。

如何代代相传的。

田仲济（蓝海）先生在抗战烽火中写成，1947 年初版于上海的《中国抗战文艺史》，是中华人民共和国成立前的最后一部新文学史著作，也是新文学研究中的第一部断代史。这部著作以作者生活于历史之中的亲身经历和感受，对刚刚结束的抗战文艺史料的保留和记录。著作出版之后，很快就有了日本学者波多野太郎的日译本，随后在日本、香港也出现了各种盗版本，在国内外学术界引起较大的反响。1979 年田仲济、孙昌熙两位先生主编《中国现代文学史》由山东人民出版社出版，朱德发、冯光廉、蒋心焕诸先生都是该文学史编写组的骨干成员。这部文学史是打倒"四人帮"之后开国内重写现代文学史的先河，同时，该文学史又以思想解放、多有冲破禁区的文学史叙述而在学术界产生了较大影响。由此，山东师范大学中国现代文学研究以重写文学史彰显特色。同时，出版社也从中看到了巨大商机，又正当山东文艺出版社刚刚成立不久，亟须打出品牌。于是，与田先生商量拟出一套"中国现代文学史丛书"，首先，加紧修订再版"人民社"的《中国现代文学史》。其次，丛书拟编写现代文学的小说、散文等四大文体史为主，再就是希望田先生能够尽快修订《中国抗战文艺史》纳入丛书中一种。当年因田先生身兼副校长，学术活动又多，还要指导研究生，所以自己修订之事"一拖再拖"。他在"修订再版后记"说："于是出版社代我找了朱德发同志代为修改。我同朱德发先生谈了我的设想，一种办法是补缺补漏，一种办法是重写，那就是大改。"就这件事情的本身来说，显然，是一件"吃力不讨好"的事情，在今天是不会有人做的。一是要修订的史著已有了既定的学术影响，作者又是老师辈的学者；二是朱德发先生已是出版了产生较大反响的《五四文学初探》[①] 专著的学

---

① 朱德发：《五四文学初探》，山东人民出版社 1982 年版。

者，他并不需要通过修订田先生的著作来成名。所以，事情的接受应该是朱德发先生一种无私的学术奉献，是一种历史尊重使命感和学术坚守的自觉意识。

每次读"修订再版后记"时，给我很深的感触是，面对学术研究者的"尊重"和"奉献"不是单方面的，而是一种互相的坦诚的平和心态下的默契和自觉的体认，彼此心与心的体验和理解。1984年修订版《中国抗战文艺史》出版，既满足了国内读者、研究者长期现代文学断代史著空缺的阅读和研究需求，又适应了当时现代文学史重写的学术期待。修订本在完全保留原书章节的构架的前提下，在原10万字的基础上增加了近20万字，田先生又指导我做了一个5万字的"抗战文艺大事记"附录书后。如此大的工作量和书出版以后来自各方面的声音，从来没有听到朱德发先生说什么。我倒是注意到两个书里书外的细节，足以可见山东师范大学中国现代文学研究之所以生生不息的精神脉络，尤其具有特色的中国现代文学史编写传统形成的缘由。

一是田先生在"修订再版后记"中清楚而又直接地陈述修订成因："既然由他（朱德发）代改，那就怎样改都可以，由他确定好了，由他自己找一个顺手的办法。""全部增订稿很快出来了，朱德发同志很客气地要我看一遍"。"写文章每个人都有自己的风格，对于任何事物每个人都有自己的看法，这看法不一定尽异，可肯定是不会尽同的。在这种情况下，我自然当尽可能地尊重增订稿的风格和看法"。并且明确地表述，修订过程中，朱德发先生"下笔是尽量迁就了我，费了些心思的"。这既是田先生放手让朱德发先生按照自己的风格和想法修订，而朱德发先生努力保留原著和十分尊重田先生的意见花费了许多心血。两代学者对待学术坦诚和敬业的治学精神，成功的学术合作，对于后学的影响我认为远远大于修订文本本身。学术的永恒生命和延续发展，跨代际之间的真正精神相通、默契承传是其核心和重要纽带。而本质上，又源于一种彼此共同的历史使命感、自觉学习的意识。历史过来人田先生身上的历史使命感无须多言。多少年后，朱德发先生谈到他为什么接受修订任务时，说："我觉得作为一个大学教师，或作为一个学者，一个应该通过文学史的写作来提高自己，不仅要写文学史，而且要研究文学史……""作为一个真正的现当代文学的学者，不仅要教好文学史，而且要写好文学史，研究好文学史，这是责任所在也是价值所在"①。朱先生这番话不只是间接在说事情的缘由，更多是传达一代学者的学术责任和学术志向，这对我们当下正在学术追求中的同行青年学者不无意味深长的精神启示。

二是我注意到朱德发先生关于修订过程和之后没有写什么说明文字，只是认真地默默地在做延续文学史编写和研究的工作。我感兴趣的不只是1984 年修订版《中国抗战文艺史》问世有影响，而是朱德发先生随后出版的《中国五四文学史》② 专著，主编的《中国现代文学史教程》《新编中国现代文学史》《中国现代文学简史》《中国现代纪游文学史》《中国现代文学史实用教程》，以及新近出版的《现代中国文学通鉴》等一系列文学史著作。如果说以文体为史的框架之"五四文学史"，有对"抗战文艺史"结构的吸收、断代立史的启发，那么朱先生大胆质疑传统"五四文学革命观"的学术思想，找到了一个契合的载体可能更为准确。该史著将新的五四文学思想认知与五四创作实践的细致梳理相结合，开拓了一种崭新而完整的五四文学史叙述。而这之后，朱先生担当如此多种文学史的主编，既有与他的同辈学者的合作，又有带领他的学生们共同完成的。他在如何处理文学史主编与编写组成员的关系，个人学术观点纷争与史的整体统一之间的矛盾上，一些想法和做法能够被参与其中的同辈学者认可，被他的学

---

① 朱德发：《朱德发文集》（第 9 卷），山东人民出版社 2014 年版，第 290 页。
② 朱德发：《中国五四文学史》，山东文艺出版社 1986 年版。

生们折服，不无延续和承传了朱先生在修订"抗战文艺史"中与田先生一代学者的精神风范，即面对学术始终保持的宽容平和的心态，相互尊重的平等和严谨治学的态度及其强烈的历史使命感。上述文学史的编撰，大都应急了每个时代现代文学史教学和研究的迫切需要。与其说一本本文学史产生了积极影响，倒不如讲在文学史的编写过程中，一种学术精神获得薪火相传，一个有着生气的学术团体在不断地更生。

二

心态在学术研究中固然重要，但最重要的目的还是为了真正走进研究对象。以文学史编写见长的山师大中国现代文学史研究，深入历史研究不是依赖假设和大胆判断，而是小心触摸、回归历史本源的透视。

20 世纪 80 年代初，朱德发先生修订"抗战文学史"接受的最大挑战就是，面对一部以保存抗战文艺史料为特色的史著如何着手？朱先生的努力和费心、理解和实践不只是简单应对修订工作本身，依然给我们看到的是一种史学研究传统的继承、一种敬畏历史的学术精神之延续和追求。

田先生以那段战争历史的亲历者身份，如实而迅疾地记录了刚刚结束的抗战文艺生活，留给后人的是抗战文艺的史料和史实。仔细阅读朱先生的修订本可以发现对史料的增加和修正的内容几乎涉猎到每章每节，大的方面，有原区域性的抗战文学创作空白的填补，如根据地解放区的新话剧、小说和其文艺运动等都是原著中没有的。如抗战时期巴金、王了一、冯至等作家散文小品创作的增加。小的方面，补充随处可见。如原有抗战报告文学、小说、诗歌等主要文类章节中的扩充，甚至不乏新史料的发现。例如原著"诗人与诗作"一节，主要详细谈了臧克家和艾青两位诗人的部分代表作品，其他点到柯仲平、王亚平等诗人一两部作品的不足 20位，字数也不到 3000 字。修订本在原有内容保留基础上，不仅充实了既有的臧克家和艾青抗战诗作的介绍分析，而且扩大了重要诗人的范围，对田间、胡风、何其芳、力扬等一批诗人代表性作品评述。更可贵之处，挖掘出抗日根据地晋察冀边区年轻诗人陈辉《过东庄》（1940 年）和抗战初期在上海的王统照《横吹集》《江南曲》（1938 年）等鲜为人知的诗作。除此之外，提到诗人诗作名字的近 40 人，整整增加了一倍。字数扩大到 1 万余字。做这样的简单比对，不只是要说明朱德发先生修订的工作量之大，还是修订中如此增补的取向思路有着学术的启迪：

其一，修史的基本态度是对历史的尊重，同时，又不可回避历史的"当代性"。任何文学史都是属于编纂者的时代文学史。田先生写抗战文艺史是他生活在 20 世纪 40 年中期战时大后方的重庆生活见闻有意识的整理搜集的结集。当时环境条件的限制根据地解放区和沦陷区的生活是缺失的。自然没有必要一定强求当时作者就具有全局性的抗战视野。朱德发先生修订时的 20 世纪 80 年代初是刚刚获得思想解放的文坛，扩充抗战主流话语的文艺内容自然是最合情合理。另外，战争过后，历史也提供了可以重新全景观照的条件，填补原来根据地解放区和沦陷区的空白也是最为顺手的事。我们认真地读修订本，朱德发先生并没有任意地借助历史的合情合理无节制地增写改写，而是在寻找历史原点，回到历史现场，从原材料中补充修订，力求与原著无缝对接地增补，即从史料中还原抗战的生活。修订本中的"抗战小说"一章中，重新增写了"新天地新创作"（侧重短篇）一节，将抗战时期根据地丘东平、刘白羽、丁玲等的小说，以及今天已经大家熟悉的康濯、孙犁和鲜为人知的菡子《纠纷》、崔璇《周大娘》、王林《五月之夜》等解放区小说创作一一描述清楚。而且就是在原有的章节中，也均有不同程度的充实，有些补充篇幅也相当大。比如"竟写长篇"一节增补除了原著中提到的沙汀、茅盾、姚雪垠、巴金、田涛近十位作家的长篇创作外，增加介绍或分析了萧红、艾芜、骆宾基、严文井、李广田、陈瘦竹、碧野、王西彦等20余位作家及其作品，中间有些至今也是陌生的，或者说不读现代小说史或断代史是无法知道的作家作品。应该指出的是，田先生是抗战历史的经历者、过来人，而朱德发先生完全依赖历史现存的史料查阅整理，是从一本本发黄破损、满是灰尘的旧报刊中获得的历史原材料，填补上述如此大的空白。（记得20世纪80年代初，朱先生曾送我一本油印本的他搜集整理的解放区创作资料集，应该是他的前期成果吧。）尤其在20世纪80年代初期，他做的这些史料工作所遇到的难度，可以说并不亚于田先生写作的当年。田先生首肯了朱德发先生的劳作："费了些心思"，"怎么说，这是两人共同的东西了，这个劳动是该感谢的"。因此，我认为修订本中某些新资料的发现和充实，既很好地完成了与原著的自然贯通，也一定程度提升了原著的学术价值。这是十分可贵的，更是不易的。

其二，修史的态度与取向决定了文学史编纂的价值，那么最终透视出了的是编纂者的学术底蕴，并将此为一种孜孜不倦的执着的事业追求，从而推进了学术传统的发展和学术建设有特色的呈现。1984年朱德发先生修订"抗战文艺史"的同时，还在田先生主编的《中国现代文学史》修订版中接受了部分编写的任务和承担了全部通稿的工作。20世纪80年代初，这两部文学史虽然封面上田先生署名，但事实是两代人学术合作的成果。朱德发先生的努力不只是对修史本身投入了大量精力，而是身正为范地自述是一种学术责任的驱使和学术精神承传的自觉。从现实方面说，他以深入历史，虚心学习，学术自由、专业求真的姿态成功完成了并不是每个人都能够做到的代际合作工作。这中间给我们启发的是，纵观朱先生由此开始独立修史的学术之旅，他的文学史编写成果和经验突出而鲜明地呈现了这段合作给予的学术承传和学术创新的意义。

朱德发先生的文学史编写大体分两类：一类是断代史《中国五四文学

史》、类型史《中国现代纪游文学史》《中国情爱文学史论》等；二类是各种通史《中国现代文学史》的"新编""精编""教程""实用教程"及"通鉴"等。这两类文学史编写共同的原则，诚如他在五四文学史"后记"中所说："力求坚持实事求是的态度，从原始史料出发……既不简单地套用现成的公式和某些流行的概念去评述复杂的文学现象，又不无视作家在文学史上的实际贡献而主观地去裁判其在文学史上的地位，尽力依据史实还原历史本来面目的结论。"显然，这一坚持是文学史编写的最为重要的思想灵魂，也是一种治史的精神传统。这是与他前期同田先生和谐合作、辛勤努力积极实践分不开的。这些文学史编写后均产生不同程度的积极反响，朱先生以自己的学术实践成果也进一步说明了一代人的学术接力棒成功的传递。他的文学史的编纂既是实绩的证明又是新一代的学术标杆。因为，在这两类文学史编纂中，以自己的思考和方式进行历史叙述的自觉十分明显和强烈，更有着对学术传统的突破和积极推进。不单是那些断代、类型史在历史时段和文学现象的选择上的独辟蹊径，大都开了现代文学某一分类编史的先河。而且对这段文学史整体和局部、现象和特征、演变和规律的文学史叙述上均有自己的探索与思考。比如 20 世纪 80 年代末，他在主编《中国现代文学史新编》① 时，就对习惯性的现代文学史的旧体例作了大胆的新调整。全书吸收了论著板块，结构分为"开篇""正篇""末篇"三大部分，将文学史的整体发展轨迹的勾勒与密切联系的思想文化社会的思潮演变，作为史的开篇；主体部分虽然表面是普遍的小说、诗歌、散文、戏剧文体创作为文学史的"正篇"框架，但是并不是传统的作家作品论，而是寻求创作内在风格、流派和题材元素为史的篇章。"末篇"文学史的承上启下，当代文学的展望。这些不乏新意的努力尝试，正是反

---

①　孙昌熙、朱德发主编：《中国现代文学史新编》，宁夏人民出版社 1987 年版。

映了朱先生文学史编写和研究有了自己独立的主体意识，较为娴熟地驾驭了中国现代文学这一丰富而复杂的历史系统。

三

学术研究对于个体学者是一项寂寞的事业，对于群体是一种默认的文化精神，而且是大家自觉秉承传统又积极大胆创造的文化追求。我们从朱德发先生修订的"抗战文艺史"中，能够读出他"修史"的背后，是一个严谨学者探寻学术研究之路、锻造和历练学术个性的过程，也是一个不断创新、重构学术的过程。

修订本的《中国抗战文艺史》就整体框架言，原著的章节和章节标题没有大的变化，微小的调整是，将"绪论"改为第一章，增加了每章重写一节（侧重根据地解放区或抗战后期的文学内容）和附录的"大事记"。自然，这从抗战文艺的原貌反映、原著精神的完整保留及修订的"顺手"来说应该是最佳的处理方式了。但是，看起来不经意的调整，仍然可以见到修订者积极的思想对于原著的重构。首先，增补的内容不是可有可无的字数扩充，而是立足原著的基点，放眼抗战历史的全景，还原了抗战文艺鲜活的本真生态。全书增补重写的大量文字为抗战时期根据地和解放区的文艺原貌的描述，这是当年田先生生活范围所限的缺少部分，补充尊重了历史的真实。因此，修订者大胆而严格坚守了回到历史现场的重写，一切以原始史料说话又坐实了有着自己思考的重构。今天重读修订本能够感到抗战文艺的完整展现，正是朱先生投入了他的辛勤劳作和学术思想。其次，修订本中一些微小的局部补正，更显其专业功底和修史旨在准确寻找历史的细节，把脉历史的跳动。比如"新文艺发展的路向"第二章的最后一节"民族解放战争的爆发"原著只有一个小段文字交代战争爆发抗战文艺遂有了从来未有的发展。修订中并没有添加太多的内容说明如何发展，只是又补写了不长的一段文字，既与原书的风格相统一，又以 1936 年 10 月文艺界发表了《文艺界同人为团结御侮与言论自由宣言》典型史实的补充，十分到位地反映了民族抗战团结了广大文艺工作者的真实场景。最后，修订本的文学史重构还在于，除了对原著涉猎到文本和史料增补外，借助新增加的资料加强了"史"的评述和历史规律的总结。如原著中的第三章"通俗文艺与新型文艺"是该断代史非常有特色的章节，但是对抗战带来的一些新型文体描述仅仅是点到为止并没有展开。比如"街头诗与朗诵诗"一节虽为最早发现了一种新的通俗创作现象，提到一些代表作家作品，但该文类的价值意义文学史的评述单薄。修订本选取 1938 年 11 月《抗战文艺》中，徐中玉《论我们时代的诗歌》文章观点的转引，对抗战初期新诗特点及朗诵诗的价值给予了评述，历史感很强又有修史者选择中呈现的鲜明倾向性。

我这里强调修订本在上述三个方面的重构重写，只要简单比对原著和修订本是显然可见的。田先生说写文章的"风格"，对待事物的"看法"应该允许"尽异"，这是认同肯定了朱先生的重写重构。田先生还说"这是两人共同的东西"。我理解修订本更是两种历史重构的文本：一是对刚刚过去的抗战历史的重构，二是对抗战历史有了一定时间沉淀的重构。前者侧重跟踪式的记录，后者多有反思性的评述。这恰恰正是文学史编写学术研究的基本特性。既然是特性应该缺一不可，那么历史史料记录的客观性和历史评述的主观性两者很好地结合，不正是文学史研究的最佳境界吗！从这个意义上说，修订本的这一努力是很见成效的，尤其是在 20 世纪 80 年代初的历史语境下进行的这一境界学术追求，更是值得我们沉思。今天，修订本抗战文艺史在学者的研究中仍然是较高转引率的文本应该是最好的证明了。

学术研究需要不断的重构，如同文学史的常写常新。但是，最重要的前提是，研究者、文学史编纂者应该具有自己的学术思想，有独立的文学史（观）史识。朱德发先生修订"抗战文艺史"反映出来的学术个性和文学史知识的从容驾驭，除了他勤奋而踏实地沉潜于现代文学原始史料的细致爬梳，广泛搜集整理第一手资料所表现出的扎实学术功底外，就在于他的学术研究和文学史编写更有着深入研究对象和反省历史的独立学术追求。

以修订"抗战文艺史"为界，1984 年之前，朱德发先生关于五四文学指导思想和茅盾文艺思想的研究在学界产生的较大反响，并非仅仅是一种特定时代打破禁区的思想解放，或激进的学术反思。前者最早大胆提出五四文学根本性质和指导思想民主主义和人道主义的观点，后者系统辨析茅盾前期思想中博采西方众多文艺思潮写实主义、自然主义及无产阶级的社会主义等，细致解析茅盾文学创作和理论批评中的思想纹路，都表现出文学史研究学理性的坚持，面对文学历史的问题中心任务是，旨在通过存在之由变迁之故探寻其历史的真谛，而非先验性的观念强加或立意识形态的标签。五四文学首先正视她是"复杂的形态"和"各种'新思潮'的混合体"的历史存在。即便革命作家茅盾其思想和创作的内涵也非单一的。朱先生以开阔的世界文学视域将茅盾置于一个多维的社会空间深入透视。由此形成的系列研究论文和最后成书的《五四文学初探》和《茅盾前期文学思想散论》① 这两部论著，奠定了朱德发先生在中国现代文学研究界有影响的学术地位。这样来看，朱先生能够被田先生认可，担当起"抗战文艺史"修订的重任，并且在修订中表现出自己的学术个性和积极的文学史重构意识绝非偶然了。

之所以确立修订"抗战文艺史"为朱德发先生学术研究的一个重要节

---

① 朱德发、阿岩、翟德耀：《茅盾前期文学思想散论》，山东人民出版社 1983 年版。

点，是 1985 年之后，他的中国现代文学研究以文学史编写为中心发散多个研究领域，对 20 世纪中国文学历史自己的认知不间断地超越，并且将个人的学术研究影响和滋润着一个学术团队的成长。前面已说，1986 年他个人独著《中国五四文学史》问世，既是前期五四文学独立研究后"史"的集成，又不无在修订抗战文艺史中受到的启发。值得我们关注的是，20 世纪 90 年代以来，他先后主编各类现代文学史著作近 20 种之多。他不只是一个单纯的主编者，而是通过文学史编纂深化和拓展了他的文学史研究。这集中表现为他文学史编写中相关问题的积极思考和理论的建构逐渐成熟。2010 年《现代文学史书写的理论探索》论著的出版是他学术重构的新标杆，他集多年编纂文学史和研究文学史之经验，提出以"学科意识、文学史观、价值标准、思维定式，建构其创新性的文学史理论体系"①，既视野恢宏又高屋建瓴。论著由现代文学史编写的本体内在史观、思维与外在学科建设、价值评判的二极四维空间展开严密逻辑论证，从而创设了一种理论探索的路径。其理论的建构可以说出这样和那样的缺漏和不足，但是你不能不承认探索的积极性和不无理论的启发性。比如，他提出人本文学史观和真善美价值体系，就今天文学史编写来说已经被普遍认同，但是对此史观和价值体系真正予以史学理论整体建构的，朱先生应该是开创性的探索者。2006 年，朱德发先生出版了一本 30 余万字的"序评集"②，收集了他为 50 余部中国现当代文学研究论著写的序言，为 20 余部现代文学研究论著或当代文学新作品写的书评。评述对象尽管大都是中青年学者和作家，但是我认为不仅反映出朱先生热情扶持后学的人文情怀。更应该看作他开阔的学术视野、广博的中国现当代文学研究学术造诣，个人学术思想的新的延续，一个学术群体生成的缘由。这里一篇篇序言和书评的背后，

① 朱德发：《朱德发文集》（第 9 卷），山东人民出版社 2014 年版，第 4 页。
② 朱德发：《朱德发序评集》，山东电子音像出版社 2006 年版。

渗透着朱先生学术思想在不同角度不同对象中的重构和新阐释，同时，如此壮观的中国现代文学研究群体学术成果的集体展示，也传递着学术之树常青、根深叶茂的生命密码。每个读者都能够深切感受到的是一种学术传统的存在，受惠的自然不只是山东师范大学这一学术团体，更是中国现代文学史研究的事业。

[选自《玉林师范学院学报》（哲学社会科学）2015 年第 1 期]

附　录

三

朱德发小传

朱德发（1934—2018），男，汉族，山东蓬莱人，中共党员，山东师范大学文学院教授，博士生导师。1951年至1960年在蓬莱县从事教育工作。1960年，被保送到曲阜师范大学汉语言文学专业学习深造。1964年，大学本科毕业后，被分配到山东师范大学中文系从事中国现当代文学教学与研究工作。1985年晋升为副教授，同时开始指导硕士研究生。1987年破格晋升为教授。1995年被遴选为博士研究生导师。2009年被聘为山东师范大学国家重点学科资深教授。

朱德发先生曾任山东师范大学语言文学研究所所长兼中文系副系主任、山东师范大学学位委员会副主任、山东师范大学学报编委会副主任，山东省及国家重点学科（中国现当代文学）学术带头人和负责人；曾经担任的社会兼职主要有中国现代文学研究会副会长、中国鲁迅研究会理事、中国作家协会会员、山东省中国现代文学学会会长、山东省茅盾研究会会长、山东省比较文学研究会副会长、山东省华夏文化促进会副会长、山东省作家协会主席团委员等。先后被南京大学、苏州大学等聘为兼职教授。1988年、1994年两次被评为山东省专业技术拔尖人才，1992年被批准享受国务院政府特殊津贴，1998 年和 2001 年两次被山东省高工委评为全省高校优秀共产党员。2008 年荣获山东省社会科学突出贡献奖。

朱德发先生是优秀的教育家。他早年在家乡从事基础教育工作，大学毕业后在高校执教五十余年，先后为本科生、硕士研究生、博士研究生授课，并指导博士后。直至 2017 年还坚持给博士研究生完整讲授学位课程。他不仅培养了众多优秀学者、批评家和多个行业的栋梁之材，还形成了先进的教育思想和独特的教育理念，在深化教学改革、创新教学内容、提高教学质量等方面取得了一系列优秀教学成果。曾 7 次荣获山东师范大学优秀教师奖、教书育人先进个人奖、教学优秀成果奖，3 次荣获山东省教学优秀成果奖一、二等奖，1 次荣获国家级教学优秀成果奖二等奖。1993 年荣获国家教委曾宪梓教育基金高等师范教师奖二等奖。2003 年荣获国家教育部"中国首届百名高校教学名师"称号。

朱德发先生是一个著名学者。他在学术研究方面成就卓著，为中国现当代文学研究做出了重大贡献。他在《中国社会科学》《文学评论》《中国现代文学研究丛刊》等重要学术期刊发表论文 300 余篇，仅在《中国社会科学》就发表论文 3 篇。主持并完成国家社会科学基金项目、教育部人文社会科学研究项目和山东省社会科学规划项目等 10 多项。正式出版的独著、合著、主编、参编著作共 50 多部，其中在国内外产生重要影响的有《五四文学初探》（1982 年）、《茅盾前期文学思想散论》（1983 年）、《中国现代文学史教程》（1984 年）、《中国五四文学史》（1986 年）、《新编中国现代文学史》（1989 年）、《中国现代纪游文学史》（1990 年）、《爱河溯舟——中国情爱文学史论》（1991 年）、《20 世纪中国文学流派论纲》（1992 年）、《中国山水诗论稿》（1994 年）、《主体思维与文学史观》（1997 年）、《诺贝尔文学奖得主全传》（1997 年）、《跨进新世纪的历程——中国文学由古典向现代转换》（2000 年）、《评判与建构——现代中国文学史学》（2002 年）、《世界化视野中的现代中国文学》（2003 年）、《20 世纪中国文学理性精神》（2003 年）、《穿越现代文学多维时空》（2004 年）、《现代中国文学英雄叙事论稿》（2006 年）、《思维的飞翔》（2009 年）、《现代文学史书写的理论探索》（2010 年）、三卷本《现代中国文学通鉴》（2012 年）、十卷本《朱德发文集》（2014 年）、《为大中华造新文学——胡适与现代文化暨白话文学》（2016 年）、《现代中国文学新探》（2016 年）等。曾担任中共山东省委宣传部向国庆献礼项目"山东新文学大系"现代部分主编。有三部参与主编的文学史被翻译到韩国。这些学术成果先后荣获部省级人文社会科学优秀成果奖与文艺评论奖达 30 余项次。其中国家教育部优秀科研成果奖（人文社会科学类）二等奖 3 项，山东省社会科学优秀成果奖一等奖 4 项、二等奖 9 项、三等奖 6 项，山东省首届文艺评论奖、刘勰文艺评论奖、泰山文艺奖等 7 项。

朱德发先生为中国现代文学研究界第二代学人中的杰出代表，是中国现当代文学研究领域的领军人物，他视学术为生命，数十年来潜心于现代中国文学研究，主要致力于五四文学、20 世纪中国文学流派与思潮、传统文学与现代文学关系、现代中国文学史学等领域的研究，成就卓著，享誉国内外。2003 年金秋时节，山东师范大学举行座谈会，庆祝朱德发先生从教 50 周年暨荣获"国家级教学名师"称号，中共山东省委领导、学校领导和来自全国各地的专家、学者到会祝贺。2014 年 9 月 24 日，由山东师范大学主办，中国现代文学研究会、中国现代文学馆、山东省中国现代文学学会协办，山东师范大学文学院中国现当代文学国家重点学科承办的"朱德发及山师学术团队与现代中国文学研究"学术研讨会，在济南隆重召开，莅临大会的中直机关部门、省校领导和来自全国各地的专家、学者，对朱德发先生的师者风范、治学精神、学术成就、卓越贡献，给予了崇高评价，产生了广泛而深远的影响。

2018 年 7 月 12 日 18 时 40 分，朱德发先生因病医治无效，在济南逝世，享年 85 岁。

（陈夫龙　执笔）

朱德发著作编年

1975 年

朱德发参编《中国现代文艺思想斗争史》（内部教材），南充：南充报社印刷厂 1975 年版。

1979 年

朱德发参编《鲁迅作品教学初探》（2），天津：天津人民出版社 1979 年版。

朱德发参编《鲁迅作品讲解》（上、下册），济南：山东人民出版社 1979 年版。

朱德发参编《中国现代文学史》，济南：山东人民出版社 1979 年版。

1982 年

朱德发：《五四文学初探》，济南：山东人民出版社 1982 年版。

1983 年

朱德发、阿岩、翟德耀：《茅盾前期文学思想散论》，济南：山东人民出版社1983年版。

1984 年

冯光廉、朱德发、查国华、姚健、韩之友、蒋心焕编著《中国现代文学史教程》（上、下册），济南：山东教育出版社1984年版。

冯光廉、朱德发、刘新华、查国华、姚健、韩之友、蒋心焕编著《中国现代文学史题解》，济南：山东教育出版社1984年版。

冯光廉、朱德发主编《中国现代当代文学二百题》，济南：山东文艺出版社1984年版。

朱德发参编《中国抗战文艺史》（重写本），济南：山东文艺出版社1984年版。

1985 年

朱德发参编《中国现代文学史》（修订本），济南：山东文艺出版社1985年版。

1986 年

朱德发：《中国五四文学史》，济南：山东文艺出版社1986年版。

朱德发等：《中国现代纪游文学英华》，济南：山东人民出版社1986年版。

朱德发参编《青少年学文学》，济南：山东人民出版社1986年版。

1987 年

孙昌熙、朱德发主编《中国现代文学史新编》，银川：宁夏人民出版社 1987 年版。

朱德发参编《中国现代文学简明词典》，济南：山东教育出版社 1987
年版。

1988 年

孙昌熙、朱德发、臧恩钰主编《中国新文学作品选评》（上、中、下
三册），沈阳：辽宁教育出版社 1988 年版。

1989 年

朱德发、蒋心焕主编《中国现代文学简史》，济南：山东文艺出版社
1989 年版。

朱德发、蒋心焕、陈振国主编《新编中国现代文学史》，济南：明天
出版社 1989 年版。

朱德发参编《在东西古今文学的碰撞中》，北京：中国城市经济社会
出版社 1989 年版。

1990 年

朱德发主编《中国现代纪游文学史》，济南：山东友谊书社 1990
年版。

朱德发、韩之友选注《鲁迅选集》（杂文卷），济南：山东文艺出版社
1990 年版。

朱德发参编《中学语文赏析》（3），北京：中国广播电视出版社 1990
年版。

1991 年

朱德发等：《爱河溯舟——中国情爱文学史论》，天津：天津教育出版社 1991 年版。

1992 年

朱德发：《20 世纪中国文学流派论纲》，济南：山东教育出版社 1992 年版。

1994 年

朱德发主编《中国山水诗论稿》，济南：山东友谊出版社 1994 年版。

1995 年

朱德发：《五四文学新论》，济南：山东文艺出版社 1995 年版。

车吉心、朱德发主编《世界大失败者传》，济南：明天出版社 1995 年版。

1996 年

朱德发、邢富钧主编《中国新文学六十年》，沈阳：春风文艺出版社 1996 年版。

1997 年

朱德发：《主体思维与文学史观》，济南：山东教育出版社 1997 年版。

车吉心、朱德发主编《诺贝尔文学奖得主全传（1901—1995）》，济南：明天出版社 1997 年版。

1999 年

朱德发主编《中国现代文学史实用教程》，济南：齐鲁书社 1999 年版。

朱德发主编《山东新文学大系·现代部分 6 卷》，济南：山东文艺出版社 1999 年版。

2000 年

朱德发主编《跨进新世纪的历程：中国文学由古典向现代转换》，济南：明天出版社 2000 年版。

2002 年

朱德发、贾振勇：《评判与建构——现代中国文学史学》，济南：山东大学出版社 2002 年版。

朱德发参编《多维视野中的鲁迅》，济南：山东教育出版社 2002 年版。

2003 年

朱德发等：《20 世纪中国文学理性精神》，上海：上海人民出版社 2003 年版。

朱德发：《世界化视野中的现代中国文学》，济南：山东教育出版社 2003 年版。

2004 年

朱德发：《穿越现代文学多维时空》，济南：山东文艺出版社 2004 年版。

2006 年

朱德发等：《现代中国文学英雄叙事论稿》，济南：山东教育出版社
2006 年版。

朱德发：《朱德发序评集》，济南：山东电子音像出版社 2006 年版。

2007 年

朱德发主编《中国现当代文学 500 题解》，济南：山东教育出版社
2007 年版。

2009 年

朱德发：《思维的飞翔》，济南：山东友谊出版社 2009 年版。

朱德发参编《中国新文学家与现代文化建设》（上、中、下三册），济
南：山东教育出版社 2009 年版。

2010 年

朱德发：《现代文学史书写的理论探索》，济南：山东人民出版社 2010
年版。

2012 年

朱德发、魏建主编《现代中国文学通鉴（1900—2010）》（上、中、下
卷），北京：人民出版社 2012 年版。

2013 年

朱德发主编《现代中国文学史精编（1900—2000）》，济南：山东教育

出版社 2013 年版。

朱德发、赵佃强编《国语的文学与文学的国语——五四时期白话文学文献史料辑》，北京：人民出版社 2013 年版。

2014 年

朱德发：《朱德发文集》（共十卷），济南：山东人民出版社 2014 年版。

朱德发、阿岩、翟德耀：《茅盾前期文学思想散论》，台湾新北市：花木兰文化事业有限公司 2014 年版。

2016 年

朱德发：《为大中华　造新文学——胡适与现代文化暨白话文学》，北京：人民出版社 2016 年版。

朱德发：《现代中国文学新探》，济南：山东人民出版社 2016 年版。

（陈夫龙　搜集整理）

朱德发著作评论编年

1983 年

孙昌熙、魏建：《现代文学研究的新收获——评朱德发同志的〈五四
文学初探〉》，《山东师大学报》（哲学社会科学版）1983 年第 3 期。

1986 年

侯书良：《第一部〈中国五四文学史〉》，《山东新书目》1986 年第
32 期。

张学军：《茅盾研究的新收获——读〈茅盾前期文学思想散论〉》，
《齐鲁学刊》1986 年第 3 期。

1987 年

关山：《新观念 新体例 新方法——简评〈中国现代文学史新编〉》，
《镇江师专学报》（社会科学版）1987 年第 4 期。

1988 年

徐萍：《一本具有开拓精神的现代文学史书——评孙昌熙　朱德发主编的〈中国现代文学史新编〉》，《绍兴师专学报》（社会科学版）1988 年第 1 期。

韩日新：《五四文学研究的新成果——评〈中国五四文学史〉》，《山东师大学报》（社会科学版）1988 年第 2 期。

肖烨：《历史，是一部写不完的大书——读朱德发的〈中国五四文学史〉》，《青岛师专学报》1988 年第 1 期。

1990 年

宋益乔：《简评〈新编中国现代文学史〉》，《山东社会科学》1990 年第 1 期。

谷辅林、胡协和：《走向自身的创新与突破——评〈新编中国现代文学史〉》，《山东师大学报》（社会科学版）1990 年第 5 期。

韩立群：《审美与历史的统一——评〈新编中国现代文学史〉》，《青岛大学学报》（社会科学版）1990 年第 3、4 期。

1991 年

朱晓云：《纪游文学的拓荒之作——读〈中国现代纪游文学史〉》，《山东师大学报》（社会科学版）1991 年第 4 期。

魏建：《文学形态、文学主题与文学的历史——有感于〈中国现代纪游文学史〉》，《中国现代文学研究丛刊》1991 年第 4 期。

周源：《简评〈爱河溯舟〉》，《山东社联通讯》1991 年第 4 期。

齐飞：《严肃的探索　有益的开拓——评第一部系统研究中国爱情文学的专著〈爱河溯舟——中国情爱文学史论〉》，《天津书讯》1991 年 8 月

25 日。

齐子：《爱情文学研究的新突破——〈爱河溯舟——中国情爱文学史论〉评介》，《作家报》1991 年 9 月 7 日。

鲁石：《〈爱河溯舟——中国情爱文学史论〉问世》，《山东师大学报》（社会科学版）1991 年第 5 期。

祝鲁：《爱与美的探索——朱德发等著〈爱河溯舟〉札记》，《文艺报》1991 年 11 月 23 日。

1992 年

甄诚：《严肃的探索　纵深的开拓——评〈爱河溯舟——中国情爱文学史论〉》，《滨州师专学报》1992 年第 1 期。

房赋闲：《疏通三千年爱河的成功尝试——评〈爱河溯舟〉》，《东岳论丛》1992 年第 2 期。

1993 年

张光芒：《理论开拓与现象研究的深度契合——简评朱德发教授新著〈20 世纪中国文学流派论纲〉》，《聊城师范学院学报》（哲学社会科学版）1993 年第 3 期。

张清华：《整合·还原·沉潜·思变——评朱德发〈20 世纪中国文学流派论纲〉》，《中国现代文学研究丛刊》1993 年第 4 期。

韩日新：《新文学流派研究的新开拓——评〈20 世纪中国文学流派论纲〉》，《泰安师专学报》1993 年第 4 期。

孙鸿雁：《逻辑思维的新高度：文学流派研究的形而上思考——评〈20 世纪中国文学流派论纲〉》，《新闻出版导刊》1993 年第 6 期。

1994 年

臧恩钰、李春林：《研究客体、研究方式与研究主体的和谐统一——由〈20 世纪中国文学流派论纲〉而及朱德发的学术个性》，《辽宁教育学院学报》1994 年第 2 期。

龙九：《评〈20 世纪中国文学流派论纲〉》，《青岛海洋大学学报》（社会科学版）1994 年第 Z1 期。

1995 年

黄德志：《史胆·史识·史才——试评朱德发〈中国五四文学史〉》，《徐州师范学院学报》（哲学社会科学版）1995 年第 2 期。

连仲、江畅：《整合网取　透发新声——评朱德发教授主编〈中国山水诗论稿〉》，《东岳论丛》1995 年第 5 期。

温奉桥：《为有源头活水来——读朱德发〈五四文学新论〉》，《齐鲁晚报》1995 年 11 月 29 日。

1996 年

刘蕾：《学术灵魂的又一次探险——读朱德发教授的〈五四文学新论〉》，《作家报》1996 年 4 月 27 日。

1997 年

袁亚伦：《新的建构·新的拓展·新的突破——评〈中国新文学六十年〉》，《贵州教育学院学报》（社会科学版）1997 年第 1 期。

翟耀：《在主体思维空间的开拓中锐意创新——评〈主体思维与文学史观〉》，《山东师大学报》（社会科学版）1997 年第 6 期。

1998 年

谭桂林：《新文学史学建构中的主体思维研究——读朱德发〈主体思维与文学史观〉》，《中国社会科学》1998 年第 5 期。

1999 年

贾振勇：《寻求文学史研究的心灵支点——评〈主体思维与文学史观〉》，《东岳论丛》1999 年第 1 期。

王鲁一：《匠心独运的中国现代文学史教程》，《东方论坛》1999 年第 4 期。

贾书明、振昌：《新文化建设的重大工程——评〈山东新文学大系〉》，《山东师大学报》（社会科学版）1999 年第 5 期。

2000 年

光芒：《〈中国现代文学史实用教程〉研讨会综述》，《山东师大学报》（社会科学版）2000 年第 1 期。

周文升、李书生：《面向新世纪的教学改革成果——读〈中国现代文学史实用教程〉》，《山东社会科学》2000 年第 1 期。

子张：《守成出新　简明实用——〈中国现代文学史实用教程〉读后》，《山东师大学报》（社会科学版）2000 年第 2 期。

李书生：《颇具新世纪眼光的文学史读本——读〈中国现代文学史实用教程〉》，《中国成人教育》2000 年第 3 期。

2001 年

贾振勇：《评〈跨进新世纪的历程：中国文学由古典向现代转换〉》，《东方论坛》2001 年第 3 期。

温奉桥：《挑战"困惑"——评〈跨进新世纪的历程：中国文学由古典向现代转换〉》，《山东师大学报》（人文社会科学版）2001 年第 4 期。

2002 年

温奉桥：《"文学史学"的拓荒之作——〈评判与建构——现代中国文学史学〉》，《东方论坛》2002 年第 6 期。

2003 年

张光芒：《读〈评判与建构——现代中国文学史学〉》，《文学评论》2003 年第 1 期。

李钧：《走向"文学史哲学"》，《中华读书报》2003 年 1 月 22 日。

李钧：《评判与命名——读朱德发著〈评判与建构：现代中国文学史学〉》，《中国教育报》2003 年 1 月 30 日。

阎奇男：《建构"现代中国文学"的大学科新体系——论朱德发的创新力作〈世界化视野中的现代中国文学〉》，《苏东学刊》2003 年第 2 期。

李钧：《走向"文学史哲学"——读〈评判与建构：现代中国文学史学〉》，《现代语文》2003 年第 8 期。

李钧：《建构"文学史学"三维评判坐标——读〈世界化视野中的现代中国文学〉》，《东方论坛》2003 年第 5 期。

2004 年

徐敏：《〈评判与建构：现代中国文学史学〉中的学术失范问题》，《中华读书报》2004 年 4 月 28 日。

2005 年

王明科：《再造与重建：榛楛大泽与沧海浼漾里的史性、理性、人性的新开拓——对〈穿越现代文学多维时空〉的理解与阐释》，《东方论坛》2005 年第 5 期。

2006 年

赵启鹏：《思维之力　生命之美——读朱德发〈现代中国文学英雄叙事论稿〉》，《现代语文》（学术综合版）2006 年第 10 期。

张宪席：《立序求新　重在抒怀——读〈朱德发序评集〉》，《山东师大学报》2006 年 10 月 25 日。

于莲：《老树着花无丑枝——由朱德发先生新著谈起》，《曲阜师大报》2006 年 11 月 8 日。

于莲：《老树着花无丑枝——朱德发先生新著引人瞩目》，《联合日报》2006 年 11 月 20 日。

2007 年

杨新刚：《〈朱德发序评集〉解读》，《曲阜师大报》2007 年 3 月 14 日。

李宗刚：《对文学史另一种书写路径的成功探索——评〈中国现当代文学 500 题解〉》，《山东师大学报》2007 年 11 月 21 日。

2010 年

闫奇男：《建构"现代中国文学"的大学科新体系——论朱德发的创新力作〈世界化视野中的现代中国文学〉》，《贺州学院学报》2010 年第 2 期。

吴楠：《现代文学史书写理论的新收获——评朱德发新著〈现代文学史书写的理论探索〉》，《山东师大学报》2010 年 11 月 17 日。

2011 年

《理论学刊》"重写文学史"与"现代中国文学通鉴"专题论文：

贾振勇：《文学史负担与元文学史冲动》，《理论学刊》2011 年第 10 期。

李钧：《现代中国文学史研究的三个问题》，《理论学刊》2011 年第 10 期。

李宗刚：《文学史对历史转捩点书写的纠结与突围》，《理论学刊》2011 年第 10 期。

周海波：《现代中国文学史的研究与撰述视野》，《理论学刊》2011 年第 10 期。

2012 年

韩琛：《重写文学史的"终结"与新启蒙史观的复归：作为方法的〈现代中国文学通鉴〉》，《理论学刊》2012 年第 12 期。

2014 年

郭晓平：《文学史书写实践的"当下性"及"盛世心态"的再思索——以〈现代中国文学通鉴〉为例》，《现代中国文化与文学》2014 年第 2 期。

2015 年

范伯群：《〈朱德发文集〉：脑力劳模"体大思精"的结晶》，《中国现

代文学研究丛刊》2015 年第 4 期。被收入《拓展现代中国文学研究的新格
局——朱德发及山师学术团队与现代中国文学研究学术研讨会论文集》，
魏建、李宗刚、刘子凌主编，济南：山东人民出版社 2016 年版。

　　杨洪承：《学术承传与重构——以朱德发先生修订〈中国抗战文艺史〉
为例》，《玉林师范学院学报》（哲学社会科学）2015 年第 1 期。被收入
《拓展现代中国文学研究的新格局——朱德发及山师学术团队与现代中国
文学研究学术研讨会论文集》，魏建、李宗刚、刘子凌主编，济南：山东
人民出版社 2016 年版。

2016 年

　　贾振勇：《元文学史情怀与〈现代中国文学通鉴〉（1900—2010）》，
《拓展现代中国文学研究的新格局——朱德发及山师学术团队与现代中国
文学研究学术研讨会论文集》，魏建、李宗刚、刘子凌主编，济南：山东
人民出版社 2016 年版。

　　李海燕：《谈古论今　曲径通幽——读朱德发先生文集之〈古今文学
通论〉① 随感》，《拓展现代中国文学研究的新格局——朱德发及山师学术
团队与现代中国文学研究学术研讨会论文集》，魏建、李宗刚、刘子凌主
编，济南：山东人民出版社 2016 年版。

　　颜水生：《现代文学史学研究的新跨越——评朱德发〈现代文学史书
写的理论探索〉》，《拓展现代中国文学研究的新格局——朱德发及山师学
术团队与现代中国文学研究学术研讨会论文集》，魏建、李宗刚、刘子凌
主编，济南：山东人民出版社 2016 年版。

　　闫晓昀：《探寻现代中国文学的世界之路——再论朱德发〈世界化视

---

　　① 《古今文学通论》尚未正式单独出版，而是被编为《朱德发文集》第 10 卷，于 2014 年由
山东人民出版社出版。

野中的现代中国文学〉的现实意义》，《拓展现代中国文学研究的新格局——朱德发及山师学术团队与现代中国文学研究学术研讨会论文集》，魏建、李宗刚、刘子凌主编，济南：山东人民出版社 2016 年版。

周海波：《阅读〈朱德发文集〉的一个角度》，《拓展现代中国文学研究的新格局——朱德发及山师学术团队与现代中国文学研究学术研讨会论文集》，魏建、李宗刚、刘子凌主编，济南：山东人民出版社 2016 年版。

2017 年

孙连五：《朱德发先生〈现代中国文学新探〉读后》，《山东师大学报》2017 年 1 月 4 日。

李钧：《耄耋仍挥如椽笔，元气犹似"新青年"——读朱德发先生〈现代中国文学新探〉有感》，《曲阜师大报》2017 年 1 月 17 日。

韩琛：《评〈为大中华　造新文学——胡适与现代文化暨白话文学〉》，《东方论坛》2017 年第 3 期。

（陈夫龙　搜集整理）

朱德发教授与中国现当代文学研究（笔谈）

编者按： 金秋时节，学校举行座谈会隆重庆祝文学院教授、博士生导师朱德发先生从教 50 周年暨荣获"国家级教学名师"称号。省委副书记王修智等省、校领导和来自全国各地的专家、学者到会祝贺。座谈会期间，本刊约请业内学者就"朱德发教授与中国现当代文学研究"进行笔谈，着重对朱先生的学术成就和学术品格作了讨论。现把谭桂林等人的笔谈发表于此，以飨读者。

从文学史著到文学史学

谭桂林

在中国现代文学研究中，文学史的研究与著述一直是研究者十分关注的领域，一方面，现代文学研究中的新成果需要在文学史著述中得到反映，另一方面，文学史著述中不断地涌现出的问题也促动着现代文学研究的思维方法与观念的变革与创新。所以，现代文学学界不少智者都曾留心于涉足这一研究领域。朱德发先生就是其中一位卓有建树的学者。20 世纪

70 年末期，朱先生就参与了田仲济、孙昌熙主编的《中国现代文学史》的编写，这部文学史在“文革”结束初期是有较大影响的。后来，朱先生又协助田仲济先生修订《中国抗战文学史》，其篇幅增加了近三分之二。由此起步，朱先生在现代文学史的研究与著述中不断有新的建树问世。1984年，他同冯光廉先生合作主编了《中国现代文学史教程》，1986 年他出版了个人的文学史专著《中国五四文学史》，1987 年他同孙昌熙先生合作主编了《中国现代文学史新编》，1989 年他同蒋心焕、陈振国先生合作主编了《新编中国现代文学史》，1990 年他主编了中国第一部《中国现代纪游文学史》，1991 年他引领两位青年学者共同完成了《爱河溯舟——中国情爱文学史论》。这些文学史著，有的是为了大学中文教学而作，有的是为了学术的探索思考，但每一种著述都鲜明地体现着强烈的创新精神与突出的个性意识。

　　从 20 世纪 50 年代开始，中国现代文学史的著史体例逐步形成了两种基本的模式，一是王瑶模式（以《中国新文学史稿》为代表），二是丁易模式（以《中国现代文学史略》为代表）。前者是一种块状叠合式的结构，四个时间段是四大块，在这四大段落上又各分为五个小块，包括概述及四大文学体式。丁易模式则是编年与评传的结合体。这两种体例模式一直沿袭到 80 年代，它们各有其特点与优势，但同时又各有其弊端与局限，对人们的文学史思维方式构成了比较突出的束缚。朱先生领衔主编的《新编中国现代文学史》（明天出版社）可以说是最早向这两种传统模式进行突破尝试的史著。该著力图将王瑶模式与丁易模式糅合起来，尽量包容这两种模式的特点与优长，构建起一种综合性的文体与作家流派（群体倾向）相结合的体例。尽管这种新的体例思路仍然有些弊端，旧模式中存在的问题没有得到完全的克服，但突破旧模式创建新体例确实是那个时代共同的学术愿望，在这个意义上，朱先生的史著不啻是开风气之先的。这里应特别提到的是朱先生的成名之作《中国五四文学史》，朱先生曾一度专攻五四新文学研究，著有《五四文学初探》一书。这部 40 余万言的断代史著无疑是作者研究五四文学课题的深化与总结，它通过大量的原始史料的汇集、发掘与整理，运用历时性与共时性双向建构的考察方式，探讨了五四新文学的来龙去脉与演变范型。其书宏观审视气势博大，微观考查刻度精细，初步显示出了朱先生的文学史思维方式的特点与文学史总体把握的突出能力。作为新时期第一部现代文学断代史的著述，它的写作起点是较高的，它的意义也是深远的。在 80 年代中期，中国现代文学史的编著逐步显示出三种转变的趋势，一是从面向点的视野位移，二是由教材型向学术型的转变，三是由集体编著向个人著史的发展。朱先生《中国五四文学史》的出版，对这三种发展趋势而言都具有一种标志性的意义。在这本文学史著中，我们不仅能够读到作者对五四文学历史的精微的解析，而且能够体会到现代文学史著中学术精神与个人智慧的强化趋向。

20 世纪 90 年代以后，朱先生开始转向新文学史学的研究。朱先生有那么丰厚的文学史著述经验，而他又特别擅长于理性的逻辑的思考，特别擅长于接受新鲜的思想观念与方法，由文学史的著述进而到文学史学的思考与建构，这无疑是一个必然的学术进向。其突出的成果是 1997 年出版的《主体思维与文学史观》一书，此书着重讨论现代文学史编著者的主体思维方式在编著过程中的重大作用。作者选择交叉学科的研究视角，着眼于思维学与文学史关系的考察，自觉地反思在撰写文学史过程中所运用的思维方式、坚持的操作原则，形成的文学史观念和思维模式、惯用的理论框架和逻辑思路，这显然是将新文学史学学科创设的工作又向前推进了一大步。朱先生在高校从事现代文学史研究与教学数十年，不仅著述甚丰，而且亲身经历了现代文学史研究变化发展的几个重要阶段，其间风风雨雨，喜忧得失，作者无不有切肤之感。所以，这本著作的一个十分重要的特色就是，在文学史学的阐述上并非泛泛而谈或悬空而论，其中许多见解都是出之于作者几十年来对文学史编著历史的静观默察，凝聚着作者数十年的学术经验与教训，感之愈切，思之愈深，其见解也就独标新异，不同流俗。从学术史的角度来看，这本著作有不少论点是有创见的。第一，对逆向思维模式的功能与操作条件的分析。朱先生认为，顺向思维与逆向思维是文学史研究主体思维的两种主要方式，各有其特点、功能与操作条件，前者注重守成，后者注重拓新，研究主体选择逆向思维往往是用它来冲破已经老化或陈旧的文学史理论框架，建构新的结构图式。但逆向思维的操作必须建立在一定的前提下，或者顺向思维已经无力或无法把握文学结构系统和解释文学作品审美内涵与审美形式，或者思维定式已显露出极端的保守性、僵滞性，或者顺向思维已经走到文学历史河道的尽头，难以再有新的突破。在此基础上，作者提出了先顺后逆的具体操作方式，即先以顺向思维超越规定的时空，直逼文学发展的高级形态，然后再运用逆向思维追溯其初级形态。这些思考与建议无疑是富有于建设性的，因为它们不仅可以有效地抵制学界投机者为求异而求异的逆向思维的过度膨胀，而且先顺后逆方式确实能够帮助研究主体全面认清文学的完整形态及总体审美特征，更为深切与清晰地揭示文学由初级形态发展为高级形态的逻辑规律与内在机制。第二，关于形而上学对发散型思维的积极意义的考量。形而上学作为一种哲学思维方式，是人类对一些永恒问题的终极思考。由于它超越于经验世界之上，因而在我国以辩证唯物主义为主导的人文学界一直名声不好。但形而上学作为人类文化传统之一确实与文学有不解之缘。因为生与死、存在与虚无、有限与无限、瞬间与永恒、苦难与幸福等形而上的问题，恰恰就是那些杰出的文学作品所深深关注与表现的主题。所以，朱先生认为，"形而上学对于发散思维能否从史料的感性经验世界飞升到史识的理性思想世界至关重要"，如果说"有一个媒介能永远激发或活跃我们的发散思维，它不可能是别的什么而是形而上学"。这种提法准确与否当然可以商榷，但它的确是一个大胆的学术创建，在治疗几十年来中国现代文学史著作的浅薄与单调方面也不啻是一副对症良药。第三，对重写文学史的五个层面的解剖。"重写文学史"是80年代末期由现代文学研究者提出来的一个学术口号，但在当时的一些实际操作中重写者往往局限在对某个具体作家的结论重估上。为了突破这种局限，拓宽重写文学史的思维与眼界，朱先生指出重写文学史至少应在五个层面上做深入开拓：一是在世界文学的格局里探索中外文学的关系以及中国文学的独到特征与特殊形态；二是从文学自身系统与外部整个社会系统的直接与间接联系上揭示文学形成或发展的多种原因以及文学本身的内在基因；三是文学活动作为一个独立完整的审美实践系统，它由多种相关的因素构成，重写文学史就应认真分析其内部各要素的组合方式及其有机联系；四是同时代的作家作品应从比较的角度进行共时性的考察，探究其各自不同的创作个性、艺术风格和美学世界以及他们的共同特征；五是对文学作品应从多角度特别要从心理角度进行剖析，深入挖掘其思想意蕴与审美特征，并从前后左右的对照比较中突出其独特的人文价值与地位。这五个层面把文学史的多系统的纵向发展与多层面的联结组合起来，实际上反映出一种全方位的文学史观，它既是一个阅历丰富的文学史家的经验之谈，也是对重写文学史的学术活动如何走向深入的前景所作的一种十分有益的构想。

　　20世纪90年代中期以后，中国现代文学史的编著热相对而言已经冷却了许多，这一方面是由于从实用的意义上看现代文学史著已经趋于饱和，另一方面也是由于文学史研究者们普遍感到了矛盾与困惑。矛盾的是文学史著述车载斗量，但真正高水准的著述却是凤毛麟角；困惑的则是未来的文学史著可能是个什么模式，应该如何编写。研究者们既感到了这些问题的迫切性与重要性，同时也感到深入探讨这个问题的机遇正伴随着新世纪的曙光初现而迫近，这就是 90 年代以来中国新文学史学这门学科创设起来的主要缘由。朱先生从研究者主体思维的调整入手来探索未来文学史的编写，无疑是抓住了新文学史学的一个中心问题，它不仅对新文学史学的学科创设与完善具有一定的理论贡献，而且对文学史研究者站在新世纪的时代高度对中国现代文学史进行反思与总结，也会提供切实的指导意义。朱先生的现代文学史研究始终是与时俱进的，始终是立在时代前沿上的，他所思考的问题也总是呼应着时代与学术发展的需求。这种学术上的与时俱进，是需要一种永不疲倦的学术动力来支持的，而这种学术动力除了对真理的执着追求之外，还应包括一颗生动活泼的赤子之心。先生正是具有这样一颗生动活泼的赤子之心，所以他的为人为学都焕发着强烈的青春活力。人常说老骥伏枥志尚千里，而朱先生有着如此生动活泼的赤子之心，他在未来学术上的成就无疑将会给我们更多更大的惊喜！

朱德发教授与现代中国文学史学体系建构

周海波

作为中国现代文学史研究方面的学术大家，朱德发先生勤于思考，勤于发现，勤于著述，勤于做事。在现代中国文学研究的几十年里，他的学术成就是多方面的，除了致力于文学史的研究与撰写，其研究范围还涉及五四文学研究、中国现代文学社团流派研究、现代中国文学史学等，其中既有系统深入地研究现代中国文学思潮流派的鸿篇巨制，又有勇于探索文学史学的基本原理建构现代中国文学史学的创新之论，还有热情关注重要作家作品甚至进行个案解读的精制篇什，这其中既有宏观的学术专著也有微观的学术短论，也有为年轻学子的著作题写的热情洋溢的序。这些凝聚着先生在学术园地辛勤耕耘的心血的研究成果，体现出一个学者的善于发现问题的敏锐学术眼光、敢于解决重大学术难题的理论勇气和学科建构与发展的文学史家的严谨与精到，由此而形成了他具有自己独特学术品格的治学方略。

朱先生始终坚守在自己的研究领域里，他孤独的身影如一位夜行人，为求真理而跋涉于现代文学的研究之途，用专业语言表达着自己的思想和精神。如果说"五四"新文学研究是作为先生较早的学术成果的话，那么，他首先以其丰厚的学术成就建构了一个高起点的宽广的学术平台，并由此而构成了他此后文学研究的基本的理论框架；如果说"人的文学"构成为先生学术探求的思想深度，体现着一位思想家对现实社会的人文关怀，并且构成了现代中国文学史学的核心理念和本质规定的话，那么，现代中国文学史学的构架则体现着他的学科意识，体现着他的学术研究的学术高度。从先生的学术道路来看，尽管他不断地探索着中国现代文学的理念，不断调整着自己的学术视角，但以"人的文学"为研究思路的学术思想，几乎主导了他几十年的中国现代文学研究。不过，当从一种激情学术进入理性学术研究中时，他不仅多方面开拓学术领域，而且注重建构一种创新的文学史观念。研读先生跨世纪的几部学术著作，就可以发现现代中国文学史学在学科建构中的重要学术价值。

现代中国文学史的学科建构既是他的文学史撰写实践活动的理论升华，又是朱先生反思学术现状而进行一次超越性学术探求。从先生主持和参与的几部文学史著作来看，他一直自觉追求一种切近和还原现代中国文学史的写作，使各种文学史教程既具有教材的实用性，而又具有学术研究的创新性。在《新编中国现代文学史》《中国新文学六十年》《中国现代文学史实用教程》《跨进新世纪的历程》等文学史著作中，他不仅积极吸收学术研究新成果进入史著，而且在文学史体例和观念方面进行了卓有成效的探索，使文学史著作既具有教学实用性，又具有文学史研究的学术性。在这些文学史写作实践中，他一直在思考文学史观念的研究方法的问题，早在《主体思维与文学史观》一书中，他就"着眼于思维学与文学关系的考察，自觉地反思在撰写文学史过程中所运用的思维方式、坚持的操作规则、形成的文学史观念的思维模式、惯用的理论框架和逻辑思路等"①，对文学史家的主体思维方式与文学史观的建构提出了值得人们思考的问题。应当说，他从主体思维的角度进入文学史观的建构，正是着眼于多年来文学史家的思想观念和思维方式滞后的现象而提出的，是突破传统的文学史观的第一步也是重要的一步。在此基础上，朱先生的研究从一般的文学史撰述和文学史观的研究，进入现代中国文学的学科建设中，对学科建设进行了全方位的思考。

朱先生的现代中国文学史观念的建构基于以下两个方面的思考，一是现代中国文学学术增长点的问题。20世纪90年代以来，随着学术研究的发展，寻找现代文学的学术增长点就是摆在人们面前的重要任务，这既是来自学术界自身研究领域的局促感和学术发展的压力，也是对现代文学学科建设的深入思考。对此问题朱先生敏感地意识到学科发展是现代文学学术增长点的命脉，从文学史学和角度研究现代文学的学科问题，是对几十年来文学史研究与撰述的总结，也是一次必要的理论升华。正是在这个意义上，文学史观念的建构与文学史学的研究，解决了现代文学研究缺少自己的理论科学的问题，使现代文学研究学科化成为可能和现实，同时也成为先生对现代文学学术增长点的积极尝试和学科建设的重要贡献之一。二是现代中国文学学科的自身特征的问题。朱先生认为，现代文学史的研究与撰写尚缺少理论的支持和学科建构的意识，需要研究主体的积极活跃的思维和创造性的实践过程，需要从"文学史学"的角度对文学史的理论问

---

① 朱德发：《主体思维与文学史观》，山东教育出版社1997年版，第2页。

题进行探讨，"从中外文学史研究实践与书写文学史文本的需要来看，建构起有完整理论体系的'文学史学'，并使其成为一种既有文学理论的思维品格又有文学史意识的学科品格的文学史科学，就成为文学史研究者和文学理论研究者共同的学术使命"①。但在先生的学术建构中，他不满足于一般的文学史学和传统意义的"中国现代文学史"，而是在文学史学的理论研究中，建构起"现代中国文学史学"的新的学科概念。应当说，先生的这种理论思维是超前的，也适时地指出了现代文学研究中的一个平常但又是需要认真研究的问题，有关学科的命名问题并不是学术界的讨论热点，但他却看到了正是学科命名的某些问题，限制了人们的思维，也束缚了学术研究的发展。"现代中国文学史学"不仅是学科名称的变化，而是一种学科意识和文学史观念的根本性改变，是对现代文学的学科特征的充分尊重。"'现代中国'和'中国现代'不仅仅是语序上的颠倒，它们是从不同的视野和不同的评价来判定'文学史'"，从"现代中国"文学史来看中国文学，"凡是'现代中国'历史时期生成的文学都是研究的对象，不管是否具有现代性也不管是哪个民族的文学，只要属于'现代中国'这个大家庭的文学都应平等对待、合理排位"。因此，学科命名的必要性在，"以'现代中国'来限定'文学史学，与以'中国现代'来规范'文学史学'，并不是完全同质的"，这里突出了现代文学的"现代"时间段落，而又强调了这一学科是"中国的"的这一属性，是对现代文学学科的文学规律的充分尊重，强调了它的"文学性"属性。在这个理论基础上所建构的"现代中国文学史学"学科，是文学史哲学的具体呈现，也是一个全新的文学史概念，体现出文学史家的学术情怀和学科意识，而由此建构的"现

---

① 朱德发、贾振勇：《评判与建构——现代中国文学史学》，山东大学出版社 2002 年版，第1—2 页。

代中国文学史”则是一个“更具合理性、合法性、开放性、科学性和前瞻性”① 的学科，是对文学史的基本原则和基本概念的科学性、有效性、普适性和价值性的理论概括。

在朱先生那里，文学史学的理论建构是一个庞大的学术工程，所以他用了较多的精力进行文学史的研究与撰写，在实践中总结文学史学的理论问题，同时他也用了大量的精力探察有关文学史现象，在文学社团流派、五四文学、茅盾研究等方面深入肌理地研究文学史的构成及其原理。在此基础上，朱先生进入文学史学理的研究，构筑起“现代中国文学史学”的理论大厦。纵向来看，朱先生的文学史学研究大体分三个阶段完成，一是现代中国文学史研究的理论方法考察阶段，这一阶段主要对文学史研究主体思维方式与文学史观的研究，其代表作是他的《主体思维与文学史观》，在这部著作中，他发微探幽、锐意开拓，对文学家的思维方式和特征进行了大胆的探究，构成了“现代中国文学史”的初步思路。二是现代中国文学史学的理论构建阶段，这一阶段主要从文学史理论与研究实践的评判中建构文学史学的理论框架，其代表作是他与贾振勇合撰的《评判与建构——现代中国文学史学》，这部著作是朱先生对现代中国文学进行宏观考察的理论总结，体现着文学史研究与撰述的“杂多统一”的全景式的文学史观念。这部著作的价值不仅在于严谨求实的学术风格和宏阔的理论体系对现代中国文学史学的命名，而且也在于对整个现代文学学科的富有建设意义的学科的理论建构。三是对现代中国文学史的进一步实践，这不是一次一般意义上的文学史重写，而是在现代中国文学史的理论构架基础上的文学史整合，也对现代文学学科的发展具有实践意义。其代表性著作《世界化视野中的现代中国文学》力图以“世界化为视野对现代中国文学

---

① 朱德发、贾振勇：《评判与建构——现代中国文学史学》，山东大学出版社 2002 年版，第19 页。

从'现代化民族化并举'的价值角度予以考析和勘探",从而为其现代中国文学史的创建构造一个宏阔的构架，显示出理论创新的学术品格、务实求真的史学品格和追求"先进文化"的思想品格。

一代学人的"五四情结"

张光芒

新时期伊始的近十年被公认为中国思想文化史上的第二个"五四"，即强调其为继"五四"之后又一轮思想大解放的时期。有意思的是，在这第二个"五四"时期里，文学研究界所关注的焦点恰恰是对"五四"的重新认识与重新评估。文学上"拨乱反正"的课题尽管很繁杂，但一代学者——一代从"十七年"与"文革"时期走过来的学者——不约而同地选择了一条以历史推动现实、以文学推动思想的道路。而在这个以重评"五四"为标志的现代文学学科的起飞过程中，朱德发先生的五四文学研究起了功不可没的推动作用。那时，包括朱先生在内的一代人也许还不习惯引用诸如克罗齐"一切历史都是当代史"的西方话语，也无暇作"独立之人格、自由之思想"式的空洞的呐喊，因为这一切口号都不折不扣地落实到他们的研究实践之中去了。从这个意义上说，在那场"五四"式的思想解放运动中，现代文学研究界绝不仅仅是社会上思想解放运动的配合者，更不仅仅是政治上新的指导思想的践履者（它甚至与政治气候时有抵牾），而是以自身丰盈激荡的"思想的学术"与"学术的思想"推动或者带动时代风气的弄潮儿，它展示出的是自身作为一个学科的逻辑、魅力与影响力。可以说，现代文学研究在80年代之所以成为众人瞩目的显学，既是时势使然，更是一代学人主动选择和追求的结果。

正如马克思在《德意志意识形态》中所说的，一切划时代的体系的真正内容都是由于产生这些体系的那个时期的需要而形成起来的。然而，这个体系的到来却从来都不是一帆风顺的，它还需要"产生"这个体系的学者以敏锐的思想嗅觉去捕捉"那个时期的需要"，并以超前的眼光与独立不倚的勇气去冲破来自各个方面的阻碍。改革开放伊始，百废待兴的学术界与极"左"思潮尚有着千丝万缕的联系。朱先生面对观念僵化、方法陈旧、资料匮乏的学术困境，以异乎寻常的使命感和责任感，毅然冲到学术禁区的前沿，以"五四文学"为突破口，连续发表长文对"五四文学"革命的指导思想、鲁迅"为人生"的文学观、胡适的白话文学主张、周作人的文学主张、《狂人日记》的人道主义思想倾向等一一论证，稍后结集为《五四文学初探》（山东人民出版社，1982 年）出版。该书匡正和澄清了五四文学研究中一系列重大的原则问题，其中尤富思想冲击力的是关于"五四文学"革命的指导思想问题的探讨。著者一反以往研究界从毛泽东《新民主主义论》出发对"五四"新文学的定论，不同意"五四文学"革命从 1918 年开始由马克思主义思想来领导的说法，并通过对"五四文学"革命产生的特定国际历史背景及主导思潮，《新青年》的实际思想倾向，以及"五四文学"革命的理论主张和创造实践的剖析和考察，指出"五四文学"革命的指导思想呈现一种比较复杂的形态，它是各种"新思潮"的混合体，但在构成这一复杂形态的带着各自不同色彩的新思想的诸方面中，"民主主义和与之相联系的人道主义思想是主要方面，因之也占有主导地位"。当时的理论界尚在为"异化"问题以及人道主义是不是"马克思主义必不可少的因素"等问题争论不休，朱先生则以自己"事实加雄辩"的批评实践率先对时代的要求作了掷地有声的回答。如何认识和评价"五四文学"革命的根本性质和指导思想，既是一个极为重要的理论问题，也是一个富有原则性的方法论问题，它不但在一定程度上决定着对"五四文学"在中外文学史上的历史意义和美学价值做出怎样的估价，而且直接影响到对"五四文学"乃至整个现代时期的思潮流派与作家作品做出怎样的评判。显然，这些"初探"的价值与意义已超越了现代文学史领域，而成为整个思想启蒙的有机组成部分。

正像朱先生的研究对象———一代五四文学先驱者———一样，朱先生本人也是抱着"学术乃天下之公器"的信念从事文学事业的。直到2000年出版的《跨进新世纪的历程：中国文学由古典向现代转换》（明天出版社）一书中，朱先生还念念不忘地探求着"五四"先驱者何以成为中国文学由古典走向现代的巨大动力：其一，他们具有丰富的历史知识和远见卓识，显示出思想认识的先锋性和超前性；其二，善于抓住历史机遇，以超人的毅力进行文学变革；其三，富有开放求异的思维和无所畏惧的忘我精神，为新文化新文学的建构鞠躬尽瘁、追求不止；其四，富有惊人的创造力或领袖才能，敢于破坏，也敢于创新。这些人格特质与其说是著者对对象主体的描述，毋宁说是研究主体追求超越性的自况，浸淫于"五四"的结果是研究者结下了牢固的"五四情结"与启蒙心态。唯其如此，"五四文学"研究在朱先生这里承载了无论怎么形容都不过分的意义。这是一份直面社会、人生与自身生命的学术热忱与信仰，它直逼人文科学的底蕴。

这份热忱既牵引了学术生命力的爆发，更熔铸了研究主体的思想智慧。继"初探"之后不到四年的短短时间里，朱先生推出了观念新颖、资料翔实的《中国五四文学史》（山东文艺出版社，1986）。这部近50万言的著作作为第一部也是迄今唯一一部重要的五四文学断代史，以追索"人的文学"观念的来龙去脉为核心，上承1917年之前的近代文学，下启20年代中期的文学"转向"，纵横捭阖，气势雄健，为新时期现代文学史观的完型提供了坚实的实践基础。其中尤富学术史意义的是著者将研究对象视为一种灵魂的存在形式，"一种能激活的生命体"，它凝结着历史主客体的合规律性与合目的性的双重内涵。因此在这里，文学史写作实际上成为史家主体与对象主体的对话，成为当代学者的学术灵魂与历史上的审美灵魂圆融无间的沟通。后来在总结自己的文学史叙述实践的经验时，朱先生特意将这种既入乎其中又出乎其外的"史识"称为具有统摄功能的现代文学史之"史魂"。马克思曾极精彩地说过这样的话：历史什么事情也没有做，创造这一切，拥有这一切并为这一切而斗争的，不是"历史"，而正是人，现实的、活生生的人。因此，"历史不过是追求着自己目的的人的活动而已"。朱先生孜孜求索的"史魂"不正是这种"人"的活动吗？应该说这既源于从"五四"先驱、从历史深处汲取价值资源的思想动因，也源于他在日益复杂的现实环境与文化格局中不断投射新思、新想、新困惑的需要。在1995年出版的《五四文学新论》（山东文艺出版社）中，著者在此前从政治社会学层面转向从文化意识层面探索五四文学精神的基础上，进而从生命意识上寻求五四文学精神的精髓与底蕴；并将五四文学与现代学术的建立、城市意识的觉醒、中西文化渊源等联系起来全面考察，既扩大了"五四"的内涵，也从一个侧面反映出90年代学术界新的研究范式与价值取向。

　　"五四情结"作为朱先生学术生命中挥之不去的存在，即使在他将研究的重点视线转移和扩大至其他领域之后也未尝稍减，从他80年代中期以后发表出版的关于思潮流派、主体思维与文学史观等大量论著中，莫不见到那种"五四"式的创新欲望、开放心态、价值取向以及博取约收的面影，甚至包括那种敢于"以今日之我否昔日之我"的气质。90年代以后开始进入研究界的年轻学人，也许很难理解朱先生一代学人何以对现代文学研究始终充满着执着与热情，而且在我们今天看来，朱先生当初"五四文学"研究的许多开拓性的新观点、方法以及由此引发的研究范式的转型或者业已成为定论，或者再度成为人们进一步扬弃的对象，然而这并不妨碍我们去认真、真诚地追索他这一代学者何以与"五四"结缘、"五四情结"

又是怎样决定、促进或者限制了他们的学术历程。90 年代现代文学研究由显学衰退为边缘，固然与社会文化大环境的转型密切相关，但我们是否也应该从自身的主体性上找一找原因呢？这一衰退与"五四情结"离我们远去又有着怎样的联系呢？

文学思潮流派研究的理论建构

杨洪承

　　20 世纪中国文学思潮与流派研究是现代中国文学学术考察的制高点。20 世纪中国文学有丰富而复杂的文学流派，及其多元交叉的文学思潮现象。这成为关注和探究这一时段的每一位研究者无法回避的内容。文学思潮流派自身突出的思想理论性、创作的群体性，与社会生活密切的联系性，以及变幻的流动性等本体特征，又使得文学思潮流派成为文学研究的前沿。在近二十余年中，20 世纪中国文学思潮流派研究出现了一大批学术成果，引领了中国现代文学研究的深入和拓展。比如，80 年代末严家炎的《中国现代小说流派史》、贾植芳主编的《中国现代文学社团流派》、朱寨主编的《中国当代文学思潮史》，90 年代以后至 21 世纪初张大明等著的《中国现代文学思潮史》、许志英等主编的《中国现代文学主潮》《中国新时期文学主潮》，还有邵伯周、刘增杰等的思潮流派研究成果，都引导了一个时期研究的新潮流。而朱德发先生从 80 年代初期问世的《五四文学初探》（1982 年）起，到 90 年代初的《20 世纪中国文学流派论纲》（1992 年），再到新近出版的《世界化视野中的现代中国文学》（2003 年）、《20 世纪中国文学理性精神》（2003 年）等成果，则集中体现了先生在这一领域孜孜不倦地建构自己的文学思潮流派研究体系的理论追求，并呈现出不同于他人的鲜明特色。

　　首先，面对 20 世纪中国文学史丰富的文学现象、多样性作家个案，朱先生十分注意在文学史典型现象和问题上"点与面"结合的深入思考，从而为其文学思潮流派的整体宏观研究打下了坚实的基石。在现代文学研究中，朱先生最初以"五四文学"和"现代作家茅盾"两个课题奠定了学术的地位和研究的路向。80 年代思想解放初期，他反思五四文学的领导思想问题和"人的文学"的具体内容，较早大胆地肯定周作人的人道主义文学观在五四文学中的积极意义，在学术界产生了较大影响。同时，他还以实证主义的研究方法，细致地清理茅盾"为人生"的文学思想形成发展的过程，科学地阐释了茅盾现实主义理论的丰富性与复杂性。尤其通过大量茅盾理论文章的阅读、辨析，寻找五四"人的文学"、文学研究会"为人生"文学主张的内在联系性和差异性。这些学术的探讨不仅使得朱先生的研究课题在同行学界中引起关注，而且最重要的是形成了他研究现代文学开拓创新的思维，及其整体宏观的文学史视野。在随后的文学史撰写、主编以及文学史史学研究中，他一方面进一步拓展自己的文学史研究领域，另一方面更多注意理论的提升和文学史的思想史、学术史研究，及 20 世纪中国文学整体性问题的归理和深入思考。他的第一部文学思潮流派的专著《20世纪中国文学流派论纲》在 90 年代初问世，不同于已有文学思潮流派研究成果之处，就在于上述文学史研究的坚实积累和勇于质疑创新的文学史视野，课题研究的突破性追求十分鲜明：一是跳出了这一时期普遍集中在思潮流派各种"史"的描述性的研究套路，大胆探索 20 世纪中国文学思潮流派的某些规律，积极思考和建构文学思潮流派研究的理论体系。近 40万字的论著以探讨文学流派的"形态论""思潮论""规律论"为主体构架，旨在寻求 20 世纪中国文学丰富多彩群体的自身理论系统。二是抓住了文学思潮中最为活跃、核心的文学流派为切入口，并以集中探究文学流派的"美学形态和艺术风貌"、把握文学流派的"构成要素"为中心点，将文学流派看作"一个极为活跃的生命流体"并寻找其基本特征，从而深化了文学流派本体的认知，也为文学史思潮研究的深入提供了条件。

其次，文学思潮流派鲜活的个案剖析，摆脱了文学群体表层现象的介绍和一般化的归理，而是能够站在较高的角度洞察、辨析文学流派的问题，以及文学史中各个社团流派群体之间的相互关系。在其"流派论纲"中，朱先生花大气力的是，对已被文学史家认定的20世纪中国文学的诸多社团流派，不仅进行整体性的形态、规律的探讨，而且侧重在归纳总结中发现文学群体自身和其研究的问题。比如，论著中对文学研究会的文学观、鸳鸯蝴蝶小说理论予以"抽样剖析"，来验证他所建构的文学流派研究理论。在思维方法上体现了理论总结与研究对象实际相联系。使得研究落实到了实处，理论也有针对性。因此，当许多研究者注意到文学研究会"为人生"现实主义文学主张的形成，与当时周作人、茅盾、郑振铎等人对国外现实主义理论的翻译介绍有密切的关系，并且强调文学研究会文学思想受其影响时，朱先生一是并不人云亦云，二是从自己"思潮论"的理论视角出发，明确提出更应该注意文学研究会在中国古典现实主义和世界文学思潮的历史交汇中，其文学思想的传播、吸收、选择、变异的东西。这是十分有见地的观点，富有启发性。还有对文学思潮的把握，他立足于丰富而复杂的形态，对文学流派表现出的不同美学思想予以交叉的整体观照，既是文学流派内在律的本体探源，又是对文学思潮自身形态特征的尊重。朱先生一方面非常注意每个流派的文学创作形态、文学思想主张的多样性和不确定性，另一方面又特别用心梳理辨析它们之间相互的交叉和联系。在研究五四时期的"为人生派"与"为艺术派"时，他指出它们"虽然常常以不同的形态或方式出现，有时处于对立状态有时处于契合局面，但是作为两大主潮的存在与发展总是带有一定的艺术规律的"。40年代"七月派"在纳入他"审美选择的曲折性"的思潮观下，更为深入细致地分析了其现实主义文学思想多向性。从新文学流派史的角度，"七月派"的现实主义美学思想较它之前的流派"更完备"；从整体上看，"七月派"的现实主义美学主要着眼"历史的具体的凝聚着社会关系总和的有血有肉的活人"的文化角度；从创作形态上审视，其理论主要体现在诗歌创作中所表现出的独特审美特色。这些论述，从不同的视角寻绎了"七月派"文学思想内在脉络踪迹和相互联系的网络。同时，又以一个流派的审美选择阐释了整体性文学思潮形成的问题，以及流派与思潮相互间的多元并存、立体交叉的关系。其文学史的评判和理论的建构有很强的指导性，极大地开阔了研究者的视野。

最后，在文学思潮流派研究中，富有积极探索地提出了"共振现象"的思潮流派关系观，并坚持倡导"两化"文学思潮研究思路的理论创见。客观地说，看到文学思潮与流派之间的相互联系的"共振"，以及从世界性和民族性两个维度探讨文学思潮的问题，许多研究者在不同的相关课题里已经有所涉猎。但是，像朱先生这样通过文学史研究的积累和积极的思潮流派理性思考，将此进行系统阐发和提升到理论建构的并不多见。早在"流派论纲"专著中，他就注意到文学流派"作为具有共同审美追求大致相似艺术风格的作家群体，大都受到相同或相似文艺思潮洗礼和激荡"，从而形成了与文学思潮密切相联系的共振性。他还从理论上阐释了20世纪中国文学思潮流派的"文学的民族性和世界性与文学的民族化和现代化的关系"。朱先生的这一基本观点的积极意义，不仅提供了纵横交叉的理论思维方法，可以启发研究者开拓新路径，而且作出了较为严密的逻辑论证，从文学思潮流派的内外互动关系中把握其规律性的脉络和理论支撑点。在新近的研究中，朱先生诠释文学"流派与思潮"的关系，更加深入于其"结构形态""多维特征""主体性营造"，以及差异性寻找等重要的本体性的问题。他的理性的辨析自始至终与其稔熟的20世纪中国文学思潮流派对象相结合。他把中国现当代文学中繁杂纷呈的社团流派，既作为理论大厦形成的基石，又将其汇入理论建构的重要内容。因此，朱先生在阐发文学思潮流派"两化并举"的研究观点时，一是依据20世纪中国文学演变发展的实际历史情境，各个文学流派聚散生成的原生态；二是坚持立体、辩证、多维地考察文学思潮流派现代化与民族化相辅相成的自身特性。他对20世纪中国文学不同流派的解读、文学思潮现象的体悟和理性概括，都是"从其本体自足性上所作的阐释"。朱先生的文学思潮流派研究昭示作者既有文学史家之长，又不乏理论家的缜密和思辨。

同许多文学史家一样，朱先生的文学思潮流派研究自然也是个人化的解读和探讨，但是他的理性和诗性智慧结合的研究却给我们提供了一种范式。我们对此可以认同，可以商榷，可以超越，却无法回避他所带来的思索。

[选自《山东师大学报》（人文社会科学版）2003年第6期]

反思·重建·拓展

——朱德发先生的五四文学研究

刘中树　张丛皞

　　朱德发先生从事中国现代文学研究已有半个世纪，半个世纪在历史的长河中或许显得微不足道，但对一位几乎把自己的一生都奉献给学术研究的资深学者而言，却意味着对心向往之的学术事业的孜孜以求与身心投入。20 世纪末，先生曾用这样的话定义"真学者"："不只把致力于学术研究当成其生存方式或价值根基，具有一种自觉的以身殉职的奉献精神，而且树立为学术而学术、为学问而治学的坚定信念"。"他们特立独行，耿直率真，光明磊落，有刚直不阿的人格，既不怕受冷落也不怕遭围攻，为了探求学术真理、繁荣学术研究，哪怕献出生命也在所不惜。"① 上述文字既是先生对当代学者职业操守和道德品质的期望要求，也是其在治学为人中始终恪守的准则境界。朱德发先生辛勤耕耘的五十年正是我们学科转折、发展、繁荣的关键历史时期，缺少了他的努力，中国现代文学学术史的重量必定会轻了许多。

---

　　① 朱德发、贾振勇：《评判与建构——现代中国文学史学》，山东大学出版社 2002 年版，第 310 页。

"文革"时期，在整个知识界被卷入政治意识形态狂流中，对历史偏颇和意识谬误习焉不察之时，朱德发先生就有了将自身从社会潮流观念中区别出来的清晰意识。在应付无法避开的"任务"和"运动"之余，他更多的是躲进小楼成一统，忙别人之所闲，闲别人之所忙，体味文学之趣，探求知识之理。此时，他就已经开始关注和搜集"五四"文献，特别是那些被当时主流意识形态见解和文学史视野遮蔽、过滤掉了的边缘性资料。到了改革开放的新时期，他以敏锐的眼光和极大的热情投入五四文学研究中，不但将五四文学从单纯的政治逻辑和历史尘烟中澄清出来还之以真实崭新面貌，而且为学界提供了一个可资借鉴的新的理论视野和知识范式。他还以"五四"研究为思想契机和精神驱力不断扩大研究领域，深入中国现代文学史观、20世纪中国文学流派、中国山水诗和情爱专题文学等研究中，形成了清晰明确的研究理路和自成一体的研究体系。

在治学道路上，朱先生还不断以学术研究与人才培养为依托带动所属学科整体进步和快速发展。在他的带领下，山东师范大学中国现当代文学团队在教学和科研方面均取得了骄人成绩，学科成为国家重点学科，一代又一代的朱门学子已成为学科学术研究的主力军和佼佼者。五四文学是先生学术研究的起点，也是他始终关注的领域。新中国成立以来的五四文学研究经历了从既定的政治结论去言说"五四"，到从思想本体和文学本身去审视"五四"的历史转换过程，朱先生正是推动这一转换的领军人物之一。

一

朱德发先生自言五四文学研究的机缘是"文革"中"偶得"而来。然而，能够在一片喧嚣的时代气氛中，洞见历史叙述的虚妄，发现历史经验的偏差，珍视"正史"弃之不用的冷门史料，绝非偶然，其背后是超越时代的远见和坚持真理的毅然。可以说从一开始，他的五四文学研究就有了扎实的史料积累和敏锐的治史眼光。正是不为观念所囿、不为环境所束的求真精神与探索意识，使之能够在社会思想观念获得中华人民共和国成立之后迅速进入对新中国成立以来五四文学研究的清理和反思之中，即使面对不确定的政治气候与横面而来的指责压力，也没有丝毫的迟疑担心和犹豫不决。重温先生那时的文章，几乎篇篇都以"究竟是这样么"的发问开篇：五四文学的起点究竟在哪里？五四文学的指导思想到底是什么？茅盾"五四"时期的文学思想是延伸到"五卅运动"的么？胡适关于文学革命的主张难道仅有形式主义的意义么？这些在当时早有标准答案的文学史问题被重新打上问号，对"五四"旧文学史观提出了振聋发聩的质询。他不被历史定论所囿，不被既有观念所羁绊，不被主流思想所牵扯，在与旧观念的诀别过程中表现出了不群的识见和决绝的姿态。他言之有据，论之有理，在翔实的史料基础上对五四文学思想与创作重新评估、定位，使五四文学从政治史逻辑系统与庸俗社会学话语的遮蔽中挣脱出来，露出了本来面目，同时也完成了对束缚于政治思想路线的文学史观的反思、矫正、超越。

朱先生对五四文学专题问题的探讨并不限于还历史以真实，还文学以艺术的单纯的学理阐释，他还在公共关怀和社会参与意识下，关注"五四"时代精神与 80 年代社会语境中诸问题的语义关联，把历史文化研究与现实文化建设的思考联系在一起。在对鲁迅"为人生"文学观的阐发中，他就意识到作为历史范畴与作家论中的"为人生"命题在改革开放新时期的现实意义。为了尽快祛除"左"倾路线和"文革"思维的影响，文艺应该在改造大众思想、提高大众境界、丰富大众精神生活上起更多的积极作用。在这里，他是把鲁迅的思想传统视为新时期人文精神与社会观念更生和发展的价值源泉来看待的。

朱德发先生对政党政治和革命史逻辑中的五四文学史结论的重审，既秉持求实开放的立场，也恪守稳健慎重的作风。应该说，20 世纪 80 年代历史反省和思想反思所带来的精神能量与社会效应是巨大的，其在社会观念解放上的成效有目共睹，但历史虚无主义倾向也有所抬头，其主要表现就是无不以所谓新的思想立场和时代呼声为是，对革命史观合理性存在和有效诉求视而不见，对其价值判断由原来的全面肯定到全部否定。有学者将这种直观、笼统、简单的历史观转换和知识运作戏称为"翻烙饼"式的翻转游戏，这在文学经典的颠覆和再建中较为常见。朱德发先生对五四文学史观的清理和重建从一开始就提防这种意识，他指出，"有些研究者'再认识再评价'表现出一种偏激情绪和主观随意性，从一个极端走到了另一个极端，以偏纠偏或以偏概全，似乎不这样就显示不出自己的'标新立异'来，实质上这是背离了实事求是的认识路线"①。"从总结历史经验上着眼，从深化文学史研究上考虑，对作家作品或文学现象进行重估重评完全是应该的，不为贤者讳而敢于分析其不足汲取其失败的教训也是非常必要的；但是重评也好重写也好，必须有个科学态度和辩证方法。"② 在这种遵循事实和尊重历史的辩证观念引领下，他对五四文学的重评既摆脱了政治史逻辑的制导，又警惕新思想的过分牵扯，避免了挣脱旧观念投入新观念过程中产生的新的遮蔽。在反思中，他虽然批判了将"五四"的一切文学实绩都冠以"马克思主义"指导的历史判断，但在批驳和立论过程中却始终高扬马克思主义实事求是的思想立场，秉持辩证唯物主义和历史唯物主义的基本原则，这与其反复提到的文学史观是一致的——"我们的文学史必须在实践中从理论上进行调整和重构，即真正在马克思主义思想指引下，以历史唯物主义和辩证唯物主义为主导，广泛吸收人本主义和科学

---

① 朱德发：《主体思维与文学史观》，山东教育出版社 1997 年版，第 375 页。
② 同上书，第 385 页。

主义中的合理因素，建构一种以马克思主义文艺社会学为主体的综合多样的文学史观和研究方法，使文学史的研究更加科学化"。① 有鉴于此，先生在论证出五四文学主潮是人道主义与民主主义之后指出，无产阶级思想虽不是主流，但其对中国新文化发展道路的影响却不容抹杀，马克思主义在五四运动时期的传播和发展的诸多思想史细节是需要文学史重点关注和书写的。与此同时，先生在挖掘和激活新思想和文学事实时亦不回避其局限，这在他对胡适"白话文学观"和周作人"人的文学"的评介中体现得非常明显。朱德发先生对五四文学的重释并非以新为是，倡新见之时亦对旧视野的真实性存在和合理性空间给予了客观准确的认定。

二

80 年代初，朱先生对五四文学史观的反思和批判主要是选取关键问题散点击破，以"重点进攻"的方式解构旧的五四文学史结论和文学史观。很快，他的关注重心就由对旧文学史的"破"转向了新文学史的"建"，开始了系统澄明的五四文学史的构建。《中国五四文学史》是其重建五四文学史的标志性成果，也是新时期中国现代文学史写作和研究的重要收获。

《中国五四文学史》是一部具有立体感的文学史，在社会文化史、文学史、文学史观三个维度上对五四文学发生发展的前因后果和整个历程进行了立体观照。在第一个维度上，呈现五四文学与晚清文学间的深厚历史联系，以及其发生的时代背景、思想资源、经济基础；在第二个维度上，呈现五四文学种种思想症候和文本细节；在第三个维度上，通过建构一个与旧的文学史观念、文学史框架、文学史评价充分对话的语义场，来凝练

---

① 朱德发：《思维的飞翔》，山东友谊出版社 2009 年版，第 63 页。

和概括新的文学史观。《中国五四文学史》有对"晚清"至"五四"的文学发展机制与思想脉络的从容细致梳理，也有对"五四"产生显著影响和重大推动作用的历史事件的宏观把握，还有对五四文学作品较为纯粹的艺术性找寻。注重历史线索与时代精神的宏观统摄却力避过分倚重历史分析带来的空疏感；注重文学史细节的微观把握却力避过分倚重纯粹的文本阐释与材料引述带来的琐碎感，是《中国五四文学史》的特点，亦是其长处。在文史互为阐释的机制下产生的这部文学史之所以能够完成，与朱德发先生的筑史理念息息相关。在先生眼里，"'文学'进行'史'的研究和编著，则必须着眼于文学结构系统的整体，尽力建构全方位的文学史，突出文学史的多面性、多元性、流动性、整体性、系统性等基本形态特征"①。

《中国五四文学史》还是一部具有现场感的文学史，这不仅体现在其重返历史情境、还原文学现场、复原文化生态的治史意图上，更体现在其对为追求历史与逻辑的统一而把观念化为模式的文学史写作方式的回避上。

任何一个时代的文学都有某种主旋律，这个主旋律是历史学家勘察历史线索、勾画历史骨架的依据，正如朱先生所言，"理解历史的关键在于透过复杂的历史现象去把握内在的灵魂"②。对治史者来说，把握历史灵魂的重要性自不待言，但是完全以主旋律的视野去融构材料、解释历史，必将会对历史有所舍弃和遗漏。这不仅是观念的预设和逻辑的推断，更是长久以来中国现代文学史写作中的一个重要问题。长期以来的文学史实践常把一个时代的主流观念抽象为统一的主题和普遍适宜的主体价值，并将之作为建构文学史所依据的中心话语与主体框架，强调史料为观念演绎服

---

① 朱德发：《主体思维与文学史观》，山东教育出版社1997年版，第336页。
② 朱德发：《朱德发文集》（第4卷），山东人民出版社2014年版，第47页。

务，对观念可照亮之处集中阐释，对观念无法照亮之处则作淡化的策略性处理，革命史观指导下的文学史写作最为典型。新时期以来，人们对革命史观指导下的文学史写作的反思大多集中在史料的选择和史实的评价上，对其背后那种唯我独尊的文化霸权主义反思并不多，而它甚至在新时期还或隐或显地存在于文学史写作中，成为一种先验的学术前提。朱先生很早就认识到，很多新的文学史一样"没有摆脱政治'权威'理论框架的非智阴影，有的即使摆脱了而所建构的新理论框架也不乏非智因素或者把智性因素遗在格局外"①。相对于革命文学史，80 年代出现的以启蒙主义思想为线索和立场的文学史毫无疑问是文学史写作的突破和进步，其现代性框架的选定是符合中国现代文学发展的主要特征与基本面貌的，但其在治史观念与价值判断上与革命文学史观却存在着相同的问题——"强调现代文学的启蒙性，不仅以思想功利性的凸显掩盖了文本的其他层面的智性因素，而且也遮蔽了其他文学形态的智性结构"②。

朱德发先生曾把"五四"新文化运动后出现的中国现代文学史理论分为四种类型：其一，以社会历史观覆盖文学史观；其二，以历史进化逻辑描述文学历史；其三，将文学史作为文化史框架中的自在之物来阐释；其四，以政治斗争或阶级斗争为框架线索解释文学史。这种概括不但准确全面，而且也为我们提示了文学史写作中经常出现的两个误区：以"非文学观念"统领文学史和以"进化论逻辑"描述文学史。这两个误区都来自先验性的思维定式。

文学史家书写文学史仰仗的无外乎"史实"与"史识"两个方面，不同研究者关注的侧重会有所不同，致力于史料完善和致力于历史阐释都有

① 朱德发：《近 20 年中国现代文学研究非智因素探微》，《文学评论丛刊》2001 年第 4 卷第2 期。

② 朱德发、贾振勇：《评判与建构——现代中国文学史学》，山东大学出版社 2002 年版，第350 页。

其价值，但相比之下，文学史家对史识的强调更多一些。因为，"史家对史实的选择、意义把握和价值判断是取决于史家的史识的。史实的选择主要是辨伪存真，史识的判断主要是意义和价值的理解和评价，从而正确认定和阐释史实与价值的内在联系"，"史识是史家、史著的灵魂，也是学术研究的根基，这是古今中外学问大家之共识"①。朱先生"文革"时期主要注重史实的搜集整理，"文革"之后则更强调史识的重要性。经过长期的资料积累，学界掌握的"五四"文献已相当完备，虽也有尚未进入文学史视野的边缘材料，但是足以改写文学史的历史资料几乎是不存在的。因而，他认为一些文学史家把穷尽历史材料作为毕生追求的做法不可取。"文学史的'客观性'不能把它强调到绝对化的程度，这种所苦苦追寻的'客观性'只能说是相对的，决不能认为铺排的'史料'越多越能增加文学史的客观性。""我们所见的一切文学史最终都是编写主体凭借历史遗留下来的存在物以主观判断的文学史。从这个角度上看文学史研究差异主要不在掌握'史料'的多少，而取决于主体思维判断类型的差异。"② 朱先生对"史识"的高度关注决定了其撰写文学史的品质。他在文学史观辨析中多次提醒学界应警惕的一元论思维、二元论方法、线性历史观、反智主义、经世致用观等意识在他的文学史写作中很大程度上被避免了。《中国五四文学史》在"五四"史实中提炼出"民主主义"与"人道主义"思想主潮的同时，也呈现时代共鸣中的差异性观念和游离于主潮外的无法漠视的异质性和悖论性存在，从而展现了五四文学历史性、复杂性、矛盾性的总体特征。与此同时，朱德发先生所提倡的文学史写作"历史逻辑"与"审美逻辑"相统一的原则，以及以"现代中国文学"代替"中国现代文学"以保证文学史的包容性与开放性的精神，在《中国五四文学史》文学

---

① 刘中树：《史识：中国现代文学史研究的灵魂》，《文学评论》2006 年第 2 期。
② 朱德发：《思维的飞翔》，山东友谊出版社 2009 年版，第 43 页。

文本的遴选与解读中也获得了切实贯彻。

三

"学术研究绝不会停滞在一个水平上，它总是在不断探索不断开拓中对已有成果有所怀疑有所否定有所继承，并从而深化或修正过去的观点或结论，使学术研究永远充满生机和活力。"① 这是朱德发先生对学术发展规律的总结，也是其治学状态的真实写照。先生在完成崭新的五四文学的建史工作后虽然一度把精力分给其他领域，但仍旧关注"五四"及相关问题，并不断借助精神分析学说、符号学、新批评、新历史主义等新的理论方法来寻求研究的突破和创新。先生曾用"一山冲出一山拦"来形容五四文学研究面临的问题，他的研究也正是在不断地正视问题和解决问题的"跋山涉水"中走向了纵深。

朱先生主张文学研究要在多层次上进行，这与研究对象本质的多层次是相对应的。在他看来，"文学本质是一种多层次现象，很难用一个简单的定义说明它，需要多层面对它进行阐述。所谓层次就是事物整体所表现出的不同层面，层次既是建立在差别的基础之上的不同层次又具有其量和质的规定性，因而从不同层次可见到不同质的表现"②。80 年代的五四文学研究基本上是在社会历史与文化审美的网络中进行的，这是因为长期以来"五四"历史谬见是建构在这个维度上的，因而解构旧文学史和建构新文学史的学术努力自然也要在这个层面上进行。上述工作完成后，朱先生的研究焦点从时空体层面和审美层面的横向研究转向了专题性的纵向研究，并不断尝试对五四文学做某种本质化的理解和把握。

---

① 朱德发：《朱德发文集》（第 4 卷），山东人民出版社 2014 年版，第 45 页。
② 朱德发：《主体思维与文学史观》，山东教育出版社 1997 年版，第 325 页。

朱德发先生较早在"生命意识"的层面来审视五四文学，认为"人是文化的最高本质，他既是文化的创造主体，又是文化的服务主体"①。从这一人是"生命主体"与"文化主体"的双重存在出发，朱德发先生指出"生命意识"的勃发与"现代思想"的觉悟是统一在"五四"时期"人的觉醒"这一历史进程中的。五四文学"生命意识"的觉醒一方面来自生命个体的本能意识和"五四"个人主义、自由主义思想的启迪，另一方面与生物进化论、叔本华、尼采、柏格森、弗洛伊德等西方生命哲学观的引入有关。郭沫若文学中的"生命力的解放"、鲁迅创作中的"生命哲学意识"、郁达夫作品中的"生的力量"、周作人提倡的"灵肉一致的文学"等都是"五四"文化中"生命意识"的集中体现。朱德发先生借用弗洛伊德精神分析学说中的"本我"与"超我"两个范畴对"五四"时期的"生命欲求"与"思想诉求"进行了关联性阐述，即生命力与生命冲动作为"本我"自发力量对冲毁封建旧道德的束缚和压迫起到了摧枯拉朽的作用，而生命意识又在由现代启蒙意识构成的新伦理的"超我"的疏导规范中，走向了尊重人、爱护人、关心人的人道主义正途，"人的觉醒"由此被赋予了思想的伦理性与生命的活跃性两种相互区别又互相制衡的素质。朱德发先生在生命意识层面对五四文学的阐释角度新颖，而与此相关的方法论的选择运用更使这种解释获得了整体感和通透感。

研究者常在"语言变革"和"思想变革"两个层面上描述五四文学在中国文学变迁链条上的转折意义，而形式变革和内容变革的同构性也常被解说为皆具摆脱束缚的解放意识和自由素质，但对其深层机制的一致性却难以在理论上道其所以然，这自然源自问题本身的难度，另外也与缺少适当的理论方法和解释框架有关。而朱德发先生则创造性地从符号学和文体

---

① 朱德发：《试探五四文学观念的深层文化意识》，《在东西古今的碰撞中——对"五四"新文学的文化反思》，中国现代文学研究会编，中国城市经济社会出版社 1989 年版，第63页。

理论中寻到了探讨这一问题的有效方法，他指出："文体形式虽然在形态上具有相对独立性，但是这种形式作为一个有机的整体总是与文学内容联系在一起，我们说某种文体形式实际上已经承认了它是相应思想内容的形式，纯文学形式因素也许是存在着的，而纯文学形式整体是没有的。"① 文学语言由"文言文"向"白话文"转变并不仅是语法规则的转变，其本身就意味着意识形态内容和偏好的变化。作为符号的"白话文"自身就蕴含着能指和所指间的张力平衡，语法逻辑带来的文学语言的解放契合了自由化、精准化、思想化准则，以及与人的觉醒、情感解放、主体意识相匹配的审美创造的功能机制。"没有文体革命，思想革命是无法进入文学本体的。"② 由此朱先生实现了"五四"语言变革解释论的创新，即从语言符号的工具论上升到语言符号的创造论。

作为资深五四文学研究专家，朱先生近年来不断参与有关"五四"评价问题的讨论，对五四文学的认识理解也在不断丰富。

对中国人文知识分子来说，"五四"令人难忘，也值得迷恋。正如朱先生所说，"近一个世纪以来，人们一直深深底迷恋着'五四'文学，不时慨叹着从那之后文学发展的艰难和'五四'艺术精神的失落，渴望着那样一种文学风貌重新回归文坛，以给人们的心灵带来充足的慰藉和审美享受"③。而思想界和文学界在 80 年代重铸的"新启蒙意识"重燃了"五四"精神，高扬自我人格和倡导人文精神一时间成为时代主旋律，知识分子参与社会改革的热情空前高涨，"五四"成为人文话语用之不竭的"语料库"和取之不尽的"神话库"。时至今日，很多人文学者对"五四"仍带着无法遏制的神圣情感，并不遗余力地倡导要对其作积极评价，甚至不

---

① 朱德发：《主体思维与文学史观》，山东教育出版社 1997 年版，第 346 页。
② 朱德发、张光芒：《五四文学文体新论》，《中国社会科学》1997 年第 5 期。
③ 同上。

妨作圣化理解。这当然源自"五四"本身的思想价值，但一定程度上也来自"知识分子热"的辉煌记忆和挥之不去的"八十年代情结"。

每一位学术研究者对他心仪的研究对象都是一往情深的，更何况是激情澎湃的五四文学。研究者对"五四"持有怎样的情感，给予怎样的正面评价，在很多人看来都是可以理解的。但当我们读过朱先生的著述之后会发现，虽然他对"五四"有着持久的关注与深厚的感情，但并没有一味褒扬赞许，在承认其历史价值时亦不忘反思其缺省的维度与历史的缺憾。他在对中国现代文学史观念和文学发展历史回顾和总结后指出，"五四"激烈的反传统具有观念论和方法论的双重价值，但"五四"造就的整个文化生态却有很大问题。"五四新文化先驱通过借鉴西方文化思潮所创造的包括文学在内的新意识形态仍然沿用传统的'一元论思维模式'，并没有完成文化的分殊化，即把知识系统与信仰系统、政治系统与审美系统分开，形成了一种'泛意识形态'。"① 这导致了五四文学创作的功利主义倾向与审美主义立场的缺席。在《终极价值——现代化与批判》一文中，他也一针见血地指出终极信仰的缺席是"五四"思想诉求不能获取必要支撑而落入无着落的境地，进而引发知识分子持续不断的信仰危机的根源所在。心系"五四"的研究者能够坦言其不足是一种难得的真诚，同时也与其学术研究的思维模式息息相关。研究者在学术研究中都遵循着固定的思维模式，但大多对思维模式本身并无专门研究，而朱先生在治学中对思维模式的关注可以说并不亚于对思维对象本身的关注。先生的"主体思维论"就是其在学术实践中不断总结、归纳、研究学术思维后产生的专门性成果。在朱先生看来，理论方法的得当是学术研究取得成效进展的基础，学术研究所企及的深广度依靠的是"既具有真理性的思想威力又富有涵盖面大穿

---

① 朱德发：《主体思维与文学史观》，山东教育出版社 1997 年版，第 339 页。

透力强的方法论功能"①。他主张学术研究在坚持习惯化的顺向思维的同时，要有逆向思维的意识和能力。"逆向思维比顺向思维更具开创性，任何新的创造新的发现的成果都离不开逆向思维，文学史研究之所以不断突破不断深化不断超越就在于主体善于运用逆向思维。"② 朱先生对很多五四文学缺省维度的反思能力与反思动力正是逆向思维推动的结果。

虽然朱德发先生在研究中从未回避过"五四"的局限，甚至还将其作为专门课题来特别探讨，但当五四文学在受到所谓的"西方正典"与"文化保守主义"不真实地非难和整体性否定时，他却毫不犹豫地挺身而出为"五四"辩护。

西方正典论将文艺复兴以来的"西方思想"和"艺术模式"视为正宗，以此作为评判"五四"成就价值的唯一标准。在这种西方艺术中心主义的审视下，五四文学与之相比缺陷明显。朱德发先生在对文艺复兴与五四新文化运动作系统比较后指出，文艺复兴是铸就在古希腊文化文学的传统上的，它的兴起不但有深厚的民族文化作为源泉和支撑，而且始终是在较为漫长的缺少民族生存发展压力的纯思想艺术的历史语境中发展成形的，这自然使其拥有从容不迫的自由品质和审美本位主义的意识。而五四文学是在批判中国传统文化的背景下，在大众寻求温饱、国家寻求变革、民族寻求解放的生死攸关的短促历史语境中发生的，这使五四文学更会偏重于社会发展的功利需要而非审美需求。"同思考'文学为什么'相比，对'文学是什么'的本体意义的深刻探索却显得十分薄弱。"③ 这就自然制约了"五四"一代作家对文学审美内涵的关注和对西方文学的汲取综合。朱先生并不否认五四文学吸取了文艺复兴的人文精神这一历史事实，也不

---

① 朱德发、贾振勇：《评判与建构——现代中国文学史学》，山东大学出版社 2002 年版，第99 页。
② 朱德发：《朱德发文集》（第 5 卷），山东人民出版社 2014 年版，第 82 页。
③ 朱德发：《思维的飞翔》，山东友谊出版社 2009 年版，第 184 页。

否认与之的差距，但过于以西方文化文学标准来评判五四文学的得失，不仅缺乏对历史的了解之同情，也有违判断历史应有的科学精神。

当我们用中国文学传统的某些意识观念审视"五四"时不难得出一个结论，那就是"五四"降低了中国文学的传统色彩和价值。90年代以来，新儒学以此为依据批判乃至否定"五四"，指责其造成了优秀民族文化传统的中断，将"五四"造就的观念转型和文学转轨视为激进主义文化的恶果。针对这种观点，朱德发先生在《辩证认识五四时期中国文学的现代转型》《重探60年五四文学革命研究的误区》等文章中系统论述了"五四"思想与文学在思想与审美维度中的东方/西方、传统/现代的双重空间和分层现象，指出"五四"一代学人虽然在文化选择的姿态和文化建设的口号上表现出强烈的反传统，但是其思想和创作却与传统意识的超稳定结构有着隐性的承传关系。这种关系是依赖传统自身强大的延续功能得以实现的，从而对思想界甚嚣尘上的"五四"文化割裂论给予了有力辩驳，捍卫了五四文学革命的正当性与其不容否认的划时代意义。

可以看出，先生对整体否定"五四"的思想潮流和观念倾向的批驳并非护短，而是遵循着求真务实的科学精神，此中也透出其对当代文化走向和发展的诸多思考。

"五四"是中国社会历史由"传统"走向"现代"的关键期与转折点，这时期的思想与文学不仅是精神现象和审美现象，同时也关涉中国社会各个领域现代性素质萌发壮大的方方面面，朱德发先生在研究过程中也逐渐把五四文学周边的相关问题纳入视野中来。

朱先生指出了五四文学革命的学术气质与学理品格。"五四"一代知识分子多兼修学术与艺术，作家兼学人的双重身份决定了他们的文艺活动必然是与学术活动联系在一起的。与古代学术相比，中国现代学术"在科学层次上，它具有真理性、创造性和实践性；在伦理层次上，它始终具有关注人、同情人和研究人的人道主义精神；在政治层次上，它倡举自由与民主"①，这种学术内涵与五四文学精神主流是同属一脉的。在新文化运动中，由学术研究到文学发展有诸多印记可寻，白话文学运动最具代表性，它始终是语言文字改革的学术活动的有机部分。朱先生也意识到，"五四"是中国现代学术的兴起期，但是由于民族解放与政治话语的过度裹挟，这一时期的学术品格并没有获得系统培育，科学精神被启蒙与批判所冲淡。胡适的"整理国故"被卷入纷争是"五四"学术诉求在政治主张面前尴尬处境的最好注脚。

　　朱先生还从"五四"精神和创作中感受到了现代城市文化的气息。在现代文明里，城市文明与现代思想互为表里，城市文明是现代文明的物质表征与社会样态；现代思想则是现代文明的精神素质与文化构成。城市文明的兴起必然伴随着现代思想的发展，二者的趋势走向与结构秩序具有同一性，但由于不同民族与地域发展的阶段性与特殊性，城市文明的兴起与现代文化的发展在不同时空中又会存在着时差与步调不一致的情况。很多研究者都认为，中国现代文学中城市意识的大规模觉醒发生在20世纪二三十年代，是以革命文学与海派文学中的城市题材创作大量涌现为标志的。而朱德发先生认为，"五四"时期虽然没有产生大规模的城市文学创作，但是作为精神素质的城市意识已经蕴含在"五四"新文化运动及其各种表征之中。"五四"新文化运动先驱毫无疑问属于"现代城市阶层"，而"五四"新文化运动中心的北京无论在物质文化形态还是在精神文化形态上都具明显的现代属性，现代教育、新兴大学、现代传媒都是具体表现。此外，作为五四文学主流的写实主义与自然主义本身就是随欧洲近代城市的崛起而勃发的美学思潮，它们与古典主义、浪漫主义相比具有典型的科

---

　　① 朱德发、刘开明：《现代学术与五四文学》，贺立华、杨守森主编《启蒙与行动　青年思想家20年文学》（下），山东大学出版社2006年版，第213页。

学精神和自觉与农业社会观念相区别的意识。当然，"五四"一代知识分子大多来自乡土社会，他们在与城市文明相遇后感受最多的是彷徨不适，而这也成为五四文学中忧郁素质的来源之一。"五四"的城市意识虽然并没有达到完善成熟的程度，但是它是中国城市文化发展的一个重要过渡期。

"五四"是国人道德人格重建的重要历史时期。五四新文化运动既是文化实践、文学实践，也是致力于重塑人的精神的人格建设运动，这是启蒙精神的题中之义。这个方面常在五四文学研究中较少被专门研究，而朱先生则将之视为一个独立的学术课题来做。他在概括出"五四"是由传统道德理想下的"君子"化人格典范向独立人格、自我价值、社会生活的现代人格转化这一内容后指出，这种转化不是替代关系和更替性的，而是融合关系与选择性的。转换很大程度上容纳了传统道德人格理想中大济苍生和感时忧国的承担意识，但由于脱离了完整自足的传统道德体系，再加上"五四"短暂急促，话语驳杂，西方文化特别是古希腊文化中那种崇高伟大人格和情感力量的正面价值并没有得到有效弘扬与转化，基督教精神中可以弥补传统文化精神失落的积极因素也未受到充分重视，现代人格的建设在"五四"时期并未真正完成。

从反思因循守旧的五四文学观，到建构客观公正的五四文学史，再到不断深化五四文学研究和以五四文学为参照和中介探讨中国现代文化建设诸问题，我们不难看到朱先生五四文学研究的连贯性和学术韧性。先生曾说，历史只有经过沉淀、净化，其本来面目才能逐渐呈现出来，而他的五四文学研究在经过时间的沉淀和净化之后，其意义和价值也越发醒目。20世纪80年代以来的三十年是我们学科观念不断觉醒，主体性不断强化，文学史写作不断成熟的三十年。清晰完整的五四文学史及准确科学的历史结论正是在朱先生这一代学者的带领下通过不懈努力开垦出来的。正因为他们挣脱了观念的混沌，拨开了意识的迷雾，扫清了历史的障碍，我们方能身轻气畅地走在学术的康庄大道之上。

朱先生的治学与五四文学结下了不解之缘，"五四"是先生的研究对象，也是其人格境界中无须检视的存在。"五四"与"新时期"同为生气扑人、激情洋溢和思想开放的时代，反思历史、寻求进步、渴望变革是这两个时代的最强音。在先生纵横捭阖、思辨缜密、飞扬顿挫的激扬文字中，我们可以感受到他徜徉于学术之维的饱满激情与思想律动，而这一切又深涵着时代精神的内蕴与研究客体的品性。朱先生曾对改革开放成长起来的，经过市场经济大潮和社会功利主义汰洗的"学术本位派"的治学境界和生活心态有着这样的评价——"大多数的莘莘学子对于物质环境的要求并不苛刻，他们的物质欲望最容易满足，这不是因为有成就的文学史研究者总是在物质环境不够理想的条件下凭借着顽强的意志力和韧性精神去战胜困难而创造了奇迹，这因为中国学者似乎更懂得欠优的物质环境与主体深刻思维的关系，因而具有朴实的气质和淡泊的情怀"①。熟悉朱先生的人都会看出，这段评价显然深印着先生自己的人格与品格。朱德发先生不仅在中国现代文学这一学术领域引领着学界的研究，他开放豁达的视野胸襟、稳健审慎的治学态度、朴实淡泊的精神境界，同样是学界的楷模与表率。先生的人品与文品是在同一高度上的。

（选自《中国现代文学研究丛刊》2015 年第 4 期）

---

① 朱德发：《主体思维与文学史观》，山东教育出版社 1997 年版，第 392 页。

金声玉振显品格，创新趋优呈高远

——学术史视野中的朱德发教授的学术成就

周海波　闫晓昀

　　由中国现代文学研究会、中国现代文学馆、山东师范大学、山东省中国现代文学学会主办，山东师范大学中国现当代文学国家重点学科承办的"朱德发及山东师范大学学术团队与现代中国文学研究"学术研讨会，于2014年9月24日在济南举行。来自国内各高等院校、研究机构的100多名学者参加会议，并就朱德发教授80华诞、10卷本的《朱德发文集》出版发行表示祝贺，对朱德发及山东师范大学中国现当代文学学术团队学术建树进行学术研讨。参加会议的学者中，既有德高望重的学术前辈，如张炯、范伯群、董健、刘中树、温儒敏、王保生、吕进、曾繁仁、孔范今、刘增人等，也有近年来学术界成绩卓著的中青年学者，如吴义勤、张中良、刘勇、李怡、谭好哲、谭桂林、郑春、张学军、张全之、季桂起、刘东方等，还有朱德发指导过的历届硕士和博士研究生。因种种原因未能亲自赴会的部分学者如丁帆、张福贵、李继凯、杨剑龙、何锡章、陈国恩、吴秀明、汪文顶、方忠等，也发来贺信、贺词和书面发言。学者们在祝贺、感喟、赞叹的同时，更多的是进行学术研讨，就朱德发以及山东师范大学中国现当代文学学科学术团队的学术成果、学术思想、学术贡献等问题研讨，回顾了朱德发在现代中国文学史研究、文学思潮流派研究、五四文学研究等学术领域的开拓作用和领军地位，围绕朱德发半个多世纪执着追求的学术理念、纯真宽厚的学术人格、严谨深刻的治学思想以及对中国现代文学学科建设的突出贡献等话题，进行了深入的探讨和明确的学术定位。会议期间，朱德发向中国现代文学馆、山东师范大学图书馆分别赠送了新近由山东人民出版社出版的《朱德发文集》（10 卷本）。

朱德发是新中国第二代学人的代表之一，是山东省现代中国文学教学研究和学科建设的旗帜人物，曾先后担任山东师范大学语言文学研究所所长兼中文系副主任、山东师范大学学位委员会副主任、《山东师范大学学报》编委会副主任、国家级重点学科（中国现当代文学）学术带头人和负责人等职务，现被聘为山东师范大学文学院资深教授、博士生导师，《山东师范大学学报》顾问。从教 60 年来，朱德发先后出版学术著作 40 余部（包含参编或主编），发表论文 200 余篇，2 次获国家教委哲学人文科学优秀成果二等奖，20 多次获山东省哲学社会科学优秀成果一、二等奖及刘勰文艺评论奖、泰山文艺奖，3 次获得山东省教学优秀成果一、二等奖，1次获得国家级教学优秀成果二等奖，并于 1993 年获得国家教委曾宪梓教育基金高等师范教师奖二等奖，2003 年荣获国家级教学名师奖，2007 年荣获山东省社会科学突出贡献奖，1992 年被批准享受国家特殊津贴。在专家学者的眼中，朱德发是一位具有鲜明的学术立场、独到的育人思想和远大的学术战略的学者，是一位著作等身、成果丰厚、影响巨大的劳模式学者。以朱德发为代表的山东师范大学中国现当代文学学术团队，是一支梯队合理、实力雄厚、影响巨大的学术队伍。这支队伍中既有与朱德发同代人的蒋心焕、韩之友、宋遂良、袁忠岳、吕家乡等，也有一批已经在学术界担当重任的中青年学者，如魏建、李掖平、吕周聚、李宗刚、贾振勇、周志雄等，还有近年崛起于学术界的新星如张丽军、房伟、顾广梅、陈夫龙、刘子凌等。而从这里走出，走向全国各地的一些学者，如吴义勤、张清华、杨洪承、张光芒、姜振昌、房福贤等，则又成为各个院校、科研机构的重要学术骨干。这支学科队伍为人瞩目，在学术界享有盛誉。

笔者作为朱德发教授的学生，有幸恭赴盛会，聆听诸多专家学者的高论，很是受益，颇受感动。现根据与会专家学者的会议发言和书面文字，主要就有关朱德发的学术贡献等问题的讨论进行整理，在叙述笔者心得的同时，努力呈现学界专家的主要观点、思想，力求能够将学术史视野中朱德发的学术成就呈现于读者面前。

一 学术劳模与学者情怀

朱德发从事学术研究与教学以来，孜孜以求，笔耕不辍，纵横求索，著作等身，是名副其实的"学术劳模"，这也是本次会议上听到最多的声音。

范伯群在会议发言中说："朱先生几十年来纵横学术，有很强的使命感，他代表我们中国现代文学研究界第二代学人群体，说出了我们应该去共同努力完成的历史使命。可以说，在这一支突围与求索的队伍中，朱德发走在最前列。他刻苦地耕耘与开拓着，他配得上做这批学人中的一位劳动模范。"这样的评价，对概括朱德发的学术研究和教学生涯来说再合适不过。

魏建在发言中用四个年龄阶段来总结点评朱德发的勤苦钻研及其学术成果的高产与高质：第一阶段，50 岁老讲师脱颖而出，在 20 世纪 80 年代初、中期连续推出了《五四文学初探》《茅盾前期文学思想散论》《中国抗战文艺史》（田仲济原著、朱德发代为改写）、《中国五四文学史》等多部学术专著，迅速"走红"；第二阶段，60 岁前后创造力越发旺盛，先后出版了《中国现代纪游文学史》《爱河溯舟——中国情爱文学史论》《20世纪中国文学流派论纲》《中国山水诗论稿》等著作，并在《文学评论》等著名学术期刊上发表大量论文，展现了全新的学术开拓性和更强的学术建构性；第三阶段，70 岁前后精力和思维"逆生长"，从 2000 年到 2008 年，他发表学术论文 80 多篇，并提出了许多新的学术范畴和学术命题，独立撰写和合著学术著作 8 部，在古稀之年不断刷新自己 50 多岁和 60 多岁时的研究成果，不断扩大自己的研究空间，实现学术青春的复归；第四阶段，80 岁依然站在学术前沿，不断地向自我挑战，不断实现自我超越。对于学术的献身精神，使他保有 30 多年的学术高峰期。魏建认为，朱德发独特的学术经历和成就是应该作为"朱德发现象"加以研究的。而这一"朱德发现象"，无疑是对朱德发教授这位"学术劳模"充分的肯定。

从初踏学术园地起，朱德发便保持着恒久的学术热情与勤奋。高炜（李宗刚）早在 1996 年撰写的题为《永远的绿色》一文中就这样写道："风暴过后的七十年代末，一直与家人分居两地的朱德发，住进一间斗室中，闭门谢客，刻苦严肃地探寻着现代文学历史的本来面目。白天，除了完成教学任务以外，他整日泡在图书馆、阅览室，查阅发黄的历史资料；晚上，便将自己反锁在房内，认真研读，直到深夜。在不到两年时间里，他不但全部改写了自己过去的讲稿，而且积累了大量的原始资料，为迎接科学春天的到来、绽放生命之花打下了坚实的基础。从 1979 年到 1994 年的 15 年里，朱德发教授的著作有 26 部，约 400 万字，其中个人学术专著 6 部，主编的文学史及参考书 8 部。在著作之外，还有在国家权威刊物，诸如《文学评论》《鲁迅研究》《文学评论丛刊》《中国现代文学研究丛刊》《茅盾研究》等数十家杂志上发表的 100 多篇论文。"① 朱德发的"劳模"

---

① 　高炜（李宗刚）：《永远的绿色——朱德发教授的生命之路》，《山东党史》1996 年第 3 期。

品格从中可见一斑。张光芒把近代以来的知识分子分为狐狸和刺猬两种类型。"狐狸知道很多事情，但是刺猬知道一件大事。狐狸四面出击，但是刺猬只挖一个洞。"在他看来，朱德发无疑就是一个"刺猬型"的学者。无论是早期的篇章还是新近的论著，朱德发的研究几乎始终体现出对建构理论体系这个"洞"的执着与冲动。"他不求惊人之语但求逻辑严密，不作无根之论唯求真相与价值的统一，其学术研究多有现代文学研究领域的'集大成'之作，所取得的学术成就充满着丰富的创造性和值得深刻挖掘的理论价值。"① 在这种"刺猬挖洞"的学术精神指引下，朱德发凭借其坚韧恒久的治学定力和积极活跃的学术思维，取得了较高的成就，形成了独有的学术品格。杨新刚赞叹道："先生四十年如一日，全神贯注于中国现代文学史的治学与研究，可谓著作等身。作为先生现代中国文学史研究成果集中检阅与展示的 10 卷本近 360 万言的《朱德发文集》，以及《现代中国文学通鉴》这部 200 万字的皇皇巨著，仿佛高原雄峰屹立于世人的面前，这些学术专著足以折射出著者令人叹服的坚韧恒久的治学定力与积极活跃的学术思维，先生可谓大学者真学者。"② 杨新刚从五个方面归纳了朱德发的学术成就和特点：第一，具有鲜明的"学术本位"的品格，自觉地建构文学史学；第二，建构了较为完备的学术体系，逐渐确立了建构现代中国文学史研究话语体系的科学方法论与核心理念及中心史识；第三，具有清晰的逻辑架构与强烈的理论思辨色彩，不满足于对现代中国文学史诸多现象的线性的平面化描述，而是力求透视寻找其发展的内在规律并力图建构现代中国文学史学及思维学；第四，具有生命的热度与评判的力度，结合了充沛的激情、睿智通达的智性、雄辩有力的思辨、坚定不移的意志

---

① 张光芒：《朱德发教授学术思想探微》（上），会议发言稿，2014 年 9 月 24 日。
② 杨新刚：《富有生命热力的"学术本位"建构——朱德发先生现代中国文学史研究管窥》，会议发言稿，2014 年 9 月 24 日。

与戛戛独造的勇气；第五，颇具创新趋优的特质，主要体现于批判的武器与武器的批判不断更新升级以及重要史观与核心理念的创新趋优之上。这种学术成就的获得，与朱德发个人的辛勤努力是分不开的。房福贤在回忆时亦对朱德发的"劳模"品质赞颂不已："朱德发教授节假日也不放过，在大家还未从春节热闹的气氛中走出来的时候，就走进书房安静地写起文章来，这是一种什么样的精神状态与人生状态？鲁迅曾经说过，他把别人喝咖啡的时间都用在了写作上，朱德发教授则是把别人过节的时间都用在了研究上，如果没有对中国现代文学研究的热情，是无论如何也做不到的。"①

　　基于对社会历史与现实的担当意识，朱德发直到今天还依然保持着非凡的学术热情和饱满的学术创新能力，其学术论文仍不时地刊登在全国各大知名刊物上。近年来，朱德发把文学史思考当作自我创新的思考点，从关注"进化文学史观与文学史研究实践"到对"中西非理性思维在现代文学中的交汇与对接"的深刻反思，再到高屋建瓴地透过"四大文化思潮"来展开其与"现代中国文学关系辨析"，最后到"中国新文学之源"的深入探析，整个过程清晰地彰显出朱德发生机勃勃的学术创新力。2012年4月出版的朱德发与魏建主编的200万字的巨著《现代中国文学通鉴（1900—2010）》，是朱德发文学史观念的又一次具体实践，也是其30多年来文学史研究与书写的最新成果，更是朱德发堪为"学术劳模"的新例证。此书一经出版，便收获了高度的评价。周丽娜就这样评说："它在时空的宽广度上跨越了相关学科范畴，可以满足现代中国文学多元共同体研究或书写文学史的客观要求；它公正公平地对待不同民族、阶级、党派、地区的不同文学形态，同时也关注不同形态文学之间的差异性；它以'人

---

① 杨新刚：《富有生命热力的"学术本位"建构——朱德发先生现代中国文学史研究管窥》，会议发言稿，2014年9月24日。

的文学'属性作为各种形态或系统文学之间的本质联系，将不同形态、不同系统的文学连缀贯穿起来，形成一个严密的网状结构整体。它以文学与文化互动关系构成为认知结构，选取'政治文化'、'新潮文化'、'传统文化'和'消费文化'这四种对现代中国文学生成与发展的影响和渗染较大较深的文化形态，梳理现代中国文学史的复杂系统，从而形成一部清晰有序而又各得其位的文学通史。"① 在学术园地数十年如一日的辛勤耕耘、学术成果的高产与高质以及学术思维的深刻与活跃，为朱德发带来了来自各方的赞誉。学界认为，朱德发的著述具有"缜密其思，磅礴其势，激情其气，史哲其质"的鲜明品格。"缜密其思"是指他的著作具有完整的体系性和缜密的逻辑性；"磅礴其势"在于其整体的统摄性和宏观的包容性；"激情其气"是指其著作具有炽烈的情感与浓重的诗性；"史哲其质"在于其历史的深刻性与哲思的丰富性。现在看来，在现代中国文学研究界，朱德发最具"黑格尔气质"。② 在本次会议上，对于朱德发的学术气质，王兆胜的评价很具概括力与代表性。王兆胜赞扬朱德发"有兼收并蓄与天地情怀，具有问题意识及创新精神，能守住传统和活学活用。他不仅向中国传统延伸，也广采西方文化与文学的影响，在世界视野中吸纳各种学术新潮，兼具批判与反省意识；他紧紧围绕理论、现实问题来选题、立论和著书立说，具有鲜明的问题意识与科学创新意识，注重重大理论和方法论的创新；他坚守儒家文化为代表的中国士子的优良传统，将文学看成新民安国的重要形式，在治学中基于第一手资料尤其是细读作品后的'论从史出'，而不是从理论中来的随意猜度，以中国的审美方式烛照西方的理性

---

① 周丽娜：《朱德发教授文学史观述评》，会议发言稿，2014 年 9 月 24 日。
② 李钧：《人文启蒙：吾道一以贯之——简论朱德发学术道路和育人思想》，会议发言稿，2014 年 9 月 24 日。

思辨"①。

　　在评价朱德发的学术研究时，尤其需要一提的是他的理性意识。朱德发注重以强大的启蒙理性精神去形成自己的史识，对文学文本和史料具有思维穿透力，而不是反过来为它们所淹没；认为要在理性精神的指引下综合运用思维的发散规律、收敛规律等，形成带有研究主体生命烙印的理性精神，对文学史的各种现象进行演绎和归纳，真正吃透和摸准文学规律，收获丰厚的学术硕果。周丽娜说："他早期的《五四文学初探》和《茅盾前期文学思想散论》，就已经做到了站在历史发展的高度来对文学的微观现象进行剖析，既体现出了对大量具体文学作品的原初阅读体悟，更展现出开阔的宏观学术视野，而把这两者有机结合在一起的，正是他旗帜鲜明的以人为本的启蒙理性精神。先生把研究对象'放在中国文学发展过程中和世界文学潮流中审视、评析、归纳、综合，从多维的社会空间进行全面考察，既注意到研究对象的时代规定性，又看到它的历史继承性、延续性'。"② 张光芒在重读朱教授关于五四文学初探系列论文时发现："其中每一篇什莫不是在追索重重历史疑问与主体思想困惑中行文成稿，所有未经研究主体之理性检验的先验'真理'和既定信仰，都要置于理性光芒的照耀下，都要变成问题本身。如朱教授早期有一篇对于冰心早期'问题小说'的长篇论文，从中即可看到梁启超所谓'因问题引起问题'从而引出'无限的生发'的问题链与逻辑链。在这里，对象自身的问题与主体自身的问题相碰撞，历史问题与现实问题相对接，审美问题与价值问题相撞击，现象问题与理论问题相结合，尖锐的问题带动着理论规律的运演，最终在理性思辨中引发发人深省的学术发现。"③ 知性和感性是人的生命活动

---

　　① 王兆胜：《金声玉振发清音——朱德发的学术品格及其追求》，会议发言稿，2014 年 9 月 24 日。

　　② 周丽娜：《朱德发教授文学史观述评》，会议发言稿，2014 年 9 月 24 日。

　　③ 张光芒：《朱德发教授学术思想探微》（上），会议发言稿，2014 年 9 月 24 日。

中的两种基本形式，两者你中有我，我中有你，无法截然分开甚至对立起来。所以，正如谭桂林所说，学术研究如果要获得一种鲜活的生命品格，它就应该是包含着知性与感性、理智与情感的一种综合性的整体的生命体验。文学研究尤其如此。对学术研究的生命品格的缺乏，朱先生是深有体会的，也是身体力行地予以矫正的，因此，理性之外，朱德发也从未忽视感性对于学术的意义。所以，谭桂林评价道："他在自己的新文学史史学体系建构中，一方面坚定地反对与批评现代中国文学研究中的'非智因素'，另一方面也常常提醒研究者用自己的生命体验去感悟作家渗透在文本与人物性格命运中的生命体验，从而使他的史学主体性研究思维、识地、体验三足鼎立，共同地建构起他的新文学史学主体论的理论大厦。"①

不仅治学成果骄人，朱德发的治学品格与学者情怀，也有着积极的示范作用。他曾说过，一个从事中国现代文学研究的学者，应该是一个具有健全的现代人格的知识分子，除了具有现代性的知识结构、自觉的理性意识、科学的治学态度外，还必须将"致力于学术研究当成其生存方式或价值根基，具有一种自觉的以身殉业的奉献精神"，"应树立为学术而学术、为学问而学问的坚定信念，见到发财之道不动心，听到官场升迁不走神，你走你的阳关道，我走我的学术桥，只要能施展我的才能实现我的选择就感到其乐无穷、无限欣慰；另外，真学者还要有为研究而特行独立、光明磊落的人格，不怕受冷落也不怕遭围攻。在真学者眼里学术是没有禁区、没有国界的，学术面前人人平等"②。朱德发的学术生涯，正可谓对这种"真学者"品格的践行。在本次会议上，对其"真学者"品格的赞叹亦不绝于耳。对朱德发了解甚多的王保生回忆道："在1983年'清除精神污

---

① 谭桂林：《思维·识地·体验——评朱德发文学史学建构中的立体性研究》，会议发言稿，2014年9月24日。

② 朱德发：《朱德发文集》（第1卷），山东人民出版社2014年版，第11页。

染'紧锣密鼓地开展时，许志英发表的《'五四'文学革命指导思想的再探讨》一文被抓了'典型'，也连累了'始作俑者'的朱德发，他们成了这场'学案'中的难兄难弟。可贵的是他们写信，互相安慰，抢着担责，而且坚信自己的探讨并没有错，这种知识分子的担当精神和责任意识，是值得我们敬佩的。"① 范伯群说："朱德发常常用'使命感'这个词汇来形容我们肩负的历史重任，也正因为他有这种使命感才能数十年如一日地孜孜不倦地思考与笔耕，也是这种使命感给了他勇气和力量。他具有一个史学家应有的品性，一切以'原始资料'为出发点，从大量的原始史料中得出创新性结论，顶着某些质疑，继续驱动，提出自己的'新概念'，力图拨正我们这个学科所存在的偏差，他为'拨正'而向古今中外的优秀文学取经，提出了自己认定的评价标准，应该说他一路前行，雄图大略地正在铺出一条具有实际意义的体系性的思路。"② 张中良在会议发言中高度评价朱德发坚守学术信念的勇气，他说："现代，搞到今天，我觉得我们现代文学的研究队伍实际上出现了一定的分化。近年来，我们学科的有些人甚至是代表性学者在各种场合的发言，是和我们现代文学学科的传统背道而驰的。思辨的能力再强，你思辨和推导的结论是倒退的，那你这个思辨不是适得其反吗？所以，我们现代文学应该警惕这个东西，应该勇于提出自己的看法。朱老师在不同场合也对此提出了非常尖锐的批评，我非常赞同朱老师旗帜鲜明的态度。"③ 温儒敏指出朱德发少有学院气和贵族气，富于使命感，并说道："朱先生代表一代学人，他们是比较富有理想的一代，又是贴近现实，关注社会的一代，马克思主义的世界观与方法论从一开始就支撑他们的治学，他们的文章一般不拘泥，比较大气，善于从复杂的历

---

① 王保生：《情系五四》，会议发言稿，2014 年 9 月 24 日。
② 范伯群：《脑力劳模"体大思精"的结晶——读〈朱德发文集〉有感》，会议发言稿，2014 年 9 月 24 日。
③ 张中良：《评朱德发教授的学术研究》，会议发言稿，2014 年 9 月 24 日。

史现象中提炼问题，把握文学的精神现象与时代内涵，给以明快的说明。"① 李怡在会上称颂了朱德发的执着钻研精神，指出："朱先生有一种童真，这种童真体现在对好多事情始终保持一种持续性的兴趣上，不断地保持一种探究的欲望，比如'现代中国文学'的概念好像不是朱先生第一个提出来的，也有别的学者提出这个概念。与他们相比，朱先生对这个概念作了最大的功夫和系统性的开掘。他把这样一个概念放在整个文学史的理论体系当中，作出了一系列深化性的探索，目前为止还没有其他人做过。现在，围绕这个概念又作出了好多启发性的次级概念探索，比如说现代性国家文学，一个原则三个亮点的评估体系以及重新认识心理问题等等，把从概念出发的学科基本问题进行清理和建构，就目前为止也都没有人做过，这是一个非常大的贡献。"② 谭好哲指出，朱德发"不仅自己有这么辉煌的学术成就，而且在学术历练和学术成就的彰显当中，也展现出一个学者的人格"，并把这种学者人格概括为勤奋认真、以学术为生命的治学态度，敢于领风气之先的学术开拓性精神和张扬后学、扶持新人的精神。董健生动地讲了几个与朱德发共同经历的小故事，从中可以看到朱德发坚守"现代"理念和学者人格的优秀品质。陈夫龙用朱德发对"五四"的选择来反衬其学术人格："在政治气候乍暖还寒的语境下，选择五四、反思五四作为学术研究的方向，这本身就是一种甘冒政治风险的有胆识、有担当的行为。这是在拨开历史迷雾、还原历史真相的天道责任推动下一代学人的主动选择，更是他们亟须表达社会良知、人文情怀和学术见解的有效方式。长期浸润于五四文学场域，五四文化先驱和文学巨匠敢为天下先的先锋姿态、救亡图存的忧患意识、开放激进的变革意识、大胆破坏勇于创造的气魄等优秀品质早已成为他的生命构成的有机质素，形成了他反

---

① 温儒敏：《评朱德发教授的学术研究》，会议发言稿，2014 年 9 月 24 日。
② 李怡：《评朱德发教授的学术研究》，会议发言稿，2014 年 9 月 24 日。

观历史、直面社会和现实人生、审视内在生命的信仰之维和学术热忱，这就是支撑他继续在学术天空翱翔的'五四情结'。"① 季桂起说："我个人认为，朱德发先生的学术研究最突出的应该是求是的学术精神和科学的研究态度。不从俗从众、随波逐流，不慕新求异、追赶时髦，一切从尊重事实出发，以求真求实的态度来确立自己的研究立场，以史实为依据来判断自己的研究对象，得出属于自己的研究结论。也不迷信盲从于任何权威，敢于向既定的权威观点挑战，勇于突破传统的定见，具有开拓创新的意识。"② 刘东方说："朱德发先生是有气节的学者，他曾因为语音不同，而与别的学者就五四文学是人学还是神学，激烈争论；他曾屡次因别人赞美'文革'而直面陈言；他曾多次教育自己的学生不要趋炎附势，要保持学者的气节，要甘于坐冷板凳。朱先生之所以能够成为学术大家，除了学者们分析的具有'史胆、史识、史才'外，③ 我认为更为重要的是，先生是一个好人，是一个善良的人，是一个有正义感的人，是一个有高尚人格的人。"④ 张全之、程亚丽说："无论治史还是从教，朱教授都有一颗赤子之心。他虽然已经写下了数百万字的著作，但从不故作惊人之论以搏眼球，也从不张扬秽史、秘闻迎合低级趣味，他秉承'临文必敬、论古必恕'的史家情怀，做到有几分证据说几分话，不夸大不附会。他教书育人从不懈怠，即使已经成为名满天下的学术大家，被评为国家级教学名师，也从不骄狂、傲慢，而是一贯地谦逊、和蔼、淡定，论学以真、待人以诚，这才

---

① 陈夫龙：《朱德发的"1980 年代"》，会议发言稿，2014 年 9 月 24 日。

② 季桂起：《求实的价值与思辨的力量——略论朱德发先生的中国现代文学研究》，会议发言稿，2014 年 9 月 24 日。

③ 黄德志：《史胆·史识·史才——试评朱德发〈中国五四文学史〉》，《徐州师范学院学报》1995 年第 2 期。

④ 刘东方：《穿越与建构——论朱德发先生学术研究的当下价值》，会议发言稿，2014 年 9 月 24 日。

是前辈的风采，后生的楷模。"① 这样的声音此伏彼起，让人难以忘怀，它们并非普通的溢美之词，也不是一般的概括总结，而是将朱德发的深层学术人格呈现了出来。正如谭桂林所说："朱先生数十年致力于现代文学研究，为学术而学术，为学问而治学，心无旁骛，名不能蚀，利不能诱，真正做到了自己所说的学者的'本味'。而今天，这一'本味'的学者理念依然像一面镜子，提醒着也启示着我们这些后辈学子对自身学术生命状态的关注。"②

作为一个广受赞誉的教育家，朱德发自有一套自成体系的育人方法。李钧说："如果借用梁启超'熏浸刺提'四字，赋予其新解，大体可以诠释朱先生培养研究生的方法。所谓'熏'是指自己以身示范，润物无声。朱先生提倡梁启超的'真学者'标准并作了深入阐释，他一直以此为标准立身行事，更重要的是，他身体力行，让学生领悟学者的尊严和教育者的乐趣。所谓'浸'是让学生循序渐进，融入学术。他注重培养学生的问题意识和发现思维，注重给学生以方法引领和理论指导。所谓'刺'是对学生耳提面命，督促提醒，不仅'言教'，而且'身教'，意在使学生戒除'骄娇二气'。所谓'提'是对学生点拨提携，促其升华。先生会让优秀弟子参与到他主持的课题中去，让他们在科研中完成学业，在学习中做好科研。"③ 朱德发对学生的爱护有加，令学生们感动至深。在此择取一二，以见学生的感恩之心。房福贤说，朱德发教授对学生的关心与爱护是众所周知的，为了培养学生尽快成才，他从不吝惜自己的时间与精力。《朱德发文集》第八卷收集了他为他的学生、年轻学者或者并不熟悉的朋友写的序

---

① 张全之、程亚丽：《史通·史识·史心——评朱德发教授的中国现代文学史研究》，会议发言稿，2014 年 9 月 24 日。

② 谭桂林：《思维·识地·体验——评朱德发文学史建构中的主体性研究》，会议发言稿，2014 年 9 月 24 日。

③ 李钧：《人文启蒙：吾道一以贯之——简论朱德发学术道路和育人思想》，会议发言稿，2014 年 9 月 24 日。

言或书评 75 篇，38 万多字，这些文字花费了朱德发教授多少心力，只有他知道。序言或书评，都是为他人作嫁衣裳，但是书评的写作对一个年轻学者又是多么重要，初出茅庐之际，受到著名专家教授的指点与提携，无疑对其学术生涯、学术信心有着极大帮助。朱德发教授深谙青年学子的这一心理，所以他从不以名家大家自居，总是有求必应，对其循循善诱，给予正确的引导。隋爱国说："大凡大家，文如其人，不仅力求学术品格的高卓，而且亦不忘为人境界的高远，二者浑然一体、难分彼此。朱先生亦不例外。作为学生，曾经亲沐春风，感触良深。朱先生从不以出身之贵贱、天资之优劣等，将学生分为三六九等，而分别对待，而是秉持其人道主义理念，一视同仁，无不给以尊重、关心与期望。"①

在朱德发和老一代学人如田仲济、薛绥之、冯中一、冯光廉、蒋心焕、查国华、宋遂良、吕家乡、袁忠岳、韩之友、孔孚、张蕾等的努力与影响下，整个山师现当代文学学科形成了优良的学研传统。正如李宗刚和赵佃强所总结的，它注重学术独立人格精神的张扬与培养，注重思想解放、开拓创新以及学术探索精神的培养，注重史料的发掘、整理与积累，强调文学研究和文学史书写实践的师承传统，也强调与时俱进的学术品格。张中良在会上对朱德发及山师学术团队给予高度肯定和赞扬："一个学科能不能发展，发展得怎么样，与一个学科的骨干学者，挑大梁的学者的个人魅力是分不开的。朱老师的人格魅力和学术贡献，我在会议的论文集和发言中都看到了。我觉得朱德发老师和我们整个山东师范大学这个团队非常有感召力。好多学者，我曾经觉得是在很多场合见不到的，今天在这个场合见到了。朱老师和山东师范大学的确是有自己很多的魅力。"② 孔

---

① 隋爱国：《现代中国文学之人学理念的持守与开拓——评朱德发先生的人文情怀与学术品格》，会议发言稿，2014 年 9 月 24 日。

② 张中良：《评朱德发教授的学术研究》，会议发言稿，2014 年 9 月 24 日。

范今认为，山师现当代学科的持续兴旺发展离不开朱德发的带领与奉献，整个山师团队是团结、和谐、包容、卓有建树的，并向各个高校和研究部门输出了很多优秀的学者。温儒敏称赞山师这个团队兢兢业业几十年，现在已经成为中国现当代文学研究的一个重镇，在流派史的研究、文体史的研究、作家作品的研究及当代的评论等方面，在全国都占有重要的位置，尤其是文学史研究方面的成绩最为显著，并且说道："这个团队的实力影响相当大，我感觉它形成了自己的气度，自己的风格，在这里比较少或者说没有名士气，没有才子气，也很少学术的玩票，这个团队多数的学者都是比较脚踏实地的，就像一个农民发现一块地，播下种子，好好地耕作等待收获。给人的感觉，这个团队几十年都有一股向上的力，有那种学术的激情，也比较团结，这是很令人羡慕的。而朱德发先生可以说是其中的一个代表或者说是他们的核心，朱先生的人格，他的作风，显然是影响到这个团队的。"① 谭好哲在会议发言中也说："在我国这个现代文学研究学科，山东师范大学是一个重镇，他们有着非常强的研究队伍，而且这个队伍起了非常大的作用。这个队伍不仅在山东，而且辐射到了全国各地。在这个队伍的形成和队伍影响力扩散的过程当中，我个人认为朱先生起了很强的作用。"② 刘增人总结山师学术团队的学术传承时指出，山师现代文学学科有三大特点，即源远流长的中国现代文学史撰写实践与理论升华；延绵不断且逐步深入的史料发掘整理，为中国现代文学学科建设提供了坚实的基础；已成系列的鲁迅与中国现代著名作家研究。宋晓英把她从以朱德发教授为代表的"山师学派"中继承的精神宝藏归纳为"苦修"与"思疑"、溯源与穷究、比较与鉴别、广闻与慎取四个方面，亦是十分中肯的。③ 正

---

① 温儒敏：《评朱德发教授的学术研究》，会议发言稿，2014 年 9 月 24 日。
② 同上。
③ 宋晓英：《我们从"山师现代文学研究群"师承了什么?》，会议发言稿，2014 年 9 月 24 日。

是在这样深厚的学术传统和精良的师资团体的耳濡目染之下，一批以钱荫瑜、杨洪承、张清华、李春林、税海模、姜振昌、李掖平、刘新华、郭济访、房福贤、季桂起、万直纯、魏建、谭桂林、吕周聚、耿传明、罗振亚、刘克敌、王兆胜、刘开明等为代表的山东师范大学和具有山东师范大学学术背景的中青年学者群，以追慕乃师的学术道路为肇始点开启了他们的学术之旅。在当下的中国现当代文学研究与批评领域，他们不仅形成了各自的学术专长，取得了一定的学术成绩，而且直接参与了中国现当代文学学科的建设。他们的成就，如李宗刚与赵佃强所描述的，具体体现在以下几个方面：第一，在全国的中国现当代文学专业具有影响力的高校中，大都能够看到这一群体的身影；第二，这一学者群落目前还担任着全国性的研究会的理事等重要学术职务；第三，这一学者群落在一些高校的博士点还担任着博士生导师；第四，这一学者群落不仅承担了诸多国家级社科基金课题，而且还在高层次期刊上发表了诸多专业学术论文。[①] 在这一山师学者群落的学术发展脉络中，我们可以清晰地看到山东师范大学中国现当代文学学科的烙印，可以看到朱德发对于该学科发展的重要影响和独特贡献。正如上海师范大学当代上海文学研究中心主任杨剑龙教授所说："朱德发先生培养了诸多很有成就的后辈学子，延续了田仲济先生的学术传统和学术风格，形成了中国新文学研究的齐鲁学派，为推进现代中国文学研究做出了极为重要和令人瞩目的贡献。"[②]

二　五四原点与以人为本

正如朱德发自己所言："五四文学研究是我起飞的基地，也是我的学

---

① 李宗刚、赵佃强：《大学的学术传承与学者群落的崛起》，《德州学院学报》2013年第5期。

② 杨剑龙：《致"朱德发及山东师范大学学术团队与现代中国文学研究"学术研讨会贺词》，会议资料，2014年9月24日。

术生命根源。"①

从初入学界起，朱德发便与"五四"结下了不解之缘。1978 年，在"大地微微暖风吹"的时刻，他"开始准备为本科生开设'五四文学研究'的选修课。这时田仲济、孙昌熙两位先生正在主编《中国现代文学史》，是'文革'后第一部中国现代文学史，我参加了其中'五四文学革命'一章的撰写。为了准备选修课和编写文学史，我几乎翻阅了五六十年代编写的所有史料、重要报刊、主要作家作品，还有政治经典文本对五四新文化运动和文学革命的权威论述。通过反复比较、深入思考，我惊奇地发现五四文学革命的历史真面目，和以往文学史的叙述和政治的经典判断相差很远，感觉有很大的困惑，禁忌多多。我带着这些关于五四文学革命的问题，就像胸中怀着一团团火一样，点燃了我的生命激情，引发我在学术上的钻研追求"②。在"五四"情结的指引下，朱德发以五四文学为突破口，坚持从史料出发和力求还原历史的原则，以大胆质疑的科学精神和正本清源的问题意识，针对五四文学革命的指导思想、鲁迅"为人生"的文学观、茅盾的新文学观、胡适的白话文学主张、周作人的文学主张、冰心"问题小说"的思想意义、胡适《尝试集》及其诗论、《狂人日记》的人道主义思想倾向等已成定论或遭受忽视的问题，一一加以论证。无论对五四文学革命的性质、指导思想，还是对有争议的作家作品，都进行了实事求是的分析判断和全新评价，为五四文学研究开创了一个崭新的局面。

《五四文学初探》是朱德发对"五四"最初的突破性尝试。王保生谈道："《五四文学初探》中的第一个问题，就是《试探五四文学革命的指导思想》，认为五四文学革命的指导思想是以科学与民主为标志的民主主义，而不是当时学界普遍认定的无产阶级思想。这一认定，突破了王瑶、唐弢

---

① 朱德发：《朱德发文集》（第 1 卷），山东人民出版社 2014 年版，第 7 页。
② 同上。

等编著的一大批中国现代文学史、思潮史的论述，也震惊了一大批像我这样想都没有想过，或者是服膺权威说的就是结论的研究者，它超出了被'四人帮'扭曲的思想文化的议题范围，是思想解放的再深入，是实事求是精神的更大的发扬。"[1] 这部著作甫一问世就引起了深广的回响，这本集中探索五四文学问题的 8 篇论文的结集，分别探讨了五四文学革命的指导思想、几个代表人物的文学主张和一些在当时产生过重大影响的文学作品。"其要旨在于解决五四文学研究中的一些重点和疑点问题。该书的主要价值，正在于它对这些重点和疑点的突破"。[2] 在刚刚经历了一个万马齐喑的思想禁锢时代之后，要拨开政治迷雾，直面历史的真实，是需要很大思想勇气的。曾繁仁指出，朱德发的第一个学术突破就是五四文学指导思想的突破，他用比较机智、智慧的论证解决了对毛泽东同志的《新民主主义论》的理解问题，并通过大量的史料工作使五四文学由原来我们大家一再说的官方认可的无产阶级马列主义的指导思想变成多元思潮的以民主主义、人道主义思想为主导指导思想。刘开明说："因为在 20 世纪 40 年代毛泽东发表《新民主主义论》以后，受执政党政治意识形态影响十分严重的中国现代文学研究界'一直将无产阶级的文化思想视为五四文学革命的指导思想，几乎没有人提出异议'[3]。朱德发教授能够抛开政治的有色眼镜，用五四时期的文学史料去发掘历史的本来面目，而且在探索文学史的本体'客观性'的同时，更着力激活蕴含于文学进程的生机[4]。因此，这种重写文学史的学术探索，在那个人心思变、吐故纳新的特定历史背景下，成为

---

[1]　王保生：《情系五四》，会议发言稿，2014 年 9 月 24 日。
[2]　孙昌熙、魏建：《现代文学研究的新收获——评朱德发同志的〈五四文学初探〉》，《山东师范大学学报》（哲学社会科学版）1983 年第 3 期。
[3]　朱德发：《五四文学新论》，山东文艺出版社 1995 年版，第 27 页。
[4]　朱德发：《主体思维与文学史观》，山东教育出版社 1997 年版，第 7 页。

激活社会和文化转型的思想力量。"① 李宗刚称:"《五四文学初探》《茅盾前期文学思想散论》等,对'五四'文学和文化研究中的一系列重大理论原则、重大学术命题和著名历史人物,率先做出了客观、公正和科学的评价与研究,一时领学界创新风气之先,在学界产生了巨大反响,开辟了中国'五四'文学和文化研究的崭新局面。"②

作为新时期中国五四文学研究的先觉者和引领者,朱先生在中国"五四学"的创建中,起到了承上启下的作用,取得了令人瞩目的成就。温奉桥、温凤霞称,"朱先生的名字与胡适、周作人、茅盾、赵家璧、李何林、田仲济、王瑶、严家炎、许志英、王富仁等,共同构成了近百年五四文学研究史"③。

五四文学是现代文学的开端,具有学科建设及其学术研究诸多本源性的话题,包含着现代文学的诸多理论命题。破解这些命题既是解决五四问题的关键,也是研究现代文学不能绕过的话题。《五四文学初探》对五四文学研究和文学史梳理、探究,紧紧抓住了这些关键性的问题,由此建立了"人的文学"的文学史价值观念,成为贯穿几乎所有文学研究专著的中心理念。随后的《中国五四文学史》是对五四文学研究进行系统总结的成果,是从文学史的角度对五四文学的再研究,无论是对文学思潮的探究,还是对作家作品的解读,都与启蒙文学的特征与文化意义、文体的解放与现代文学的形成与发展联系在一起,把五四文学置于中国文学发展的长河与世界文学的格局中进行考察,形成从纵向到横向的宏观与微观研究。在此基础上,1995 年出版的《五四文学新论》进一步升华了对五四文学的理

---

① 刘开明:《激活转型时代的思想力量——浅谈朱德发的五四文学研究》,会议发言稿,2014 年 9 月 24 日。

② 李宗刚:《竭力拓展现代中国文学研究的新格局——"国家教学名师"朱德发教授侧记》,会议发言稿,2014 年 9 月 24 日。

③ 温奉桥、温凤霞:《执心弘毅,终成高远——朱德发先生与中国五四文学研究》,会议发言稿,2014 年 9 月 24 日。

论认识，呈现出理论研究与史的撰述的与时俱进。这部著作是朱德发文学思想与文学史观念的大变化，是在"人的文学"的观念基础上新的超越。无论涉及的文学思潮、作家作品，还是文学的理论问题，这部著作都以新的文学观念、新的研究方法，为"新论"带来了新的高度，以新的学术方法突破了传统的文学研究模式。① 与会的各方学者高度评价了朱德发"五四"系列研究所取得的成就。韩琛以《中国五四文学史》为例，高度认同相关学者的评价，认为这是第一部也是迄今唯一一部重要的五四文学断代史②："该著作通过对于五四文学的考察，在价值、伦理、文体、语言等等不同层面设定了一个'现代标准'，以确定什么样的中国文学才是'现代型'的中国文学，同时在评判具体文本时仍然保有了文学的尺度；它通过对五四文学的价值重估与历史重写，建构起现代文学学科本身的合法性，以区别于'革命政治标准'的'现代型标准'来定位五四文学，以新的价值观、历史观和文学观重构了现代文学学科的基本性质；与极力强调五四文学之反传统的革命性不同，它试图在一个历史连续性的视野中考察五四文学，从五四立场上重估晚清，拓宽了五四研究的范畴，突破了长久以来的思维藩篱。"③ 魏建认为："朱先生不仅占有了丰富的五四文学史料，更注意到它们的'总和'和'联系'，因此他对五四文学革命的国际历史背景、舆论阵地、代表人物、理论主张和创作实践等各个方面进行了全面综合的考察，而且对这诸多侧面又做了尽可能全面的探究。如针对前人主要以李大钊对十月革命和马克思主义的介绍为论据得出五四文学革命的指导思想是马克思主义，他的研究不仅注意李大钊当时那几篇有'马克思主

---

① 周海波：《阅读〈朱德发文集〉的一个角度》，会议发言稿，2014 年 9 月 24 日。

② 谭桂林、周海波、张光芒、杨洪承：《朱德发教授与中国现当代文学研究（笔谈）》，《山东师范大学学报》（人文社会科学版）2003 年第 6 期。

③ 韩琛：《观澜有道，击水中流——朱德发先生的现代中国文学史研究》，会议发言稿，2014 年 9 月 24 日。

义'、'布尔什维主义'词句的文章，而且多方面地研究了他当时的哲学、政治和文艺思想。对那几篇有'马克思主义'、'布尔什维主义'词句的文章，也不是只研究文章本身，而是考察了文章的写作背景和发表后的影响；对于那些词句，也不是只看表面，而是深入挖掘它们在当时的具体含义。经过如此全面深入的钻研，作者发现在当时李大钊的思想中，民主主义和人道主义占了相当大的比重。这一发现，不仅从根本上动摇了以往'权威观点'的基础，又为自己的观点增强了论据。"① 温奉桥与温凤霞强调五四文学研究深刻影响了朱先生的学术价值取向，"众所周知，五四文学是启蒙主义的文学，是'人的文学'，这是五四文学的核心价值所在，这也正是'五四神话'的魅力所在。朱先生对五四文学这一核心价值理念有着精深研究和深刻领悟，在与五四文学大师鲁迅、胡适、茅盾等的心灵对话中，朱先生自觉不自觉地接受了大师们的'立人'的人本主义思想，并内化成了其学术取向的核心内涵。我们认为，朱先生一直是一个启蒙主义者，他通过学术研究，体现和弘扬的是一种人本主义精神，其学术旨归是人的解放。朱先生通过学术研究特别是五四文学研究，参与了 20 世纪 80 年代中国现代思想启蒙运动，参与了那个年代的思想建构，由之，也形成了朱先生高远健朗的学术品格"②。

在研究五四文学的过程中，朱德发逐渐形成了自己的以"人"为核心的文学史观，即"史识"。他坚持一切从史料出发，重返文学革命的历史现场，通过对五四文学革命产生的特定的国际历史背景及主要思潮、《新青年》的思想倾向、五四文学革命的理论主张和创作实践、译介的外国文学等进行认真剖析和深入考察，得出了结论："中国现代文学史实质上是

---

① 魏建：《试析"朱德发现象"》，会议发言稿，2014 年 9 月 24 日。

② 温奉桥、温凤霞：《执心弘毅，终成高远——朱德发先生与中国五四文学研究》，会议发言稿，2014 年 9 月 24 日。

一部人性解放的形象史，人生奋斗的形象史，民族解放的形象史，阶级解放的形象史，现代国人灵魂的衍化史。总之，是国人通过各种途径和方式争取全面解放的形象史"①。"人学思想""文学是人学"观念和"人的解放"成为贯穿朱德发的文学史著作的核心理念。他曾评价道："以人道主义为最高原则，以真、善、美为三个闪光点，其最大优势是具有普适性、超越性、公正性和人本性的功能特点。"② 因此，他"坚持历史唯物主义的人学思想和'文学是人学'的观念，着重从文学与个人（包括个体的人和群体的人、小我与大我等）这个视角来审视和探讨中国现代文学"③。

　　早在初探"五四"之际，朱德发就发现了"以人为本"的核心地位与重要意义。"我们初步分析了一些史实，认为'五四文学革命从一九一八年起由马克思主义思想来领导'的说法，并未建立在可靠的具有雄辩力的史料基础上，所以很难令人诚服"。"五四文学革命的指导思想呈现出一种比较复杂的形态，它是各种'新思潮'的混合体，但在构成这一复杂形态的带着各自不同色彩的新思潮的诸方面中，民主主义和与之相联系的人道主义思想是主要方面，因之也占有主导地位"④。这一论断可谓"石破天惊"。然而正如赵启鹏谈到的："先生学术上创新探索之勇气不是盲目自信，而是来自他对第一手史料的广泛占有和深入分析，来自他对大量文学作品的详细解读和深切体悟，其强大的学术激情源于对于史实、史料及作品的把握和严密周到的逻辑理路，而不是非理性的盲目反抗。他石破天惊的大论断，从众所公认的常见论断入手，进入貌似非核心点的时间，在逻辑上一路而下，宛如瀑布下泻、河流千里，就自然地从历史范畴过渡到五

---

① 朱德发：《反思与超越（上）——中国新文学宏观考察》，《山东社会科学》1989 年第 1 期。
② 朱德发：《现代中国文学史重构的价值评估体系》，《中国社会科学》2008 年第 6 期。
③ 朱德发：《朱德发文集》（第 10 卷），山东人民出版社 2014 年版，第 8 页。
④ 朱德发：《五四文学初探》，《朱德发文集》（第 1 卷），山东人民出版社 2014 年版，第 5 页。

四文学革命的发起者的思想主流，进而依据时代背景的史实得出当时的五四新文学的指导思想尚未由马克思主义来指导，而是'民主主义和与之相联系的人道主义思想'，并且有着复杂的历史形态。在确凿的史实和强大严密的逻辑面前，他所提出的新文学史观呼啸而来，令人无可辩驳。"① 值得重新思考的是，尽管朱德发强调其人学史观来自百年前周作人的"人的文学"，但这一核心理念源于却并不局限于周作人的"人的文学"。它是现代中国文学自身存在而又在文学历史的运行中不断丰富、演变而形成的具有现代特征的中国文学的精神呈现。这一核心理念从梁启超的"新民文学"经由五四时期的"人的文学"、左翼时期的"革命文学"，到延安时期的"人民文学"，通过几种不同的文学形态，共同凝聚为现代中国文学的"以人为本"的理念。同时，"以人为本"也是对20世纪中国文学诸种理念的超越，突出了人在文学中的主体地位，强调了文学与人的内在关系。

在"以人为本"的引领下，朱德发展开了它在人道主义之路上的纵横求索，由对文学"为什么人"的关注，到文学应该"为什么人"、为"人的什么"而写、"该怎样写人"扩展开去，正如赵启鹏所谈到的，"由个体的人到群体的人再到民族的人，探索发现了'中国新文学现代化过程中的制导性因素'，即民族化与世界化之两化问题。由文学的人到历史的人再到主体的人，他关注文学的'主体思维与文学史观'②，关注文学的理性精神③，注意发掘英雄叙事文学中所体现出来的现代主体因素与非现代因素。④ 由文化的人到社会的人再到生活的人，发现纪游文学中所蕴含的现

---

① 赵启鹏：《诗·思·史的完美融合——论朱德发先生的人本主义、理性精神及其现代中国文学史学王国的构建》，会议发言稿，2014年9月24日。

② 朱德发：《主体思维与文学史观》，山东教育出版社2003年版。

③ 朱德发：《20世纪中国文学理性精神》，上海人民出版社2003年版。

④ 朱德发：《现代中国文学英雄叙事论稿》，山东教育出版社2006年版。

代人的复杂心路①，探索情爱文学中人的本能生命欲望与文化超越的升华②……"综观朱德发的学术研究，以人为本，关注人性，重塑灵魂，可以说是其现代中国文学研究的中心。隋爱国描述道："《新编中国现代文学史》《20世纪中国文学流派论纲》等著作在思潮流派之中观层次分别择取革命文学、左翼文学、抗战文学、人民文学等体现现代中国文学不同时期的文学主潮，对这些看似与'人的文学'异趣的文学思潮本身与主体（包括作家主体与对象主体）等与'人的文学'理念相契相合的结构性因素等进行了全面深入的阐发，从而打破了以往左右两翼对该类文学思潮的迷思，将上述思潮纳入'人的文学'范围之内③，为现代文学史之理念提炼与史魂重铸破除了思想与方法的障碍。他将现代文学之人学理念与内涵的研究置于与中西文化及文学的历史生成与演变的关系中，特别是经由中国传统文化及文学与现代文学研究之双向偏执的反思与批判，对中国传统文化及文学与现代中国文学在人学理念与内涵上的共性因素做了精辟的阐发。另一方面，他以史为据、以思为本，对现代人学理念内涵之理性精神与非理性思维给予了专门而深入的探讨④，指出以人文理性精神为根据的人本艺术思维与中西非理性思维的相辅相成建构出现代中国文学诗思融合的审美景观，达致富有思想深度与诗意浓度的文学境界。"⑤ 即使在对情爱文学史与山水史诗的梳理与叙述中，朱德发也以"现代人学意识与美学意

①　朱德发：《中国现代纪游文学英华》，山东人民出版社1986年版。

②　朱德发：《爱河潮舟——中国情爱文学史论》，天津教育出版社1991年版。

③　参见朱德发：《勘探"人民文学"的"现代人学内涵"》，《齐鲁学刊》2002年第1期；朱德发：《关于抗战文学研究的几点思考》，《中国现代文学研究丛刊》1988年第4期；朱德发：《革命文学群己对立英雄观辨析》，《河北学刊》2005年第6期；《重新解读左翼文学的"英雄理念"》，《山东社会科学》2005年第1期。

④　朱德发：《现代文学创造：人文理性精神与主体人本艺术思维》，《山东社会科学》2003年第4期；朱德发：《中西非理性思维在现代文学中的交汇与对接》，《山东师范大学学报》2010年第3期。

⑤　隋爱国：《现代中国文学之人学理念的持守与开拓——评朱德发先生的人文情怀与学术品格》，会议发言稿，2014年9月24日。

识相融合形成的文学史观及其价值尺度，对情爱文学的人性内涵和审美意蕴、山水诗的美学意境和丰富诗性，既进行了开创性的'史'的描述，又进行了独到的'论'的阐释"。① 正如王晓文所说："在史论结合中将人本文学观鲜明而又系统地体现出来，这既突破了文学研究的政治化倾向将文学回归到本体，又开拓性地将文学研究注入了人性的内涵，使文学研究具有了世界化视野，将'人的文学'理念贯穿到他的现代文学和史学史的研究中，以现代人的睿智和担当使文学研究摆脱社会、思想及文化史的束缚，回归到文学本体。"② 刘中树、张丛皞指出："朱德发先生在对旧的'五四'文学史观的清理和重建过程中，有着警惕和提防这种观念倾向的清晰意识。他一方面努力摆脱政治史逻辑羁绊，另一方面又谨防新思想的过分牵扯，避免了挣脱旧观念投入新观念过程中可能产生的新的遮蔽……在挖掘和激活新的思想和文学事实时，朱先生亦不回避其局限，我们在其对胡适的'白话文学观'和周作人'人的文学'的探讨评介中可明显看到这点。朱德发对'五四'文学的重释并非以新为是，倡新见之时亦对旧视野的真实性存在和合理性空间给予了客观准确的认定，此中彰显的是朱先生求真务实和审慎稳健的治史品格。"③

三 传承突破与阐释建构

"实践充分证明，新文化新文学兴起后并没有'彻底反传统'；没有'彻底反传统'并不是说新文化新文学运动就未曾'反传统'，只能说是在

---

① 朱德发：《现代中国文学研究三十余载有感》，《朱德发文集》（第1卷），山东人民出版社2014年版，第8页。
② 王晓文：《现代中国·以人为本·世界化——试论朱德发现代中国文学研究的几个关键词》，会议发言稿，2014年9月24日。
③ 刘中树、张丛皞：《反思·重建·拓展——朱德发先生的五四文学研究》，会议发言稿，2014年9月24日。

特定的历史范围在一定程度上'反传统'，而所反的'传统'主要对准'封建专制主义及其扼杀人性的封建伦理道德'。"① 从朱德发的这段话中，可见他对待传统的态度：糟粕需要抛弃，但抛弃糟粕，从不意味着全盘否定，传承来自"传统"的优秀成分，实为实现自我进化的必要之举。

从"五四文学"研究开始，朱德发便把"传承"看作学术研究的基础和重要角度。季桂起指出："在学界均把'五四文学'看作对传统文学的彻底反叛的情况下，朱先生用辩证思维的眼光考察、分析了'五四文学'的实际情况，认为'五四文学'既不是对中国传统文学的完全颠覆，也未造成中国古典文学传统的'断裂'，而是在新的社会、文化历史条件下对中国文学传统的改造、继承与创新。他继而开始了在中国传统文学中寻找现代性的基因与转换机制的努力，并辩证性地提出了中国古典文学向现代文学的转型，是中国文学的内在基因与外部社会文化环境变化、外来文化资源介入的复杂结果，是多种历史力量共同作用的一种文化现象。这一观点超越了那种把文学转型看作单一历史因素作用的简单化、常规化思维，闪烁着明辨性思维的灵光。"② 对于文学遗产的"传承"在朱德发的学术研究中从未退场。李海燕在对《古今文学通识》的评价中，从朱德发对"中国传统文化"的理解谈起，指出在他的理解中，中国传统文化内容并不仅仅局限于"儒家文化"，而是一个包含儒、释、道、少数民族文化、民间文化等子系统，内涵丰富，外延宽广，包罗万象的多元系统，从而消解了现代文学是建立在"彻底反传统"基础上的基本论调，肯定五四文学革命与传统文化（文学）之间的互动关系。同时指出，朱德发从思维学的研究角度，借助现代中国文学史上的代表作家作品，进一步阐述了现代文学在

---

① 朱德发：《古今文学通识》，《朱德发文集》（第10卷），山东人民出版社2014年版，第134页。

② 季桂起：《求实的价值与思辨的力量——略论朱德发先生的中国现代文学研究》，会议发言稿，2014年9月24日。

思想意识层面与传统文化精神的相通点，从而深化了传统文化与现代中国文学关系研究的思考，用科学思维、实事求是的态度将古代文化文学与现代文化文学作为一个有机的整体系统加以把握研究，对弘扬中华民族优秀的文化文学传统有着深远历史意义和现实意义。赵启鹏认为："《古今文学通论》中的《深化传统文化与现代文学关系研究的沉思》《以科学态度对待中国文化或文学传统》《原创齐鲁文化与现代中国文学关系的考析与蠡测》《古今文学在审美现代性上的互通点》等长文，体现了朱德发对于传统文化与现代文化的态度。传统文化是个多元复杂的系统结构，内涵与外延都十分含混复杂，不能因儒家文化是传统文化的重要主干就完全以其取代传统文化，也不能简单地以'儒释道三者合一'来判断传统文化，而是应把与五四新文化相对应的整个古代文化包括'远古以来的所有文化形态'如少数民族文化、民间文化、地域文化，以及山水文化、海洋文化、饮食文化等各种文化囊括在内。朱先生对此有着明确的意识。在对中国文化传统进行详尽考察，并弄清了传统文化与现代文化的关系后，先生指出必须以科学的态度对待中国传统文化文学，才能真正了解传统文化文学与现代中国文学的错综关系，才能消解'现代文学彻底反传统'论调。"①

值得注意的是，朱德发不仅注重对于传统的传承，而且在传承之外亦有突破。传承与突破，是朱德发学术研究中两个基本的导向。在20世纪80年代的中国，学术界还远未能够从长期思想禁锢的樊篱中挣脱出来，教条、僵化的思想观念和唯命是从、形而上学的思维方式仍然占据着学术研究的主导地位。正是在这样的学术环境中，朱德发展露出了突破精神，勇开一代风气之先。如季桂起所谈到的，他"以一个思想者的胆识与勇气，从充分尊重历史事实的原则出发，以还原马克思主义实事求是的精神为指

---

① 赵启鹏：《诗·思·史的完美融合——论朱德发先生的人本主义、理性精神及其现代中国文学史学王国的构建》，会议发言稿，2014年9月24日。

导，使用了个人从原始文献中提取的大量第一手史料，提出了'五四文学革命的指导思想'应该是'民主主义和与之相联系的人道主义'占据主导地位的独特论断。这一观点在当时的中国现代文学研究界乃至思想界具有振聋发聩的作用。正是由于有朱德发先生以及其他一些学者在 20 世纪 80 年代初期理论上的这一拨乱反正，我们的中国现代文学研究才恢复到了还原历史本相与尊重历史真实的正确道路上来，才抛弃了那种阉割历史、虚饰历史甚至篡改历史的学术歪风，重新获得了史学应有的品格"。① 曾繁仁也指出朱德发具有自觉强烈的突破意识，它集中体现在突破五四文学的指导思想、现代中国文学史的构建以及 20 世纪 50—70 年代英雄人物观的突破之上。同时，朱德发的"突破性"不仅体现在学术视野的拓展上，也体现在学术思维的"前瞻性"上，那些新颖的思维与方法，即使放置在今天的学术视野下也仍有指导价值，其在当时的"突破"意义可见一斑。刘东方谈道，朱德发学术研究的"穿越性"令他印象深刻。"关于学术思想的穿越性，以朱先生早期的《五四文学初探》中的'胡适研究'为例，我认为《初探》中胡适研究的价值主要在其'学术思想的穿越性'上，尽管时光推移了 30 年，但朱老师那时候的观点和理念，放置到当下的胡适研究中，一点都不过时，仍具有很高的学术价值。具体表现在以下三个方面：其一，关于语言和思维的关系。朱先生从语言和思维之关系的西方语言哲学理论论证胡适白话文学存在合理性的观点在当时可谓是惊世骇俗，即使放在当下的学界也丝毫不为过时，今天，人们正是以此来理解现代白话运动的价值和功绩。其二，关于文学的内容与形式。在朱先生看来，随着社会生活的发展、变化，文学的内容和形式也不断地发展、变化，但内容比形式的发展、变化，要活泼得多，迅速得多，往往内容的变化先于形式，

---

① 季桂起：《求实的价值与思辨的力量——略论朱德发先生的中国现代文学研究》，会议发言稿，2014 年 9 月 24 日。

由内容的变化而引起形式的相应变化，主张通过形式与内容的互动性来考察文学的发展、演变。其三，关于白话文运动与国语的文学。'敢为人先'的朱先生在'突围意识'的左右下，在现代文学界率先认识到胡适将现代白话与国语运动结合的价值和意义，甚至整整 10 年后，才有人从此角度论述胡适的现代白话文运动。"①

在传承与突破的交错辉映中，朱德发逐渐将学术攀登的方向指向了他所要到达的目的地——阐释与建构。房福贤说："'立'为核心，重在建设，就是朱德发教授的基本学术理性，这也是我们理解朱德发教授学术成就的切入点。朱德发作为第二代学者而能在某些方面超越第二代学者，就在于他从 20 世纪中国学术的内在冲突中敏锐地感知到了时代变化，及时转变学术思维与学术理念，将学术研究的重心从'破字当头'的斗争哲学自觉调整到以'立'为核心、重在建设的学术理性上来。他在回顾自己 30 余年现代文学研究经历时说：'虽然进入现代文学研究的过程既要解构又要建构，但我认为解构只是手段而唯有建构才是最紧要的，所谓'突破'所谓'超越'终究要落实在建构上，即使那些高喊'解构一切'、'颠覆一切'的先锋学者也不想把自己的学术园地变成白茫茫的一片沙荒。'②"③将建构作为当今学术的核心，这正是朱德发从历史及现实的教训中得出的正确结论，其学术理性中最值得佩服的一种表现，也正是他努力构建自己的研究体系的努力与勇气。他在自己的研究实践中表现出了这样的努力与尝试，并且形成了一种基本的研究体系与模式。这种研究体系与模式，在房福贤看来，就是"一点三维"的立体结构：所谓一点是指现代性的起

① 刘东方：《穿越与建构——论朱德发先生学术研究的当下价值》，会议发言稿，2014 年 9 月 24 日。

② 朱德发：《现代中国文学研究三十余载有感（代弁言一）》，《朱德发文集》（第 1 卷），山东人民出版社 2014 年版，第 11 页。

③ 房福贤：《"立"为核心，重在建设——朱德发教授的学术理性及其意义》，会议发言稿，2014 年 9 月 24 日。

点；所谓三维是指以"人的文学"为中心的价值理念，以"自我意识"为核心的主体精神，以"中西互动"为基础的研究方法。①

在"阐释与建构"之路上，"现代中国文学"的学科概念，可谓朱德发最突出及重要的成果之一。早在《世界化视野中的现代中国文学》一书中，朱德发就已经明确提出了"现代中国文学"这一新的文学史概念，而在《穿越现代文学多维时空》中，则对这一概念进行了学理上的深入讨论，从概念的定义、内涵与外延等方面，给出了明晰的阐释，第一次从学科建设的角度对"现代中国文学"进行了界定："'现代中国文学'与'中国现代文学'，是两个内涵与外延不同的学科范围。"②"'现代中国'和'中国现代'不仅仅是语序上的颠倒，它们是从不同的视野和不同的价位来判定'文学史'。"③对此，周海波评价道："'现代中国文学'这一学科概念建立在1980年代学界对'中国现代文学'的历史反思的基础上，从'走向世界文学'、'20世纪中国文学'、'中国新文学'等概念的提出，到对中国文学现代性问题的讨论，学术界已经意识到源出于新民主主义的'中国现代文学'已经遇到前所未有的挑战，突破新民主主义理论及其机械阶级论的局限，自觉坚持'文学是人学'的人本思维，创建新视野中的新的学科意识和学科思维，成为对一代学人的提出的理论命题和实践课题。正是如此，从《穿越现代文学多维时空》起，朱德发便从学科的'调整重建'角度，对相关理论命题进行了反思与创造性的富有建设性的探索。到《现代文学史书写的理论探索》一书中，'现代中国文学'作为一个学科命名已经非常明晰地呈现在人们面前，它站在学科的反思与重建的

① 房福贤：《"立"为核心，重在建设——朱德发教授的学术理性及其意义》，会议发言稿，2014年9月24日。
② 朱德发：《朱德发文集》（第7卷），山东人民出版社2014年版，第3页。
③ 同上书，第11页。

立场上，形成了对传统学科的突破以及新的学科发现和理论创新。"① "现代中国文学"的优长是不言而喻的。朱德发在提出了"现代中国文学"观念后，还付诸教研实践。他用现代国家观念规范的"现代中国文学史学科"，不同于"中国现代文学史"学科时限仅有 32 年，也不同于"20 世纪中国文学史"时限只有 100 年，而是建立在现代民族国家观念之上的，与中华民族的现代化历程同步并行的新学科范畴。它符合现代中国文学按照国家现代化而流变的客观轨迹，也从根本上解决了"中国现代文学史""20 世纪中国文学史"等学科忽略现代中国文学仍在行进的无奈与局限，充分凸显了用现代国家观念，能够将近百年中国文学贯通起来，也能为现代中国文学发展预示广阔深远的前景。

这一横阔的学科概念，凭借其优越性获得了各方支持与认同。李钧认为："'现代中国文学'涵盖了中国现代化过程中的一切文学类型与文学样态，从而使继往开来的'现代中国文学'永远'在路上'，永远是'活的文学'；'现代中国文学史'在时空维度上突破了既有的'中国现当代文学史'学科范式困境，有利于书写现代中国全景式的文学史，使其成为众声喧哗的历史，成为充满人性声音的历史，成为永远不会终结的历史。更为可贵的是，朱先生不仅提出了理念，还带领同道者一起完成了 200 万字的《现代中国文学通鉴1900—2010》（人民出版社 2012 年），并将其应用于教学实践。学界认为《通鉴》以生态文化学的历史观书写了一部'活的文学史'。"② 李宗刚以《跨进新世纪的历程》《世界化视野中的现代中国文学》《20 世纪中国文学理性精神》等专著为例，评价朱德发在反思的基础上建构新的现代中国文学研究格局的贡献："这些专著或从历史的发展嬗变的

---

① 周海波：《阅读〈朱德发文集〉的一个角度》，会议发言稿，2014 年 9 月 24 日。
② 李钧：《人文启蒙：吾道一以贯之——简论朱德发学术道路和育人思想》，会议发言稿，2014 年 9 月 24 日。

轨迹中，勘探出其演变的规律性；或从世界化视野中，重新阐释现代中国文学所包孕的深厚文化底蕴；或从理性的视角来勾勒 20 世纪中国文学所具有的理性精神，进而解读了现代中国文学之所以然的根本性缘由。"① 刘东方认为，《评判与建构——现代中国文学史学》一书是朱先生对现代中国文学进行宏观考察的理论总结，它"体现着文学史研究与撰述的'杂多统一'的全景式的文学史观念。这部著作的价值不仅在于严谨求实的学术风格和宏阔的理论体系对现代中国文学史学的命名，而且在于对整个现代文学学科的富有建设意义的学科的理论建构"②。王晓文指出："相较于中国现代文学史只是关注现代型的具有现代性的作家创作及流派现象来说，现代中国概念的提出，大大拓展了现代文学的研究范畴与对象，同时也解决了少数民族文学、多元化样态文学入史的问题，无论是从理论意义还是从实践操作可能来看都赋予了现代文学新的学术增长点，而且现代中国文学的下限可以无限延伸，这从深度广度长度等方面延续了现代文学的学术生命力，也为现代文学更快更及时地与世界文学对话创造了条件。"③ 周海波强调，"现代中国文学"概念"从理论和实践层面上打破了从'现代性'的角度阐释'现代文学'的思维模式，突出了现代民族国家的主体地位，强调现代'中国文学'的文学史地位，体现了文学发展历史的整体性、贯通性、兼容性和异同性特征，使文学史的研究与撰述回归到文学的本体，回到中国文学的本体。因而，现代中国文学就不仅包含了人们已经熟悉的'新文学'，而且也将过去被排挤出现代文学史的一些文学现象和作家作品，诸如少数民族文学、港台文学、旧体诗词等，都成为现代阶段的中国

---

① 李宗刚：《竭力拓展现代中国文学研究的新格局——"国家教学名师"朱德发教授侧记》，会议发言稿，2014 年 9 月 24 日。

② 刘东方：《穿越与建构——论朱德发先生学术研究的当下价值》，会议发言稿，2014 年 9 月 24 日。

③ 王晓文：《现代中国·以人为本·世界化——试论朱德发现代中国文学研究的几个关键词》，会议发言稿，2014 年 9 月 24 日。

文学史所应当关注并纳入文学史的叙述中来，从而更加完善了现代文学的叙史观念，使一部现代文学史呈现出文学史应有的丰满度与多元化的思维向度"①。赵启鹏认为，"现代中国文学"系统在现代性这一概念烛照下具有无比纵深的开放性，这一概念极大地拓展了现代文学研究对象和研究主体思维的发展。"这一学术体系王国是以'人的文学'作为核心理念的，这一概念兼具广度与深度、审美属性与历史属性，范畴涵盖性强、内容指涉性广、学术弹性大，是区别中国的古典文化文学与现代文化文学文化价值体系的核心基准点；所以它既能抓住现代中国各具体历史阶段和各种类型的文学话语形态的本质属性，又能贯穿于各子系统之间使之成为具有紧密联系的整体，具有极大的穿透力、统摄力、科学性和有效性。完整而不失丰富、庞大而不失体统、广阔而不失枢纽。这一王国的构建对于中国学术界的贡献，可谓其成至深矣，其功至大焉。"②

四 主体思维与文学史观

在构建庞大的文学史帝国的过程中，朱德发十分注重文学史治史与研究中的主体思维。对此，他曾引用经典著作进行论述："历史什么事情也没有做，它'并不拥有任何无穷无尽的丰富性'，它并'没有在任何战斗中作战'！创造这一切、拥有这一切并为这一切而斗争的，不是'历史'，而正是人，现实的、活生生的人。'历史'并不是把人当作达到自己目的的工具来利用的某种特殊的人格。历史不过是追求着自己目的的人的活动而已。"③ 因而，朱德发"选择了交叉学科的研究视角，着眼于思维学与文

---

① 周海波：《阅读〈朱德发文集〉的一个角度》，会议发言稿，2014 年 9 月 24 日。
② 赵启鹏：《诗・思・史的完美融合——论朱德发先生的人本主义、理性精神及其现代中国文学史学王国的构建》，会议发言稿，2014 年 9 月 24 日。
③ 《马克思恩格斯全集》（第 2 卷），人民出版社 1958 年版，第 118—119 页。

学史关系的考察，自觉地反思在撰写文学史过程中所运用的思维方式、坚持的操作规则、形成的文学史观念和思维模式、惯用的理论框架和逻辑思路等。对于文学史研究主体来说，对这些问题的深入探索并从中寻出正确答案，自认为是当前文学史研究大幅度提高质量的关键所在"①。在他看来，"主体"在文学史研究中处于不可置疑的关键地位，具有不可替代的意义。"研究或书写主体持何种价值体系或者何种价值眼光，对于纳入学术视域的文学作家作品、文学思潮流派、文学运动现象及其内在机制规律，就会做出与其相吻合的价值取舍、价值判断和价值评估，作家作品或思潮流派在文学史上地位的高低或分量的轻重或品级的上下无不是价值判断的结果，甚至文学史的性质与风貌也与价值评估相关"。②

因此，朱德发认为，如果学术研究没有主体"自我意识"的主动介入，那就只能是一种死的研究。几十年的中国现代文学史的编撰吸引了不计其数的大大小小的专家学者一显身手，"重写文学史"的口号也在现代文学研究中不断地被人提出，但是，如谭桂林所言："现代中国文学史的编撰少有佳作，编来编去，出版的各种文学史著却大体相同，缺乏新创。究其原因，已经不能归罪于时代，也不能归咎于体制，真正导致这种现象发生的根本原因乃是文学史编撰中的文学史家主体精神的稀薄或者说主体意识的缺席。也许正是因为认识到了这种稀薄与缺位的状态，所以朱先生在他的文学史史学体系中，一直将文学史编撰的主体性建构当作一个最为核心的问题来阐述，并且提出了一些很有启示意义的命题。朱先生的《主体思维与文学史观》在一种交叉学科的研究视角下，运用心理学与思维学的知识与理论，整体宏观地探讨了思维学与文学史的关系，从理论和实践两个层面展开了新的文学史主体思维模式的建构工作。他根据文学史编写

---

① 朱德发：《朱德发文集》（第 5 卷），山东人民出版社 2014 年版，第 4 页。
② 朱德发：《朱德发文集》（第 9 卷），山东人民出版社 2014 年版，第 162 页。

的特点和人类理论思维的基本规律，对文学史研究中思维方法运用的三个层次、发现逻辑机制的运作功能、史料搜求考辨与整理中收敛型与发散型思维的操作策略与辐射机制以及文学史发展过程中的顺向思维与逆向思维的相反相成等问题作了深入的理论探索，并运用自己十分熟悉现代文学史的优势，一边构架着自己的文学史学的理论模式，一边自觉地用具体的现代文学史编撰来实验自己的文学史学理论思考。"① 朱德发认为，文学史研究主体应注重并运用"发现的逻辑机制"，其由"人的发现、情的发现、美的发现和规律的发现"四个部分组成②，而这些发现机制的利用、各种发现的完成，却依然依赖于文学史研究主体的实证、辩证与确证。就此，韩琛论证道："在朱德发先生关于文学史研究中的主体与客体、内部与外部、文学与历史、发散与收敛、顺向与逆向、历时与共时、时间与空间等对立结构的思辨中，作为思维主体之人，是这个极端复杂结构的中心，并能够将之进行对象化的统筹辩证的唯一可能性力量，文学即是人之主体精神的建构性投射，而作为心灵史的文学史即是人之自由精神在其自身中的精神呈现。这个以主体思维模式的建构为中心、兼修史料、史识与史魂，在复杂的结构性关系中建立的文学史，才是朱德发孜孜以求之的'人的文学史'。"③ 正是因为意识到了人作为主体的"自我意识"的重要性，朱德发在面对重大理论命题时总是能焕发出积极的思维活力与创造力，其结果正像房福贤所说："他的现代文学史写作，他的文学流派研究等等，都是他与研究客体通过心的交流之后创造出来的，因此，与其说这是他的研

---

① 谭桂林：《思维·识地·体验——评朱德发文学史学建构中的立体性研究》，会议发言稿，2014 年 9 月 24 日。
② 朱德发：《朱德发文集》（第 5 卷），山东人民出版社 2014 年版，第 20—28 页。
③ 韩琛：《观澜有道，击水中流——朱德发先生的现代中国文学史研究》，会议发言稿，2014 年 9 月 24 日。

究，不如说是他的创作。"① 张炯也高度评价朱德发探索主体思维的意义："在文学史学的研究中，他将理论思维与文学史研究相结合，探讨研究者的主体思维学，提出文学史研究的顺向思维和逆向思维，收敛思维与发散思维，并结合文学史研究的实践探讨思维交叉律、思维纵横律、思维重合律、思维整体律的运用。这些探讨无疑使朱先生的文学史研究进入更高的学术层面。阅读朱先生的文章，读者能够感受到他兼具史家的广博、学者的严谨和诗人的灵动，纵横捭阖、条分缕析、收放自如，又鞭辟入里、丝丝入扣的突出学术风格。"②

除注重主体思维之外，朱德发认为在文学史研究中，文学史观同样是一个至关重要的因素。凡修文学史者必依于某一文学史观，文学史观决定着修史者对文学史的认识与阐释，决定着文学史的性质、价值取向、考察范围和研究方向。"文学观念是构建一部文学史的关键，即有什么样的观念就有什么样的文学史，观念越正确文学史就越富有真实性和科学性。既然文学史观念是重写文学史的关键，是统摄文学史编著的灵魂，是文学史创新的本质规定，所以在我书写或主编的文学史中始终把追求文学史观念的更新放在首位。"③ 中国现代文学史学科的建设、发展与突破都离不开文学史观的建立与创新。作为中国现代文学史研究与书写的老一代学者，朱德发对文学史观的思考贯穿于其自新时期以来的整个学术研究历程，独树一帜，影响深远。用朱德发自己的话来概括他的文学史观再合适不过："打通了近代、现代、当代三种形态文学史的联系，打通了古代中国文学史与现代中国文学史的联系，也打通了中外文学史的联系，并通过中外古今文学史流变的粗略性的整体把握，从其相通性与差异性的文化特征中发

---

① 房福贤：《"立"为核心，重在建设——朱德发教授的学术理性及其意义》，会议发言稿，2014 年 9 月 24 日。

② 张炯：《评朱德发教授的学术研究》，会议发言稿，2014 年 9 月 24 日。

③ 朱德发：《朱德发文集》（第 1 卷），山东人民出版社 2014 年版，第 8 页。

掘世界文学建构的共同规律与民族文学发展的特殊轨迹。"① 从 20 世纪 80 年代起，朱德发教授作为文学史家便不断重写文学史，不但呼应了"重写文学史"这一潮流，而且还以自己的实践不断深化这一理论。李宗刚认为："他所主编的《中国现代文学史教程》《新编中国现代文学史》《中国现代文学史新编》《中国现代文学史实用教程》等多部文学史，不但对业已流行的文学史进行了超越，而且也是对自我编著的文学史的一次次超越。其文学史书写所显现出来的'守成与出新的统一，繁富与精简的统一，厚重与实用的统一'等学术品格，被认为是中国现代文学史教材编写的新趋向。"② 李钧说朱德发"迎接八面来风，探究多维视野中的现代中国文学。朱先生认为文学史研究应当与时俱进；在全球化语境中，研究者应具有承继历史、面向世界、面向未来的开放性学术视野，将现代中国文学置于中外古今、纵横交错的价值坐标上进行合理评判。人性、民族性与世界性，是他评判现代中国文学的多维标准，而其《世界化视野中的现代中国文学》《穿越现代文学多维时空》《跨进新世纪的历程：中国文学由古典向现代转换》《古今文学通论》等著作，则是对这些多维标准的深入而系统的实践运用"。③ 杨洪承从朱德发对《中国抗战文学史》的修订工作中发现了他的文学史研究态度："其一即修史的基本态度是对历史的尊重，同时，又不可回避历史的'当代性'。朱先生并没有任意地借助历史的合情合理无节制地增写改写，而是在寻找历史原点，回到历史现场，同时，任何文学史都是属于编纂者的时代文学史，朱先生以当代视野，凭借历史也提供了可以重新全景观照的条件，合情合理地扩充了抗战主流话语的文艺

---

① 朱德发：《朱德发文集》（第 1 卷），山东人民出版社 2014 年版，第 7 页。

② 李宗刚：《竭力拓展现代中国文学研究的新格局——"国家教学名师"朱德发教授侧记》，会议发言稿，2014 年 9 月 24 日。

③ 李钧：《人文启蒙：吾道一以贯之——简论朱德发学术道路和育人思想》，会议发言稿，2014 年 9 月 24 日。

内容，为旧作赋予了新的意义。其二，修史的态度与取向决定了文学史编纂的价值。朱先生的努力不只是对修史本身投入了大量精力，而其身正为范的自述更是一种学术责任的驱使和学术精神承传的自觉，这中间给我们启发的是，纵观朱先生由此开始独立修史的学术之旅，他的文学史编写成果和经验突出而鲜明地呈现了这段合作给予的学术承传和学术创新的意义。"[1] 颜水生以《现代文学史书写的理论探索》为入口评价朱德发文学史研究的意义："这是一部不可多得的学术著作，它对中国现代文学史观的反思、对现代中国文学史观的理论建构以及对文学史理论的建设做出了重要贡献，为文学史学学科的发展做出了重要贡献，它所体现的知识生产、理论建构与方法转型都对文学史研究具有重要的指导意义，是现代文学史学研究的新跨越，极大地提高了文学史理论的研究水平，有力地促进了'文学史学'的学科发展。"[2]

显而易见，朱德发的治史努力无疑是卓有成效的。他不仅向学界奉献了分量厚重的一部部文学史著作，而且在这一过程中形成了体系性文学史观，广受学界认可与推崇。谭桂林用"五义"来概括朱德发的新文学史重写准则：一是在世界文学的格局里探索中外文学的关系以及中国文学的独到特征与特殊形态；二是从文学自身系统与外部整个社会系统的直接与间接联系上揭示文学形成或发展的多种原因以及文学本身的内在基因；三是文学活动作为一个独立完整的审美实践系统，它由多种相关的因素构成，重写文学史就应认真分析其内部各要素的组合方式及其有机联系；四是同时代的作家作品应从比较的角度进行共时性的考察，探究其各自不同的创作个性、艺术风格和美学世界以及他们的共同特征；五是对文学作品应从

---

[1]　杨洪承：《学术承传与重构——以朱德发先生修订〈中国抗战文艺史〉为例》，会议发言稿，2014 年 9 月 24 日。

[2]　颜水生：《现代文学史学研究的新跨越——再论朱德发〈世界化视野中的现代中国文学〉的现实意义》，会议发言稿，2014 年 9 月 24 日。

多角度特别要从心理角度进行剖析，深入挖掘其思想意蕴与审美特征，并从前后左右的对照比较中突出其独特的价值与地位。① 刘勇从四个方面概括了朱德发的文学史治史方略与特征：其一即"视点在'五四'，眼光在全局"，朱德发虽始终以"五四"为治史原点，但并未拘囿于"五四"，而是往往以"五四"为切入点，以本土文学为主体，在古今中外的纵横交错中梳理现代文学史的脉络与源流等问题。其二即"以文学思潮流派研究绘就文学史'图谱'"。朱德发将整个 20 世纪的思潮流派囊括进自己的研究视野当中，以宏观视角"对 20 世纪中国文学流派进行深入探讨，把历史的评判与美学的评判结合起来，把纵向的掘进与横向的联系结合起来，把'点'的深入和'面'的扫描结合起来，使现代中国文学能获得结合的分析和整体的把握"。其三即"以作品评析探寻文学史思想意蕴"。朱德发在文学作品的评价与分析方面不拘一格，常常能够提出一些深邃而独到的见解，以此来探寻文学史的深层思想意蕴。其四即"以文学史研究引领学科建设"。朱德发提出的"现代中国文学史学科"概念打破了"中国现代文学史学科"只能研究或书写"中国现代文学史或新文学史"以及"20世纪中国文学史学科"只能涵纳"百年中国文学"的尴尬局面。同时亦对文学史建构的核心理念和价值评估体系进行了深入的研究与思考。② 刘东方认为在著述文学史的过程中，朱德发始终坚持五个标准：一是在世界文学的大格局中探索中外文学的关系，由此观照中国现代文学史的原生性特征与形态；二是从文学系统的"小宇宙"与社会系统的"大宇宙"的千丝万缕的勾连上揭示文学发展的多种原因；三是将文学活动作为一个独立完整的审美系统，这个系统的标准存在"变"与"不变"的交织，将审美分

---

① 谭桂林：《思维·识地·体验——评朱德发文学史学建构中的立体性研究》，会议发言稿，2014 年 9 月 24 日。
② 刘勇：《评朱德发教授的学术研究》，会议发言稿，2014 年 9 月 24 日。

析最终落脚于文学文体内部各元素的排列组合的方式和规律上；四是文学史上的作家作品研究从平行比较的角度进行共时性的考察，概括其时代共性，探究各自的创作风格、艺术个性；五是从心理角度对文学作品进行剖析，除了总结其思想意蕴与审美特征外，还要挖掘文本背后的人文价值，并从创作心理学和艺术生产规律等方面，总览文学史、作家作品背后的形成原因。正是在这五条标准的总摄下，朱先生的文学史写作与研究始终与众不同，打上了自己的烙印。①

　　季桂起通过回溯朱德发的著史脉络来镜照他的文学史"史识"："从早期的《中国五四文学史》开始，朱德发先生就显示了独到而富有创见的'史识'。在这部著作中，他摒弃了以往有关中国现代文学研究的一些偏见，除详细论述了'五四文学'在人道主义思想引导下所具有的启蒙文学、平民文学、白话文学、世界文学的性质外，还表现了力图打通晚清与五四两个时期文学变革关系的意图，特别强调了二者之间的同质性，这对于把晚清文学从所谓"改良主义文学"的定论中解放出来，赋予其更加积极的历史意义起到了重要作用。此后打通晚清文学与'五四文学'关系的努力成为了现代文学研究的一个着力点。他后来的《新编中国现代文学史》，表现出了更加强烈的学术探索与理论思考的特征。在这部文学史中，朱先生力图通过创建一种新的文学史模式，把以往一些在文学史观上互不兼容的文学思潮、作家、作品、流派整合在一起，用一种更加开放、包容而多元的文学史观阐释这些历史上本来存在的复杂、丰富的文学史现象，显示了一种博大、宏阔的文学史视野。他在 20 世纪 90 年代初期所作的《20 世纪中国文学流派论纲》，是一部具有相当理论深度和独到见解的学术力作。这部著作从流派的文化背景、思潮归属、美学形态、文学主张、创

---

　　① 刘东方：《穿越与建构——论朱德发先生学术研究的当下价值》，会议发言稿，2014 年 9 月 24 日。

作特色等维度，多方面考察了近百年中国文学流派的存在状态、发展过程、历史影响、运动规律，梳理了各个主要流派的生成原因、构成要素、代表作家、创作现象以及社会思想、文学主张、流变历史等等，使人们对整个 20 世纪文学流派的全貌有了一个极为清晰而完整的了解，获得了学术界的高度评价。评论者普遍认为'同许多文学史家一样，朱先生的文学思潮流派研究自然也是个人化的解读和探讨，但是他的理性和诗性智慧结合的研究却给我们提供了一种范式。我们对此可以认同，可以商榷，可以超越，却无法回避他所带来的思索。'①"② 张全之、程亚丽认为，对"文学史观念"的新认识，使朱德发的文学史写作呈现出两个值得重视的特征：其一，他在文学史写作过程中，不断地追求"文学史观念"（史识）的更新，这使他的文学史写作成为一个在文学史观念方面不断探索和攀升的过程。其二，文学史观念引领文学史，反过来，文学史写作又会激发文学史观念的变革与创新。这样一种良性互动关系，使朱德发由一位文学史家变为了一位文学史理论家。③ 他们在论文中用"史通""史识""史心"三个词语来总结朱德发教授的现代中国文学史研究，并认为这是构建朱德发文学史王国的三块基石。其中，文学史研究的大视野（史通）决定了其研究的深度和广度，新的文学史观（史识）决定了其研究的前沿性和开拓性，读书人的良知（史心）保证了其研究的价值和意义。正是这三块基石，支撑起了朱教授文学研究的学术大厦。

可见，在朱德发的文学史观中，他始终追逐的"以人为本"理念，在其文学史观中占据着最为核心的地位。在朱德发看来，"人的文学"史观

---

① 谭桂林、周海波、张光芒、杨洪承：《朱德发教授与中国现当代文学研究（笔谈）》，《山东师范大学学报》（人文社会科学版）2003 年第 6 期。

② 季桂起：《求实的价值与思辨的力量——略论朱德发先生的中国现代文学研究》，会议发言稿，2014 年 9 月 24 日。

③ 张全之、程亚丽：《史通·史识·史心——评朱德发教授的中国现代文学史研究》，会议发言稿，2014 年 9 月 24 日。

能够明确标示出现代中国文学的本质规定，又可以作为现代中国文学的象征符号。"人的文学"是个偏正词组构成的现代理念，既可以用它指称现代文学史的学科对象，又可以通过这一核心理念赋予学科对象以抽象理念。这样一来，"人的文学"就成为现代中国学者和文学史编撰者想象人类社会、文学文本，用来整合和表述多种现代性原则的表意对象。在"人的文学"的统领下，朱德发逐渐构筑起其文学史书写的价值评估体系，也即"一个原则三个亮点"。"一个原则"指的是用人道主义作为评价现代中国文学的最高原则，这是由文学的人学本质决定的，文学的根本问题就是人学问题。现代中国文学史研究和书写的文本，富有人道主义精神的，或者人文主义情怀的，都有价值和意义，不分新旧、党派、阶级和族别，都是创作主体按照人道主义最高原则，创造出来的现代中国的人的文学。"三个亮点"是指用真善美作为现代中国文学的价值尺度，因为文学作为人的心灵世界或者内外宇宙的生动镜像，总是能映射出人对真善美的体验、感悟和憧憬，这就使文学成为人类追求、探询和创造真善美的艺术载体，现代中国的各体文学只要能够进入人学范畴的，无疑也具有这种诗性性质。它们是普适的，人本的，公正的。周丽娜在论文中梳理并理清了朱先生这一以"人"为核心的文学史观形成与发展的三个重要阶段："他在20世纪80年代初步形成了'人的文学'文学史观，使之成为筛选和评判中国现代文学的一个新的价值坐标，成为其阐释中国现代文学史的一个新角度。此后，'人的文学'作为一个核心的文学史理念贯穿于其文学史观发展变化的整个过程，它有效地'突破新民主主义理论及机械阶级论对研究主体思维的禁锢'，使新时期以来的中国现代文学史研究迅速突破原有研究框架，进入一个崭新的研究阶段。他在20世纪90年代开始了对文学史研究主体思维的考察与反思，提出'建构一种以马克思主义文艺社会学为主体的综合多样的文学史观和研究方法，使文学史的研究更加科学化.'① 促使文学史的研究和编著 '必须着眼于文学结构系统的整体，尽力建构全方位的文学史，突出文学史的多面性、多元性、流动性、整体性、系统性等基本形态特征.' 进入 21 世纪以来，朱先生发展与完善了其文学史观，积极倡导 '人学文学史观' 与 '现代国家文学史观' 相结合的综合文学史观，前者能够揭示现代中国文学史的特质，后者可以涵括现代中国文学史的全貌。朱先生以 '人' 为基础的 '全方位' 的文学史观，正是在朱先生长期的思索与实践中得以构建。"② 这种文学史观及其对文学史观的研究既注重统一整合复杂多变的现代中国文学，坚守了文学史研究的 "史" 的品格，同时也注重如何将文学史观落实到具体的文学阐释上，尊重文学史研究独立的学科价值，既接近了文学历史的真实状况与最终目的，又努力避免了文学史写作的模式化，最终引领着朱德发建构起他的 "现代中国文学史" 大厦。

五　拓展领域与多元并进

朱德发曾说："科学探索总不能停留在一个基点与一个水平上，要不断求索、不断发现、不断开拓、不断前进，哪怕探索中有所失误甚至陷于 '雷区' 也要在所不惧，朝着既定的目标追求下去，总会有一天在你失误之处或 '雷区' 隐蔽处发现真理之光和原创之理，或者体验到人生真谛和审美真趣，逐步撕开眼帘被蒙蔽被欺骗所出现的学术假象和知识虚幻。"③ 这段话很好地反照了朱德发的开拓精神。

实际上，从五四文学研究开始，朱德发便一直走在一条拓展创新、锐

---

① 朱德发：《主体思维与文学史观》，山东教育出版社 1997 年版，第 325 页。
② 周丽娜：《朱德发教授文学史观述评》，会议发言稿，2014 年 9 月 24 日。
③ 朱德发：《朱德发文集》（第 1 卷），山东文艺出版社 2014 年版，第 7 页。

意进取的道路上。不光对于五四文学指导思想的论述在当时"石破天惊"，启动了学界新的研究风潮，对与之相关的五四文学史的书写亦体现了他在文学史思维特点、文学史观念上的创新能力，为新型文学史的编撰提供了一种典型范式。在之后的治学道路上，这种拓展创新、锐意进取的风格始终伴随着他，朱德发也由此在学术之林中开辟出一个又一个新的园地。对此，房福贤说："虽然五四文学研究是他起飞的基地也是他学术生命的根源，但他并没有沾沾自喜地站在五四这块高地上孤芳自赏，而是勇敢地迈上新的领域。从 20 世纪 80 年代中期开始，朱德发教授有意识地开拓新的研究领域，并陆续出版了《中国现代纪游文学史》《中国情爱文学史论》《中国山水诗论稿》等学术著作。由他主编的《中国现代纪游文学史》被称作是一部拓荒性文学专史，它将中国现代文学史上极为发达、但却长期受到文学史研究忽视的一种文体发掘出来并给予历史的、客观的、公正的评价，不仅将我国的现代纪游文学向前推进了一大步，也拓宽了中国现代文学研究领域，并与当下中国的旅游事业结合起来，为中国旅游教育、旅游市场的发展提供了文化的支持。据我所知，有很多大学的旅游管理专业就把这本书作为教学参考书。《中国情爱文学史论》与《中国山水诗论稿》则以现代人学意识与美学意识形成的文学史观及其价值尺度，对纵贯中国几千年文学长河的情爱文学与山水诗进行了史的梳理叙述，并对其丰富的人性内涵与审美意境进行了开创性的阐释与评价。作为一个专治中国现代文学的专家来说，这不仅是学术上的拓展，更是一种挑战。"① 很多学者都意识到了朱德发这种致力于拓展学术领域的特点。张炯以《朱德发文集》为例来评论朱德发学术研究的宽广视域："他从五四文学研究入手，从文学社团到文学流派，从鲁迅、茅盾等重要作家的论述到文学史的编纂，从

---

① 房福贤：《"立"为核心，重在建设——朱德发教授的学术理性及其意义》，会议发言稿，2014 年 9 月 24 日。

文学史思维的探讨到文学史史学的建构，从对最新文学作品的关注和评析到为青年学者的著作写评论、作序，等等。在几十年的学术生涯中，朱先生的学术研究在多个领域都取得了丰硕的成果。"① 杨爱芹指出："朱德发认识到现代文学的发生发展是多种合力的结果，有文学的，也有文化的、历史的、政治的、经济的等多方面因素，因此，先生没有局限于文学的一隅，而是以五四文学作为学术起点，向广度和深度两个向度开掘，从五四文学、解放区文学直至当代文学，从鲁迅研究、茅盾研究直至比较文学与世界文学。他凭着求广求深、锐意进取的探索精神，在多重视野参照下，对中国现代文学的文学运动形态、文学理论形态和文学创作形态进行广泛的涉猎与批评研究，完成了浩瀚的著述。"② 季桂起说："从 20 世纪 80 年代中后期开始，朱德发先生进入了一个十分广阔的研究领域，他的研究对象几乎涉及了中国现代文学的大部分角落，无论是初期的现实主义、浪漫主义文学思潮，还是稍后的现代主义及其先锋派文学，抑或是左翼的和解放区的革命文学，包括五六十年代的红色经典，都留下了他敏锐的学术目光和令人信服的研究论断。"③ 李宗刚谈道："进入 90 年代以来，朱德发教授著述颇丰，其中有他编著的《中国现代纪游文学史》和《爱河溯舟》。《中国现代纪游文学史》被专家认为，其出现'标志着这一课题作为中国现代文学史的一门元学科的诞生，因为我们从书中读出了一门学科的容量、价值和逻辑体系。它结束了以往对这一课题的局部研究阶段而上升到整体研究阶段，结束了以往那种现象评论而上升为历史科学'④。《爱河溯舟》这部近 40 万字的著作以历史的、文化的、哲学的、伦理的、民俗的、

---

① 张炯：《评朱德发教授的学术研究》，会议发言稿，2014 年 9 月 24 日。
② 杨爱芹：《朱德发老师的学术品格》，会议发言稿，2014 年 9 月 24 日。
③ 季桂起：《求实的价值与思辨的力量——略论朱德发先生的中国现代文学研究》，会议发言稿，2014 年 9 月 24 日。
④ 魏建：《文学形态、文学主题与文学的历史——有感于〈中国现代纪游文学史〉》，《中国现代文学研究丛刊》1991 年第 4 期。

心理的诸多视角，将中国文学从远古到当代几千年历史中的情爱现象进行了系统的考察和评述。该专著被认为'首次疏通了三千年爱河'，'突破了传统文学史观念，开拓了文学史写作的新路子'，它'既历时性地探索并描述我国情爱文学从古到今的数千年的演变历程及其发展阶段的基本特征，又共时性地揭示并论证中国情爱文学的总体特征及其规律，在史论两方面，见出历史纵深感，见出理论深刻性。这确实是一个新颖的构想'①。"② 李海燕指出，在《新时期情爱文学综述》中，朱德发结合宏观的综合比较与微观的个案分析，对新时期的情爱文学作了纵向和横向的考察，提出了情爱文学演进的三个阶段和两种审美特征，"作者在后面的几篇文章中分别以'苦难型'、'奉献型'、'改革加恋爱'以及'独立自强型'等主题类型所作的归纳，可谓别出心裁，富于创见"③。周海波选取10卷本的《朱德发文集》作为阅读的一个角度，谈到《文集》所涉及的范围广阔，"从作家作品、思潮流派、文学现象，到文学史理论建构、文学史著述，都呈现出一位学者在文学领域的探索、开垦及其收获。在作家作品研究中，如鲁迅、茅盾、胡适、莫言等重要作家，在文学思潮、社团流派方面涉及新青年作家群、文学研究会、创造社、新月派、七月派等重要社团流派，其他文学现象则涉及几乎现当代文学的各个方面，诸如游记文学、爱情文学、理性精神等诸多方面。所有这些都能在中国当代学术史上留下厚重的学术成果，从不同方面体现了老师勤于思考、勇于探索的精神"④。浙江师范大学现当代文学学科负责人高玉教授指出："朱先生对中

---

① 房赋闲：《疏通三千年爱河的成功尝试——评〈爱河溯舟〉》，《东岳论丛》1992 年第2 期。

② 李宗刚：《竭力拓展现代中国文学研究的新格局——"国家教学名师"朱德发教授侧记》，会议发言稿，2014 年 9 月 24 日。

③ 李海燕：《谈古论今，曲径通幽——读朱德发先生文集之〈古今文学通论〉随感》，会议发言稿，2014 年 9 月 24 日。

④ 周海波：《阅读〈朱德发文集〉的一个角度》，会议发言稿，2014 年 9 月 24 日。

国现代文学研究做出了巨大的贡献，在文学思潮，现代文学与传统之间的关系，中国现代文学的内在品质研究等方面，成就卓著，并且对于中国现代文学研究山东特色的形成，具有重大的贡献。"①

　　领域的拓展必然带来更为开放的视野，因此，思维的多元化也自然而然地成为朱德发学术研究的一个重要特征，为朱德发的勇攀学术高峰之路提供了推动力。在"多元"理念的制导下，朱德发开始了他的"现代中国文学"的学科概念的建构。他逐渐跳脱了以单一维度解读文学及文学史的路数，尝试在一个综合的、纵观古今的、联结中西的宏大视野中建构并阐释"现代中国文学"。范伯群指出："朱德发认为如要研究全景式的中国现代文学史，就要将一元改变为多元，以公平的态度对待现代中国文学中的所有文学样态的全景式的文学史，于是他将'中国现代'这两个词汇颠倒一下，成了'现代中国'，意在提醒研究者要全景式地重新去观览现代中国文学史的时空与经纬，用一种'兼容并包'、海纳百川的胸襟、用一种'启蒙的永恒复归'和韧劲，还原历史的真面。"② 张炯也指出："他有世界文学的视野，能将文学与文化，中国作家与外国作家，中国现代文学与中国古代文学，中国现当代文学在研究视域中打通，富于比较的眼光，因而往往能够得出实事求是的恰当的见解，且见他人所未见。"③ 在这种"多元化"思维引导下，朱德发对许多学术问题的理解都是立体的、丰富的、辩证的、全面的。即使是在作为朱德发学术体系中心的"人学"概念中，"人"之一字也包含着多元的内涵，是一个兼容并包、极具涵盖力的概念。隋爱国也认识到了这一点，指出朱德发对"人学"的坚守并非保守，朱德

① 高玉：《致"朱德发及山东师范大学学术团队与现代中国文学研究"学术研讨会贺词》，会议资料，2014 年 9 月 24 日。

② 范伯群：《脑力劳模"体大思精"的结晶——读〈朱德发文集〉有感》，会议发言稿，2014 年 9 月 24 日。

③ 张炯：《评朱德发教授的学术研究》，会议发言稿，2014 年 9 月 24 日。

发的人学理念"既具有深达人性深处的穿透力，又具备广大的包容性与拓展力。其人学理念，虽然重视以自我为本位的个人主义的重要性，然而既含摄了人文主义、人道主义与人本主义等不同人学形态，也容纳了以自我为本位与群体为本位（如民族本位、阶级本位等）等带有一定程度异质的人学思想，而且也好像融汇了一定程度的宗教因素，而带有某种程度的宗教色彩。由是，形成守成之坚定性与创新之开拓性兼备而圆融备至的学术品格"①。朱德发的"多元视野"使他在文学史探索中寻到了艺术与科学的交集，他对中国现代文学史的研究赋以高度的科学标准，把中国现代史学、哲学、教育学、心理学甚至医学、化学和生物学的主导理论引入文学研究领域。这不仅丰富了文学研究的论据，也强化了文学在表现社会内容上的力度，尤其是对中国现代文学史中某些断代史的研究，更能体现这些特点。因此，刘明银称朱德发为"艺术科学家"，认为"朱德发是感性审美的大师，他曾经写了大量的赏析文章，但他最可贵的是用理性统领感性，把人的理性精神融入丰富的感性审美体验中，从而创造出一种独特的富含理性精神的'科学审美'的景观；朱德发还在'范畴文学史'（指'中国情爱文学史论'和'中国现代纪游文学史'等诸如此类的研究课题）中铺设艺术与科学的通道，如在《爱河溯舟——中国情爱文学史论》中总结了中国古代小说中的爱情定律；也重新评价了《金瓶梅》和《红楼梦》这两部古代最具爱情精神的小说，重估了中国现代作家的爱情美学；同时也高度概括了中国当代爱情类型。这些论述和概括，都是文化人类学的科学总结"②。张全之、程亚丽也指出了朱德发在文学史研究中的"通"的特点，并认为这是"朱氏文学史"的最显著特点，而这个"通"字，即

---

①　隋爱国：《现代中国文学之人学理念的持守与开拓——评朱德发先生的人文情怀与学术品格》，会议发言稿，2014 年 9 月 24 日。

②　刘明银：《打破文学与科学壁垒的"艺术科学家"——兼论朱德发先生的科学、艺术和教育思想》，会议发言稿，2014 年 9 月 24 日。

来源于朱德发的"多元并举"。它是现当代"通"、古今"通"、中外"通"、雅俗"通"、各民族文学"通"、两岸三地"通"。"他的'通'不是简单组装、为'通'而'通',而是浑然一体、血脉贯通。因为无论是打通现当代文学,还是打通古今文学,其意义不在于将两段文学史拼接起来,而在于以一种'通史'的眼光重新审视历史,发现并重新阐释长期以来被掩埋或被误解、曲解的文学史现象,这样的'通'才有意义。如在《20世纪中国文学流派论纲》中,朱德发先生将20世纪中国文学流派看作一个整体,通过'形态论'、'思潮论'、'规律论'三个部分,对20世纪中国文学流派进行总体把握,避去皮毛枝节,淡化史的线索,以问题为中心,直抵文学思潮发展的筋骨经脉,将20世纪中国文学流派的内在肌理和运演规律进行了高度概括和深入分析"。①

在朱德发以"多元并举"的思维治史的过程中,尤其值得一提的是他的"世界化"与"民族化"的双重视野。20世纪90年代以来,朱德发"始终坚持现代化(或世界化)与民族化相互变奏的学术视野和研究思路,从宏观、中观到微观对中国百年文学的'两化'规律、机制和特征进行探讨与发掘",在"现代化"与"民族化"的变动交错中构建起"现代中国文学"概念,并对其内涵及生成过程作出了深刻论证。"世界化"与"民族化"其各自的意义与彼此间的相互关系,也得到了学界的广泛关注与讨论,对现代中国文学来说有着不容置疑的意义。周海波在论文中论述了"世界化"的重要性:"相比较于世界文学视野或者世界文学格局,文学世界化之于现代中国文学具有重要意义。文学世界化'意味着文学现代化自觉时代的开始,也意味着世界各民族文化、文学广泛交汇的自觉时代的开

---

① 张全之、程亚丽:《史通·史识·史心——评朱德发教授的中国现代文学史研究》,会议发言稿,2014年9月24日。

始'①，是中国文学与世界文学对话时代的开始，是文学全球化的开始。因而，无论中国古典文学还是近世以来的现代文学，都是文学世界化进程中的重要部分。这个观点显然是对 20 世纪 80 年代中期以来'走向世界文学'观念的一个反拨与修正，是对中国文学在世界性与民族性'这'两性'构成了文学在纵横不同坐标上的复杂的个性特征'② 的充分肯定。也可以说，在文学世界化的视野中，才能够更明晰地看到现代中国文学的存在意义。"③ 从那部颇具影响力的《中国五四文学史》开始，朱德发就明确点出了五四文学的世界化特征，到了《20 世纪中国文学流派论纲》中的规律论中，文学的民族性和世界性、文学的现代化与民族化的关系问题已经提出而且作了较为详尽的理论阐释。在王晓文看来，最能集中体现朱德发现代文学研究的世界化与民族化双重视野的是专著《世界化视野中的现代中国文学》。在此书中，"朱先生用他纵横捭阖的话语实践、缜密论证的文章风格以及扎实稳健的理论建构将现代中国文学的世界化特征呈现出来。在这其中，现代化与世界化是一对辩证互补的相互参考坐标。对于现代中国文学来说，拥有世界化的视野才会在现代化的新世界中创作出具有民族化特征的文学佳作来；同时，现代文学研究必须牢牢地坚持住民族文化立场，在保持民族文化特质的基础上不断汲取外来文化的养分为我所用，只有这样，才能在文化的交流碰撞中获得进一步的提升"④。世界化与民族化的两化并举对于现代中国文学的意义在于，以人为本的"现代"使民族文学得以真正突破固有局限，获得质的飞跃，只有遵循现代性理路，现代中国文学才能与世界文学的思想脉动保持一致，汇入世界文学大河，为文化

---

① 朱德发：《朱德发文集》（第 6 卷），山东人民出版社 2014 年版，第 5 页。
② 同上书，第 61 页。
③ 周海波：《阅读〈朱德发文集〉的一个角度》，会议发言稿，2014 年 9 月 24 日。
④ 王晓文：《现代中国·以人为本·世界化——试论朱德发现代中国文学研究的几个关键词》，会议发言稿，2014 年 9 月 24 日。

结构、思维方式、审美观念各异的不同民族所接受并认同。与此同时，还要保持中国文学的民族特性，在"民族"的观照中接纳"现代"，寻找两者契合之处，方能使现代性终有可能在中华民族宽厚的文化土壤中生根成长，也可保障中国文学在世界化进程中不致陷于文化失根的流离之痛。"正在'现代'与'民族'这一组看似对立的关系中，在两者变动交融的节奏里，蕴藏着现代中国文学走向世界的道路。这是朱德发有关'两化'的论证之于当下文学发展的价值，对于在世界文学格局中构建起同中有异、异中有同，既是民族的又是世界的新型中国文学系统而言意义非凡，是实现'构建起一座矗立于世界文学之林的现代中国民族主义文学丰碑'①的方法与保障"②。

值得注意的是，虽然"世界化"与"民族化"是两个为各民族构建世界文学所公认的发展准则，但在朱德发的论证中，这两个范畴中内蕴着特有的中国化的内涵。韩琛说，朱德发意识到"没有自觉的世界化意识就不可能建构面向全球面向现代化的各种样态的现代中国文学，所以现代中国文学的成功或失败、可取之经验或应记之教训都必须从世界化与中国文学的复杂关系中去探寻③。不过，他也意识到这个'世界化'并非黑格尔式的欧洲中心主义的'世界史'逻辑，而是一个建立在'相互异别化'④认识基础之上的多元主义世界化。意即，中国文学的现代化、世界化是不能避免的，但是这个世界化、现代化的结果，不是臣服于某种现代化、世界

---

① 朱德发：《朱德发文集》（第6卷），山东人民出版社2014年版，第13页。
② 闫晓昀：《探询现代中国文学的世界之路——再论朱德发〈世界化视野中的现代中国文学〉的现实意义》，会议发言稿，2014年9月24日。
③ 朱德发：《朱德发文集》（第6卷），山东人民出版社2014年版，第9页。
④ ［日］沟口雄三：《作为方法的中国》，孙军悦译，生活·读书·新知三联书店2011年版，第27—30页。

史逻辑，而是以自身的对于普世价值的认同而获得他者的普遍承认"①。同时，"民族化"在朱德发的学术视野中也有它独特之处。讲究文学的"民族性"，完全不等同于"固步自封"。从本质上来说，"民族性"是一个开放的概念，它是流动的而非凝滞的，是变化的而非确定的，是一个属于过去、现在和未来的概念，始终处于被制作和被创造的进程中，永远指向无穷的可能性。正如朱德发所言："它的本质意义在于强调现代文学的发展必须扎根于民族生活土壤，在借鉴选择域外文学的过程中既要积极继承弘扬民族文学的优秀传统，又要毫不留情地剔除域外文学固有的并不适合中国国情的风格情调和审美意识，使现代文学与传统文学的血脉相接，于新的结合部上铸造有中国特色的民族新文学，而不是洋化或欧化的文学。"②

结语

"朱德发及山师学术团队与现代中国文学研究学术研讨会"已经结束，但是，会议留下的话题却仍然在继续，会议的学术成果仍然是人们讨论的热点。同时，学界对朱德发学术思想和学术成就的认识也在进一步走向深入。正如温儒敏在会议开幕式上所说，朱德发以及他们这一代学人留给我们的是非常宝贵的精神财富，而在朱先生身上也体现出来第二代学者的一些亮点。也正如吴义勤在会议上所说，刚刚出版的《朱德发文集》代表了他的学术研究的高度，这一代学人的高度。作为第二代学人的代表之一，朱德发活力四射的学术激情、博大纯粹的学术人格、富有思辨和思想的学术著作，对于现代中国文学的学科建设对于后学已经产生并将继续产生重大影响。这次研讨会不仅是对朱德发学术追求与学术创造表示敬意，对他

---

① 韩琛：《观澜有道，击水中流——朱德发先生的现代中国文学史研究》，会议发言稿，2014 年 9 月 24 日。

② 朱德发：《朱德发文集》（第 6 卷），山东人民出版社 2014 年版，第 65 页。

的学术成果给予高度肯定和评价，而且更重要的是对他在学术研究中提出的一些重大课题以及几十年来学术史上的一些重大理论问题进行再梳理和再思考。

让与会学者感动的是，在会议即将结束时，朱德发激情飞扬的总结发言，再次展示了他的魅力——他的谦恭低调而又充满自信的态度，活跃敏锐而具有前瞻性的思维，富有逻辑而不失活泼的语言表达，以及他对于学术界的宏观把握和缜密梳理，都表现出了一位学人的担当精神和使命意识，表现出了敢于而且能够面对现实、思考现实、回应现实的气魄与精神，展现了作为老一代学者的思想风貌和人格魅力，为后学树立起一个仰望的高度，一个学习的榜样。

[选自《山东师范大学学报》（人文社会科学版）2014 年第 5 期]

后　记

2018 年 7 月 12 日 18 时 40 分，我们要记住这个历史的节点，多年来，在学术研究和人生道路上，我们一直追随并引为楷模的尊敬的老师①，他走了……

他就是朱德发先生。

朱德发先生是我们尊敬的学者、长者。他的一生笔耕不辍，著述颇丰，堪称学界劳模；先生人格高尚，深耕杏坛，恩泽学界，桃李满园。他既是中国现当代文学研究领域的独行侠，擅长单打，打攻坚战；又具备大宗师的本事和风范，善于统领学术团队打阵地战和运动战。在带领山东师范大学中国现当代文学学科冲击博士点，实现零的突破，继而荣获国家重点学科的学术征程上，先生身先士卒，率先垂范，呕心沥血，奋斗不息，做出了不可磨灭的卓越贡献，奠定了中国现当代文学研究界齐鲁学派和山师群落的基础与底蕴。可以说，他把自己的毕生精力和全部心血奉献给了

---

① 陈夫龙在 1999 年报考过朱德发先生的硕士研究生，2005 年报考过朱德发先生的博士研究生，虽然未及朱门，但至今 20 年来，先生以及门弟子待之，关爱有加。王晓文于 2002 年考取了朱德发先生的硕士研究生，一直以来接受先生的教诲和影响。

山东师范大学，发展和提升了山东师范大学的学术水平、教育风范和全国影响，乃至世界声誉。

先生视学术为生命，以学术为现实生存方式和生命价值根基，在四十年的学术生涯中，他走过了"在困惑中突围，在探索中求新"的道路。[①] 先生曾真诚而不失悲壮地坦言："如果老天保佑我的身体与精神依然充满活力，那我将在学术园地里持续地自由播种、辛勤劳作和怡然收获，即使再出现曲折、再发生危机、再落进误区我也会无悔地走完自己选择的学术人生！"[②] 先生在本该享受晚年之际，仍然发出壮心不已的铿锵雄声。"除了心情自控好、劳逸安排好、食宿调节好以外"，要读最想读的书，要作最想作的文，还要把几十年在学术园地耕耘中留下的难以忘记的"雪鸿泥爪"拾掇起来，"以体验人生的真正乐趣，感受生命的真正充实"。[③] 这是先生对自己"享受晚年"生活的想法，饱含着一代学人的真诚品格和乐观情趣。正是在这样的学术激情和现代理性推动下，先生在退休期间，尤其被聘为资深教授之后，更是"铁肩担道义，妙手著文章"，为学科的发展前景再度出谋划策，殚精竭虑，仍然在《中国社会科学》《文学评论》《中国现代文学研究丛刊》等国内顶尖级学术刊物和人民出版社等国家级一类出版社发表论文、出版著作，继续为中国现当代文学国家重点学科奉献自己的力量。

坦诚地讲，先生的一生是忙碌的一生、奉献的一生、为学科的发展操劳的一生。试想，这样一位为中国现代学术做出了杰出贡献，为山东师范大学学科发展和学校声誉奉献了毕生精力与满腔热血的老人，就这样走了，有谁能接受得了呢？长歌当哭，逝者已矣。

---

① 朱德发：《穿越现代文学多维时空》，山东文艺出版社 2004 年版，第 106 页。
② 同上书，第 123—124 页。
③ 朱德发：《穿越现代文学多维时空·后记》，山东文艺出版社 2004 年版，第 417 页。

6月16日上午，在学科承办的"鲁迅与新文化"国际学术研讨会上，先生还做了热情洋溢、逻辑严密的大会主题报告《关于鲁迅研究的一点思考》。想不到，7月初在我们为本书书稿作出最后一遍核对之际，先生从病重到病危的消息便陆陆续续突然传来，犹如晴天霹雳，久久难以平抑内心的痛苦。7月7日上午，我们去齐鲁医院探望病危中的先生，捧着买好的鲜花，走向先生的病房。而此时的先生正处于抢救之中，在经受着病痛的折磨，只能看上两眼，就得出来。我们极度压抑着心中的悲痛。回家的路上，我们一直默默祈祷，希望先生能挺过这道难关，不禁泪盈满眶。第二天看到魏建老师发来的信息，说先生已进入了重症监护室，有些指标已恢复正常。我们为先生祈福，希望出现奇迹。但万万没有想到，先生竟然会那么快撒手人寰，驾鹤西去。12日19点左右，我们在家里还信心满满地预言先生应该会挺过来，吉人自有天助。但不久就收到了几位朋友的问询，他们也不相信先生会走得这样突然。经过确证，先生真的走了。夜里十点左右，在朱门弟子和学院同事护送先生前往济南殡仪馆的路上，全国学界同仁纷纷发来唁电，表达对先生的哀思。

先生对我们有知遇之恩，一直以来，我们总想为他做点什么。从去年年底开始，我们带着研究生收集、整理、编辑有关先生著作评论的文章，希望能为先生的学术反响做点总结性的工作。目前，书稿已经输入、校对、整理完毕，就在我们即将把书稿提交给出版社之际，先生病逝的噩耗传来。我们多么想在他老人家病情好转的时候，恰逢这本书出版发行，让他高兴一番啊。而此刻，再这样想，真的没有实现的可能了。我们也深感遗憾。唯一的希望是尽早出版，以此告慰先生的在天之灵。

本书在编写过程中，获得了山东省一流学科山东师范大学文学院中国语言文学学科建设经费资助，中国社会科学出版社编审郭晓鸿博士为本书的出版付出了辛劳和智慧，山东师范大学文学院中国现当代文学专业硕士研究生 2016 级的张艳丽、许豪、刘超越和 2017 级的周群、吴海峰、陈文娇在资料收集和书稿的文字输入与校对方面做了许多工作，在此一并致谢。

本书所选入的文章，大多数已经与其著作权人取得联系，并获得了作品使用许可授权。但尚有个别作者至今无法取得联系，敬请见到本书后拨冗赐示联系方式，以奉寄样书和稿酬。在此，向各位作者深表谢意。

联系 Email：422929264@ qq. com。

陈夫龙　王晓文

2018 年 7 月 13 日